比较文学与世界文学 研究丛书

主编 曹顺庆

初编 第 **12** 册

中西文化话语四大模式比较（下）

徐扬尚 著

花木兰文化事业有限公司

国家图书馆出版品预行编目资料

中西文化话语四大模式比较（下）／徐扬尚 著 —— 初版 —— 新
北市：花木兰文化事业有限公司，2022〔民111〕
目 4+222 面；19×26 公分
（比较文学与世界文学研究丛书 初编 第 12 册）
ISBN 978-986-518-718-7（精装）
1.CST：语汇 2.CST：比较研究 3.CST：中国文化
4.CST：西洋文化
810.8   110022064

ISBN-978-986-518-718-7

比较文学与世界文学研究丛书
初编　第十二册　　　　　ISBN：978-986-518-718-7

中西文化话语四大模式比较（下）

作　　　者　徐扬尚
主　　　编　曹顺庆
企　　　划　四川大学双一流学科暨比较文学研究基地
总 编 辑　杜洁祥
副总编辑　杨嘉乐
编辑主任　许郁翎
编　　　辑　张雅淋、潘玟静、刘子瑄　美术编辑　陈逸婷
出　　　版　花木兰文化事业有限公司
发 行 人　高小娟
联络地址　台湾 235 新北市中和区中安街七二号十三楼
　　　　　　电话：02-2923-1455 ／ 传真：02-2923-1452
网　　　址　http://www.huamulan.tw 信箱 service@huamulans.com
印　　　刷　普罗文化出版广告事业
初　　　版　2022 年 3 月
定　　　价　初编 28 册（精装）台币 76,000 元　　　版权所有 请勿翻印

中西文化话语四大模式比较(下)

徐扬尚 著

目次

第二章　中西文化认知模式比较

　　汉语"认知（Cognitive）"属于外来词语，意思是认识与感知。乃人类通过心理思维活动，认识与应对事物，获得与应用知识的信息处理过程。也就是人脑接受外在信息，经过处理，转换成内在心理活动，进而支配人类行为的过程。认知过程作为人类基本心理过程，包括感觉、知觉、记忆、思维、想象、判断和言说等。也就是说，在西方学界，认知活动就是指认知过程，或说西方学界正是将认知活动当作认知过程来看待，将认知词语的含义界定为认知活动。汉语显然与之不同，汉语所谓认知，既是指认知活动，又是指认知过程，也是指认知现象，也就是说，汉语的认知并不刻意强调过程。

　　如绪论所述，中国文化习惯以非我的话语言说自我、互为中心的话语模式，体现为认知模式，那就是具体落实于"天人合德、物我为一、人己不二、相反相成"四项原则的青睐天人物我合一、相反相成的认知模式；西方文化习惯以自我的话语言说非我、自我中心的话语模式，体现为认知模式，具体落实于"天人两性、物我两界、人己两立、合作竞争"四项原则的青睐天人物我自立、合作竞争的认知模式。天人物我合一认知模式与天人物我自立认知模式的四项原则，前三项原则显然属于以"自我"与"非我"为着眼点，由大到小，由远及近的同位递进关系，前者的意义指向天人物我的一体多元，因此，天人物我合一认知模式的内容，实际包括"天人物我的一体多元"与"天人物我的相反相成"两个方面，后者的意义指向天人物我的独立自主，因此，天人物我自立认知模式的内容，实际包括"天人物我的独立自主"与"天人物我的合作竞争"两个方面。现就其在中西神话、宗教、军事、文艺、教育等五个方面的具体表现，比较分析如下：

第一节　中西神话认知模式比较

西方古代神话传说作为西方文化源头与原型，主要是指古希腊与古罗马神话传说。前者主要见之于古希腊文学，诸如荷马史诗《伊利亚特》（又译作《伊利昂记》）、《奥德赛》（又译作《奥德修记》），赫西俄德（Hesiod）《工作与时日》、《神谱》，托名《荷马颂歌》，古希腊三大悲剧家埃斯库罗斯、索福克勒斯、欧里庇得斯戏剧等；后者主要见之于奥维德《变形记》等古罗马史诗、戏剧、历史、哲学文献。一部被古人认定为雅典阿波罗多洛斯（公元前 180-120 年）作品的希腊神话合集《书库》（*Bibliotheca*），经现代学者考证，乃托名之作或是同名人物在公元二世纪的作品，为此而称之为"伪阿波罗多洛斯（Pseudo-Apollodorus）"。正是上述古希腊神话传说奠定了西方文化青睐天人物我自立、合作竞争的认知模式。受古希腊文化影响的古罗马文化，更是全盘接受古希腊神话传说，古罗马神话传说自身特色仅仅剩下相关神灵谱系那古老的罗马称谓，例如分别与古希腊诸神天帝宙斯、天后赫拉、海洋神波塞冬、冥王哈迪斯、农业女神德墨忒尔、男战神阿瑞斯、女战神雅典娜、狩猎女神阿尔忒弥斯、火神与匠神赫淮斯托斯、爱与美女神阿芙洛狄忒、酒神狄俄尼索斯、神使赫尔墨斯等对应的朱庇特、朱诺、尼普顿、普鲁托、克瑞斯、玛尔斯、密涅瓦、狄安娜、伏尔甘、维纳斯、巴克斯、墨丘利等。

中国古代神话传说主要见之于先秦乃至魏晋，非文学的哲学、历史、地理、谶纬文献，诸如《书》、《礼记》、《庄子》、《列子》、《国语》、《左传》、《吕氏春秋》、《山海经》、《淮南子》、《楚帛书》、《史记》、《水经注》、《春秋元命苞》、《风俗通》、《易纬》等，虽然《诗·生民》"姜嫄履大人迹而生后稷"的传说就是神话，以屈原《天问》为代表的《楚辞》，神话传说因子更多，例如"鸱龟曳衔，鲧何听焉？顺欲成功，帝何刑焉？永遏在羽山，夫何三年不施？伯禹愎鲧，夫何以变化"之问，讲的就是鲧禹父子治理洪水的神话。神话传说内容以"十神圣"传说时代为主，三代是其余响，后世神话传说难免趋向史话与仙话。有关文献的时间越早越能真实可靠地反映先秦文化话语；晚出文献只能作为早期文献比较参照的材料。虽然中国古代神话传说遗失严重，得以流传下来的内容又比较零碎散乱，自然崇拜神话传说与神灵崇拜、祖先崇拜、英雄崇拜等"四大崇拜"神话传说难分彼此，加上不断被历史化等原因，难见本来面目，且相关内容相互抵触。但是，这并不妨碍我们通过三代至秦汉乃至魏晋的有关神话传说文献，解读生成于夏商周，强化于秦汉的中国文化话语。因为不可否认，夏商周至秦汉乃至魏晋的神话传说文献，首先是夏商周至秦汉魏晋文化思想的载体，至少可以说是秦汉魏晋时代文化思想的反映，其青睐天人物我合一、相反相成的认知模式，更是呼之欲出。

　　总体说来，如绪论所述，西方古代神话传说的谱系结构，属于天下神灵一家，家中有家，代有主神，一神独大，一元暨中心的"亲缘结构"，人类英雄或人类始祖，多由诸神与人类"交配而生"，神人自然三界，界限明确，神正而魔邪，神在上而人在下，神主动而人被动，品性与等级泾渭分明，"仇亲情结"潜藏其中；中国古代神话传说的谱系结构，属于神出多门，各居其地，各占其时，各有德能，多元共生，相辅相成，一元暨多元的"非亲缘结构"，人类英雄或人类始祖，多由凡人女子受自然界神灵"感孕而生"，神人自然三界，相互交错，神鬼正邪，互包互孕，人神鬼怪相互转化，"认亲情结"潜藏其中。因此，诸神与人类同形同性，人类仿生于诸神，实为诸神具有人形人性，诸神仿生于人类的西方古代神话传说，可以说是"人的神化与神的人化神话"；诸神与自然万物同形同性，人神自然相互生成与相互转化，人神万物同归于自然的中国古代神话传说，可以说是"人的神化即神的自然化神话"。中西古代神话传说青睐天人物我合一、相反相成，与青睐天人物我自立、合作竞争的不同认知模式，由如下四个层面可见：

一、中西神话的谱系建构

　　综合赫西俄德《神谱》和《农作与日子》、荷马《伊利亚特》和《奥德修斯》等古希腊文献，便可得到一个家族式的严密而完整的"希腊神谱"。宇宙原神、原父神、第一纪造化神、一元单性浑沌神卡俄斯，单性生育第二纪造化神地母盖娅、第二纪造化神男性冥神塔耳塔洛斯、第二纪造化神男性爱情神埃罗斯、第二纪造化神男性黑暗神埃瑞波斯、第二纪造化神黑夜女神尼克斯。再由盖娅与塔耳塔洛斯结合，双性生育自然神百头怪物提丰；埃瑞波斯与尼克斯结合，双性生育光明神埃忒尔、白昼神赫墨拉；黑夜女神同时单性生育死神塔纳托斯、仇恨与争吵女神埃里斯、恶魔神克尔、欺骗神阿帕图、噩梦睡神许普诺斯、报应女神涅墨西斯。继而由提丰与半人半蛇女怪埃基德娜结合，生育双头犬奥尔托斯、三头犬克尔伯罗斯、九头怪蛇许德拉、喷火怪物基迈拉、狮身人面女妖斯芬克斯，由此构成"宇宙原神、原母神怪物家族、黑夜恶神谱系"。

原母神、地母盖娅，同时单性生育山神、海神、第一代天神暨众神之王乌兰洛斯、三独眼巨神基克洛普斯、三百臂巨神赫卡忒克罗伊。再由盖娅与乌兰洛斯结合，双性生育六男六女十二泰坦海河神奥克阿诺斯、科俄斯、克利俄斯、太阳神许佩里翁、伊阿珀托斯、光明女神忒亚、地母神瑞亚、海洋女神忒提斯、记忆女神谟涅摩绪涅、光辉女神珀、第二代天神暨众神之王克洛诺斯。继而由奥克阿诺斯与忒提斯结合，生育三千河流和海洋女神奥克阿尼德斯；由克洛诺斯与瑞娅结合，生育火与灶神赫斯提娅、农业与丰收女神得墨忒尔、冥王哈迪斯、海神波塞冬、婚姻神天后赫拉、第三代天神暨众神之王雷电神宙斯；由许佩里翁与忒亚结合，生育太阳神赫利奥斯、月亮女神塞勒涅、黎明女神埃奥斯、东风神欧罗斯、南风神诺托斯、西风神泽费罗斯、北风神玻瑞阿斯、海神奥克阿诺斯。最后由宙斯与赫拉结合，生育太阳神阿波罗、战神阿瑞斯、火与匠神赫淮斯托斯、神使赫尔墨斯、月亮与狩猎女神阿尔忒弥斯、爱与美女神阿芙洛狄忒、智慧与战争女神雅典娜，由此构成"地母与三代诸神之王及其家族谱系"。[1]

再将希腊诸神宙斯、赫拉、雅典娜、阿尔忒弥斯、阿瑞斯、赫淮斯托斯、阿芙洛狄忒、赫尔墨斯等分别置换成朱庇特、朱诺、密涅瓦、狄安娜、玛斯、伏尔甘、维纳斯、墨丘利等，便又可以得到相应的"罗马神谱"。

中国神话传说谱系虽然零碎散乱，例如《淮南子》说水神共工曾与天帝争位，又与火神祝融战，《山海经》则说祝融生共工，《山海经》、《淮南子》、《风俗通》等以女娲为造化神，而《淮南子·览冥训》高诱注则说女娲是辅佐伏羲的女帝，《风俗通》又说女娲是伏羲之妹，1993 年秋，湖北省荆门市沙洋县郭店村发掘楚墓出土已知最早创世神话《太一生水》竹简，则以为宇宙及其万物由太一化生，同时以为阴阳为天地神明所化生，而《淮南子》则以为双性同体阴阳神为天地未分的造化神等。但是，综合《太一生水》、《山海经》、《吕氏春秋》、《淮南子》诸文献，若不追求精确，同时考虑到中国神话传说的地域性，以及由此形成的神话传说谱系的多元性，还有诸如神农、共工、蚩尤等，既是指神话传说的神话人物，又是指死后成神的人类英雄、天下帝王、部族始祖、部族首领，也是指相关部族，一名三义，仅仅是作为基于中西神话比较认识的需要而建构的一个参照系的话，也未尝不可以比照希腊神谱，依据时代而将中国诸神排列出大致的顺序。换句话说，我们完全可以依据诸

---

1 [古希腊]赫西俄德，工作与时日，神谱[M]，北京：商务印书馆，2005。

神存在的时代，或神话传说所涉及的时代，勾勒出相应的"中国神谱"。宇宙原神、原父神、第一纪造化神、一元单性神浑沌暨太一，化生宇宙开化神、第二纪造化神、双性同体神阴阳；再由阴阳化生第一纪自然神天地、第三纪造化神暨第一纪人神原父神盘古、第三纪造化神暨第一纪人神原母神女娲；继而由天地、盘古、女娲化生第二纪自然神即天地日月星辰山河湖海雷电风火之神灵，龙凤即日月星虹雷电风火的自然神灵，第二纪人类神灵即"十神圣"及其属神，由此构成"宇宙原神、三纪造化神、两纪自然神、两纪人神谱系"。

太皞伏羲氏、炎帝神农氏、黄帝轩辕氏、少昊穷桑氏、颛顼高阳氏等，作为第二纪人神即五帝神，同时也是人类始祖即部族首领、因圣而为天下拥戴的帝王；同时也是天神即五方大帝，配以相应五行、五季、五色：太皞伏羲氏，东方大帝、木帝、春帝、青帝，佐神句芒；炎帝神农氏，南方大帝、火帝、夏帝、赤帝，佐神朱明；黄帝轩辕氏，中央大帝、土帝、长夏帝、黄帝，佐神后土；少昊穷桑氏，西方大帝、金帝、秋帝、白帝，佐神蓐收；颛顼高阳氏，北方大帝、水帝、冬帝、黑帝，佐神玄冥。由此构成"天神、人神、自然神互包互孕，三位一体谱系"。

太皞伏羲氏、炎帝神农氏、黄帝轩辕氏、少昊穷桑氏、颛顼高阳氏、尧陶唐氏、舜有虞氏等天神兼人间帝王，姒禹、子契、姬弃等人间帝王兼夏商周部族始祖，皆为其母感苍龙、雷电、星虹、风火之精等自然神灵而受孕生育，由此构成"自然神灵感孕人王天神谱系"。

原来，《太一生水》则自有其完整的化生神话谱系："太一生水，水反辅太一，是以成天；天反辅太一，是以成地；天地也，以成神明；神明复相辅也，是以成会易；会易复相辅也，是以成四时；四时复辅也，是以成仓然；仓然复相辅也，是以成湿燥；湿燥复相辅也，成岁而止。故岁者，湿燥之所生也；湿燥者，寒热之所生也；寒热者，四时者，会易之所生也；会易者，神明之所生也；神明者，天地之所生也。天地者，大一之所生也。"[2]与《礼记·礼运》"夫礼必本于太一，分而为天地，转而为阴阳，变而为四时，列而为鬼神。其降曰命，其官于天也"相印证：太一化生天地；天地化生神明；神明化生阴阳；阴阳化生四时；四时化生冷热；冷热化生湿燥；湿燥成岁，完成物化，完成太一神化生。遗憾的是，此神谱与五帝神等造化神明、自然神明、人类神明三位一体的谱系稍有错位。

2　荆门市博物馆，郭店楚墓竹简[M]，北京：文物出版社，1998，230。

比较中希神谱，我们会发现许多可供相互印证的现象：（1）古希腊与中国先秦，不同时代与地区，祭祀着不同神灵。（2）中希神话中的宇宙世界，原始状态皆为浑沌暨太一，作为宇宙原神的浑沌神暨太一神，也是第一纪造化神，单性化育世界。第二纪造化神，始分阴阳或男女。（3）人具神性者通常是人间英雄、帝王、始祖，多由凡人女子与男性神灵结合而生。（4）遭赫拉阴谋陷害的塞墨勒，死前生下她与宙斯的儿子狄奥尼索斯。由于儿子非常虚弱，宙斯便将其缝入腿腹，再次孕育。无独有偶，《山海经·海内经》载："帝命祝融杀鲧于羽郊，鲧腹生禹。"（5）自然界与人类的孕育、进化，均非一蹴而就，而是经历了一个不断完善的过程：中国神话传说的宇宙原神浑沌暨太一神，孕育天地、阴阳神、原父神盘古、原母神女娲；阴阳开化浑沌而有天地与盘古、女娲；盘古与女娲继之，天地开辟，盘古化生神灵、人类与自然万物，女娲在化生神灵、人类与自然万物的同时，治理世界。西方神话传说的宇宙原神卡俄斯，也就是浑沌，生育大地、黑暗、黑夜与生命，盖娅、塔耳塔洛斯、尼克斯、埃瑞玻斯继之；普罗米修斯用泥土造人，儿子杜卡利翁及其妻子皮拉继之以用石块造人，奥林匹斯山诸神更是先后创造了五纪人类。（6）天地人三界神灵形成不同谱系，其中，以掌握雷电或以雷电为原形的天帝宙斯，或由雷电感孕的天帝伏羲、神农、轩辕天神家族最为强大，并成为天神世界乃至宇宙三界的长期主宰。（7）奥林匹斯山与昆仑山分别是中希天神中最为强大的宙斯与黄帝家族的根据地。（8）双方的幽冥世界都具有黑暗、死亡与惩罚的特性。（9）乌兰洛斯、克洛诺斯都视子女为敌；赫淮斯托斯因为瘸腿、丑陋，出生后被女神们抱给他的母亲看时，被愤怒的赫拉从奥林匹斯山上扔了下去，父亲宙斯也动不动便将他扔下奥林匹斯山；黄帝子孙鲧盗窃天帝息壤治理人间洪水被杀；丹朱不肖遭父亲唐尧放逐等。然而，同中有异。

（一）天人物我自立、合作竞争的希腊神谱

在古希腊人看来，宇宙本原乃浑沌即卡俄斯。卡俄斯英语 Chaos、德语 Caos、西班牙语 das Chaos 的语言符号意义乃混乱无序。浑沌意象的言外之意，由此指向对宇宙秩序的推崇与强调，以及对宇宙秩序建构的诉求。浑沌神首先生出大地神盖娅、黑暗地底神塔耳塔洛斯、黑暗神埃瑞波斯与黑夜神尼克斯；大地神跟着生出天空神乌兰洛斯以及高山神、海洋神、夜空繁星神；黑夜神也随之生出死亡神、噩梦神、仇恨与争吵神、睡眠神、欺骗神、报应神、恶魔等。天空覆盖大地，即大地神又与天空神母子结合，生出海洋神奥

克阿诺斯、第二代天空神克洛诺斯诸神；黑暗拥抱黑夜，埃瑞波斯与尼克斯兄妹结合，生出光明神埃忒尔与白昼神赫墨拉；海洋拥抱大地，男海神奥克阿诺斯与女海神忒提斯兄妹结合，生出三千海洋神与河流神……世界由此形成。显然，古希腊人眼里的神谱建构，也即是世界谱系的生成及其存在，具有两大原则或规律：

一是不断进化，由无序到有序，由一个极端到另一个极端，二元对立。浑沌神不是同时生出天空神、大地神、光明神、白昼神、黑暗神、黑夜神，而是先生出大地神、黑暗神、黑夜神，再由大地神生出自己的对立面天空神，黑暗神与黑夜神生出自己的对立面光明神与白昼神。天空在宇宙的主导与中心地位的确立，即第一代天神乌兰洛斯的一神独大，意味着世界秩序的形成；第二代天神克洛诺斯取代父亲统治地位，意味着世界进入不断进化的时间状态。克洛诺斯的意思，就是"吞噬一切的时间"，乃时间创造力与破坏力的两位一体。

二是各自独立，合作竞争。乌兰洛斯赢得统治世界的第一代天神地位，意味着世界从无序到有序。而这种秩序建构与运行机制正是诸神之间的独立自由、合作竞争：乌兰洛斯为维护统治地位而打压儿女乃至妻子，也即是其母亲，母亲、妻子、儿女为争取独立自由，奋起反抗她们的儿子、丈夫、父亲，这种压迫与反抗，作为弱势与强势的较量，又促使盖娅与儿女们联合起来同乌兰洛斯抗争。乌兰洛斯的故事又在克洛诺斯、宙斯身上不断重演。当然，这是内部斗争，当宙斯取得世界统治权后，便与天神家族共同分享。于是，由地母盖娅所生的三个独眼巨神，三个百臂巨神，与地狱之神塔耳塔洛斯结合生出的百头妖怪提丰，以及提丰与半人半蛇女怪埃基德娜生出的双头犬奥尔托斯、三头恶犬克尔伯罗斯、九头怪蛇许德拉、喷火怪物基迈拉、狮身人面兽斯芬克斯等，乃至黑夜女神尼克斯所生的恶神系列，还有冥王哈迪斯和活跃在冥国的冥后佩尔塞、幽灵和恶魔女神赫卡忒、死神塔纳托斯、复仇女神埃里尼斯们、夜间恶魔恩浦萨、吸血女怪拉弥娅等，便成为天神乌兰洛斯、克洛诺斯、宙斯及其众子女构成的天神家族的对立面。

总之，希腊神谱成为一种天人物我自立、一元中心、合作竞争的集合体。一方面，诸神乃至神与英雄、妖魔的关系，绝大多数属于生育的亲缘关系。生育关系本身即构成一干多枝、一枝多叶的一元暨中心的家族关系。由此构成的希腊神谱，体现为历时性、家族性的秩序井然，父子母女、兄弟姐妹，人神自然、神魔妖怪，长幼、尊卑、贵贱，上下有序、内外有别；诸神具有既定身份、地位、职能、特性、居所。另一方面，三代天神之王乌兰洛斯、克洛诺斯、宙斯，前赴后继，一神独大。诸神之间充满中心与边缘、主导与服从、尊贵与卑贱的对立：天神及其嫡系是诸神的主导与中心，作为天神之王的三代天帝又是天神们的主导与中心，也是包括母亲与妻子在内的女神们的主导与中心，即男神是女神的主导与中心，彼此之间形成压迫与反抗的二元对立。再一方面，诸神之间形成既联合又对立的关系：在反抗乌兰洛斯时，十二泰坦神与盖娅的其他子女都响应母亲或祖母号召，形成一派；而在反抗克洛诺斯时，泰坦神则分作两派：或支持反抗者宙斯，或支持统治者克洛诺斯。通常情况下，在面对盖娅的妖怪子孙时，奥林匹斯山的宙斯家族凝聚在一起，相互支持，而在希腊人进攻特洛伊时则分作两派：或支持希腊人，或支持特洛伊人。虽说宙斯家族成为诸神的主导与中心，但是，却是与海洋神波塞冬、冥神哈迪斯及其家族分享世界的统治权。天神与冥神、光明神与黑暗神、爱情神与死亡神等等的二元对立关系，更是顾名思义。

（二）天人物我合一、相反相成的中国神谱

华夏先民眼里的宇宙自然谱系的生成，显然要比较古希腊人的看法单纯得多：宇宙本原同样被看作浑沌暨太一，不过浑沌暨太一并非混乱无序，而是指作为宇宙原始的形似鸡蛋的混元状态或混元之气，汉语浑沌的语言符号意义即混元。浑沌意象的言外之意，由此指向对宇宙自然鸿蒙状态与万物自化规律的推崇与强调，以及对保持事物本真与顺应自然规律的诉求。太一化生天地，天地化生神明；神明化生阴阳；阴阳化生四时。浑沌之气化生阴阳二气，即浑沌神化生双性同体的阴阳神。阴阳二气相反相成，化生天地与盘古神，即双性同体共生的阴阳神化生天地与盘古神。盘古神化生万物与人民。或说天地化生女娲神。女娲神化生万物与创造人民。人民之中有燧人氏、伏羲氏、神农氏等"十神圣"及其家族。如果说希腊神谱同时是宇宙谱系写照，那么，中国神谱显然既是宇宙谱系写照，也是人类谱系写照。中国神谱作为宇宙谱系乃至人类谱系，或说华夏民族共同体的生成及其存在，同样具有两大原则或规律：

一是不断进化，从一元到多元，二元相反相成，互包互孕。中国神谱、宇宙谱系、华夏民族共同体的生成及其存在过程，是一个一生二，二生三，三生万物，阴阳反生，相反相成的过程。一生二，太一生天地，天地生神明，

神明生阴阳，或说浑沌生阴阳，经天营地，或说太极生两仪，分而为二，合而为一。二生三，天地开辟，阳清为天，阴浊为地，盘古在其中，或说天地生女娲。三生万物，盘古垂死化身，气成风云，声为雷霆，左眼为日，右眼为月……，或说女娲化生神灵与自然，或抟黄土造人。阴阳神同体共生、相反相成；盘古神与女娲神作为原父神与原母神，也莫不是相反相成；传说女娲与伏羲兄妹通婚而成为华夏始祖，同样属于阴阳男女的相反相成；太极生两仪，两仪生四象，或说天地生金木水火四方，或说阴阳生太阳、太阴、少阳、少阴，四象生八卦：天地乾坤、雷风震巽、水火坎离、山泽艮兑，依旧是由一元到多元，二元相反相成。

二是天人物我，多元共生，包容认同，和而不同。中国神谱的诸神之间、诸神与英雄之间、神圣与鬼怪之间的关系，或属于化生关系，盘古神、女娲神化生人类与自然万物，英雄自在其中，英雄因圣德而成神，自然万物之神灵自在其中，或属于非血缘的养育关系，感孕而生的"十神圣"父子之间，名为父子，实无血缘。化生与养育关系本身即构成一体多元，互为中心的天人物我，一体多元的集合关系。由此构成的中国神谱，则体现为历时与共时相交织的无序：《三五历纪》虽以盘古神为造化人类与自然万物的第三纪造化神，先于三皇而存在，但是，既未说三皇是谁，也未说三皇是否为盘古神所化生，天地显然非盘古所化生。换句话说，可以理解为三皇同出一脉，也可以理解为各有所出，因为三皇之说众说纷纭，莫衷一是，《史记》与《春秋纬》等，更有三皇乃天皇、地皇、人皇之说；同有三皇之名分的伏羲、神农、黄帝，《三坟》说是前者为燧人之子，《国语》说是后二者为少典之子，他们由感孕而生的神话传说，又明确无误地将其所谓的父系血统排除在外；与三皇并提或并称的五帝，或说颛顼与黄帝有血缘关系等，但是，五帝并不构成五帝神族。因为就算遵从《史记》以黄帝、颛顼、帝喾、尧、舜为五帝，源出黄帝或少典之说，由于五帝如同三皇，同样属于感孕而生，母亲血统的多源性与多元性，已不容置疑，而且所感之神灵，或为大电，或为太白之精，或为大迹、巨迹、巨人迹，或为大虹，同样具有不容置疑的多源性与多元性；《淮南子》的木火土金水、东南中西北、青赤黄白黑五方五色五行帝神，更是典型的多神共生，互为中心，和而不同，各据一方，各显一能，各司一职，分则为五，合则为一。五方帝神子孙后代及其职能特性，相互交织，互包互孕。例如：北方水帝颛顼，系中央土帝黄帝的孙子或曾孙；南方火帝炎帝的曾孙火神朱明

（祝融），却生出水神共工，而共工又生出土神后土；西方金帝少昊之子，却是东方木神句芒且臣佐于东方木帝太皞等。所谓诸神各司一职、各显一能，其实只基于五方帝神多元共生，互为主导与中心的层面，其他神灵，如嘘为风雨，吹为雷电的盘古神，视为昼，瞑为夜，吹为冬，呼为夏的烛阴神等，无不是一神多能多职。总之，中国神谱成为一种天人物我合一、一体多元、二元相反相成的集合体。

二、中西神话的造化神话

（一）希腊神话天人物我自立、合作竞争的宇宙生成模式

古希腊造化神话的造化，有两层意义：一层是诸神生育神、妖、人；另一层是诸神创造世界、万物、人类。合起来就是，神创造一切，包括神自身。由赫西俄德《神谱》描述的古希腊造化神话传说如前文所述：一元单性的浑沌神卡俄斯，既是宇宙原神，也是生命原神。地母盖娅、黑暗地狱之神塔耳塔洛斯、复苏万物的爱情之神埃罗斯、黑暗之神埃瑞波斯、黑夜女神尼克斯等，皆由浑沌神生育。大地之神盖娅作为原母神，同样一元单性生出天神、山神和海神。然后由天神乌兰洛斯与盖娅母子结合，二元双性配合，生出十二泰坦神。再由泰坦神彼此结合，生出日月、星辰、黎明诸神。黑夜女神与黑暗之神结合，则生出光明神埃忒尔与白昼神赫墨拉……。类似鲧腹生禹，天空神乌兰洛斯飞溅的鲜血化育复仇女神、巨人、梣树仙女等，其实质则属于另类：鲧生禹系死后所化，一命死一命生，一命化一命；乌兰洛斯生复仇女神，依旧是生育，一命生一命。自在的神又是自然万物的神灵，自然界由此形成。赫西俄德《农作与日子》将古希腊人类历史描述为每况愈下的五纪五代：由奥林匹斯山诸神创造的第一纪人类，生活于黄金时代，生前幸福，消亡后成为自由神。第二纪人类，生活于白银时代，生前长期靠母亲供养，体智低下，浑浑噩噩，被宙斯全体打入冥国，成为多余的灵魂。由宙斯用长矛杆创造的第三纪人类，生活在青铜时代，粗暴强壮，傲慢嗜杀，宙斯同样将其全体灵魂打入冥国。第四纪人类，生活于英雄时代，属于半神半人英雄，或死于遗产争斗，或死于攻城掠地，或死于争夺金银美女。宙斯让其全体灵魂迁徙到大地边缘的幸福岛上居住。第五纪人类，生活于黑铁时代，忧虑、烦恼、操劳，乏善多恶，亲情、良知、诚信缺失，以暴力、战争、争夺为能事，远离正义。

由此可见，古希腊的宇宙生成神话，具有一元性与生育性。然而，由此带来的并非是万物血缘的亲和性，而是万物生存的竞争性。如同基督教等一神教，强调一神独大，古希腊神话传说强调宇宙同源的一元论的目的，虽然具有专制成分，更重要的还是为了强调众生独立、自由、平等。在古希腊人看来，宇宙的生成与发展，正是天人物我自立，彼此合作与竞争的结果。至此，我们便不难明白，相继推翻父亲成为天神的乌兰洛斯、克洛诺斯、宙斯为何要仇视子女，而相继打败父亲卡俄斯、乌兰洛斯、克洛诺斯的为何往往又总是小儿子，克洛诺斯、宙斯既然深受父亲仇视之害，为何自己当权之后又要重蹈父亲覆辙？[3]原来，物竞天择，新陈代谢，这就是古希腊人所认知的宇宙生成与发展规律。

（二）中国神话天人物我合一、相反相成的宇宙生成模式

古中国造化神话的造化，也有两层意义：一层是神灵造化神灵、人类、自然。例如太一神化生天地，盘古神化生自然与人类，阴阳神经天营地，女娲神化生人类与神灵。另一层是神灵创造人类。例如女娲神抟黄土造人。如前文所述，古中国神话传说的造化神包括三纪：一是一元单性神浑沌暨太一。据《三五历纪》载："天地浑沌如鸡子，盘古生其中。万八千岁，天地开辟，阳清为天，阴浊为地。盘古在其中，一日九变，神于天，圣于地。天日高一丈，地日厚一丈，盘古日长一丈。……后乃有三皇。"又据《五运历年纪》载："首生盘古，垂死化身。气成风云，声为雷霆，左眼为日，右眼为月，四肢五体为四极五岳，血液为江河，筋脉为地里，肌肉为田土，发髭为星辰，皮毛为草木，齿骨为金石，精髓为珠玉，汗流为雨泽，身之诸虫，因风所感，化为黎甿。"浑沌神暨太一神的宇宙原神与第一纪造化神身份，以及生于天地之间而未能生出天地的盘古神非宇宙原神身份，由此可见。二是二元双性同体神阴阳。据《淮南子·精神训》载："古未有天下之时，唯象唯形，窈窈冥冥，有二神混生，经天营地，孔乎莫知其所终极，滔乎莫知其所止息，于是乃别为阴阳，离为八极，刚柔相成，万物乃形。"与盘古神话中的"阴阳分离"说，以及《易传》的"太极生两仪，两仪生四象"之说，乃至《老子》的"道生一，一生二，二生三，三生万物"之说等，相互印证，由此可知，真正开天辟地、

---

3 宙斯与子女的对立关系，除了体现为宙斯对匠神赫淮斯托斯的厌恶，更多的体现为作为"未来时"的宙斯将为其小儿子所杀的先知普罗米修斯预言。

经营天地、造化阴阳的是双性同体的阴阳神，而非现代学者指定的盘古神。所谓"自从盘古开天地"套语，是说盘古时天地开辟，而不是说盘古开天辟地。重读《三五历纪》，显然是说"天地开辟，阳清为天，阴浊为地，盘古在其中"，而不是说天地由盘古神开辟。除非我们只认可《三五历纪》与《五运历年纪》记载，而不认可早于二者的《淮南子》记载。三是原父神盘古与原母神女娲。据《说文解字》载："娲，古之神圣女，化万物者也。"《楚辞·天问》王逸注："传言女娲人头蛇身，一日七十化。"《淮南子·说林训》载："黄帝生阴阳，上骈生耳目，桑林生臂手，此女娲所以七十化也。"女娲与黄帝、上骈、桑林诸神协同造化人类的造化神身份，确定无疑。据《风俗通义》载："俗说天地开辟，未有人民，女娲抟黄土作人，剧务力不暇供，乃引绳于泥中，举以为人。"此说以女娲神与盘古神同时：当时未有人民。

由此可见，古中国的宇宙生成神话，具有多元性与化生性。然而，由此带来的并非是万物生存的竞争性与排他性，而是道德文明的亲和性与认同性。在华夏先民看来，宇宙生成与发展，正是天人物我合一、一体多元，彼此包容认同、和而不同、互惠互利的结果。至此，我们便不难明白，"十神圣"大都为认人为父、认人为子的非血缘假父子养育关系，而非血缘生育关系，神化人、神化万物，人化神、人化万物，万物化神、万物化人，总之是神人与自然相互转化，相互生成。原来，宇宙万物相互生成，互惠互利，这就是华夏先民所认知的宇宙生成及其存在与发展规律。

（三）中希神话宇宙生成模式比较

古希腊造化神话，不仅是诸神乃至诸神与英雄始祖之间，无不属于一元化的亲缘生育关系，而且是两纪造化神都能够一元单性地生育诸神及其载体天地自然万物，诸神既是天地自然万物的创造者，也是天地自然万物的本体，从而成为一元论；诸神是天地自然万物与人类的本真、主宰、中心，天地自然万物与人类是诸神的功用、附庸、作品，从而成为一元暨中心论。造化神在造化人类与天地万物时便选择了对立统一，除了如上所述的光明与黑暗之神、爱神与死亡之神的对立等等之外，又例如宙斯在潘多拉神盒中，便同时放进了祸患与希望。诸神由诸神生育，诸神与诸神结合才能生育诸神，诸神与人类结合只能生育人类或是生育半神半人，人类只能生育人类而不能生育诸神，人类的英雄要成为诸神，必须得到诸神的成全，从而令诸神成为人类的主导与中心，人类成为诸神的附属物。

古中国造化神话则不然：第一，一生二，浑沌神暨太一神化生天地，其中有神谓之阴阳；二生三，双性同体阴阳神，经天营地，别为阴阳，原父神盘古与原母神女娲生其中；三生万物，天地化生万物，盘古神与女娲神化生自然万物与人民，一元暨多元。第二，神的生成具有多元性，或为盘古神与女娲神所化生；或为自然万物例如天地、日月、江河、风雨、动物、植物等之神灵；或为"十神圣"等圣人死后所化。同理，盘古神与女娲神化生世界，同样具有多元性，由身体的不同部位相应化生自然万物包括人类的不同种类。第三，虽然说生成于天地自然万物的神灵是万物本真与主宰，生成于人类的神灵是人类本真与主宰，但是，两类神灵之间、自然神灵与人类之间、人类神灵与自然万物之间，属于多元共生关系，而非主宰与被主宰、中心与边缘关系，各自属于各自的谱系。例如天神有二：一是自然界天地神灵；二是五帝神等。两类天神各自独立，属于各自的谱系；五帝神之间也是多元共生关系。第四，作为造化神的阴阳神，双性同体，阴阳两性相反相成，互包互孕。第五，虽然说盘古神与女娲神化生人类的神话传说将神灵确定为人类的父母，但是，暂且抛开二者的华夏始祖即古代帝王身份不说，仅就后世"十神圣"而言，他们作为华夏始祖，生而为人王，死而为天神，或因圣贤而成为天神，均为人类感自然神灵而孕生。由此可见：神能生人，人也能成神；人神共生人，人神共生神；神人互生，互包互孕，互为中心。

三、中西神话的宇宙三界

（一）希腊神话天人物我自立，一元中心的宇宙三界

古希腊神话传说上述天人物我自立的神谱与造化神话，又造就了天人物我自立、一元中心、合作竞争的宇宙三界：I神灵、II人类、III自然万物；I天界、II人间、III冥府；I天神、II人类、III妖魔。

诸神照着自身的样子创造人类，所谓人与神同形同性，这里的神性与人性也只是二者共有的情感意志，并不包括诸神所具有的超自然力量与智慧。诸神的人类后代或宠儿，通常不是人间国王便是人类英雄。例如统治佩尔修斯家族的赫拉克勒斯、埃及始祖埃帕福斯、底比斯国王泽托斯、埃吉娜国王埃阿科斯、吕基亚国王萨尔佩冬、吕狄亚国王坦塔洛斯、克里特国王弥诺斯等，全都是宙斯的凡人儿子。又例如宙斯与阿尔克墨涅所生儿子赫拉克勒斯，与埃吉娜所生儿子埃阿科斯，以及埃阿科斯儿子佩琉斯，宙斯与欧罗芭所生

三个儿子弥诺斯、拉达曼提斯和萨尔佩冬，与达那埃所生儿子佩尔修斯，波塞冬与埃特拉所生儿子忒修斯等，都是人类英雄。但是，凡人却不能靠自己的力量成为神，只有依靠神的恩宠才能成为神，例如宙斯曾许诺将赫拉克勒斯变成神；得墨忒尔为感谢克琉斯夫妇、女儿及女仆的好意，试图将克琉斯的儿子摩丰变成神等。

诸神与人类既相互合作又对立竞争，其相互对立的情形如前文所述；相互合作的情形有四：一是诸神指引或帮助人类英雄创建国家，繁衍人民，例如卡德摩斯创立底比斯；二是诸神指引或帮助人类英雄对付妖魔，造福人民，例如伊阿宋、赫拉克勒斯、忒修斯等英雄神话传说，基本属于这一模式；三是为满足私心，谋取私利，人神联合，党同伐异，例如阿耳戈远征、七英雄大战底比斯、特洛伊战争等。四是人神相互利用与满足，诸神保护甚至帮助人类实现其愿望，人类向诸神献祭。对立竞争的情形有二：一是诸神报复人类，祸害人类，甚至毁灭人类，例如黑铁时代的洪水，底比斯的瘟疫，放出灾难的潘多拉神盒；二是人类挑战诸神的权威与地位、智慧与能力，例如阿卡狄的吕科苏拉王吕卡利翁对宙斯的考验，精于织绣的吕底亚女子阿拉克涅对雅典娜的挑战。

自然万物则因为完全另类于人类，自然也另类于作为人类摹本的诸神，因而相较人类更为低级或不如。由诸神通过将人类与小神变做自然万物，作为惩罚人类与小神的手段，反之，通过将自然万物变成人类，作为奖励人类与自然万物的手段可知，自然万物相较人类又低了一个层次。例如：被宙斯变成豺狼的阿卡狄的吕科苏拉王吕卡利翁，被阿尔忒弥斯变成一只小鹿而惨遭自己猎犬撕食的阿克泰翁，被雅典娜变成蜘蛛的吕底亚女子阿拉克涅，被众神变成杨树的拉法同的姐妹赫利阿得斯们，遭到仙女诅咒、死后被阿芙洛狄忒变成水仙的纳西索斯等。与天神对立的冥神塔耳塔洛斯后代，通常都是妖魔，都会被人类英雄打败，例如塔耳塔洛斯与盖娅之子百头怪物提丰，提丰与半人半蛇女怪埃基德娜所生九头怪蛇许德拉、狮身人面女妖斯芬克斯等。处于被动与被支配地位的妖魔与人类，只能无条件地接受诸神的喜怒哀乐、自我满足、为所欲为，无可奈何地忍受由此带来的不幸与灾难。

地母盖娅、地狱之神塔耳塔洛斯、冥王哈迪斯繁衍及其所在的地神与妖怪谱系，以及黑夜女神尼克斯繁衍的恶神谱系，与天神乌兰洛斯、克洛诺斯、宙斯及其天神家族的对立竞争，作为天空神灵与大地神妖的对立竞争，在某种意义上，正是神界与自然界对立竞争的体现；诸神帮助人类英雄对抗，甚至消灭妖魔乃至野生动物的斗争，例如赫拉克勒斯不仅先后杀死具有神妖性质的尼密阿巨狮、九头怪蛇许德拉，也相继杀死野生动物克律涅亚山上的牝鹿、生擒厄里曼托斯野猪、赶走斯廷法罗斯湖怪鸟等，同样反映了神人两界与自然界的对立。

（二）中国神话天人物我合一，一体多元的宇宙三界

古中国神话传说上述天人物我合一的神谱与造化神话，则造就了天人物我合一、一体多元、二元相反相成的宇宙三界：I神灵、II人类、III自然万物；I天界、II人间、冥府；I天神、II人类、III鬼怪。

古希腊诸神都有动物化身，可是，那仅仅是化身，属于可变形象。诸神的人性其实就是神性，或说神性决定人性。所谓神以自身形象为摹本造人，其实是神话传说的创造者，以人类形象为摹本创造了诸神。古中国"十神圣"的人身牛首、人身鸟首、人首蛇身等人兽合体，则一成不变，属于不变形象。"十神圣"既是天神也是人间国王，生而为人间国王，死而为天神，或作为神灵，死后化身自然万物与人类，无须赘述。此外，又例如炎帝二女，一化媚人草，或者温柔缠绵的巫山云雨；一化填海不止的精卫鸟。再例如偷盗天帝息壤平治洪水不成而被杀的鲧，死后或化为黄熊，或说化为黄能，或说化为黄龙；或说鲧之子大禹化身熊，通山治水，恰巧被其妻涂山氏看见，惭愧离去而身化为石，石破生子启。如果说上述诸位除了涂山氏，均是人类也是神灵的话，那么，《淮南子》载奔月嫦娥，显然是人类升天而成为月神。总之，中国神话传说的神灵、人类与自然万物三界，相互生成，相互转化。

1971年长沙马王堆一号汉墓出土帛画（葬仪盖棺之幡）中，即分别画着天上、人间、幽冥三界神话传说，其内容可与《山海经》、《淮南子》相互印证，说明宇宙三界神话传说的确存在于中国先汉。古希腊神话传说作为人类死亡后安身之地主宰的冥神，确切地说是冥神后代与天神对立，虽然古希腊神话传说的生死对立为"复活观念"所消解，但是，神话传说故事中的天神与冥神，却往往处于对立地位。而古中国神话传说"五方帝神"中的冥神北方帝神颛顼与玄冥则不然：相对主管春天与生长的东方木神太皞与句芒、主管秋收与刑杀的西方金神少昊与蓐收，颛顼与玄冥既是水神，又是主管冬藏的冬神，也是主管死亡的冥神。再印证以颛顼死而复生的神话，身具水神、冬神、冥神三重身份的颛顼与玄冥，对冬去春来，死而复生，冬春循环，死生

交替观念的象征隐喻，不言而喻。再说，就"五帝神"而言，水生木的五行义理，同样将冥神颛顼与玄冥的象征意义，推向生与死的互包互孕。至少，作为冥神的颛顼与玄冥，同其他四方帝神的关系，是对应生成、相辅相成、相生相克而非单纯对立。

古中国神话"十神圣"子孙，神圣者有之，不肖者亦有之，为鬼为怪者同样有之。例如黄帝，其子孙神圣者如颛顼、帝喾、尧、挚、契、弃，不肖者如鲧，为鬼为怪者如旱鬼女魃。《山海经·大荒北经》载："有人衣青衣，名曰黄帝女魃。蚩尤作兵伐黄帝，黄帝乃令应龙攻之冀州之野。应龙畜水，蚩尤请风伯雨师，纵大风雨。黄帝乃下天女曰魃，雨止，遂杀蚩尤。"原来，黄帝派应龙攻蚩尤，应龙蓄水备战。蚩尤将计就计，请来风伯雨师兴风作雨。黄帝又派神女魃应对，止风雨而杀蚩尤。战争结束，因魃不能归天，导致所居之地出现旱灾。魃显然即旱鬼，故《诗·云汉》说："旱魃为虐，如惔如焚。"或说女魃在天为具有火力的神女，在地为旱鬼。

也就是说，应龙与女魃既是天界黄帝的英雄，又是人间大众的祸害。为此，我们再三强调：古中国神话传说的鬼神，如同龙凤，并不是善与恶的代表，或说并不构成善与恶的分别与对立，神有善良的神，也有凶恶的神，鬼有善良的鬼，也有凶恶的鬼，例如《墨子·明鬼》中的赏善罚恶鬼，显然是正义之鬼。鬼神通常相提并论，如上所述，天地自然万物自有其神，人类也可因圣贤而成神；植根于古人灵魂不死观念的鬼，为人死后所化。总之，人死既能成鬼，也能成神，在人那里，人鬼神可谓互包互孕。因为人体之内若非预存鬼神因子，犹如阴中有阳，阳中有阴，死后又如何能够化鬼化神？古中国神话传说的天神、人类与鬼怪三界，多元共生。

反过来说，古中国神话传说中的神人自然三界并非没有争斗，更不乏党同伐异。例如《淮南子·览冥训》载："往古之时，四极废，九州裂；天不兼覆，地不周载；火火监炎而不灭，水浩洋而不息；猛兽食颛民，鸷鸟攫老弱。"其混乱、恶劣、危害，显然是针对人类而言，就自然界本身而言，则无所谓好坏。"于是女娲炼五色石以补苍天，断鳌足以立四极，杀黑龙以济冀州，积芦灰以止淫水。"人类神圣以其神异力量解除自然界暴力对人类生存的威胁，也即是神圣力量与自然力量的较量。《山海经·大荒北经》载："夸父与日逐走"，或说是人类与自然较劲，或说是人类神灵与自然神灵较劲；《列子·汤问》载愚公移山，明显属于人类向自然挑战。《列子·黄帝》载："黄帝与炎帝战于阪泉之野"；《山海经》载："应龙已杀蚩尤，又杀夸父"（《大荒北经》）；"刑天与帝争神"（《海外西经》）等，无不属于人类神圣党同伐异的战争。《左传·昭公元年》载："子产曰：'昔高辛氏有二子：伯曰阏伯，季曰实沈，居于旷林，不相能也，日寻干戈，以相征讨。后帝不臧，迁阏伯于商丘，主辰，商人是因，故辰为商星；迁实沈于大夏，主参，唐人是因，以服事夏商。'"同室操戈，兄弟不和。但是，毕竟与古希腊神话传说有所不同：首先，古中国神话传说没有出现古希腊神话传说屡见不鲜的神灵对人类的毁灭、祸害、打压现象；古中国洪水神话的洪水乃至天翻地覆，虽然也是神灵发泄愤怒的结果，但是，却并非冲着人类而来，而通常是诸神纠纷，因为人类非神灵对手。与之相反，古中国神话传说人类因德能而成为神灵，神灵因德能而成为圣人，人与神因德能而成为王者的具体内涵，就是英雄与神灵或为人类消除灾害祸患，或为人类创造发明，造福人类。其次，古希腊神话传说的对立竞争关系，既存在于宇宙三界之间，也存在于三界各自内部，而如上所述的古中国神话传说，宇宙三界的争斗，则并非三界及其之间对立竞争关系的体现，而是神灵造福人类，为人类消除祸患的行为，或是具有挑战精神神灵与人类的个别行为。

四、中西神话的"仇亲情结"与"认亲情结"

（一）希腊神话传说的"仇亲情结"

奥地利精神分析理论创始人弗洛伊德（Sigmund Freud）基于对精神病人的精神分析"发现"，人类普遍存在着儿子仇父恋母，女儿仇母恋父的现象，由此建构其"仇父恋母"与"仇母恋父"的精神分析学说，分别称之为"仇父恋母情结"与"仇母恋父情结"，并将前者取象于古希腊神话传说俄狄浦斯王杀父娶母的故事，因此又称"俄狄浦斯情结"。在弗洛伊德看来，男子仇父恋母与女子仇母恋父乃人类本能，只不过是这种本能欲望被逐渐压抑到人类潜意识，并由理性把守，当人类理性放松，例如做梦与精神失常时，便会经过伪装之后从中冒出。作家创作作为一种白日梦，往往会不自觉地表现这种本能以及由此形成的主题，例如索福克勒斯《俄狄浦斯王》便是这种产物，也因此而令人感动不已；有关男性精神病的根源，追究到底，便是仇父恋母情结。在弗洛伊德的"仇父恋母说"中，作为权力象征的父亲与帝王，都是被反抗对象。

英国人类学家弗雷泽（James George Frazer）《金枝》，基于对古罗马内米湖畔森林女神神庙的祭司，其权力交接仪式，体现为后任杀死前任然后取而代之的习俗，以及古代各地处死帝王的习俗研究，以极其丰富的资料诠释其内在机制，与弗洛伊德殊途同归，落脚于人类"杀父情结"。弗雷泽《金枝》试图回答两个问题："第一，为什么那位在内米的狄安娜的祭司，即森林之王，必须杀死他的前任？第二，为什么在这样做之前他又必须去折下长在某棵树上的，被古代人公认为就是'维吉尔的金枝'的树枝？"[4]结论是基于古人神职与王权合一的前提，祭司也即是森林之王，属于灵魂不死的国王，灵魂的转世载体。围绕神圣帝王的转世长存，形成了一系列的仪式与禁忌，其中就包括帝王在衰弱将至时，必须被迫受死。因为帝王虽然具有神性，但是，依旧属于如同常人的血肉之躯，会有病老，只有当其健康之际，迁其灵魂于更为健康的躯体，才能保证灵魂康健永享，而灵魂迁居的途径，便是将帝王处死。同理，折金枝则成为杀死树神的仪式。

然而，综观古希腊神话传说，亲人间的相互仇杀，远不止杀父，夫妻、父女、母子、母女、舅甥、兄弟姐妹之间，同样属于相互仇视的关系，子女杀父母与父母杀子女、妻子杀丈夫与丈夫杀妻子，相反相成。大家耳熟能详的俄狄浦斯杀父娶母，三代天神与父母妻子之间、兄弟姐妹之间的相互仇杀，自不必重复。又例如：藐视诸神，尤其痛恨姨兄酒神狄奥尼索斯的底比斯国王彭透斯，结果被遭诸神蒙蔽的发狂的母亲酒神信徒阿高厄杀死，并被众酒神女信徒撕食；慑于外甥将会杀死自己并夺取王位的神谕，亚各斯国王阿克里西俄斯，将外甥佩尔修斯连同女儿达那埃一起，装在木箱中投入大海，最终也难以逃脱死于外甥之手的厄运；卡吕冬王子墨勒阿格洛斯，因两位舅舅破坏了他对意中人阿塔兰忒的追求而将其杀死，他的母亲为替两位兄弟报仇，参悟命运三女神的神谕而杀死儿子；雅典国王厄瑞透斯的女儿克瑞乌莎，因误解而谋杀自己与阿波罗的私生子克索托斯；宙斯之子吕狄亚国王坦塔洛斯，为考验诸神无所不知的本能，便杀死儿子珀罗普斯并做成菜肴款待诸神，诸神发现其诡计，救活珀罗普斯而将坦塔洛斯打入地狱；科尔喀斯公主美狄亚，为与情人伊阿宋私奔而杀死前来追赶的弟弟，后又为报复伊阿宋的忘恩负义而杀死她与伊阿宋所生的两个儿子；雅典国王潘狄翁，为报答战神阿瑞斯的儿子色雷斯国王忒瑞俄斯的援救，而将女儿普洛克涅嫁给他为妻，普洛克涅则为报复忒瑞俄斯欺骗自己，诱骗禁锢自己的妹妹菲罗墨拉，便杀害了他们

---

4 [英]詹·乔·弗雷泽，金枝[M]，北京：中国民间文艺出版社，1987，16。

的儿子并做成菜肴给丈夫吃；未卜先知的安菲阿拉俄斯，为躲避注定没有好下场的进攻底比斯的战争而躲藏起来，不料，妻子埃里菲勒贪图礼物而出卖了他，于是，安菲阿拉俄斯在送死之前，要求儿子阿尔克迈翁为自己报仇，最后，儿子根据神谕实现了父亲的遗愿，杀死了母亲；俄狄浦斯因犯下杀父娶母罪行而自残逊位，但是，他的两个利欲熏心的儿子，既毫无亲情又热衷内斗，最终应验神谕与父亲的诅咒，在兄弟相残的七位英雄大战七门底比斯的战斗中，同归于尽。总之，古希腊神话传说充满了无数的子女与父母、妻子与丈夫、兄弟姐妹之间的亲情仇杀，从而形成其"仇亲情结"。

（二）中国神话传说的"认亲情结"

古中国神话传说同样有父亲仇视儿子、母亲嫌弃儿子、兄弟相互仇视的现象，那就是瞽叟与象谋杀舜的传说，姜嫄遗弃后稷的传说，有关炎帝和黄帝兄弟相争的传说。不过，舜的故事属于个案。再说如《史记·五帝本纪》所载："舜父瞽叟盲，而舜母死，瞽叟更娶妻而生象。象傲，瞽叟爱后妻子，常欲杀舜。"这只是父亲单方面仇视儿子，而非父子相互仇恨；更为主要的是，传说主题，在于肯定舜的孝道乃至以德报怨，批判后母不贤，瞽父昏庸为后妻所蛊惑。也因此而成为后世文学恶毒后母母题的原型。虽然后稷出生时即遭遗弃，但是，遗弃原因并非母亲仇视儿子，而是如《史记·周本纪》所说，母亲姜嫄"以为不祥"，《诗经·生民》更是具体指出，后稷诞生是个如同肉球的怪胎，"诞弥厥月，先生如达"，当姜嫄发现被遗弃的后稷为牛马所避让、为飞鸟所庇护之后，便又"以为神，遂收养长之"。炎帝与黄帝兄弟相残，属于两则传说组合：或说炎黄为兄弟，或炎黄大战于琢鹿。与之相反，由上述可知，古中国神话传说中占据主导地位的则是伏羲、神农、轩辕、少昊、颛顼、唐尧、后稷的父亲燧人、少典、昌意、帝喾，视养子如己出，反之，"十神圣"则认养父为生父，由此形成其"认亲情结"。

古中国神话传说的"认亲情结"作为文化原型，影响所及，从而形成后世民间习俗相应的六种表现：一是在位帝王或新君幼主，对能够教导与辅佐自己成长或熟悉政务的贤德长者，执以父礼。例如周文王称姜子牙为"尚父"。对此，《诗·大雅》歌颂道："维师尚父。"《毛诗传》诠释为："可尚可父。"后世帝王以此为习惯。例如《新唐书·郭子仪传》载："德宗嗣位，诏还朝，摄冢宰，充山陵使，赐号'尚父'。"又例如屡见不鲜的"临终托孤"故事，往往要求乳臭未干的新君幼主，事声望高而权位重的旧臣以父礼。二是在位帝王赐有功大臣以国姓，以示崇高奖赏，赐异族首领以国姓，以示亲近友好。例如唐朝开国元勋徐世勣字懋功，以功高封曹国公，赐姓李，为避太宗名讳，单名勣；北宋仁宗宝元元年建立西夏国的李元昊，其实祖上就是被唐朝赐姓李的党项羌族拓跋氏。三是或因爱惜人才，或因自己无后，或因怜惜孤苦等，从帝王到平民，莫不流行认养义子。例如《吕氏春秋·音初》载："夏后氏孔甲田于东阳萯山。天大风晦盲，孔甲迷惑，入于民室。主人方乳。或曰：'后来，是良日也，之子是必大吉。'或曰：'不胜也，之子是必有殃。'后乃取其子以归，曰：'以为余子，谁敢殃之？'子长成人，幕动坼橑，斧斫斩其足，遂为守门者。孔甲曰：'呜呼有疾，命矣夫！'乃作为《破斧》之歌"。又例如《三国演义》的刘备认刘封为义子，关羽认关平为义子。四是为交接友好而认义父、义母、义子、义女，结拜为义兄弟、义姊妹。《三国演义》刘备、关羽、张飞"桃园三结义"，成为后世异姓兄弟结义典范；《水浒传》建构的人人平等，人尽其才，物尽其用的结义与聚义的水泊梁山，正是传统中国人心目中的政治"理想国"。五是对邻里乡亲以亲人称谓相称。例如或称邻里长辈为爷爷、奶奶、伯伯、婶婶、姑姑，平辈为哥哥、姐姐、弟弟、妹妹等，或称外祖父的邻里为姥爷、姥姥、舅舅、舅妈等；尤其是以表亲的称谓称邻里为表爷、表奶、表叔、表婶、表兄、表弟等，更是明显具有认亲成分。正是基于这种习俗，赵本山与高秀敏所演小品《拜年》，高秀敏扮演的高满堂之女，才会在范伟扮演的从前范姓邻居、今日范乡长面前，自称老姑，甚至在向范乡长介绍自己丈夫时说是："乡长啊，要是在我这儿论，那你还得管他叫老姑父呐！"六是民间流行，或为逃避亲人或家族的株连之罪而远走他乡，改名换姓；或是逃难到异地的小姓小族，为傍当地大姓大族而认祖归宗，通常是姓氏的音同字不同，或是虽属同姓却并非同宗。

（三）中希神话"仇亲情结"与"认亲情结"的启示

综上所述，弗雷泽《金枝》所诠释的处死帝王与树神的古老习俗，弗洛伊德精神分析理论所诠释的人类仇父恋母本能，古希腊神话传说所诠释的盖娅、乌兰洛斯、克洛诺斯、宙斯、赫拉、赫拉克勒斯等相互之间涵盖父子、父女、母子、母女、夫妻、兄弟姐妹相互仇视的亲情仇视，分别在人类学、心理学、神话学三个层面与学科，展现了古希腊乃至西方文化的"仇亲情结"文化原型。由此形成制约当今西方政治、经济、军事、教育乃至整个文化的"合作竞争"机制，从而使天人物我自立、合作竞争，成为西方文化一以贯之的认知模式。"十神圣"感孕而生的神话传说，以及由此建构的养父子关系，展现了古中国神话传说的"认亲情结"文化原型。由此形成令中国传统文化面对佛教、基督教等各种外来文化的冲击，散而不乱，弱而不断的"包容认同"机制，与传统中国人"好认干亲"、"崇尚结义"、"老吾老以及人之老，幼吾幼以及人之幼"的社会习气，将天人物我合一、相反相成的认知模式，在中国传统文化中贯彻到底。总之，古希腊神话的"仇亲情结"与古中国神话的"认亲情结"，可谓一元暨中心主义与一元暨多元主义的中西文化话语的经典标本，且不必说中西认知模式。

由此可见，既不能否认弗洛伊德提出的"仇父恋母"与"仇母恋父"之说，弗雷泽提出的处死帝王与树神的古老习俗所呈现的杀父情结的合理性，也许仇父恋母与仇母恋父的确是相关精神病人的致病原因，也许杀父情结的确存在于早期西方文化之中而后来被压抑到潜意识层次，但是，若将其界定为人类共性，恐怕失之于以偏概全，或说是对中国传统文化的无知。显而易见：一方面，古希腊神话传说所提供的"仇亲情结"文化原型，远不只是子仇父与女仇母，而是涵盖父子、母子、夫妻、兄弟姐妹之间的相互仇视。另一方面，尽管古中国同样有着瞽叟杀舜的仇子神话，存在过神职与王权合一的历史现象，但是，却没有证据表明，古中国神话传说也具有"仇亲情结"文化原型，中国历史上是否存在过处死帝王与处死树神的习俗。恰恰相反，古中国神话传说所建构的文化原型，原来是"认亲情结"。也正是基于这种对应，我们才依据弗洛伊德"仇父恋母情结"与"仇母恋父情结"之说，创立"仇亲情结"及其对应概念"认亲情结"。

遗憾的是，古中国神话传说所建构的"认亲情结"文化原型，至今被熟视无睹，从而严重地影响到对"炎黄子孙"之说，乃至中国文化精神的深入与正确的解读。换句话说，若不能正视将非生育、非血缘关系的"十神圣"感孕而生的神话最终凝聚成一体多元的"炎黄神谱"的"认亲情结"，便难以真正地认识与领会华夏民族共同体崇尚包容认同、和而不同的民族特性，以文化认同为既定内涵的夷夏之变即民族生成机制，以及由此形成的"依经立义"的意义建构及其表述与解读方式。在某种意义上，"认亲情结"的解读，正是华夏文化精神解读的钥匙；古中国神话传说"认亲情结"与古希腊神话传说"仇亲情结"的比较，正是中西文化话语比较的关键。[5]

---

5 徐扬尚，中希神话"仇亲情结"与"认亲情结"比较[J]，华文文学，2011，（4）。

第二节　中西宗教认知模式比较

我们通常所说的宗教其实是指后世宗教，我们谓之"标准宗教"。就是在继承原始宗教自然崇拜、神灵崇拜、祖先崇拜、英雄崇拜等"四大崇拜"的基础上，对有关人类、自然、社会的生成与存在方式的思想理论及其经典与倡导者的"四化"：神圣化、仪式化、戒律化、组织化。西方文化又称"基督教文化圈"，基督教对西方文化的主导性影响不容置疑。与之相对应，中国文化又称"儒教文化圈"，称儒学为"儒教"之说，实则不免令人生疑：第一，儒家创始人孔子，反对偶像崇拜，不语怪力乱神，只问生而不问死，究天人之际而不搞以假设与演绎为能事的终极关怀；儒家亚圣孟子论人性善（《孟子·告子上》），荀子论人性恶（《荀子·荣辱》），《孟子注疏》作者汉赵歧以为孟子弟子的告子，以食色为人类天性（《孟子·告子上》），无分善恶等，讲人类自我的本性而不问非我的神性。第二，儒学强调致力于引导、教化、自律、自觉的社会礼仪，而没有致力于强制、惩戒、他律、训诫的专门戒律，《仪礼》是儒家所主张的国家与社会礼仪，而非宗教礼仪。儒家礼仪是明路指与你，信与不信，行与不行，靠个人自觉，并无相应的组织惩戒，因为儒家本身属于文化学派而非社会组织。换句话说，儒家礼仪作为国家与社会礼仪，其相应惩戒是由国家与社会组织而非儒家信徒执行。第三，儒家没有推行其思想的组织，开办学校的目的并非仅仅是为了推行儒家思想，官方办学旨在培养人才，官员也并非儒家信徒，私学坐馆者与其说是为了弘扬儒学，倒不如说是基于有道谋生的需要，私学的族学更是致力于家族子弟文化知识教育与人格修养，别无他求。再说，学校只是暂时学习之地而非寄托终身之地。第五，儒生与儒家学者并不以儒学为宗教，以儒学义理为不容讨论的神圣教义，而是在思考中认识，在争论中发展，借助他者丰富自我。至于主张儒教说者以孔子为教主，以《四书》、《五经》为教典，以祭天、祭孔、祭祖、蒙童入学拜孔为仪式，以儒生为教徒，以孔庙为教徒聚会场所；说是由汉武帝将儒学定于一尊促成其宗教化，隋唐与道释并立，体系完善于宋代，教义以"三纲"、"五常"为中心，提倡"存天理，去人欲"等，[6]这些同样站不住脚。其一，没有哪个宗教的划时代开创者不是教徒，汉武帝显然只是以儒学为工具，利用儒学治国，而非以儒学为信仰，信仰儒学。其二，没有哪个宗教的主要教义是后来

6　任继愈主编，宗教词典，儒教[M]，北京：上海辞书出版社，1981，1148。

规定的，例如将天理与人欲推向对立而加以片面强调，说是"饮食者，天理也；要求美味，人欲也"（《二程遗书》卷十三），"人心私欲，故危殆。道心天理，故精微，灭私欲则天理明矣"（《二程遗书》卷二十四），由此成为教条的所谓要饮食而不要美味、要婚姻而不要色情的"存天理，去人欲"，作为宋代理学口号，正是对《礼记·乐记》所谓"夫物之感人无穷，而人之好恶无节，则是物至而人化物也。人化物也者，灭天理而穷人欲者"的天理与人欲对举的推论，[7] 且不必说与曾就教于墨子而赵歧考据为孟子弟子的告子，与孟子辩论而未被否定所谓"食色，性也"之说相背。没有哪个宗教的聚会场所全为非教徒所建造，孔庙显然并非由儒生兴建。因此，与其称基于中国文化认同的东亚文化为"儒教文化圈"，倒不如称"儒道墨文化圈"。当然，这种改写也是基于有关集权者阳奉阴违的儒学或儒教并不能代表一体多元、多元共生的中国文化的缘故。总之，不认可儒学是儒教并不妨碍我们在标准宗教层面来讨论儒学乃至儒道释，并与基督教相比较。

　　总体说来，如绪论所述，西方宗教属于祭神灭魔的宗教，一神独大的宗教，与异教势不两立的宗教；中国宗教属于善恶神鬼同祭共祀的宗教，众鬼神既相关联又各自独立的宗教，与异教相反相成的宗教。因此，一神独大，尊于一教的西方宗教，可以说是"一元化宗教"；多神共生并立，儒道释三教归一的中国宗教，可以说是"多元化宗教"。中西宗教分别青睐天人物我合一、相反相成与青睐天人物我自立、合作竞争的认知模式，由如下四个层面可见：

一、中西宗教的内外关系

　　宗教内外关系可分为两个层次：外在关系，即宗教与宗教，教徒与非教徒的关系；内在关系，即宗教内部各教派相互之间的关系。

　　先说外在关系。受古希腊神话传说与古希腊宗教影响，使宗教崇拜走向神化，崇拜惟一上帝而禁止信奉他神的基督教，在西方的一教独尊，加上以维护基督教的名义而建立的"十字军"及其侵略与镇压异端的行径，以及伴随殖民扩张而进行的基督教传播的宗教扩张意味等，其实已经说明基督教奉行天人物我自立、一元中心、二元合作竞争的对外关系的一切问题。在基督教词典中，异端字眼意味着势不两立，不可饶恕。原来，基督教该传统早在古希腊宗教中已经奠定，例如苏格拉底被处死，罪名之一便是不承认国家所

7　参见顾明远主编，教育大辞典[M]，上海：上海教育出版社，1998。

确立的诸神而引进新神。给基督教以重大影响，在某种程度上，可谓基督教前身的犹太教，不仅只信一神，而且不吸收异族入教，也不到异族传教，只接受因各种原因造成的犹太人脱教者回归，有着明确的排他性。与之相反，儒道释在中国，既彼此辩难对抗，又相互借重，最终走向相互包容认同，和而不同，三教合一，一体多元，儒道墨文化圈的形成与武力无关，印度佛教中国化等，同样说明儒道释奉行天人物我合一、一体多元、二元相反相成的内外关系的一切问题。儒教己所不欲而勿施于人、推己而及人、推人而及物的恕道，道教对修养个体性命的专注与对功名权力的超脱，佛教普度众生、戒杀生、以人生痛苦根源于贪瞋痴三毒的信念，无不使其走向与人为善。影响之下，即使是由西域摩尼教发展而来的民间宗教明教，也不以其他宗教为异端，至于利用明教发动革命，建立明朝的朱元璋，革命即将成功时，调转矛头，指向刘福通红巾军等所依托的白莲教，在讨伐张士诚的檄文中，公开称白莲教为妖术，已经不是宗教问题，而是政治问题；民间宗教例如白莲教、青莲教等，则往往取来多种宗教观念为其所用。

再说内在关系。因立场与信念不同，关注层面与领域不同，阶级与种族不同，生存时代与环境不同，信奉经典或教义不同，外来宗教还有传播途径不同等，因而教下有派，派中有党，自然而然。而如何看待教派关系，则有两种相反的态度：或相互借重，彼此争鸣，和而不同；或互为异端，势不两立，恃强凌弱，镇压迫害。显然，西方基督教与犹太教属于后者，中国儒道释属于前者。基督教"异端"之说，不仅针对其他宗教，同样针对教内不同教派；基督教不仅有"异端教派"之说，而且有异端裁判所建制。异端教派，原是早期尚不具有政权权力的基督教各派别对异己的称谓；随着基督教成为罗马国教并享有政治权力之后，便成为占统治地位的教派对异己教派具有强制性的贬称；异端教派的文献典籍，往往遭正统教派销毁。异端裁判所，就是天主教会侦察和审判异端分子的机构，由教皇直接控制，凌驾于世俗政权之上，遍设于法国、比利时、西班牙、意大利等国，杀人无数，受迫害者包括科学家伽利略在内。由于专制对教徒思想的禁锢，从而激发新思想与旧观念的斗争而导致分裂，例如基督教的天主教、正教、新教以及其他小教派之分，天主教会罗马教廷与阿维尼翁教廷的分裂等；各种立足反其道而行之的反对派，如反仪式派、反教堂派、反逻各斯派等，应运而生。究其根源，基督教如上所述的同而不和，充满分裂与对抗的劫数，莫不根源其一元中心、天人物我自立、二元对立、合作竞争的内在关系。作为基督教前身的犹太教，在受迫害的中世纪结束之后，宗教改革也带来自身分裂，由此形成正统派、保守派、改革派三大派系。正统派又分极端正统派与新正统派，保守派则分化出重建派。原来，基督教正是由犹太教当初的"异端教派"发展而来。与之相反，儒道释之下，同样门派分立，见仁见智，例如儒教之下，许多人虽通读诸经，限于精力却专治某种或某几种经典，但是，既无相互指斥的异端之名，也无相互指斥为异端之实，更不说是相互迫害。当然，中国历史上既有焚书坑儒的故事，也有数不胜数的涉及以儒家学者为主体的文禁与文字狱，更有魏太武宗、周武帝、唐武宗、周世宗等灭佛事件，明清时期屡次禁止基督教传播等，但是，这都是官府所为；儒道释之争虽是向来就有，却未能形成宗教迫害，因为中国儒道释没有世俗权力，即便心有余，也是力不足。究其根源，莫不在于其天人物我合一、相反相成的内在关系，从而使其游离于世俗权力之外。

二、中西宗教的基本信念

宗教基本信念可分为三个层次：基本信仰，即别无选择的信仰，包括崇拜的对象、目的、原因、方式与结果；基本戒律，即教徒必须遵守的规矩底线；基本概念，即有关宗教崇拜的对象、目的、原因、方式与结果的概念术语。

先说基本信仰。基督教作为信仰基督的宗教，信仰的对象是神而不是道理、真理、学说。在基督教词典里，基督本身就是道理，就是真理，就是至高无上的学说。信仰基督的目的是为了得到基督的指点、庇护、救赎。原因是人类生来就注定有罪，背负由始祖所犯罪行构成的"原罪"。信仰的方式是心中有主，向主祈祷，为主献祭，照主的旨意即神谕行动。对此，世人别无选择，因为信仰基督者才会得到救赎，不信者便得不到救赎。到世界末日，即现世结束之日，所有世人都将接受上帝审判，得到救赎者升入天堂，享受永福，不得救赎者打入地狱，遭受永罚。其实，若是被打入异端，或违背戒律者，不等到末日审判，便会被异端裁判所等基督教组织治罪。基督教的一元中心、二元对立思想及其强制性、他律性，不言而喻。在基督教那里，信我者则得救，不信我者则被罚，党同伐异，本身又是天人物我自立、对立竞争观念的体现。与之相反，儒道释的信仰对象是儒道释的道理、理念、学说，而非至圣先师孔子、道德天尊老子、如来佛祖等儒道释祖师，因为上述诸位圣贤之所以成为儒道释祖师，是因为他们感悟、总结、建构了儒道释有关学说，并非如同基督教天主，生来就是神。信仰儒道释的目的是为了成为仁义之人、正人君子，至人、神仙、有道之士，脱离轮回、得道成佛。其原因就儒教而言，远离邪恶，成为仁义之人，就道教而言，涤除无用的私欲凡浊，成为有道之士乃至神仙，就佛教而言，脱离轮回之苦乃至得道成佛，是为人处世的最高境界或最好结果。信仰的方式是学习经典、向人请教、接受指导、自我修炼。儒道释面向自愿接受者，而不问或包容不愿接受者。尤其是儒教，对于接受者也是采取引导而非强制方式。道与释虽然有组织，有戒律，组织之内有惩戒，但是，也与基督教的大肆杀戮不同，没有处死惩罚；收录俗家弟子，莫不体现自愿自律原则，允许尘缘未了者还俗，使道与释自愿自律原则更加彰显。总之，儒道释与对立竞争无关，不过是基于对人性善恶正邪，明智痴迷相反相成之本质的认识，而劝人避恶就善，助人觉悟。

次说基本戒律。作为基督教与儒道释基本信念条律化的相关戒律，对前者天人物我自立、合作竞争，后者天人物我合一、相反相成的认知模式的体现，也就不言而喻。基督教继承自犹太教的"摩西十诫"包括：（1）崇拜惟一上帝而不可拜别神；（2）不可制造和敬拜偶像；（3）不可妄称上帝名字；（4）须守安息日为圣日；（5）须孝敬父母；（6）不可杀人；（7）不可奸淫；（8）不可作假见证陷害人；（10）不可贪恋别人妻子财物。头条与第三条强调信徒对上帝的绝对服从与敬畏，以及基督教的排他性，第四条则规定信徒对上帝的义务，换句话说，在某种意义上是为上帝而信教，因为创造人类始祖亚当与夏娃并判定其有罪的正是上帝。与之相反，儒道释所有戒律都只规定信徒修行所要遵守的条律，而没有强调信徒对祖师的服从与敬畏，不仅没有排斥异己的字眼，而且毫不避讳三教理念的相互借鉴、互包互孕。其实孔子只是告诫弟子：君子如何，小人如何；仁者如何，智者如何；何谓知礼，何谓诚信，何谓忠孝等。儒道释信徒都有将自己的行为予以善恶分别而记录，借以考察功过的习惯，称"功过格"。据清《传家宝》载，宋范仲淹、苏洵都在其中，明代大行其道。《道藏·太微仙君功过格》立"功格"三十六，"过格"三十九。规定治人疾病、救人性命、传授经教、为人祈禳、劝人行善等皆记功；行不仁、不义、不轨之事皆记过。逐日记录，一月一小比，一年一大比，善多得福，过多得咎，借以鼓励道士向善避恶。《初真戒律》载道教为初入道者与俗家弟子规定了"五戒"：（1）不得杀生；（2）不得荤酒；（3）不得口是心非；（4）不得偷盗；（5）不得邪淫。《初真戒律》载道教为初入道者包括俗家弟子规定了受过"五戒"之后的"十戒"：（1）不得不忠不孝不仁不信；（2）不得阴贼潜谋，害物利己；（3）不得杀生；（4）戒淫邪；（5）不得败人成功。（6）不得离人骨肉；（7）不得毁贤扬己；（8）不得贪求无厌；（9）不得交游非贤；（10）不得轻忽言笑。《三坛圆满天仙大戒略说》载道教认为，人世修证则有天仙、地仙、水仙、神仙、人仙、鬼仙，凡有灵性者都能成真。要修成天仙当先修初真戒，次修中极戒，后修天仙大戒。三界诸法皆从道生，欲求常道，当修观慧诸法：计智慧、慈悲、含忍、行功、修心、善业、精进、饰身、遣情、普心等共十类，每类各有"远身行"、"离口过"、"除恶想"、"绝声色"、"俭爱欲"、"洗垢秽"、"不淫想"等二十七种法，合二百七十法，受持此法，可得无量智慧，心地光明，德充道极。《大乘义章》等载佛教为俗家弟子规定了须终身修持的与道教"五戒"大同小异的"五戒"：（1）不杀生；（2）不偷盗；（3）不邪淫；（4）不妄语；（5）不饮酒。《中阿含经》等载佛教又在此基础上加入三戒：（1）不眠坐高广华丽之床，（2）不装饰打扮及观听歌舞，（3）不食非时食（正午过后不吃饭），合称"八戒"，供俗家弟子临时奉行，只是受戒期间过近似僧人的生活。《俱舍论》等载佛教为沙弥和沙弥尼规定的是"十戒"：较"八戒"多出（1）不涂饰香鬘，（2）不蓄金银财宝两戒。佛教为比丘和比丘尼规定了又高于沙弥和沙弥尼"十戒"的"俱足戒"：具体戒条多少，说法不一，中国隋唐后都以《四分律》的比丘二百五十条、比丘尼的三百四十八条受戒。总之是因戒品俱故名。

再说基本概念。基督教体现二元对立、合作竞争关系的概念术语，例如天国与地狱，上帝与魔鬼，惩罚与得救，创造与毁灭，主宰与信奉、本真与虚伪等，所建构的正是一套二元对立、合作竞争的话语体系，所言说的正是一个二元对立、合作竞争的世界。我们只须看看上帝与魔鬼、天堂与地狱的关系，便一叶知秋：上帝是世界创造者、主宰与中心，正义与邪恶总裁判。因始祖犯罪而注定受苦的人类，只有信奉上帝及其儿子耶稣，才能得救。魔鬼本是上帝所造天使之一，因受与上帝争高下的妄想驱使，走向堕落，专与上帝对抗，诱人犯罪，但却继续享有超人本领。天堂是上帝天上居所；地狱即不信基督且拒不悔改者死后灵魂受罚之所。将二者联系起来的是末日审判：在现世结束之日，所有世人都将接受上帝审判，得到救赎者升入天堂，享受永福，得不到救赎者打入地狱，遭受永罚，魔鬼被投入火糊受永刑。与之相反，儒教没有为其核心概念仁义礼智信"五常"等设立对立概念，通常将与其相反的意思与行为，表述为不仁、不义、非礼、非智、非信等；在界定与诠释仁义礼智信等概念的具体意义时，孔子也是针对不同的人与事，提出不同要求，例如仁，针对君王与民众便有不同要求：普通民众只要能够爱身边的人，即爱与自己交往的人，便是仁者，而君王仅仅如此则远远不够，君王要让天下民众感受到他的爱心，才算是仁君，周武王虽为孔子所称道，就是因其未能避免运用杀人的战争而夺取天下，便不能称为仁君，管仲虽不守礼，却因协助齐桓公以非武力方式称霸诸侯，便被孔子视为仁者；所谓君子与小人、君子与野人等，也是层次类别的对应关系，而非对立关系，从而令儒教上述核心概念走向一体多元。道教的动与静、有与无、实与虚、求与舍、得与失、益与损等概念，也是相反相成的对应关系，而非对立关系。佛教的虚幻与真实，有相与无相等概念，看似对立，其实不仅是非对立的对应关系，而且是由俗成佛的两个阶段或层次：人类的世俗阶段，也即是难免贪嗔痴，有相有欲的虚幻阶段或层次，通过修行悟道，从而消除这种虚幻，走向无贪、无嗔、无痴、无相、无欲的真实阶段或层次。总之，人类的俗性与佛性，二元反成，因为若是人类没有佛根，便难以通过修炼悟道而培育佛性，若是人类没有俗性，佛性及其修为也就失去存在的意义。

三、中西宗教的权力机制

神创造并主宰世界与一神独大的理念，令古希腊与古罗马神话、宗教以及后来的基督教，无不体现为共同的天人物我自立、合作竞争的认知模式。就基督教而言，这种认知模式早在基督教尚未定型化并成为罗马国教之前，便已经形成。此时的基督教，更多地体现为基于抱团取暖，组织起来反抗强权压迫乃至谋求政治权力的需要，从而形成的民间结社，我们不妨称之为"宗教结社"。因此，我们也不妨从宗教结社的权力机制角度，去考察基督教的认知模式。与之相同，中国汉代及其以后的许多抱团取暖，组织起来反抗强权压迫乃至谋求政治权力的平民起义，都以民间宗教为依托，除了信奉某种神灵，遵从某种戒律，借重某种宗教学说，这些作为平民起义之依托的民间宗教，与那些志在组织起来反抗压迫乃至谋求政治权力的民间结社，例如南宋钟相起义、清代天地会起义所依托的民间结社，并无本质区别。换句话说，组织起来反抗压迫乃至谋求政治权力，正是中国民间结社与多数民间宗教的共同追求，这就使通过宗教结社层面的基督教与中国民间宗教、宗教结社的异同比较，来求证中西文化认知模式的异同，显得不无必要。

基督教起源于公元一世纪的巴勒斯坦，后流传罗马并成为国教，随之传播欧洲遍及世界。兴起过程包括两个时期：尚未定型并取得世俗政权的前期和已经定型并取得世俗政权的后期。上文所说基督教，主要是指后期；所谓宗教结社层面基督教，主要是指前期。前期基督教又包括两个阶段：公元一世纪三十至七十年代的原始阶段可称为"原始基督教"；公元一世纪末至四世纪初的早期阶段可称为"早期基督教"。原始基督教的成员都是被压迫者，尚保持浓厚的犹太教色彩。原始基督教主要在巴勒斯坦和东部地中海沿岸的犹太人中流传，尚不具有世界化倾向，深受犹太教非正统教派间流行的启示文学与仇恨征服者情绪的影响。原始基督教认为救世主耶稣即将再降世间，毁灭魔鬼掌权的现世，因基督之名而受害的死难者将复活，与基督同掌王权，魔鬼爪牙将复活受审，并与魔鬼同入火湖受永刑。原始基督教内部教派纷立，相互之间斗争十分激烈。一世纪末二世纪初，走向欧洲的基督教，伴随着上层社会成员和知识分子的加入，以及吸收希腊思想而走向神哲学化和世界化的派别优势的不断提高，结束了民众组织起来反抗压迫的原始阶段，而向组织反抗进而谋求话语权乃至政治权力的早期阶段转型。这种转型具体内容有三：首先是在教义上，由对各种权力与压迫的激烈反抗，转向容忍与期待；变过去对穷苦的颂扬与对财富的谴责，为对穷苦者精神的颂扬与对富裕者道德的期待。其次是在组织结构上，走向与上层阶级达成和解，由单纯的下层民众转向上层知识分子与贵族。最后是在阶级立场上，当基督教成为罗马国教之后，便走向神权与俗权的两位一体，从而形成新的转型：由被压迫阶层的反抗组织及其反抗学说，转变为统治阶层的压迫组织及其统治学说。

中国民间秘密宗教有许多，尤以元明清为盛，例如罗教、圆教、圆顿教、清茶门、明教、白莲教等，许多教派其实都是白莲教一系。其中许多教派都成为民间起义的依托，例如东汉末黄巾军起义借重太平道，东晋孙恩起义借重五斗米，北宋方腊起义借重摩尼教，元末红巾军起义借重白莲教，清末太平天国起义借重拜上帝会等。与前期基督教具有可比性的中国民间宗教，首推白莲教，其次是明教即摩尼教，再次是拜上帝会。元明清三代流行民间的白莲教，初为佛教分支，由南宋茅子元创立，教义源于净土宗，提倡五戒，崇尚阿弥陀佛，元代渗入其他宗教观念，转奉弥勒佛，明正德后接受罗教影响，教派纷立，如明代有红阳、净空、无为、西大乘、黄天，清代有弘阳、混元、收元、老官斋、龙华、八卦、天理等教派百种以上，但教义、仪式大同小异。教内实行家长制，教主大权独揽，父死子继；尊卑贵贱，等级森严。信徒入教有仪式，须交纳钱财，教徒定期聚会，烧香礼拜，宣讲经卷，教习枪棒。成员多元化，农民、手工业者、城市贫民、流民、胥吏、差役、下层知识分子等都在其中，且一度通过太监传入皇宫。白莲教成为元明清农民起义的依托，除了元末刘福通、徐寿辉领导的红巾军起义，又例如明末徐鸿儒起义，清嘉庆间川鄂陕白莲教起义等。明教由摩尼教发展而来。摩尼教是起源于古代波斯萨珊王朝的古代伊朗宗教，公元三世纪由摩尼在琐罗亚斯德教二元论的基础上，杂收基督教、佛教、诺斯替教思想而创立。明教在三至十五世纪流行亚非欧，约六至七世纪传入新疆，成为回纥国教，唐代传入内地，唐武宗灭佛时遭受打击。明教混合着道教与佛教成分，既尊张角为教祖，又敬摩尼为光明之神，崇拜日月。明教教徒服色尚白，提倡素食、戒酒、裸葬；讲究团结互助，称为一家；认为世界上的光明力量必将战胜黑暗力量。明教在唐代依附佛教，在宋代又依附道教，经元明清而逐渐与其他教派融合。明教成为五代梁末母乙起义、宋代方腊起义、王念经起义、明代朱元璋起义的依托。太平天国起义及其依托的宗教组织由基督教断章取义而来的拜上帝会，因已详细写入中学《历史》教科书，此处不再叙述。

　　显然，前期基督教、明教、白莲教也好，太平天国的拜上帝会也好，其通过组织起来反抗压迫乃至谋求政治权力的宗旨与追求，与钟相结社和天地会，可谓殊途同归。北宋末年，湖南鼎州（常德）武陵县从事"农亩渔樵"的农民，形成以钟相为首的民间结社，社员共同攒钱互助，有利于集体抵御困难，谋求发展，加入者甚众。针对北宋末年统治者的横征暴敛，钟相提出：法分贵贱贫富非善法，我如行法，当等贵贱，均贫富。对政治权力的谋求直言不讳。在南宋建炎年间外遭金军蹂躏，内遭统治者暴敛以及溃兵游寇侵扰的时代背景下，钟相及其社员奋起抗争，也就势在必然。天地会起义及其依托的天地会，同样因已写入中学《历史》教科书，且为时不远，读者易知，故此处不再叙述。

　　比较起来，基于对通过组织起来反抗压迫乃至谋求政治权力的共同追求，前期基督教与中国民间结社、民间宗教不同的天人物我自立与天人物我合一的认知模式，也就显而易见：

第一，前期基督教的世界，已经是一个黑暗与光明，压迫与期待，上帝、世人、魔鬼，天堂、人间、地狱，正义与邪恶，迷失与拯救，信神与得救，天人物我自立、合作竞争的世界；以假想之神为信仰对象；走的也是党同伐异，独立发展，偏执一端，甚至谋求专制与垄断的道路。而中国大多数民间结社与民间宗教，则基本认同儒道释所确立的天人物我合一、相反相成的世界；信仰的对象是观念或理想；走的也是不排斥异己，开放发展的道路，至于如前文所述，朱元璋对其他义军的进攻，则已经由结社维权与谋求政权，进入到政权垄断的层面。其中，不认同中国文化传统天人物我合一的世界观念，宣扬天主中心，视其他宗教为异端的拜上帝会，正是植根基督教教义的结果。强调尊卑贵贱，教主大权独揽，具有敛财嫌疑的白莲教，所受基督教影响也是显而易见。明教强调光明与黑暗对立的思想则来自摩尼教。

第二，前期基督教内部已经充满不可调和的激烈斗争。中国民间结社与民间宗教，即使如支派纷立的白莲教，包括小刀会、红钱会、哥老会等众多支派在内的天地会等，虽然相互合作不够，但是也只是各行其是，尚未相互敌视。反之，天王洪秀全坚持自我中心，杨秀清、石达天诸王，同样坚持自我中心，既精诚合作又视若仇敌，最终毁于内斗的太平天国，当与其依托的拜上帝会植根基督教教义的外同异教徒斗而内同其他教派斗的斗争传统不无关系。同理，革命即将成功，依托明教而攻击白莲教的朱元璋，也莫不受明教继承自摩尼教的合作竞争思想影响。

四、中西宗教的演化动力

任何事物的存在都体现为历时性的过程，而事物的存在过程又意味着演化。对于人文事物的演化来说，又不能没有动力。那么，促使宗教由史前与自然崇拜两位一体，多神崇拜的"史前宗教"，又称"原始宗教"，到仅存在于古代而后世不再流传，但有文字可考，既保留了史前宗教的自然崇拜与直观性，又具有拟人化倾向，神灵的社会功能优越于自然功能，宗教经典开始出现的多神崇拜的"古代宗教"，再到经典完备，神灵至上，组织化、仪式化、戒律化的"标准宗教"的不断演化的动力是什么？一言以蔽之，西方宗教的演化受"对抗—自卫"机制驱动；而中国宗教的演化受"认同—和合"机制的驱动。青睐天人物我自立、合作竞争与青睐天人物我合一、相反相成的认知模式，自在其中。

上述"宗教历史三阶段"之说，其实是就西方宗教而言，例如意大利半岛的伊特鲁利亚宗教属于原始宗教；古希腊宗教与古罗马宗教则属于古代宗教；基督教的标准宗教身份不言而喻。而中国宗教虽有殷虚甲骨中发现的宗教现象具有原始宗教色彩，终究信息有限，且相关观念也继续保留在后世儒道释与民俗之中。因此说，中国宗教严格地说来只有第三阶段。表面上看，作为古代宗教的古希腊宗教与古罗马宗教的多神崇拜，与中国的儒道释大同小异，实际上，中西宗教不同的认知模式已经由此奠定。欧洲宗教由多神崇拜的原始宗教发展到古希腊与古罗马，崇拜地区、民族或国家之神的古代宗教，显然是由原始氏族社会向奴隶制国家社会发展的结果，基于维护民族独立与同异族竞争的需要而建构的"对抗—自卫"机制。通过崇拜民族之神凝聚民族精神，鼓舞民族斗志。神灵与我同在，保佑我们取得战胜异教徒的胜利，同时惩罚民族的叛徒。基督教替代古希腊与古罗马宗教而普及欧洲，将其"对抗—自卫"机制由凝聚民族精神，鼓舞民族斗志，提升到凝聚多民族的教派精神，鼓舞多民族的教徒斗志。正是这种"对抗—自卫"机制，促使普及欧洲后的基督教，伴随殖民战争走上寻求"世界化"道路。在内部教派争斗从不间断的同时，甚至不惜以"假想敌"来激发其宗教斗志，实现与时俱进。起源于西域，孕育于犹太教的基督教，结果反而将犹太教与西域的本土宗教伊斯兰教等，都当成竞争对手。所谓"十字军"东侵，就是欧洲基督教由教皇号召乃至直接发动，二百年间杀回西域的八次战争。第一次东侵，杀人七万，大肆劫掠，最后占领耶路撒冷，仿法兰西模式建立耶路撒冷拉丁王国；第二次东侵，乃应耶路撒冷国王求援，志在夺回被土耳其收复的埃德萨，结果惨遭失败；第三次东侵，企图夺回被埃及苏丹萨拉丁攻克的耶路撒冷，结果没能成功；第四次东侵，目标本是埃及，后在威尼斯怂恿下，转攻其商业对手，同样信奉基督教的拜占庭，攻占君士坦丁堡，建立帝国；随后的三次东侵，目标都是埃及；第八次东侵，目标是突尼斯，结果都以失败告终。由西域传入欧洲的基督教，在接受古希腊宗教与古罗马宗教影响之后，却将二者变成过去。如此等等，从而使基督教的历史难脱欺师灭祖，杀亲灭友之嫌。

与西方宗教的发展道路相反，中国宗教是在"认同—和合"机制的驱动下向前发展。一方面，创世之神太一、浑沌、阴阳、盘古、女娲，人类始祖"十神圣"，以及蚩尤、祝融、共工等，显然并非自始至终的华夏共神，而是来自不同地区与不同氏族的神灵。通过氏族的不断碰撞与融合，从而作为"三皇"、"五帝"、"五方神"、"太一"等各种联合体，成为秦汉时期的华夏共神，享受天下汉人香火，永不退位。《史记·封禅书》载：汉高祖刘邦自称赤帝之子，称所杀大蛇为白帝之子，然而，作沛公之后却舍赤帝而祠蚩尤，入关为汉王后又立黑帝祠，在秦时祀白帝祠、青帝祠、黄帝祠、赤帝祠等四帝祠的基础上，加入黑帝祠，由此成为五帝祠，以全过去的"五帝"之说；汉武帝刘彻，进而祀太一神，以为五方五色帝神统领。古代宗教发展到秦汉时期的高度融合，由此可见一斑。另一方面，好黄老成就了西汉早期"文景之治"。汉武帝宣布"罢黜百家，独尊儒术"，成为后世"儒教说"的时代标志，或许是要在祖父所推崇的"黄老之学"之外，另树国家与民族的精神支柱？然而，秦代神仙方术并未因汉武帝独尊儒术而受到抑制。不仅如此，虽然李商隐《贾生》"宣室求贤访逐臣，贾生才调更无伦。可怜半夜虚前席，不问苍生问鬼神"感叹的是汉宣帝，但是，据《史记·孝武本纪》载，"孝武皇帝初即位，尤敬鬼神之祀。"如果说此乃"窦太后治黄老言，不好儒术"所致，那么，随后窦太后死，武帝尊亲李少君，信长生，求神仙，"李少君病死。天子以为化去不死也，而使黄锤史宽舒受其方。求蓬莱安期生莫能得，而海上燕齐怪迂之方士多相效，更言神事矣"，显然是汉武帝好神仙较其父有过之而无不及。影响所致，《后汉书·楚王英传》载：东汉初，楚王英"更喜黄老学，为浮屠斋戒祭祀"。"延熹中，桓帝事黄老道，悉毁诸房祀"。并在宫内立黄老、浮屠祠，祭祀黄帝与老子，表明黄老道已经具有宗教仪式。秦汉神仙方术与战国至汉代的黄老道联合孕育了东汉道教，自不必细说，由此可见，道教初生即受到佛教启示，或说直接借鉴了佛教形式。道教经东汉的五斗米、太平道到北魏的北天师道、南朝宋的南天师道，发展到唐宋，已趋向儒道释三教合流，沿此方向，元代光大道教的全真教，原来，创立者王重阳奉行的正是以道教为主，兼容儒道的方针。再一方面，儒教从汉代玄学到宋代理学再到明代心学，自始至终奉行孔孟之道。或说孔子创立儒学，声称乃祖述黄帝、尧、舜、文、武、周公等圣人思想，后世儒家学者中也从无基督教欺师灭祖的现象，即使是好怀疑一切的清儒，也不曾流行怀疑黄帝、尧、舜、文、武、周公之论。道教从古到今，同样没有怀疑黄帝、老子的现象出现，虽同儒释之间常有争论与相互排斥，但是毕竟没有相互打压的惨烈事件发生，这显然不只是中国宗教不具有世俗权力的结果，因为世界上许多异教徒之间的流血冲突并不需要借助世俗权力。如前文所述，佛教之所以能够移植中国，使中国成为佛教第二故乡，其成功经验就是入乡随俗，认同中国文化话语，实现中国化。奉行"对抗—自卫"发展机制的基督教，最终在中国站稳脚跟，同样是放弃其"对抗—自卫"机制，改从中国宗教"认同—和合"机制的结果。

第三节 中西军事认知模式比较

中西军事的认知模式极易招致误读：误以为推崇民主决策的西方军事就是"多元化军事"，将军服从君主的中国军事就是"一元化军事"。然而，细加分辨，原来却是恰恰相反。总体说来，如绪论所述，西方军事是作为政治延伸的军事，追求胜利的军事，敌死我活的军事；中国军事是军政一体的军事，既追求胜利又不求胜利的军事，既追求损人利己又追求敌我双和的军事。因此，在某种程度上，目的在于压倒对方，损人利己，乃至分出胜负的西方军事，也可以说是"对抗的军事"，目的在于令对方认同自己，消解对抗，不求胜负的中国军事，也可以说是"认同的军事"。中西军事分别青睐天人物我合一、相反相成与青睐天人物我自立、合作竞争的认知模式，由如下四个层面可见：

一、中西军事的目的定位

为何打仗？为谁打仗？战争主体有战争的受益者（例如氏族首领、古代君王）与战争的担当者（主要是将士）之分。因此，战争动机也有受益者动机与担当者动机之分。总体说来，西方古代战争，从斯巴达战争到基督教"十字军"东侵，战争担当者基本上也是受益者，他们是为自我名利而战，为对抗、征服他人而战；中国古代战争，从三代到明清，除了体现为种族争端、具有种族歧视的元朝与清朝等，其他朝代则不尽然，战争担当者往往并非总是受益者，他们往往是为他人名利而战，为认同、双和而战。因此，前者立足天人物我自立、一元暨中心、二元合作竞争，损人利己的目的十分明确；后者则未必如此，有时却是立足天人物我合一、一体多元、二元相反相成，寻求认同与双和。

（一）为自我名利而战与为他人名利而战

西方古代乃至近代战争，其担当者多为自我名利而战，具体体现在四个层面：

第一，例如古希腊斯巴达城邦的入侵者与反入侵者，为民族、城邦、阶级的共同利益而战。多利安人侵入拉哥尼亚与美塞尼亚，建立斯巴达之后，在将自身变成斯巴达人的同时，也将本土居民希洛人全体变为奴隶；生活在总数不过三万的斯巴达人与将近三十万的希洛人之间，居住于边境地区的庇里阿西人，说是自由人，其实除了可以从事奴隶制工商业劳动之外，并无任何政治权利，且同样为斯巴达人所提防；当然，斯巴达人还必须提防邻族或邻邦入侵，又随时准备入侵邻族或邻邦。为此，斯巴达人实行军事化教育与管理，以提高民族与城邦的战斗力与凝聚力，随时准备打仗。总之，基于民族对立、城邦对立、奴隶与奴隶主对立、平民与贵族对立，斯巴达全体奴隶主或贵族，既是战争受益者也是战争担当者；民族或城邦利益就是奴隶主或贵族利益，谋求与捍卫民族或城邦利益，就是谋求与捍卫奴隶主或贵族自身利益。当然，沦为奴隶阶级的全体希洛人，反抗斯巴达人的战争的参与者也同样是受益者，既是为民族而战，也是为阶级而战。欧洲历史的整个"贵族化时代"都不例外。随之而形成的种族优越感，也成为参战的动力。在古代中国，只有将自己变成优等人即优等民族的蒙古人与满清人等对汉人的战争是如此，至于契丹人、西夏人、女真人与汉人的战争，因未能取得统治华夏的胜利而未能构建种族优越的体制。如果说中国贵族热衷接受教育，以接受教育为本分，那么，西方贵族便热衷战争，以战斗为本分。

第二，例如荷马史诗"英雄时代"的各国国王与英雄赫拉克勒斯、忒修斯、波吕尼刻斯、堤丢斯、安菲阿拉俄斯、卡帕纽斯、阿伽门农、阿喀琉斯、奥德修斯等，从亚历山大（Alexander the Great）、汉尼拔（Hannibal Barca）到恺撒（Gaius Julius Caesar）、屋大维（Gaius Octavius Augustus）、拿破仑（Napoléon Bonaparte）等西方著名战将，都是为自我名利而战。荷马史诗等所描绘的阿耳戈英雄远征、七英雄与厄庇戈诺伊大战七门底比斯、希腊联军大战特洛伊的战争等，参战英雄们无论是国王还是战士，共同的参战动机，就是为赢得英雄荣誉与抢夺财富，例如阿伽门农与阿喀琉斯的争执，就与包括女人在内的战利品分配有关；其次才是征服异族或异邦，抢占土地，报仇雪恨，或是联盟的需要，或是为帮助朋友等不同原因。总之，无不是为了满足各自的愿望，作为战争受益者而自愿参战。或说阿耳戈英雄远征是伊阿宋中其叔父欲将其置之死地的圈套的结果，类似的事例还有赫拉克勒斯、忒修斯等受人"要挟"而大战妖魔等，但是，这并不妨碍战斗者从中受益，首先是赢得作为英雄的荣誉。其中，如前文所述，七英雄大战底比斯，未卜先知的安菲阿拉俄斯本不愿参战，因被贪图财物的妻子出卖而被迫送死，于是临行前嘱咐儿子杀掉母亲为父亲报仇。无独有偶，大战特洛伊，奥德修斯不愿为了一个不忠实的女人而离开自己的妻儿去参战，于是假装精神病，结果却被帕拉墨得斯揭穿，因而心怀怨恨，终于通过在其床底埋金，伪造敌国国王书信，诬陷其私通敌国的阴谋诡计，置其于死地，报仇雪恨。要排列"西方古代十大名将榜"，亚历山大大帝、恺撒大帝、盖乌斯·屋大维、拿破仑·波拿巴必定榜上有名。亚历山大通过战争创建了地跨欧非亚三大洲的亚历山大帝国，恺撒通过战争使自己成为古罗马共和国身兼执政官、保民官、独裁官的"祖国之父"，屋大维通过战争使自己成为罗马帝国皇帝，拿破仑通过战争使自己成为法兰西第一帝国皇帝。总之，战争为他们赢得至高无上的政治地位与英雄荣誉。但是，这并不妨碍他们直接通过战争抢夺财富。例如恺撒在远西班牙行省总督职位上，就曾通过进攻卢西坦人与加拉埃西人而得到大量财富与奴隶；在意大利北部山南高卢总督职位上，征服高卢全境后便将其变成行省，令其每年向自己上缴大量钱财。显然，亚历山大、恺撒、屋大维、拿破仑在没有成为独裁者或执政官之前，都要受制于公民大会、元老院、执政官等，但是，西方掌握军权的总督、执政官、独裁官等，并非如同古代中国，由皇帝委任，而是通过选举产生，因此而具有独立性，拥有自主权，就是受命的军队元帅，同样拥有自主权，从而使他们作为战争担当者也是战争受益者，为自我名利而战。换句话说，古代中国的战争担当者，若非造反夺权者，便有功高震主之嫌与鸟尽弓藏之忧，古代西方的战争担当者，即使不是造反夺权者，只要功高就有可能当政做主。

第三，从阿耳戈英雄远征到"十字军"东侵的将士，为自我名利而战。古代乃至近代西方人进行的所有入侵战争，就士兵而言，就是为了抢劫财物，获得晋升，赢得勇敢的荣誉。抢劫财物包括私吞与集体分赃。只不过是将军得到的多，士兵得到的少。如同中国科举道路，西方人则热衷在战争中寻求晋升，且如同读书，从基层做起。例如拿破仑军校毕业，通过考试取得军官资格后才被任命为皇家炮兵少尉；西方兵书名著《战争论》作者普鲁士人克劳塞维茨（Carl Von Clausewitz），不满十二岁就被父亲送进波茨坦某步兵团做士官生，十三岁参加对法作战围攻美因茨城战斗等，十五岁晋升少尉；希特勒军事生涯则是始自第一次世界大战德军传令兵。以勇敢善战为荣的思想，在古希腊与古罗马根深蒂固。总之，西方士兵也是不打无益之仗。这便是英法联军为何要火烧圆明园的原因之一，那就是为了掩盖其抢劫中国文物的罪行。古代中国的国家战争，将士均是单身出征，将帅往往自备兵器与战马，士兵装备往往则由帝王或将帅配给，而古代西方的国家战争，将士往往自备兵器，且允许士兵携带仆人、奴隶乃至妻子，将帅更不在话下。例如"希腊民兵像雇佣兵一样，自己武装自己。在希腊城邦间战争的典型战役中，……重型步兵有许多仆人、奴隶伴随，帮助他们携带东西"，为其服务。亚历山大远征，宿营小溪附近的大军，夜间遭遇山洪，"以致卷走了随军行动的大多数士兵的妻子和孩子"，[8]从而促使他们为保卫自己的妻子、奴隶、财产而战。

第四，古希腊与古罗马时代及其以后的雇佣军，为自我名利而战。雇佣军在西方可谓历史悠久，古希腊与古罗马时期的常备军主要由雇佣军组成。古希腊与古罗马雇佣军兵源不限于本国与本民族；反过来，古希腊与古罗马人民更热衷充当异族他国雇佣军。例如以斯巴达为首的伯罗奔尼撒同盟同雅典争夺希腊霸权的伯罗奔尼撒战争结束后，希腊成千上万的士兵被解除军职，既无专长又不愿从事和平职业，于是就充当波斯王子小居鲁士雇佣军，帮助其夺取王位。亚历山大军队面对的波斯重型步兵，也主要是希腊雇佣军。当时身为西班牙迦太基军队统帅的汉尼拔，就是带着包括雇佣军的军队，出敌不意，翻越比利牛斯山和阿尔卑斯山，进军意大利北部，由于气候复杂，地形复杂，在对抗山地部落袭击过程中，这支具有多种语言的军队损失惨重。随后依然是通过招募高卢与利古里亚雇佣军来补充兵员。罗马军队进攻迦太基本土，汉尼拔奉命回救，出任迦太基军队统帅，所率军队也是由非洲军与其带回自意大利的雇佣军组成。西方雇佣军以战争为生，为自己的利益满足而战，自不必细说。

与之相对应，中国古代战争，其担当者往往并非为自我名利而战，而是为他人名利而战，具体体现在相应的四个层面：

第一，除了具有种族歧视的非汉族朝代元朝与清朝，在其他朝代，中国民族战争并非必然导致对被征服民族的整体歧视，将其全体变为被压迫的奴隶，同时也不会为取胜民族谋取共同利益，将其整体变成贵族。这并不是说中原王朝的奴隶社会超越了胜者为主败者为奴的历史，没有视四夷之邦为不开化民族的观念，没有贵族平民阶级之分，而是说并非总是将所有战败民族全体变为奴隶，贵族平民的分别也并不因为民族战争的胜利与失败而有所改

---

8 [美]阿彻·琼斯，西方战争艺术[M]，北京：中国青年出版社，2001，33、36。

变。具体地说，汉族的平民即使是取得征服异族的胜利，仍旧是平民，而不能成为被征服者异族人的贵族主人。例如据《史记·周本纪》记载：周文王在世，招贤纳士而不问氏族，以齐人姜子牙为司马，授以兵权；五年之间连伐犬戎、密须、耆国、邘、崇侯虎等五国异族；由武王伐纣，有庸、蜀、羌、髳、微、纑、彭、濮等异族参战可知，西周必不以异族全体为奴隶；证之以武王伐纣成功，封纣子武庚统帅殷商遗民自治可知。上溯夏与商，将战败俘虏全体变成奴隶的事例不可能没有，但是，那是王侯将帅们及其家族的好处，没有证据表明，每位参战者都能够分配到奴隶。下探秦与汉，莫不如此。参战战士难得合法地自行抢劫，通常是接受王侯将帅赏赐，所谓"论功行赏"是也。这是民族战争。再说阶级战争：小吏而近乎平民出身的皇帝汉高祖刘邦与准流民出身的明太祖朱元璋，可谓平民阶级帝王代表，可是，革命成功之后，天下平民阶级包括参加夺取政权的平民阶级战士，依然故我，汉朝、明朝同其他贵族出身帝王建立的朝代没有任何区别。总之，中国民族战争与阶级战争，通常只是为王侯将帅们及其家族谋取利益，对于参战平民而言，不过是前门驱狼而后门进虎，才脱狼窝又入虎穴，本民族与本阶级出身统治者同样鱼肉他们。那么，既然如此，广大民众为何甘愿为人作嫁？就民族战争而言，原来，中原帝王虽然通常不会将异族变成奴隶，但是，异族帝王却会将中原人民变成劣等人与奴隶，蒙古人的元朝与满族人的清朝就是如此；中原大军与周边异族军队作战不以抢劫财物与人口为首要目标，但是，异族军队却是如此。就阶级战争而言，那是官逼民反的结果。

第二，出生入死，功成名就的将帅们，最得意的下场，就是通过为帝王谋取名利的同时，而能够得到帝王的任用与封赏，其前提是与帝王建构知遇乃至信任关系，例如周朝姜子牙，三国诸葛亮；最可悲的下场，就是鸟尽弓藏、兔死狗烹、功高震主、恩将仇报的英雄悲剧，例如为李白《行路难》三首所感叹的春秋越国文种，汉朝韩信，乃至与韩信同为开国功勋的臧荼、彭越、英布、韩王信，以及明朝开国功勋蓝玉、李善长、徐达；最明智的下场，就是只为自己人生价值的实现而不图名利、激流勇退、功成身退，例如为李白《行路难》三首所歌颂的春秋越国范蠡与汉朝张良。中国人才选举与任用，有着任人唯贤、人尽其才的优良传统，越是动乱变革年代，这个传统越是显得重要，从而为普通民众开辟了建立军功、拜帅封侯、光宗耀祖、封妻荫子、衣锦还乡之路，从而有"学成文武艺，货于帝王家"之说。可是，这条名利双收的军功之路，却因枪杆子里面出政权，天下为家，王权世袭，英明帝王可遇不可求，军事服从江山统治，将帅由帝王委任，信任与猜忌由帝王修养与素质决定的政治体制而陷入前途莫测。至于何去何从，上述三种下场的最后一种任你选择，前两种则是听天由命。总之，中国将帅通常难得为自我名利而战。有史以来，虽说是枪杆子里面出政权，但是，真正具有军事才能的将帅，往往却是为人作嫁。或说中国古代著名将帅与军事家姜子牙、司马穰苴、孙武、吴起、孙膑、尉缭、白起、韩信、李靖等，不仅是没人能做帝王，其中的吴起、白起、韩信等，反而命丧"自家人"之手；中国古代将帅拥有帝王权势之后，便拒绝像亚历山大、恺撒、屋大维、拿破仑那样，冲锋陷阵，所谓御驾亲征，并非冲锋陷阵；中国古代没有通过集体选举而任命的将帅，更没有通过集体选举而走上帝王宝座的将帅。就姜子牙、诸葛亮之类封侯拜相的成功者，与文种、韩信之类兔死狗烹的失败者而言，他们的成功与失败，直接取决于帝王修养与素质。而帝王修养与素质可遇不可求，由此形成中国人的"明君情结"，从而使姜子牙、诸葛亮的建功立业成为报答周文王与刘备的知遇之恩，他们通过战争来追求名利的动机，也因此而被消解；从而使勾践、刘邦成为文种、韩信能否实现通过战争追求名利的裁判者，文种、韩信通过战争追求名利的因果关系也因此而被解构。至于范蠡、张良的激流勇退、功成身退，只能解读为他们是为实现其人生价值而战斗，或为报仇雪恨而战斗。言外之意：我有战争才能，或我要报仇雪恨，我之所以参与战争，就是为了证明我的战争才能，或为了报仇雪恨，与名利无关。

第三，中国古代战争中不可能不发生对包括女人在内的财物抢劫，但是，主流的中国古代战争不以抢劫财物为目的，战士不以发战争财为参战目的。如上所述，中国古代战争也会让普通战士通过建立军功而名利双收，但是，鉴于其中的非因果关系，而难以成为普通战士的奋斗目标。那么，除了最终由首领或国君受益的民族战争、革命起义，为何在动乱年代或革命年代还会有许多人自愿当兵？那就是当兵吃粮，为了生存。反过来看，问题会变得更为清楚：那就是中国历代民众都饱受兵役之苦，由此形成类似唐代诗人杜甫《三吏》、《三别》等，感叹这种苦难的大量诗文。南朝梁武帝时发生"侯景之乱"，侯景之所以凭借三五千人起家，攻占城池，所向披靡，令拥有几十万大军的梁武帝萧衍被牵着鼻子走，其战斗力莫不来源于侯景纵容其士兵抢劫，且自己少取乃至不取，而将财物全部归于部下。

第四，中国动乱年代的招兵买马，类似西方的雇佣军招募，但是，招兵买马在古代中国却未形成雇佣军的常态化与制度化。即使是战乱时，被招募战士的待遇也未能形成制度化，将帅之间不是明确而固定的契约关系，而是临时抱佛脚的相互利用关系。也就是说，士兵不能以战争为生。古代中国的"和平年代"，实行的是如《木兰诗》所写的，"昨夜见军帖，可汗大点兵，军书十二卷，卷卷有爷名。阿爷无大儿，木兰无长兄，愿为市鞍马，从此替爷征"的强制性义务兵役制度，其人性化的表现是"抽丁"，遇到战事突发，杜甫《石壕吏》所写的"抓丁"，便成为常见现象："暮投石壕村，有吏夜捉人。老翁逾墙走，老妇出门看。吏呼一何怒！妇啼一何苦！听妇前致词：三男邺城戍。一男附书至，二男新战死。存者且偷生，死者长已矣！室中更无人，惟有乳下孙。有孙母未去，出入无完裙。老妪力虽衰，请从吏夜归。急应河阳役，犹得备晨炊。夜久语声绝，如闻泣幽咽。天明登前途，独与老翁别。"直到现代根据三民主义建立的民国政府，依然实行"抓丁"从军，因此而令"好男不当兵，好铁不打钉"的俗话套语流传至今。与之相关，西方战争中的物资运输等事物性工作，通常也由战士承担，中国则盛行不计报酬的拉夫抓丁。总之，中国即使是被招募的士兵，也难得有为自己打仗的角色认同，更不用说为应徭役乃至被捉来的民夫。

（二）为对抗、征服而战与为认同、双和而战

基于民主政治对大众意志的体现，西方战争主要是民族战争，或说谋求民族压迫与反抗民族压迫的阶级战争，只有在面对独裁专制时，大众才会发动推翻专制的革命。以占领家园，抢夺财物，强迫臣服为内容的西方民族战争，自始至终都贯彻着对抗性。例如：种瓜得瓜，多利安人侵占他人家园而建立的斯巴达，在先后与波斯、雅典、底比斯、马其顿、罗马等展开的无休无止战争中，最后被罗马收入版图。又例如：日益强盛的罗马，在公元前三至二世纪，先后通过布匿战争、马其顿战争，征服迦太基、西班牙、马其顿、希腊等地；民族歧视与阶级对立的结果，自然是激起反抗与斗争，由此形成公元前一世纪至公元一世纪的内战时代：例如西西里奴隶起义，斯巴达克奴隶起义，以格拉古兄弟改革为代表的破产农民反对大地主的斗争，以同盟者战争为标志的平民争取权力的战争，此起彼伏。经苏拉独裁，前三头政治和恺撒独裁，到后三头政治至屋大维，罗马进入帝国时代。这期间，恺撒先征服高卢全境，随之越过莱茵河进攻日耳曼人，进而渡海侵入不列颠；追杀庞培

至埃及，助克娄巴特拉七世争夺王位，后转战小亚细亚。建立罗马帝制实行独裁之后的屋大维，继续致力于对外战争，侵占西班牙北部及多瑙河沿岸。罗马帝国版图达到极盛时：西起西班牙、不列颠，东到西域"两河流域"，南自非洲北部，北迄多瑙河与莱茵河，这当然都是侵略战争成果。帝国后期，倾向权力诉求的基督教，经过不懈斗争，由被压制转向合法；罗马帝国则在内忧外患中瓦解：巴高达运动、亚哥尼斯特运动等国内运动的风起云涌，动摇了帝国基础，西哥特人、汪达尔人，尤其是日耳曼人的入侵，使帝国最终覆灭。总之，罗马在不断入侵异族之中走向强大，也在被异族的不断入侵之中走向灭亡。由此可知，不仅是入侵者高举对抗旗帜，被入侵者同样高举对抗旗帜。直到十九世纪末的克里特岛，还在举行反土耳其起义，要求归属希腊。被入侵的希腊人、罗马人不像被入侵的华夏人，或选择逃亡，或选择逆来顺受，等待入侵者多行不义而自毙，而是选择反抗。准确地说，总体上看，欧洲人的民族抗争意识要比华夏人强烈而自觉。原来，以"法国革命的儿子"自命的拿破仑的颠覆精神，植根于家乡科西嘉人民的反抗精神。位于意大利、法国、西班牙之间的科西嘉岛，因其独特的地理位置而多灾多难，先后为迦太基人、罗马人、汪达尔人、比萨人、热那亚人所占领、统治。但是，科西嘉人民从未屈服，从未停止抗争。

如上所述，中国古代民族战争则有所不同。就挑衅方而言，虽然同样具有掠夺异族财富，抢占异族家园，令异族臣服并奴役其人民，赢得强者声誉的目的，故有黄帝与炎帝、黄帝与蚩尤、颛顼与共工等先后大战的相关神话传说，《吕氏春秋·荡兵》由此感叹："兵所自来久矣，黄炎故用水火矣。"但是，并非必然如此，更为主要的还是令对方承认自己的统治地位，意在双方的相互认同，而非相互对抗。换句话说，入侵者对被入侵者，并非必然是夺其国、占其地、灭其族，或以本土居民为奴，而是相互认同。故有周武王对殷商遗民的包容。而殷商人民也没有选择逃亡或举族反抗。将霸权诉求提升到抢占土地、掠夺财富、奴役人民的诉求之上的"春秋五霸"、"战国七雄"间的不断争战，更是以战争谋求异国认同，而非对立的典型表现。秦国在穆公时相继消灭十二国称霸西戎；战国时则被魏国攻占河西；惠王时不仅夺回河西，又攻灭巴蜀，夺取楚地汉中；昭王时继续夺得魏韩赵楚等国土地，直至秦始皇一统中国。秦推行郡县制、书同文、车同轨，既是各国对秦国的认同，也是秦国对各国的认同。当然，秦灭诸国战争与其说是国家之间的战争，倒不如说是秦与诸国统治者之间的战争，总之是不具有民族性。与之相适应，诸国将帅多有异国人才，例如吴国大将孙武乃齐国人，助越王勾践灭吴的范蠡与文种乃楚国人，秦国尉缭乃魏国人等，也就是说，他们并非是为民族，甚至并非是为国家而战，而是为实现其"天生我才必有用"而战，从而消解了敌我对立的既定性，进而体现为对效力之国家及其君主的利益与意志的认同。在这层意义上，本来属于异族统治的元朝与清朝，正是由于以汉人为官，并得到汉官的认同，从而使民族对立得到相应消解，另类于西方民族对立。这是民族战争与帝王态度。再说将帅态度：如前文所述，基于功高震主、鸟尽弓藏、兔死狗烹、恩将仇报的现实，征战沙场的将帅，往往会有意无意地追求与敌人双和，也就自然而然。具体情形有二：一是戍守边疆或平定内乱时，即使是敌弱我强，能够将敌人彻底消灭，也不做最后努力，常常是斩草不除根。二是在敌我势均力敌时，顺水推舟，以保存实力，甚至与敌方将帅达成默契。由此实现功未高而主不震、鸟未尽而弓不藏、兔未死而狗不烹的自保。这正是《三国演义》诸葛亮"空城计"得以成功的关键所在：原来，导致马谡失街亭的司马懿，此前因受魏主曹睿猜忌而去职，后因夏侯楙与曹真相继为诸葛亮所败，经钟繇举荐，曹睿不得已而重新起用之，且钟繇点明，曹睿醒悟，司马懿二心系诸葛亮流言，但是，司马懿心头则必定因此而留下被猜忌的阴影，从而有功高震主之隐忧，于是选择在扭转乾坤的时机尚未成熟前为求自保，既不能惨败于诸葛亮，以免招致严惩乃至杀身之祸，亦不能大胜诸葛亮，以兔死狗烹。因此，当司马懿面对诸葛亮"空城计"之时，不求有功，但求无过的撤兵，使二者相持共存，也就成为上选。反之，若是诸葛亮兵力雄厚并备下埋伏，司马懿会因冒进而招致惨败，若是诸葛亮兵力空虚，司马懿会因突进而令诸葛亮惨败，显然，二者不仅不是司马懿的诉求，反而是司马懿的大忌。诸葛亮之所以冒险设此"空城计"，赌注也同样压在此处。

二、中西军事的编制装备

或说个体之争叫争执、打架，群体之争叫争战、战争。军事作为群体争战，其胜败与否，显然与编制装备密切相关。或说，相应军事目的决定方法的选择、运用与创设；相应军事方法则以相应军队编制与装备为载体。反过来说，相应军队编制与装备，也决定着相应军事目的，例如军事不独立的军队编制，就决定中国古代将帅为人作嫁的军事目的。总体说来，古代西方军事及其军队编制与装备具有独立性，注重军队自身的编制装备建设，军队编制与装备的创建与灵活运用，既是将帅智慧的体现，又同时具有独立于将帅谋略之外的普遍意义；古代中国军事受制于政治，注重皇帝意志执行，将帅谋略发挥，或说战争通常靠将帅谋略取胜，军队调遣与阵法设计及其威力，只被看作将帅计谋的体现，而不具有独立于将帅谋略之外的普遍意义，军队编制与武器装备的独立作用，通常忽略不计。前者青睐天人物我自立、合作竞争与后者青睐天人物我合一、相反相成的认知模式，由此可见。

（一）将帅具有独立职权与将帅受命于君

虽然西方古代政治体制与军事体制决定，即使是国家最高统治者也必须接受选举他的相关公民大会组织制约，例如雅典民主时代由雅典大会、公民大会选举产生的首席司令官，罗马共和时代由罗马元老院、人民议会（百人团会议）选举产生的执政官，分别受制于雅典大会、公民大会与元老院、人民议会，至于或由选举产生，或由上级任命的总督、元帅等，更得接受上级领导；但是，西方古代将帅，无论职位是否够高，只要是独立领军，就有自主权。例如：马其顿国王腓力普二世（Philip II of Macedon）之子亚历山大即位后，先是镇压希腊各城邦的反马其顿运动，随后远征东方，先后攻入小亚细亚、叙利亚、腓尼基、埃及、波斯、中亚细亚、印度等，显然取决于其本人意志。又例如：恺撒违抗元老院意志率军进入罗马，赶跑庞培，成为罗马独裁官之后的军事行动取决于个人意志，自不必说，更能说明问题的是其之所以能够手握重兵，拥有左右元老院的势力，正是其利用山南高卢总督独立的军事指挥权，征高卢、攻日耳曼、侵不列颠，节节胜利的结果。记载这个过程的恺撒《高卢战记》，其军事思想和指挥艺术虽为后世将帅所推崇，但是，却并非军事著作，而是高卢战争期间，恺撒按规定，每年写给元老院和人民议会的行动汇报。比较这种事后备案的行动汇报与中国战争通行的将帅事先请示，西方军事体制下，将帅享有自主权，不言而喻。再例如：为对抗攻击意大利北部并取得节节胜利的汉尼拔，罗马元老院在特拉西米诺湖战役后，任命费边·马克西穆斯为独裁官。虽然费边的坚守不战策略在罗马极不受欢迎，但是，罗马元老院也只能等到其任期届满后，才能从其手中收回兵权。元老院随后选出两位新执政官，轮流指挥军队。于是，汉尼拔便在其中较为鲁莽的执政官身上下功夫，待他执政时，便运用激将法，激怒他动员全军倾巢出战，从而赢得坎尼战役胜利。西方古代将帅虽受制于人，却有自主权，无权自我任职而有权自主行动，天人物我自立、一元中心的认知模式，由此可见。

中国古代向来有"将在外，君命有所不受"（《孙子·九变》）之说。原来，这却是典型的汉语一名双义、一语两说的表达方式，需要反读：人们的呼喊与祈盼，往往也正是其缺失。如同苦于穷困者，盼望发财，于是以发财为话头；苦于集权者，盼望民主，于是以民主为话头；宋儒程颐得知，因生存艰难以致民间孀不二嫁与男不娶孀之节德难以坚守，于是感慨"然饿死事极小，失节事极大"（《程氏遗书》卷二十二）。"将在外"之说，意思既在于强调将军指挥作战应当有自主权；又在于强调将军指挥作战难得有自主权。只要我们肯追问是谁在强调与呼喊"将在外，君命有所不受"，事情便清楚了，当然是军事家与将帅们。中国古代将帅受制于帝王，表现多种各样，例如御驾亲征，外行挂帅，走马换将，派遣监军督师，作战方案御批等都在其中。通常御驾亲征时，调兵遣将，冲锋陷阵的还是将帅们，只不过是凡事由帝王表态，最大功劳归于帝王而已。例如周武王与刘邦就是喜欢御驾亲征者。外行挂帅，主要是为皇子乃至皇族建功立业，树立威望提供途径，例如李渊让并非最擅长统兵作战的长子李建成统兵。这里的走马换将，主要是帝王因不再信任前方将帅，或大功告成，欲将其功归于非立功者，或希望另外的将帅建功立业等，从而采取临阵换将，如此惨痛教训有很多，例如赵孝成王中秦"反间计"，以纸上谈兵的赵括替换在长平之战中已固守三年，令秦军无计可施的廉颇，结果导致大败；崇祯皇帝中后金"反间计"，冤杀督师蓟辽，领兵部尚书衔的袁崇焕，自毁长城等。在宦官用事的唐宋明三代，宦官充任监军督师，为皇帝监控将帅的事例，屡见不鲜。帝王大权独揽而各种政治势力皆可成为军政权力中心，将帅有名无实或依靠军师调兵遣将，或听命于监军督师，有权领兵而无权决定战与不战，天人物我合一、一体多元的认知模式，由此可见。

（二）决定成败的军队编制、武器装备与方便调遣的军队编制、在人不在物的武器装备

不同武器装备产生不同作用，需要采用不同运作程序，从而形成不同的军队编制、装备或说兵种，例如骑兵与步兵，弓箭手与长矛手；不同编制产生不同作用，或说要实现不同军事目标需要采用不同军队编制，不同运作程序，从而形成阵势，例如中军与两翼，左中右三军或前锋、大营、后卫三军，步兵队伍、骑兵队伍、战车队伍。如此等等，中西皆然，大同小异。不同的

是：古代西方军事赋予军队编制与武器装备以决定成败的作用，使阵势具有可复制的普适性，将军队编制与武器装备置于主导与中心地位，强调军队编制各要素以相对的独立性与自主性；古代中国军事的军队编制主要是方便调遣，使计谋具有不可复制的独到性，将军队编制置于与其他军事要素互为主导与中心的地位，形成整体运作，牵一发而动全身，从而消解军队编制各要素的独立性与武器装备的重要性。前者天人物我自立、合作竞争与后者天人物我合一、相反相成的认知模式，由此可见。

在某种意义上，古代西方军事的军队战斗力，往往体现为军队编制与武器装备，从而使军队编制与武器装备成为军事创新的载体。例如：古希腊斯巴达、雅典等国家的军队编制与武器装备，具有经过训练的职业军队与未经训练的非职业军队之分；兵种主要包括骑兵与步兵两类（有些国家还有水兵，后来还有攻城炮兵）；骑兵与步兵又以是否拥有盔甲等装备各自分作重型与轻型，拥有盔甲与剑矛等武器装备的重型步兵与重型骑兵，主要是训练有素的职业军队，没有盔甲等武器装备的轻型步兵与轻型骑兵，主要是未经训练或未经严格的技能与体能训练的民兵，以弓箭手、投石手、标枪手等投射手为主；阵势以并肩排成至少四排，通常为八排，多则二十、三十六乃至五十排的方阵为主，也因此而有横向方阵与纵深方阵之分；只有前排作战，后排不断替补的方阵，虽然更适合民兵，但是，通常却是机动性较差的职业重型步兵的战斗队形；战斗形式主要是列阵会战，方阵以几何形式运用。古希腊不同时期与不同国家的军队，因依靠兵种的不同，常用阵势的不同，运作程序不同，从而形成不同的模式。例如：斯巴达重型步兵是古希腊惟一的职业军队，也是斯巴达军队核心力量与阵势中坚，轻型步兵只是起辅助作用。重型步兵因左手举大盾掩护邻兵右侧而造成方阵前进右移，为此而采用方阵右侧向左转方式，攻击敌阵侧翼，笨拙之中寻求机动与包抄。会战开始，将帅便失去作用，通常是在方阵内战斗，以便鼓舞士气。希波战争马拉松战役，希腊人对波斯人的胜利，就是重型步兵对轻型步兵的胜利。十年之后的普拉蒂亚会战，斯巴达人仍旧以重型步兵配合轻型步兵，战胜波斯人轻型步兵与骑兵。斯巴达人与底比斯人的留克特拉会战，后者则通过建立由三百人组成的可脱离方阵作战的"神圣分队"，置于五十排的重型步兵方阵之后，作为机动部队灵活运用，来对付斯巴达重型步兵右翼攻击与包抄，并取得会战胜利。

埃托利亞人以輕型步兵戰勝雅典人重型步兵的戰例，讓希臘人看到了輕型步兵的優越性。於是，希臘人開始尋求以輕便皮革等來替代盔甲金屬材料，以此提高重型步兵靈活性。馬其頓人北希臘國王腓力普，將斯巴達人與波斯人戰鬥模式加以綜合運用，創造了合成軍戰法，王子亞歷山大則運用這種戰法征服了希臘與波斯。馬其頓重型騎兵規模小而精，被稱為"禁衛軍"。同時擁有人數更多的以投射為能事的普通騎兵。佔據多數的還是步兵，其中輕型步兵起著主要作用。他們被部署在重型步兵之前，先行投射箭石槍，待身後重型步兵接手，便完成了任務。重型步兵的長矛被改進，前排縮短，後排逐步加長，使之可以越過前排，同時發動攻擊，後排士兵也因此不必裝備盔甲。戰鬥力發揮依賴編組，從而降低對個人技能要求。對方陣進行職業訓練等改革，使之具有部隊職能。將編隊細分以發揮機動作戰與協同作戰功能。總之，"機敏的菲利普和他的兒子亞歷山大把四種武器系統結合起來，組成了一支相互支持的戰鬥部隊。重型和輕型步兵、重型和輕型騎兵各有其自己的作用，禁衛軍的突擊行動用於實施決定性的打擊。沒有一種武器系統獨佔鰲頭，也沒有一種武器系統僅僅充當配角；所有武器系統都在這支軍隊中佔有重要地位。"[9]當然，被亞歷山大運用得爐火純青的，還是被稱作"禁衛軍"的少而精的突擊騎兵。羅馬人繼承亞歷山大軍隊編制並加以完善，賦予各個分隊及其指揮官以獨立性與自主權，既克服了將帥因通訊不便而難以了解戰場全局加以指揮的困難，又使軍隊運作變得靈活機動。後來，又從漢尼拔那裡學到對預備隊的使用與將帥置身戰鬥之外的指揮方法。由此可見，在西方軍事戰略中，被視作政治延伸的軍事行動，雖然只是其中一環，卻是最重要一環；軍事行動自成體系，軍隊編制與武器裝備又被置於首要地位；軍隊編制創新在某種程度上又體現為武器裝備創新。

在某種意義上，古代中國軍事的軍隊戰鬥力，往往體現為將帥治軍與臨場指揮，軍隊編制不過是方便調遣，武器裝備則為戰爭必備之物，均非致勝法寶，軍隊編制的威力要靠將帥計謀激活，武器裝備的能量只有通過恰當的運用才能發揮，在人不在器，從而使將帥乃至戰士的選拔與兵法運用得到突出與強調，同時消解了對武器裝備創新的熱情。雖然古代中國軍事家很早就創制了各種軍隊編制與武器裝備，但是，中國古代著名將帥並無靠軍隊編制

---

9 [美]阿徹·瓊斯，西方戰爭藝術[M]，北京：中國青年出版社，2001，15。

与武器装备取胜，或凭借军队编制与武器装备创新军事艺术的先例。《隋书·经籍志》载"周文王师姜望撰"，据后人考证系战国时人伪托之作《六韬·军用》，就是对武器装备的具体介绍："太公曰：'凡用兵之大数，将甲士万人，法用武卫大扶胥三十六乘。材士强弩矛戟为翼，一车二十四人推之，以八尺车轮。车上立旗鼓，兵法谓之震骇，陷坚陈，败强敌。'"《六韬·均兵》就是对军事编制及其功能的具体介绍："太公曰：'车者，军之羽翼也，所以陷坚陈，要强敌，遮走北也；骑者，军之伺候也，所以踵败军，绝粮道，击便寇也。'""太公曰：'置车之吏数：五车一长，十车一吏，五十车一率，百车一将。易战之法：五车为列，相去四十步，左右十步，队间六十步。险战之法：五车为列，车必循道，十车为聚，二十车为屯，前后相去二十步，左右六步，队间于三十六步；五车一长，纵横相去一里，各返故道。'"据旧题"唐李靖撰"《李卫公问对》所载：姜太公建"戎车三百辆，虎贲三百人"之军制，教"六步七步，六伐七伐"之战法；"武王伐纣，虎贲各掌三千人，每阵六千人，共三万之众。此太公画地之法也"；管仲治理齐国，"三分齐国，以为三军：五家为轨，故五人为伍；十轨为里，故五十人为小戎；四里为连，故二百人为卒；十连为乡，故二千人为旅；五乡一师，故万人为军"；曹操《新书》承荀吴建制："攻车七十五人，前拒一队，左右角二队，守车一队，炊子十人，守装五人，厩养五人，樵汲五人，共二十五人。攻守二乘，凡百人。兴兵十万，用车千乘，轻重二千"。《李卫公问对》乃讲论军队编制最多的中国古代兵书，讲论的军队编制遍及黄帝、姜太公、孙武、吴起、田穰苴、荀吴、尉缭、范蠡、张良、韩信、曹操、诸葛亮等，换句话说，唐代之前兵书如春秋末孙武著《孙子》、战国初吴起著《吴子》、署名姜望著《六韬》、战国中后期田穰苴著《司马法》、传为战国时隐士尉缭著《尉缭子》、旧题"黄石公撰"《三略》等，均为讲论对象。可是，上述军事家与兵书阐述军事要领并不体现于编制，而是体现为阵法，例如姜太公阵法、诸葛武侯八阵法、李靖六花阵法，《孙膑兵法》由方阵、圆阵、疏阵、数阵、锥行之阵、雁行之阵、钩行之阵构成的"十阵"等，最终成就于正奇变通，或说阵法的威力要靠正奇之兵的变化运用来激活，从而成为将帅计谋的体现。基于对阵法变通、将帅计谋的突出与强调，上述中国古代兵书及其《孙膑兵法》、旧题"明刘伯温撰"，据考证乃宋人著作《百战奇略》等，并非不讨论具体战役战况，不介绍军队编制，而是不致力于战役战况的分析总结，军队编制的陈述，通常是将战役战况叙述与军队编制介绍,置于军事理念阐述之下,以事例的形式出现。例如讨论战役战况最多的《百战奇略》就是如此:百战即百种战争类型,如计战、谋战、间战、选战、步战、骑战等。冠名百战,然后举例说明。在中国古代军事家看来,决定与影响战争胜负的要素有很多,主要的例如计谋、道义、天时、地利、人和、法令、战术等,军旅队伍等军队编制不过是满足计谋、阵法、战术需要的将士组合。因此,《孙子》分上中下三卷,分别讨论始计、作战、谋攻、军形、兵势,虚实、军争、九变、行军,地形、九地、火攻、用间,并未涉及军队编制与武器装备,而军队必有编制与武器装备,尽在不言中。也就是说,任何军队都将通过编制来管理与调遣,运用武器装备来作战,将师用心在于根据当时当地的不同情况来使用编制与调遣军队,使用武器装备,总之是固定的编制与武器装备以不固定的机制运作与运用。中国古代将帅的武器装备没有固定样式,各有所好,或说相同形制的装备因运用的方法不同而产生不同作用;阵势运用往往形同实异,各有所能,或说阵势的精义就是示人以有形而变化于无形;所谓计谋运用,例如《三十六计》,往往也是取其精义而自由发挥。军事行动服从政治运作,军队的小队配合大队行动,难得自专,不听号令的后果十分严重,甚至要以生命为代价。反之,由帝王付与将帅、主帅付与大将的自主权,本身又是自主权缺失的表现。古代中国大型战争,总人数往往多于古希腊与古罗马的会战,但是,却不会出现主帅不能控制全局的情况,除非失败。

(三)程序产生威力的阵势与程序激活于变化、落实于计谋的阵法

如上所述,由相应的人数、队形、装备、兵种、运作路线等构成的古代西方军事的阵势,极大地体现为程序化,从而具有可复制性,为相互学习,乃至在学习他人基础上开展创新提供了可能。虽然斯巴达与雅典之后的西方军事,同样强调出其不意,追求出奇制胜,亚历山大大帝之后,袭击、伏击等习以为常,但是,每个国家、每个将帅的袭击、伏击,都不是不可预见的,至少是在同一对手面前再次出现,或为不同的对手事先听闻时是如此,而且如同阵势布置与运作,同样体现为程序化。程序化的西方军事的阵势,如同中国象棋,不同国家军队,往往依赖某兵种,或善于发挥某兵种作用,不同将帅,往往擅长某种阵势,即便是运用综合战法的亚历山大大帝,也以禁卫军的灵活机动为兴奋点,罗马人则热衷运用从马其顿人那里学来的挖战壕,与从汉尼拔那里学来的预备队。总之,古代西方军事的阵势,往往体现为程序先设（因而导致会战开始将帅便无所用功的现象），而这个程序，往往又围绕某个中心来建构，其天人物我自立、一元中心的认知模式，由此可见。

古代中国军队常见与常用军旅队伍编制以及正奇阵势，属于无秘密可言与无所用功的军事队形。使之发生威力的是"形兵之极至于无形"，"兵形象水，水之形避高而趋下，兵之形，避实而击虚，水因地而制流，兵因敌制胜"（《孙子·虚实》），立足奇正虚实变化的阵法，最终体现为计谋乃至人本。因此，李靖说："臣按兵法，自黄帝以来，先正而后奇，先仁义而后权谲。"（《李卫公问对》）显然，军旅队伍编制及其固定程序可以复制、可以学习，属于诡道的阵法奇正虚实变化（例如在《李卫公问对》中，李靖向李世民解释："五行阵"本来是就地形的方、圆、曲、直、锐而立意，强名五行，彰显相生相克之义，不过是为眩人耳目的诡道，其实本旨无外乎"兵形象水，因地制流"。"四兽之阵，又以商、羽、徵、角象之"，道理依然，同属诡道），则不可复制、不可学习。因此，李靖学诸葛亮"大阵包小阵，大营包小营，隅落钩连，曲折相对"，奇正变化莫测的"八阵法"，并非全盘复制，亦步亦趋，而是学其奇正虚实变化之精义，变化其形制，从而形成"外画之方，内画之圆"，"方生于步，圆生于奇。方所以矩其步，圆所以缀其旋。是以步数定于地，行缀应于天。步定缀齐，则变不乱"的"六花阵"。故自谓"八阵为六，武侯之旧法"。而诸葛亮"八阵法"又属于"古制如此"。（《李卫公问对》）计谋的解读与运用，可谓《诗》无达诂、《易》无达占、《春秋》无达辞。书不尽言，言不尽意，言说者往往须配以历史上具体战例以明义；解读者的理解及其收获，则与其悟性成正比；《三十六计》本身所蕴含的启示信息永不枯竭。总之，中国古代经典战役与《三十六计》，都具有不可复制性，成败与否，取决于将帅计谋，道义、天时、地利、人和，法令与战术等各种要素，而且都在变动之中。就兵器装备而言，刀剑可杀敌，纵火水淹亦可杀敌，美女仍然可杀敌，金银珠宝照样可杀敌；就士气与战斗力而言，重赏可鼓舞士气，置之死地可激发战斗力，令其无知也能使其无所畏惧；就力量构成而言，己方将士是自己取胜的力量，与主帅不合的敌方将士，也是自己取胜的力量，用金钱美女贿赂敌方王侯将相，使之为自己服务，同样可以成为自己取胜的力量。总之，中国古代军事的各种要素无不可用，至于如何运用，就要看将帅各自的造化，由此形成随机应变，没有固定程序，没有固定中心，其天人物我合一、相反相成的认知模式，由此可见。

三、中西军事的战术策略

如何赢得战争？依靠什么赢得战争？西方古代军事显然是以进攻防守、联合攻守、体格斗志、武器装备作为战争的基本条件与要素，天人物我自立、合作竞争的认知模式，也由此凸显。战争是一个由若干要素构成的系统，立足战争本位的武器装备成为关注焦点，凸显战争本性的进攻及其将士的体格斗志成为兴奋点，显然是一元暨中心的认知模式的体现。战争本身意味着对抗，通过联合来强大自己，从而赢得胜利，显然是天人物我自立、合作竞争的认知模式的体现。分别叙述如下：

先说西方古代军事对进攻的热衷与强调，由两方面可见：一方面，上述古希腊与古罗马的军队阵势，干脆就是为进攻而建构，因为难得有人会选择对方阵势为进攻对象。或说要降族灭国，首先就得消灭对方军队，问题是采用堑壕与守城策略，显然比列阵更加适合防守。古希腊与古罗马城建的成就，由其城邦制国家体制可见；有资料表明，罗马人十分热衷构筑堑壕，"没有一支罗马野战部队在行军宿营时不按标准计划的规定首先构筑堑壕。每天夜晚，部队都要拙壕筑堤，并以栅栏防护。""罗马人从马其顿人那里学到了关于挖掘堑壕的知识；马其顿人则是从希腊人那里衍生出自己的掘壕实践。"[10]另一方面，不是说西方将士就不采取防守策略，例如费边对抗所向披靡的汉尼拔的策略，就是避免会战，亚历山大大帝、恺撒、拿破仑等也是当守则守，只是他们不仅当攻则攻，而且往往热衷扮演无往而不胜的征服者角色，能够不进攻时也选择继续进攻，最终陷入为进攻而进攻，从而使人生成为战斗的人生，不断进攻的人生，至死方休。如前文所述，亚历山大大帝征服希腊，再征服西域，继而打到印度，恺撒西边打到不列颠，东边打到埃及，不必细说；遭遇反法联盟之前的拿破仑，则曾先后进攻意大利，大败奥地利，侵入埃及。

次说西方古代军事对联合的热衷与强调，由两方面可见：一是由阿耳戈英雄远征、七英雄与厄庇戈诺伊两战底比斯、希腊联军大战特洛伊等希腊英雄传说建构的西方战争文化原型。当然，热衷联合作战，例如盖娅联合儿女们共同反对他们的父亲乌兰洛斯，赫淮斯托斯、雅典娜、阿芙洛狄忒、赫尔墨斯等联合制造潘多拉与人类为难，特洛伊大战，宙斯、阿芙洛狄忒、阿

---

10 [美]阿彻·琼斯，西方战争艺术[M]，北京：中国青年出版社，2001，19。

瑞斯、阿波罗站到特洛伊人一边，而赫拉、雅典娜、波塞冬、赫耳墨斯、赫淮斯托斯则站到了希腊人一边等，已是希腊诸神的传统，前文已述，此处不赘。二是由斯巴达与雅典等结盟反抗波斯入侵的希波战争，到罗马以联盟方式对抗迦太基，汉尼拔攻入意大利也就地建构自己的联盟，再到拿破仑屡次大败又最终为其葬送的反法同盟等所谱写的西方战争史话。对此，史有明文细载，此处无须细说。至此，我们便不难认识二十世纪以来西方军事世界的二元对立，以及欧洲各国为了应对美俄军事霸权的结盟；不难透视亨廷顿鼓吹对抗，宣扬文化对抗论，要美国人通过树立"假想敌"方式以提高自己的战斗力，致力结盟而防止他人（主要是指中国与阿拉伯世界）之谬论的西方文化基因。

再说西方古代军事对体格斗志的强调，具体体现为如下两点：一是由体格健壮，斗志昂扬，富于攻击性，依赖武器装备的奥林匹斯山诸神与希腊英雄的神话传说建构的西方战争文化原型。希腊神话传说多头并存，但是，都不约而同地将奥林匹斯山诸神描写成体格健壮或健美。反之，如前文所述，匠神赫淮斯托斯就是因为瘸腿、丑陋而遭到父母疏远乃至厌恶，儿时动不动便被父母扔下山去。宙斯、赫拉与其他子女太阳神阿波罗、战神阿瑞斯、智慧女神与女战神雅典娜、爱与美女神阿芙洛狄忒，月亮与狩猎女神阿尔忒弥斯、神使赫尔墨斯，莫不是体格健壮或健美的象征。就连诸神在人间的子女也都是具有健壮或健美体格的人间英雄。不容否认，希腊诸神天性好斗：父亲同子女们相斗、兄弟姐妹们相互斗、奥林匹斯山诸神及其人间子女同地母盖娅的妖怪子女们相斗、诸神之间为争风吃醋相斗、诸神之间为争强好胜相斗。二是由斯巴达教育、雅典教育、罗马家庭教育如何培养战争人才，以及亚历山大、恺撒、拿破化等强调斗志的历史谱写的西方战争史话。如前文所述，斯巴达军事化教育的目的，就是要把氏族少年训练成斗志顽强，吃苦忍耐，体格健壮的战士。为此，甚至是残酷地将体质弱儿童弃置荒野，任其死去；不仅在对青少年进行饥饿、寒冷、疼痛等忍耐训练时进行毒打，而且会将接受管教鞭挞时流露出难以忍耐表情者处死。雅典教育在斯巴达军事化教育之外增加文化内涵，但是，强调青少年健美体格、顽强斗志、吃苦忍耐，却完全一致。对此，亚里斯多芬（Aristophanes）在《论云》中带着怀念的心情写道："首先，决不准孩子哼一声，来自城里同一地区的孩子得整齐地列队通过街道上音乐学校。身上只穿极薄的衣服，鹅毛大雪也如此。在音乐学校，他们背唱所教的歌时，不得打盘腿，有时唱'雅典娜，可怕的城市掠夺者'，有时唱'尖锐的叫声远去了'。他们精神十足地大声唱着我们父辈的歌曲。如果谁要装傻相，或发出讨厌的时髦颤音，就要因亵渎缪司挨上一顿鞭子。"原来，雅典教育有着新旧之分，亚里斯多芬尼斯的上述描述，不仅表达了对旧教育的怀念，同时表达了对新教育的责备：说是放松了早期严厉训练，使孩子们不谦逊和没礼貌。[11]然而，在古罗马历史学家普鲁塔克（Plutarchus）看来，古罗马政治家加图教育儿子课程的总体特征，"类似斯巴达教育和早期犹太教育的主要任务"，其中包括"作为一名战士生活所需要的体育训练"：投掷标枪、角力、骑马、拳击、忍受寒暑、在激流中游泳。[12]亚历山大、恺撒、拿破仑等强调体格斗志对于军事的重要性，则无须讨论。

后说西方古代军事对武器装备的强调。装备对于西方战争的重要性，如前文所述，这里不妨对其文化原型希腊神话的相关内容稍作回顾。好斗的希腊诸神，虽然各具超人能力，但是，多数神灵战斗时往往依赖武器装备。女战神雅典娜那华丽的铠甲与闪闪发光的长矛与生俱来；太阳神阿波罗的标准装备是竖琴与弓箭；月亮与狩猎女神阿尔忒弥斯以月光为箭，以月弦为弓；手持三叉戟则是海洋神波塞冬的标准造型；冥王哈迪斯通常是手持双戟，乘坐四匹黑马所拉的战车行使职权；尤其是宙斯，更是依靠地母之子独眼巨神为其制造的雷霆，赢得反抗暴君父亲的战争胜利，同样靠雷霆与由赫淮斯托斯制造的宙斯盾，显示其威震天下的威力，维护其至高无上的权力，同时又靠赫淮斯托斯为其制造的铁链，锁住敢于挑战其权威的普罗米修斯；反之，赫淮斯托斯则通过制造武器装备的本领，赢得诸神认可，并依靠这种本领制造出精美巧妙的枷锁座椅，整治母亲赫拉，以泄儿时遭受其厌弃的愤懑。诸神支持英雄斗争的具体表现，就包括为其提供武器装备。例如：波塞冬送给宙斯孙子珀罗普斯神车，帮助他在与伊利斯国王俄诺玛诺斯的车赛中取得胜利，迎娶国王女儿；雅典娜将自己的武器送给宙斯的凡人儿子英雄赫拉克勒斯斩怪除妖；宙斯另一位凡人儿子英雄佩尔修斯，依靠从福尔库斯仙女三个格赖埃那里取得的用于飞行且能够隐身的飞鞋、神袋、狗皮头盔，与取自赫尔墨斯处的铁镰刀，砍下了福尔库斯妖怪三个戈耳工的凡胎美杜萨头颅，又利用只要让其看见便会立刻变成石头的美杜萨头颅，将敌人菲纽斯等变成石头。至此，我们便不难明白，鸦片战争中，西

---

11 [英]博伊德，金，西方教育史[M]，北京：人民教育出版社，1985，21-22。
12 [英]博伊德，金，西方教育史[M]，北京：人民教育出版社，1985，62。

方列强何以能够依赖坚船利炮洞开中国大门。

　　与之相对应，中国古代军事热衷与强调的首先是人本的计谋，这是军事主体的体现；其次是道义、天时、地利、人和，这是军事谱系的体现；再次是法令与战术，这是军事运作的体现。或说中国古代军事以此三项为战争基本条件与要素，天人物我合一、相反相成的认知模式，也由此凸显。计谋本身既非战争本位的体现，也非单纯的要素，而是属于对战争相关要素一体多元的整合；道义、天时、地利、人和，同样属于功夫在战争之外的多种因素集合；体现战争本位的法令与战术，则贯彻着奇正虚实二元互包互孕、相反相成的理念。分别叙述如下：

　　先说中国古代军事对计谋的热衷与强调。《孙子》的军事定位是："兵者，诡道也。"从而使以人为本的计谋运用成为赢得战争的首要元素。为此，《孙子》以"始计"开篇，进而在"谋攻"中强调"上兵伐谋"。《百战奇略》同样开篇说计谋，分而述之："计战"开篇即说"凡用兵之道，以计为首。未战之时，先料将之贤愚，敌之强弱，兵之众寡，粮之虚实。计料已审，然后出兵，无有不胜。法曰：'料敌制胜，计险阨远近，上将之道也'"。"谋战"开篇说是"凡敌始有谋，我从而攻之，使彼计衰而屈服。法曰：'上兵伐谋'"。当今所谓《三十六计》，正是后人对前人兵法的总结归纳。无论是历史记载的孙武、吴起、孙膑、李靖，还是带有传奇色彩的姜子牙、诸葛亮、刘伯温等中国古代著名军事人物，无不是以计谋闻名于世，而无人给人以好战印象，即便是主张"杀一人而三军振，杀之"的姜子牙与尉缭，也莫不如此。《孙子》、《吴子》、《司马法》等兵书内容，不同于立足具体战例分析、总结、归纳，事无巨细，讨论如何攻守的西方军事著作，而是对战争进行定位，阐述要言不烦的战争策略，多为万言书。战争自然离不开进攻，中国古代著名将帅与军事家之所以不热衷进攻，是因为在他们看来，"凡用兵之法，全国为上，破国次之。……是故百战百胜，非善之善者也。不战而屈人之兵，善之善者也。故上兵伐谋，其次伐交，其次伐兵，其下攻城。……故善用兵者，屈人之兵而非战也。拔人之城而非攻也。"（《孙子·谋攻》）

　　次说中国古代军事对道义、天时、地利、人和的热衷与强调。《孙子·始计》以道、天、地、将、法为"战争五事"，"道者，令民与上同意，可与之死，可与之生，而不畏危也；天者，阴阳、寒暑、时制也；地者，远近、险易、广狭、死生也；将者，智、信、仁、勇、严也；法者，曲制、官道、主用也。"得者胜，失者败。道义、天时、地利、人和在其中。《司马法》三卷，上卷两篇分别阐述仁义的重要性；"定爵篇"又以"顺天、阜财、怿众、利地、右兵"为"五虑"，天时、地利、人和在其中。《孙膑兵法》明确指出："天时、地利、人和，三者不得，虽胜有央。"《尉缭子·战威》进而强调："天时不如地利，地利不如人和。圣人所贵，人事而已。"

再说中国古代军事对法令与战术的注重。在中国古代军事家看来，军队战斗力离不开法令约束。《孙子》以法令为"战争五事"之一。孙武本人则通过杀吴王爱妃以强化军令，使宫女遵守纪律，形成队列。无独有偶，出身卑贱的田穰苴领兵对抗燕魏，先杀齐景公宠臣庄贾以立威信。《六韬·将威》所谓"杀一人而三军振者，杀之，赏一人而万人说者，赏之。杀贵大，赏贵小。杀其当路贵重之人，是刑上极也；赏及牛竖、马洗、厩养之徒，是赏下通也。刑上极，赏下通，是将威之所行也"，说的正是上述孙武、田穰苴通过严法令而树威信的策略。《尉缭子·武议》相关之说与《六韬》辞异而义同。"制谈篇"进而指出："民非乐死而恶生也，号令明，法制审，故能使之前。明赏于前，决罚于后，是以发能中利，动则有功。"《吴子》有所谓"兵以治为胜"之说，那就是明法令、信赏罚。中国古代军事家对军事的诡道定位，也就是说战争以战术为本位。所有兵书无不以战术讨论为本分，话题自觉与不自觉地涉及政治，时不时拈出国君与将帅关系，例如：《孙子·始计》开篇说："兵者，国之大事，死生之地，存亡之道，不可不察也"；《九变》上承《军争》"将受命于君"的话题，再次重复之后，进而强调"君命有所不受"；《司马法》三卷六篇，以一卷两篇《仁本》与《天子之义》讨论军事的政治语境；《尉缭子·兵谈》明确提出："夫土广而任则国富，民众而治则国治。富治者，民不发轫，甲不出暴，而威制天下。故曰：兵胜于朝廷"，莫不因为中国古代军事被纳入政治体系，从而使政治成为兵法语境的缘故。

四、中西军事的基本理念

综上所述，分别立足天人物我自立、合作竞争与天人物我合一、相反相成的认知模式的中西军事理念，不言而喻。这里不妨作进一步的集中探讨：

先看学科定位。毫无疑问，中西军事家都视军事与政治为一体。不同的是，西方军事家视军事为政治的延伸，暴力手段，工具。这是克劳塞维茨《战争论》的观点，列宁在《社会主义与战争》中多次引用克劳塞维茨的话："战争是政治通过另一种手段（即暴力）的继续。"列宁还说："马克思主义者始终把这一原理公正地看作考察每一战争的意义的理论基础。马克思和恩格斯一向就是从这个观点出发来考察各种战争的。"[13]军事无论是作为政治的继续还是手段或工具，相互之间显然属于相辅相成的关系（同古希腊与古罗马将帅通过政治途径赢得军事权力，或通过军事途径赢得政治权力相一致），从而使军事具有独立品格，与政治若即若离。在中国，军事与政治两位一体，没有独立品格，故有《孙子》等兵书对"将受命于君"的明确，与对"君命有所不受"的强调；以及"学成文武艺，货于帝王家"（元杂剧《庞涓夜走马陵道》）之说；姜子牙遇周文王方有施展抱负的机会，齐人孙武、孙膑效力于异国的无奈；《吴子》、《六韬》、《李卫公问对》的君臣问答体；中国兵法更莫不可以作为政治读本来解读。总之，中国军事与政治相辅相成、相反相成。近代西方军事家视军事为科学或艺术，但是，古代军事著作则多以历史文献面目示人，例如希罗多德《希波战争史》、修昔底德（Thucydides）《伯罗奔尼撒战争史》、色诺芬《长征记》、恺撒《高卢战记》等。被视作纯粹意义军事著作的弗龙蒂努斯（Frontinus）《谋略》，试图结束古希腊与古罗马军事著作与历史著作不分的现象，可是，其立足具体战役战况的分析总结，仍旧令其打上历史著作印记。后人学习古人军事思想，往往也是通过阅读相关历史著作实现，例如拿破仑就是通过阅读亚历山大、汉尼拔、恺撒传记来领会其军事思想。也就是说，西方军事虽然属于政治延伸，其学科归属却外在于政治。在古代中国的诸子百家中，兵家自成一家，兵法虽另类于记载相关战役的《战国策》、《史记》、《汉书》、《三国志》等历史著作，却以子书面目示人。也就是说，作为子书的兵法，其政治、哲学与军事思想形成一体多元、三位一体。

次看学科本位。如前文所述，将帅独立自主的西方军事，以军队编制与武器装备为本位，重程序规则，重在战争客体。将帅由民主选举的程序规则产生；军队编制按照严格程序规则进行；会战阵势布置，军队调遣，按照相应的程序规则进行；战争计划，行动方案，往往经集体商讨并表决形成，如

---

13 转引自[德]克劳塞维茨，战争论（出版说明）[M]，北京：商务印书馆，1982，1-2。

此事例在《伊利亚特》与《奥德修斯》中司空见惯，在色诺芬《长征记》中也屡见不鲜。总之，程序规则是第一性的；将帅计谋是第二性的。而只要是程序规则，就必然有一个中心，体现为边缘因素对主导因素的协从。将受命于君的中国军事，与其说是以计谋为本位，倒不如说是以人为本位，重计谋运用，重在战争主体。战争为诡道，领会、把握、运用诡道的是将帅，因此，《孙子》以将帅选拔任用为"战争五事"之一，《吴子·论将》专论为将之道，《六韬·龙韬》的《选将》、《立将》、《将威》三篇，分别阐释选将、立将、树立将威之重要。将受命于君，贤明君主用贤能之将，授将以权变，例如周武王之于姜子牙，刘备之于诸葛亮，《孙子·谋攻》说："将能而君不御者胜"；反之，昏庸之君不放权，且多疑专断，功高震主。不仅是将帅选拔任用的成功与否取决于君主是否贤明，战争成败与否取决于将帅是否有谋略，而且是将帅选拔任用听命于君王，军事行动听命于将帅，能否实行民主决策，那是个人之事而非体制规定。总之，决定战争胜负的将帅乃至君王是第一性的；相关程序规则是第二性的。如前文所述，基于中国政治的多元性，权臣、外戚、后宫、太监等都可能成为权力中心，不懂军事的皇亲国戚，帝王宠幸，无不可以掌握军权，从而使中国军事本位走向一体多元。

再看学科特性。西方军事认定战争就是必然的暴力，战争就意味着你死我活的争斗；立足对抗杀戮，热衷联合对抗杀戮，追求降人灭国，损人利己；强调以多胜少，以强胜弱；习惯强于敌则攻，弱于敌则守，多于敌则围，少于敌则袭；友敌分明，胜败分明，进退分明，荣辱分明，认同与追求前者，反对与避免后者，其青睐天人物我自立、合作竞争的认知模式，无须细说。与之不同，中国军事却自我定位于诡道与凶器却非必然的暴力：追求不战而屈人之兵，全国为上，人己认同，上兵伐谋，其次伐交，其次伐兵，其下攻城的战略选择，显然更是以非暴力结局作为战争最高境界；"反间计"、"美人计"、"苦肉计"、"借尸还魂"、"打草惊蛇"等计谋运用，贿赂政治的政治策略，战斗的形人而我无形，实则虚之，虚则实之，声东击西，以佯败诱敌的正奇虚实变化等，在令友与敌、胜与败、进与退、荣与辱、正与奇、虚与实、有用与无用，走向互包互孕、相反相成、互动互应的同时，其青睐天人物我合一、相反相成的认知模式，不言自明。

第四节 中西文艺认知模式比较

总体说来，如绪论所述，西方文艺热衷表现英雄、冲突的主题题材，追求情感与道德的极至，热衷表现崇高、唯美，美化正义而丑化邪恶并使之呈现二元对立，以人类和自我为中心，热衷正人正像的形象塑造，习惯运用以我证人与以人证物的表现手法；中国文艺热衷表现普通的人生、人性、生活、和谐的主题题材，追求情感与道德"乐而不淫，哀而不伤"的中和，热衷比德，美丑正邪善恶，相反相成，天人物我，互为中心，热衷正人异像的形象塑造，习惯运用以人证我与以物证人的表现手法。中西文艺分别青睐天人物我合一、相反相成与青睐天人物我自立、合作竞争的认知模式，由如下三个层面可见：

一、中西文艺的主题

（一）单一性的英雄主题与多元化的大众主题

英雄史诗与戏剧是早期西方文学代表文体，前者主要是古希腊荷马史诗，后者则有古希腊三大悲剧家与三大喜剧家。荷马史诗《伊利亚特》、《奥德修斯》与赫西俄德叙事长诗《神谱》、《农作与日子》的主题题材主要是神话与英雄传说，这同样是希腊戏剧的主题题材，例如埃斯库罗斯（Aeschylus）《被束缚的普罗米修斯》、《乞援人》、《阿伽门农》、《奠酒人》、《欧墨尼得斯》、《七将攻底比斯》，索福克勒斯（Sophocles）《俄狄浦斯王》、《俄狄浦斯在科洛诺斯》、《特拉基斯少女》、《埃阿斯》、《菲洛克忒忒斯》、《安提戈涅》，欧里庇得斯（Euripides）《赫拉克勒斯》、《赫拉克勒斯的儿女》、《阿尔克斯提斯》、《美狄亚》、《伊菲格涅亚在奥利斯》、《伊菲格涅亚在陶洛人里》、《安德罗玛克》、《赫库芭》、《腓尼基妇女》等。雕塑、建筑、绘画都是早期西方艺术样式，神话与英雄传说依然是古希腊与古罗马雕塑与绘画主要的主题题材；比较有艺术价值的建筑主要是神庙与体育场，而神话数量与艺术性又都远远盖过体育场，且不必说体育场中有关雕塑的内容同样是以诸神与英雄为主角，体育竞赛除了传达和平意义，那就是作为西方人"英雄情结"的体现或"英雄神话"的延伸。总之，神话和英雄是早期西方文艺的主要主题题材。而就西方神话与宗教的"五大关系"而言，如前文所述，诸神是人类与自然的主宰与中心，也是古希腊人与古罗马人的庇护者，英雄是古希腊人与古罗马人的佼佼者与诸神后代或宠儿，最终使古希腊与古罗马文学对诸神与英雄的肯定和歌颂，成为古希腊人与古罗马人的自我肯定。西方早期文艺青睐天人物我自立、合作竞争的认知模式，由此凸显。

《诗经》与《楚辞》是早期中国文学的结晶，也是中国文学的源头与典范。《诗经》三大板块《风》、《雅》、《颂》，《大雅》部分虽然也是歌颂祖先的英雄史诗，但是篇目却屈指可数，在《诗经》中所占分量，远不如荷马史诗与以神话、英雄传说为题材的古希腊戏剧在古希腊文学中所占分量重，不得不让位于表现平民大众情感与生活的《国风》。《楚辞》代表作《离骚》作者屈原，虽然身为贵族，但是，他不仅不是英雄，干脆是一个失败而落魄的牢骚满腹者，《离骚》与《九章》正是这位失败而落魄，以精英自视而有才难施者的不平之鸣。《楚辞》另一位重要作家宋玉，没有屈原的贵族出身，却有着屈原的不得志，其《九辩》则是具有普遍意义的壮志难酬者的心声。换句话说，早期中国文学主题题材的大众化，正是其多元性的体现，一部《诗经》，其主题题材广泛涉及风俗民情、婚恋家庭、政治、战争、祭祀等。雕塑、建筑、绘画也是早期中国艺术样式，三代至秦汉的雕塑、绘画多见之于礼器、阴宅与阳居建筑、佩饰、食器与酒器等日常生活器具，有神话主题与题材，但是，英雄神话的主题题材却并不突出，神话主角并非"十神圣"，而是龙凤龟蛇等自然神灵，且不必说中国神话本来就是天地人、人鬼神三界，相互生成、互包互孕、互为中心，只说有关雕塑、建筑、绘画的神灵题材，通常也被赋予象征功德、权力、地位，用于礼仪、祭祀、歌颂，暗寓祈求吉祥、规避灾祸、歌德咒害的多元主题，而远离神灵崇拜、英雄崇拜主题。中国早期文艺青睐天人物我合一、相反相成的认知模式，由此凸显。

（二）二元对立竞争的冲突主题与多元包容认同的和谐主题

如果说除了中世纪文艺对基督教主题题材的热衷，能够让人联想到由古希腊文艺奠定的热衷神话和英雄主题题材的传统，后世西方文艺的神话和英雄主题题材正日益淡化；那么，由古希腊文艺奠定的热衷表现冲突的主题题材传统，可谓至今不变。西方文学或说西方文学经典之作，多表现"五大关系"的对立冲突由此形成的悲剧与喜剧；正是基于对"五大关系"对立冲突主题题材的关注与表现，从而使以表现冲突为能事的史诗、戏剧，盖过散文、小说，成为西方早期文学即古希腊与古罗马文学的标志性文学样式。荷马史诗、古希腊悲剧与喜剧、《伊索寓言》等，主要是表现诸神与诸神、诸神与人类、他者与自我、人类与自然（例如人与妖、人与兽）、人类与命运、善良与邪恶、中心与边缘、在下者与在上者的冲突。而诸神与诸神、诸神与人类、他人与自我、人类与自然的冲突，双方处于非平等地位；对人类与命运、善良与邪恶、中心与边缘、在下者与在上者冲突的表现，也具有明确的倾向性。后世西方文学的主题题材，基本继承了古代西方文学的上述传统，只不过随着时代进步，金钱与良知、欲望与道德、理想与现实、人性与文明的冲突等具有现代性的主题题材，随之受到关注。其中，爱与恨、肯定与否定、歌颂与鞭挞的立场泾渭分明，且不必细说，问题是人物好坏、事理正邪、情节发展，往往具有既定性。早期西方艺术的繁荣体现为希腊雕塑，随后都有相应的艺术形式作为西方艺术发展史的阶段性象征，例如罗马建筑、哥特式艺术、意大利绘画、巴罗克、罗可可、印象派、现代派、后现代等。在希腊雕塑中，如今我们能够见到的是大量出土原供奉于神庙的神像、表现体育竞赛的雕像，以及表现宗教祭祀、体育竞赛、军事争夺、社会交往的壁画。艺术离不开和谐，西方人理解的和谐不是事物及其多元因素的彼此包容认同、相互协调、和而不同的结果，而是彼此对立、相互冲突、联合斗争的结果。对此，古希腊毕达哥拉斯学派门徒波里克勒特（Polyclitus）《论法规》写道："毕达哥拉斯学派说（柏拉图往往采用这派的话），音乐是对立因素的和谐的统一，把杂多导致统一，把不协调导致协调。"赫拉克利特（Heraclitus）进而将这种对立的和谐引向斗争的和谐，认为"差异的东西相会合，从不同的因素产生最美的和谐，一切都起于斗争"。[14]换句话说，西方雕塑、建筑、绘画等艺术所表现的静穆、庄严、崇高、和谐，正是对立斗争的结果。西方文艺青睐天人物我自立、合作竞争的认知模式，不言而喻。

以《诗经》与《楚辞》为代表的诗辞，以《左传》与《战国策》为代表的历史散文，以《论语》、《孟子》、《荀子》、《老子》、《庄子》、《墨子》、《韩非子》为代表的诸子散文等三类构成的中国先秦文学，或说中国文学早期经典之作，多表现"五大关系"的和谐及其追求，或相互感应、相反相成的主题题材，从而使以表现和谐为能事的诗乐舞三位一体的诗歌，盖过散文、戏剧、小说，成为中国早期文学即先秦文学的标志性文学样式，《诗经》成为中国文学源头。当然，具体体现为对和谐"五大关系"的诠释，尤其是对和谐"五大关系"的祈盼，由此形成如下文所述的"怨刺"风格。《诗经》之《颂》为祭祀乐歌，表现的自然是祈求人鬼神或天地人的关系和谐；《大雅》

---

14 转引自朱光潜，西方美学史（上卷）[M]，北京：人民文学出版社，1979，33、35。

乃西周王室叙述历代诸王功绩的史诗，其中周王受命于天而代商，言说的是人与天、周与商、作为在上者周王室与作为在下者平民的关系；《小雅》主要是贵族心声与部分民众的呐喊，或指斥朝政缺失，感叹战争丧乱，表现在上者与在下者的关系，或表现周王室与西戎、东夷、南蛮诸侯国之间的关系；《国风》乃诸侯国的土风歌谣，作为平民心声，或歌颂爱情，或控诉天灾人祸，或感叹时世艰难，总之是民间生活"五大关系"的表现，尤其是在上者与在下者、多情女子与负心汉的不和谐关系的表现与对和谐关系的祈盼。"五大关系"和谐的主题题材，在三代至秦汉的雕塑、建筑、绘画等艺术中更加占有优势，因为作为雕塑、绘画之载体的宗教礼仪祭祀中的礼器、佩饰、阴舍阳宅建筑，其中礼器、佩饰的文化意义就在于明确与建构"五大关系"，墓穴与房屋建筑的基本观念就是相生相克、相反相成的阴阳五行观念。虽然中国的艺术理念如同西方艺术理论，认定和谐是杂多的统一，但是，这种统一建构于对应而非对立的基础之上，是相反相成、相互转化、包容认同、和而不同的统一，而非对立斗争、联合竞争的统一。对此，《书·尧典》载："帝曰：夔！命汝典乐，教胄子。直而温，宽而栗，刚而无虐，简而无傲。诗言志，歌永言，声依永，律和声，八音克谐，无相夺伦，神人以和。夔曰：於！予击石拊石，百兽率舞。"八音克谐，无相夺伦，神人以和的多元共生、包容认同、和而不同，无须细说；百兽率舞的图腾舞蹈，同样是不同部族的多元共生、包容认同、和而不同。《国语·周语》载："夫政象乐。乐从和，和从平；声以和乐，律以平声；金石以动之，丝竹以行之，诗以道之，歌以咏之，匏以宣之，瓦以赞之，革木以节之。物得其常曰乐极，极之所集曰声，声应相保曰和，细大不踰曰平。如是而铸之金，磨之石，系之丝木，越之匏竹，节之鼓而行之，以遂八风。于是乎气无滞阴，亦无散阳，阴阳序次，风雨时至，嘉生繁祉，人民和利，物备而乐成，上下不罢，故曰乐正。""五味实气，五色精心，五声昭德。"政象乐即政以乐为象，乐为政象，乐象的体现是多元和谐，多元和谐生成于多元包容认同、和而不同，多元包容认同由诗、歌、匏、瓦等共同完成，从而实现以乐调风。同理，五味可实气，五色可精心，五声可昭德。总之，艺术是声色的多元和谐；艺术与自然现象、人类性情的和谐互动，由此创造政治或社会的和谐。中国文艺青睐天人物我合一、相反相成的认知模式，不言而喻。

二、中西文艺的文体风格

（一）追求一元中心宏大叙事的戏剧、史诗与追求一体多元以小见大的诗辞、散文

作为古希腊与古罗马文学代表文体的史诗与戏剧，在宏大叙事的体制建构上殊途同归。一是通常篇幅宏大，有明确而固定的主角，涉及人物众多，至少是三个以上。二是内容有一个完整过程，有完整情节，有开端、低潮与高潮、转折、结局。三是叙述人与剧中人角色分明。总之，在体制建构上，古希腊与古罗马的史诗与戏剧，体现为宏大、整体性的体系化，青睐天人物我自立、合作竞争的认知模式，不言而喻。

与之相对应，作为中国先秦文学代表文体的诗辞与散文，在以小见大、以少总多、见微知巨的体制建构上殊途同归。一是通常篇幅较小，没有鸿篇巨制，其中涉及宏大背景的史诗与历史散文，往往则体现为各自独立的片段，如同绳串珍珠，许多篇章也没有明确或固定主角，言辞所涉及人物通常也较少，许多时候是在三个以下，碰上对大型集会与战役的叙述，往往也只是涉及一二三主要人物，对话体占有相当比重。二是内容通常并非一个完整过程，一个完整情节，而是表现情感或事件的某个阶段、某个层面、某种现象。三是叙述人与剧中人角色，往往难分彼此，常常是你中有我，我中有你，难以分清，也不必分清；许多篇章表现的是生活中某种现象与某类人物，没有明确时代背景与具体人物指向。总之，在体制建构上，中国先秦的诗辞与散文，体现为以小见大、零散的非体系化，青睐天人物我合一、相反相成的认知模式，不言而喻。

（二）一元中心，表现崇高，推崇逼真的雕塑、建筑与一体多元，表现意境，推崇传神的音乐、舞蹈

作为诸神与英雄颂歌，或失败的诸神与英雄哀歌的荷马史诗、古希腊悲剧、古罗马悲剧，读来或是令人振奋，或是令人怜悯与恐惧，作为揭露并鞭挞假英雄或反英雄之丑恶的古希腊与古罗马喜剧，则读来令人激愤。原来，古希腊与古罗马文学一直在追求表现富于激情的崇高，虽然古罗马文学批评家郎加纳斯（Longinus）所谓的崇高，与西方美学家所谓的崇高并不完全一致。也正是对表现崇高的追求，使雕塑与建筑成为古希腊艺术的代表性样式。古希腊与古罗马艺术的崇高，具体体现为三点：一是表现正人正像。在雕塑、绘画、建筑中，神灵与英雄是绝对主角，魔鬼与丑陋事物，不是缺席，便是缄

默。二是唯美与逼真。如前文再三强调，神灵与英雄就是美的典范与化身。柏拉图就是因为荷马表现了神灵与英雄的性格缺陷，而要将诗人逐出"理想国"。追求栩栩如生的逼真，是古希腊与古罗马艺术的共同追求，无须细说。三是系统性的规模化。古希腊与古罗马艺术表现神灵，以希腊神谱与罗马神谱为语境，表现英雄，则以英雄家族为语境；神灵与英雄通常出现在神庙、体育场、宫殿等大型建筑之中，从而使单个出现的神灵与英雄也都隶属于某个体系。神庙、体育场、宫殿等大型建筑，本身即凸显着庄严雄伟，以此为载体的诸神与英雄雕像、绘画，则更加显得崇高。青睐天人物我自立、合作竞争的认知模式，显而易见。

　　与之相对应，作为批判天人物我的恃强凌弱、交相害的不和谐，呼唤天人物我的包容认同、和而不同、交相利的和谐的中国诗辞与散文，追求和谐意境。正是基于对和谐意境的追求，从而使诗乐舞三位一体的音乐、舞蹈随之受到推崇，成为中国先秦艺术的代表性样式。同古希腊与古罗马艺术崇高的三点表现相对应，中国三代至秦汉雕塑、绘画、建筑艺术意境追求的三点表现：一是表现正人异像。对此，王充《论衡·骨相》写道："传言黄帝龙颜，颛顼戴午，帝喾骈齿，尧眉八采，舜目重瞳，禹耳三漏，汤臂再肘，文王四乳，武王望阳，周公背偻，皋陶马口，孔子反羽。"三代至秦汉雕塑、绘画、建筑中的神灵，例如龙凤麟，作为多种动物集合体，不仅难得说美，而且显得有些怪异。汉画像砖中的女娲与伏羲，也如同神话传说，被表现为人首蛇身。中国人之所以以此表现神灵、始祖、英雄的神圣性，显然是基于超越人类本位的天地人、人鬼神，一体多元的观念。换句话说，人类的神圣者享有天地神鬼的能量与品质。二是美丑同体，阴阳对应反成。当然，天人物我一体多元的和谐意境，也即是相反相成、相生相克、和而不同的和谐意境。原来中国的艺术所追求的美，是事物的品质美，而非形象美，并令其形象丑与品质美形成相反相成、互包互孕的和谐意境。乃至阴阳对应、相反相成、相生相克的和谐意境，例如龙凤呈祥，左青龙、右白虎、南朱雀、北玄武等构图。三是以小见大的意象化。通常立足相应的神灵谱系与英雄始祖谱系等构成的语境，通过以小见大，以三五神灵、始祖、英雄、自然意象营造相应的意境。神庙、宫殿、坟墓等建筑，因追求环境的整体和谐（后世的风水与园林由此孕育），从而使其雕塑、绘画成为整体之部分，不同于古希腊与古罗马的神庙、宫殿、体育场的雕塑、绘画，丰富的内容往往形成长篇巨制，意义独立自足。中国三代至秦汉的音乐、舞蹈对意象表现与意境营造的追求，由周武王作《武》"以乐舞象武功"之说（唐太宗李世民曾仿此作《秦王破阵乐》），《左传·襄公二十九年》载"吴公子札来聘……请观于周乐。使工为之歌周南、召南，曰：美哉！始基之矣，犹未也。然勤而不怨矣！为之歌邶、鄘、卫，曰：美哉，渊乎！忧而不困者也……"，《列子·汤问》载"高山流水"的典故等可见。青睐天人物我合一、相反相成的认知模式，显而易见。

三、中西文艺的功能目的

古希腊与古罗马同中国先秦文艺思想都强调文艺的情感寄托、宣泄、净化、陶冶，社会及其青少年教化功能，不必细说。不同的是：基于强调文艺教化与宣泄功能的前提，古希腊与古罗马文艺思想强调文艺功能，在于歌颂神灵、英雄、真善美、好人好事，最终是为了培养青少年的真诚、勇敢、镇定、节制，为国家培养战士、培养人才，其代表人物就是古希腊文艺思想奠基者柏拉图。中国先秦文艺思想则在强调文艺载道，歌颂神灵、英雄、真善美，教化社会的社会功能的同时，肯定文艺的美刺、认知、交流作用，并使诗教与乐教的社会功能落实于个人修养，其代表人物就是中国先秦文艺思想奠基者孔子。古希腊与古罗马文艺思想青睐天人物我自立、合作竞争的认知模式，由其对文艺歌颂神灵和英雄，或文艺摹仿世界的单一功能目的的强调，及其强调文艺的社会功能目的的单一视角可见；中国三代至秦汉文艺思想青睐天人物我合一、相反相成的认知模式，由其对文艺的言志、抒情、载道、写物、认知、交流、美刺的多元功能目的的强调，及其强调文艺的社会功能目的与个人功能的相反相成可见。

（一）一元中心的"歌颂说"、"摹仿说"、"榜样说"与一体多元的"兴观群怨说"

柏拉图《理想国》声称："除了颂神的和赞美好人的诗歌以外，不准一切诗歌闯入国境。""我们只要一种诗人和故事作者：……他们的作品须对我们有益；须只摹仿好人的言语；并且遵守我们原来替保卫者们设计教育时所定的那些规范。"[15]这显然是对文艺只许赞美好人好事，树立正面榜样，不许讽刺坏人坏事，树立反而典型，也就是只许赞美，不许讽刺的一元中心

---

15 [古希腊]柏拉图，文艺对话集[M]，北京：人民文学出版社，1983，86、56。

的功能目的的定位。基于此，柏拉图极力反对荷马与悲剧诗人，说是他们将神灵与英雄写成了常人，浑身毛病，享乐好斗，坑蒙拐骗，妒嫉陷害，甚至奸淫掳掠，无所不为，这样的榜样不利于培养真诚、勇敢、镇定、节制的青年人，不利于培养"理想国"保卫者。换句话说，在柏拉图看来，文艺的功能目的就在于为青年人树立榜样。西方文论源头一元中心的"歌颂说"、"摹仿说"、"榜样说"由此奠定。之所以说柏拉图"歌颂说"、"摹仿说"、"榜样说"属于早期西方文论，是因为他并不孤立，早在柏拉图之前，继赫拉克利特之后喊出"从蜘蛛我们学会了织布和缝补；从燕子学会了造房子；从天鹅和黄莺等歌唱的鸟学会了唱歌"的"摹仿说"，被马克思和恩格斯称赞为"古希腊人中第一个百科全书式的学者"的德谟克利特，同样认为："应该做好人或仿效好人。""摹仿坏人而甚至不愿摹仿好人，是很恶劣的。"[16]亚里斯多德纠正乃师柏拉图观点，主张文艺不仅可以摹仿好人好事，也可以摹仿坏人坏事，只要是摹仿生活与实践；悲剧具有净化功能，让人的情感得以正当宣泄，不但不会养成柏拉图所否定的"哀怜癖"，反而能够净化"哀怜癖"，让人的心理恢复常态。但是，他依旧是以一元中心的社会视角来看待文艺的功能目的，而未能考虑诗人创作、演员表演、受众读诗与看戏等，有着不同的目的。虽然亚里斯多德《政治学》已经明确认识到文艺具有多种功能目的，以音乐为例，"那就是（1）教育，（2）净化（关于'净化'这一个词的意义，我们在这里只约略提及，将来在《诗学》里还要详细说明），（3）精神享受，也就是紧张劳动后的安静休息。"[17]但是，亚里斯多德并未平等地讨论上述三项文艺功能目的，如同从未平等地讨论过文艺的社会目的与个人目的，而是通常将其置于摹仿的中心话题之下，就像将文艺的个人目的置于社会目的中心话题之下。也正是这种一元中心的认知模式，使柏拉图即使在讨论诗人与受众、演员与受众的不同感受时，依旧只是关注文艺的社会目的而置其个人目的于不顾，乃至片面强调文艺对神灵与英雄的摹仿与歌颂，由此带给受众以情感激发，否定所有背离文艺社会功能的其他需求。

与柏拉图不同，孔子不单肯定文艺的榜样作用，教化功能，而且肯定文艺的各种功能；不单强调文艺的歌颂功能、认识功能，而且更加强调文艺的

---

16 转引自伍蠡浦，西方文论选（上卷）[M]，上海：上海译文出版社，1979，3-5。
17 转引自伍蠡浦，西方文论选（上卷）[M]，上海：上海译文出版社，1979，96。

怨刺功能、交际功能，由此形成其"兴观群怨说"。《论语·阳货》写道："诗可以兴，可以观，可以群，可以怨。迩之事父，远之事君，多识于鸟兽草木之名。"《论语·季氏》又说："不学诗，无以言。"《论语·泰伯》亦有"兴于诗，立于礼，成于乐"之说。综合解读，由孔子奠定的中国文论源头的"兴观群怨说"，其一体多元的文艺功能目的论，不言而喻。就文艺创作与接受的主体而言，写诗的诗人，借写诗以抒发情志，诵诗的吟咏者，借诵诗以表达情志，读诗的读者，借读诗以观察、了解、把握他人情志乃至社会状况与习俗，认知事物。就功能目的实现途径而言，人们可以通过读诗认知他人、社会、事物，提高文化修养，通过写诗、诵诗、读诗抒情言志，与他人进行情感交流，通过诗歌教化作用服务社会。在孔子这里，文艺上述若干功能目的，互为中心，相辅相成。换句话说，孔子并未对文艺功能目的进行主次划分，没有在诸多文艺功能中确立主要功能，没有将文艺的社会功能目的凌驾于其他功能目的之上。反之，孔子通常是在不同层面，就不同文艺门类，谈文艺功能的相辅相成。之所以说孔子"兴观群怨说"属于早期中国文论，是因为此说首先是一个时代的心声。结合《书·尧典》"诗言志"，《礼记·王制》"命大师陈诗以观民风"，《诗·葛屦》"维是褊心，是以为刺"，《诗·墓门》"夫也不良，歌以讯之"，《诗·节南山》"家父作诵，以究王讻"，《诗·四月》"君子作歌，维以告哀"，《诗·民劳》"王欲玉女，是用大谏"，《诗·崧高》"吉甫作诵，其诗孔硕，其风肆好，以赠申伯"，以及春秋时代的诵诗言志风气来解读可知。其次，此说又是后世文论之典范。对此，清人黄宗羲《汪扶晨诗序》写道："昔吾夫子以兴、观、群、怨论诗。孔安国：'兴，引譬连类。'凡景物相感，以彼言此，皆谓之兴。后世咏怀、游览、咏物之类是也。郑康成曰：'观风俗之盛衰。'凡论世采风，皆谓之观。后世吊古、咏史、行旅、祖德、郊庙之类是也。孔曰：'群居相切磋。'群是人之相聚。后世公宴、赠答、羞别之类皆是也。盖古今事物之变虽纷若，而以此四者为统宗。"[18]

（二）二元对立的"寓教于乐说"与二元反成的"美刺说"

如同西方哲学史，西方文论史同样以后学否定先知的"弑父"方式向前推进，亚里斯多德不同于柏拉图，贺拉斯又不同于亚里斯多德，郎加纳斯又

---

18 转引自郭绍虞主编，中国历代文论选（第一册）[M]，上海：上海古籍出版社，1979，23-24。

不同于贺拉斯。而"弑父"本身又构成西方文论各位学者与观点的不同之同，从而形成其精神上的一致：坚持一元中心、二元对立。为二十世纪至今的中国文论所津津乐道的贺拉斯"寓教于乐说"，显然是典型的二元对立的文艺功能论，犹如糖衣药丸。《诗艺》写道："诗人的愿望应该是给人益处和乐趣，他写的东西应该给人以快感，同时对生活有帮助。在你教育人的时候，话要说得简短，使听的人容易接受……。如果是一出毫无益处的戏剧，长老的'百人连'就会把它驱下舞台；如果这出戏毫无趣味，高傲的青年骑士便会掉头不顾。寓教于乐，既劝谕读者，又使他喜爱，才能符合众望。"[19]表面上看，贺拉斯是在强调文艺教化与娱乐功能应当相辅相成，实际上他也同时否定了文艺教化与娱乐功能各自独立存在的意义，从而走向二元对立。"寓教于乐说"使文艺娱乐功能成为教化功能之良药糖衣，从而违背了娱乐本身于人有益的基本常识与独立存在的意义。原来，奴隶出身，受宠于屋大维的贺拉斯，有着明确的贵族意识，不仅认为平民不配拥有文艺，而且认定迎合平民趣味，正是古罗马文艺的堕落，由此将贵族与平民、文艺的教化与娱乐功能置于一元中心、二元对立的地位。《诗艺》写道："后来国势日盛，疆土日拓，城市的围墙日益扩大，在节日为了媚神人们竟白昼狂饮，毫无禁忌，这时（箫管的）的节奏和牌调更加随意了。本来么，观众中夹着一些没有教养的人，一些刚刚劳动完毕的肮脏庄稼汉，和城里人和贵族们夹在一起——他们又懂得什么呢？"[20]贺拉斯文艺功能论的人权缺失，进而导致文艺个人功能缺失，从而有了上述对文艺娱乐功能有益于人的基本常识与独立存在意义的无视。

　　与贺拉斯不同，出身贵族，自言其幼也鄙的孔子，总结《诗经》之美刺而来的"兴观群怨说"，其歌颂与怨刺的文艺功能、君主与平民的社会地位，显然各自独立，相反相成，由此形成以人为本的"美刺说"。经司马迁《史记·太史公自序》"《诗》三百篇，大抵圣贤发愤之所为作"，《史记·屈原传》认同刘安《离骚传》，"屈平之作《离骚》，盖自怨生也。《国风》好色而不淫，《小雅》怨诽而不乱。若《离骚》者，可谓兼之矣。上称帝喾，下道齐桓，中述汤武，以刺世事"，王逸《楚辞章句序》屈原作《离骚》"上以讽谏，下以自慰"，刘勰《文心雕龙·情采》"风雅之兴，志思蓄愤，而吟咏性情，以

19 转引自伍蠡浦，西方文论选（上卷）[M]，上海：上海译文出版社，1979，113。
20 转引自伍蠡浦，西方文论选（上卷）[M]，上海：上海译文出版社，1979，107。

讽其上，此为情而造文"，李白"哀怨起骚人"，韩愈"凡物不得其平则鸣"诸说的丰富与拓展，从而形成中国文论批判现实的文艺风格论与文艺功能论。《诗经》国风部分来自民间，属于民众心声，无须讨论。由此可知，孔子删订《诗经》而肯定国风，也即是对民众心声的肯定；肯定《诗经》下刺上的"怨刺"，由此建构文艺功能论的"兴观群怨说"，更是孔子人本思想的反映。《诗大序》解读《诗经》基于"上以风化下，下以风刺上"的"教化说"与"美刺说"，进而提出或治或乱，或为教化的榜样，或为祸害的根源，"均自上作"之说："一国之事系一人之本，谓之风。"清人程廷祚《诗论》解读其"乱自上作"的言外之意，由此究得"刺诗之由"："夫淫风流行，其原未有不自上起而后及下者也。故刺淫之篇，于卫多在宣公，于齐多在襄公。此二君者，国亡身弑。而陈之灵公，蹈厥覆辙。国风之中，以女戎祸其国者，盖莫甚于此矣。郑俗之不美，则由于召、厉之间，兵革不息，男女失时，而非在上者有以倡之，故郑以淫声见绝于圣人，而与诗无涉，亦其徵也。以四国观之，岂非所谓一国之事系一人之本者与！"[21]总之，由孔子总结《诗经》奠定文艺功能论的"美刺说"，体现了君主与民众、上化下与下刺上、教化与怨刺的二元对应、相反相成。

四、中西文艺的美学理念

优秀的文艺作品是如何创作的？文艺创作的最高境界是什么？文艺创作的最佳状态又是如何？柏拉图以为创作或说优秀作品创作，靠神灵附体或作为灵魂的前生回忆的"灵感"，文艺创作的最佳状态是神灵附体的"迷狂"，最好文艺作品就是诗人代神说话的结果，与作家技艺及其修为无关；庄周则以为优秀文艺作品创作，靠作家实现天人物我合一的"心斋"，文艺创作的最佳状态就是神与物游的"坐忘"，最好文艺作品就是作家"独与天地精神往来"的"谬悠之说，荒唐之言，无端崖之辞"。显然，在柏拉图那里，创作中的诗人成了神灵傀儡，文艺创作成了诗人丧失自我的非理性活动；在庄子那里，创作中的诗人已经融入天地自然万物，文艺创作成了诗人通过主动丧失自我，虚而待物，物我两忘，实现天人物我合一的理性活动。原来，一部西方文论史，正是由神旨与人言、悲剧与喜剧、崇高与卑劣、内容与形式、真实与虚

---

21 转引自郭绍虞主编，中国历代文论选（第一册）[M]，上海：上海古籍出版社，1979，13。

构、歌颂与批判、好人好事的榜样力量与坏人坏事的榜样力量、教化与宣泄等，二元对立书写的历史；一部中国文论史，则是由文与质、言与象、言与意、象与意、美与刺、教化与娱乐、怨刺与认知等，二元反成书写的历史。前者青睐天人物我自立、合作竞争，后者青睐天人物我合一、相反相成的认知模式，显而易见。

（一）柏拉图神灵附体的"灵感"、"迷狂"与庄子天人物我合一的"心斋"、"坐忘"

柏拉图在肯定艺术是对理念的影像自然的摹仿，"与真理隔着三层"的同时，借苏格拉底之口，进而指出："凡是高明的诗人，无论是在史诗或抒情诗方面，都不是凭技艺来做成优美的诗歌，而是因为他们得到了灵感，有神力凭附着。科里班特巫师们在舞蹈时，心里都受一种迷狂支配；抒情诗人们在做诗时也是如此。……不得到灵感，不失去平常的理智而陷入迷狂，就没有能力创造，就不能做诗或代神说话。诗人们对于他们所写的那些题材，说出那样多的优美辞句，……并非凭技艺的规矩，而是依诗神的驱遣。因为诗人制作都是凭神力而不是凭技艺，他们各随所长，专做某一类诗，例如激昂的酒神歌，颂神诗，合唱歌，史诗，或短长格诗，或长于某一种体裁的不一定长于他种体裁。假如诗人可以凭技艺的规矩去制作，这种情形就不会有，他就会遇到任何题目都一样能做。神对于诗人们象对于占卜家和预言家一样，夺去他们的平常理智，用他们作代言人，正因为要使听众知道，诗人并非借自己的力量在无知无觉中说出那些珍贵的辞句，而是由神凭附着来向人说话。"[22]显然，柏拉图的"灵感说"与"迷狂说"植根于古希腊宗教，将神灵当成一切事物的主宰与中心，包括文艺及其创作的主宰与中心。古希腊与古罗马宗教以为每个人都有其守护神，如前文所述，他们神化神灵的目的，正是基于无意识自恋，最终陷入自我中心。

表面上看，庄周描述的"坐忘"与"心斋"的文艺创作境界具有非理性，实际上却属于一种非自觉状态的理性境界。庄子认为，包括文艺，任何事物皆有道，而道之所存，则只能意会不可言说，为此，庄子讲了"轮扁斫轮"的故事（《庄子·天道》）。那么，人类如何意会事物之道？庄子借孔子之口，说是"心斋"："无听之以耳，而听之以心；无听之以心，而听之以气。听止于

---

22 [古希腊]柏拉图，文艺对话集[M]，北京：人民文学出版社，1983，8-9。

耳；心止于符。气也者，虚而待物者也。唯道集虚。虚者，心斋也。"（《庄子·人间世》）"心斋"之境界的获得，又必须有"坐忘"功夫。何谓"坐忘"？庄子又讲了"解衣般礴作画"的故事："宋元君将画图，众史皆至受，揖而立；舐笔和墨在外者半。有一史后至者，儃儃然不趋，受，揖不立，因之舍。公使人视之，则解衣般礴，嬴。"君曰："可矣，是真画者也。"（《庄子·田子方》）显然，庄子"心斋说"与"坐忘说"就是一种超越功利乃至生死的天人物我合一的活动与境界，最终因能够忘我而有我，因能够放弃自我中心而实现自我价值。

（二）二元对立的文论史与二元反成的文论史

回顾西方文论史，神旨与人言、理性与感性、理想与现实、主体与客体、悲剧与喜剧、内容与形式、真实与虚构、歌颂与批判、好人好事的榜样力量与坏人坏事的榜样力量、教化与宣泄等概念的二分及其对立关系，显然为历来西方学者所认同。此外，苏格拉底与柏拉图师徒所创立的"理念世界"与"现实世界"的概念与学说，同时对神灵附体的"灵感"与个人学习的"技艺"概念予以区别对待；基于对柏拉图"理念说"与"摹仿说"的修正与批判，亚里斯多德则对"诗的真实"与"历史的真实"予以区别对待；贺拉斯"寓教于乐说"的建构，正是基于对文艺"教化功能"与"娱乐功能"的区别对待；郎加纳斯"崇高论"的建构，正是基于对"天才"与"学力"的区别对待；普罗提诺（Plotinus）乃至黑格尔的"艺术美高于自然说"，同样是基于对"理念世界"与"现实世界"的区别对待等。这里所谓区别对待，其实就是将其置于二元对立的境地。换句话说，一部西方文论史，正是由一组组二元对立的概念所书写，成为对青睐天人物我自立、合作竞争的认知模式的贯彻。

与之相反，一部中国文论史，为历来中国学者所认同的文与质、言与意、象与意、美与刺、教化与娱乐、怨刺与自慰、文采与风骨、物境与情境、写实与虚构等概念，则属于二元对应而非二元对立，互为中心而非一元中心，相反相成而非对立统一的关系。孔子独标"诗可以怨"而不提前提，同时又对传统"诗言志说"予以肯定，所谓"不学诗无以言"是也（《论语·季氏》）；孔子只字未提歌德文艺，因为歌德文艺任何时候都不缺少；孔子讲修身，后人多用于论文艺的"文质彬彬，然后君子"，属于互为中心的文质并举，"质胜文则野，文胜质则史"，并非强调文以质为中心（《论语·雍也》）。孟子强调《诗》的解读"不以文害辞，不以辞害志；以意逆志，是为得之"，正是强调文本解读不能片面地以文本与辞句、辞句与作者创作意图、作者创作意图与读者阅读期待及其理解的某个方面为中心，而要令其两方面互为中心，相辅相成（《孟子·万章上》）。《荀子·儒效》指出："圣人也者，道之管也。天下之道管是矣，百王之道一是矣，故《诗》、《书》、《礼》、《乐》之归是矣。"倡"文以明道"或"文以载道"说，与孔子"兴观群怨"说并行，并非将其他文艺功能目的收入囊中。水能载舟的天地自然之道也好，君君、臣臣、父父、子子的儒家政治之道也好，本身就是二元的相反相成：水能载舟亦能覆舟；君君、臣臣、父父、子子同时意味着，君若不君，臣则不臣，父若不父，子便不子。换句话说，表现水载舟，是表现自然之道，表现水覆舟，同样是表现自然之道；歌颂君臣父子之天下有道，是表现儒家政治之道，批判君不君、臣不臣、父不父、子不子之天下无道，同样是表现儒家政治之道。高喊"灭文章，散五采"，以文艺为糟粕的庄子，的确是一位反文艺乃至反文明者，不过，庄子反对的只是违背事物自然之道的文艺；反之，庄子所倡导的"独与天地精神往来"的"谬悠之说，荒唐之言，无端崖之辞"等，同样属于文艺。原来，庄子的认知模式，正是事物的相反相成，文艺创作因刻意作为而损害对事物自然天性的表现，最终失去文艺；反之，顺其自然，表现自然的文艺，反而会自然生成。庄子所谓文艺糟粕，也是相对作为事物之道的精华来说的，二者并非非此即彼的对立关系，而是相反相成的关系：无糟粕为载体，便无佳酿，无精华。即使是庄子推崇的谬悠之说，荒唐之言，无端崖之辞，依然属于庄子所谓糟粕。作为体大而虑周的首部系统文论专著，《文心雕龙》所贡献的重要概念"风骨"，立象尽意："是以惆怅述情，必始乎风；沈吟铺辞，莫先于骨。故辞之待骨，如体之树骸；情之含风，犹形之包气。结言端直，则文骨成焉；意气骏爽，则文风生焉。""若骨采未圆，风辞未练，而跨略旧规，驰骛新作，虽获巧意，危败亦多。"情风辞骨，意风言骨，风辞骨采，互文相足，两位一体。风骨分，指文风与骨力；风骨合，指文章的风清骨峻即风力。绝非什么风是情意，骨是文辞，或骨是情意，风是文辞，乃至风是形式，骨是内容，或骨是形式，风是内容。否则，刘勰意象连立："夫翚翟备色，而翾举百步，肌丰而力沈也；鹰隼乏采，而翰飞戾天，骨劲而气猛。文章才力，有有似如此。若风骨乏采，则鸷集翰林；采乏风骨，则雉窜文囿。唯藻耀高翔，固文笔之鸣凤也。"岂非等于说"采乏风骨"如雉鸟之文，既乏情意又乏文辞？反之，"风骨乏采"之鸷鸟，既富情意又富文辞？与此同理，由兴象论、意象论、意境论、境界论等共同构成的意象论谱系，正是意中有象境，象境中有意；象境生于意，意注于象境；意象意境，互为中心，相反相成，不存在谁是第一性，谁是第二性，谁决定谁，谁服从谁的问题。总而言之，一部中国文论史，正是由一组组二元相反相成的概念所书写，成为对青睐天人物我合一、相反相成的认知模式的贯彻。

第五节　中西教育认知模式比较

如绪论所述，西方教育以为国家培养与训练人才为目的，属于集体的、模式化的、程序化的、专业化的、以教师为主导与中心，重在知识传授与掌握的知识技能型教育；中国传统教育以实现受教育者的修身、齐家、治国、平天下为目的，以修身养性为根本，属于个体的、个性化的、通识的、师生互为主导与中心，重在知识领悟与应用的学养素质型教育。因此，信息单向传递的西方教育，与反传统而傍西洋的中国现代教育，可以称"教育"，也应当称"教育"；信息双向传递的中国传统教育，则应当称"教学"，过去也正是称"教学"，其实，"学"字本身是一名而双训为"教"与"学"，"教学"与"学问"互证互释，"学"与"问"互证互释。中西教育分别青睐天人物我合一、相反相成与青睐天人物我自立、合作竞争的认知模式，由如下四个层面可见：

一、中西教育的目的设限

奠定西方教育理念的是古希腊教育，具体地说，是以斯巴达教育与雅典教育为代表的古希腊教育，具有影响力的代表人物是苏格拉底、柏拉图、亚里斯多德三代师徒；完善西方教育理念的是古罗马教育，具有影响力的代表人物是昆体良（Marcus Fabius Quintilianus）。古希腊、古罗马教育的职能与目的，总体说来在于实用，在于服务国家，在于为国家培养战士与人才；具体说来，在于传授使公民成为战士与人才的知识技能。

斯巴达教育的目的，与军事目的高度一致，不仅使集体性与社会性的氏族时代的儿童公育的传统得以继承，而且得以扩大，扩大到成人教育。雅典教育，虽然惠及公民非战时的个人修养，但是，为国家训练战士的教育目的，与斯巴达教育完全一致。苏格拉底或说柏拉图认为，理想国就是真正智慧国家；理想国保卫者或哲学家，需要具有以正义、智慧、勇敢、节制为内涵的美德。柏拉图《理想国》建议：（1）为了消除自私自利，建立没有家庭生活，统治者不得拥有任何私产的公有制社会制度；（2）为了克服愚昧，把政治事务交给那些在持续教育过程中，具备相应职务的必要知识和洞察力的人们。亚里斯多德继承柏拉图教育思想，认为人在本性上是个政治动物。西塞罗（Marcus Tullius Cicero）认为教育目的是培养政论家而非教育家，昆体良干脆将教育职能乃至最终目的定位于演说家与雄辩家的培养。古希腊、古罗马教育的目的论的社会视角，知识技能培养的明确定位，西塞罗与昆体良对专门知识技能教育的偏执，显而易见。

在古希腊时期，"哲学"意思就是"爱"与"智慧"。美德即知识，美德即智慧。美德即知识，并不是说仅仅知道了善是什么，就足以使人为善，而是说如果缺乏达到目的的知识，愚昧无知者的行为，也算不得善。苏格拉底明确指出：美德由教育而来。柏拉图《巴门尼德篇》指出：只有那些天分极高的人，更富于神秘的人，才能发现这类事物，适当地分析它们，理解他们。亚里斯多德则将"爱智慧"与"爱奥秘"视作同义语。总之，在苏格拉底三代师徒看来，美德与知识都是可以言说的，因此，也都是可教的，更是应该教的，知识传授由此成为古希腊教育的职能与目的。柏拉图《法律篇》借对话人雅典客人之口强调："就是我们已三番四次达到过的结论：教育就是要约束和引导青年人走向正确的道理。"[23]其信息传递或运作方式的单向性乃至强制性，由此可见。昆体良反对体罚与凌辱儿童，而肯定相应申斥，进而主张对脆弱与缺少自信者给予赞扬，并未使西方教育的强制性得到根本改变。体现西方教育的单向性与强制性的"教育"概念，也因此得到突出与强调。

奠定中国教育理念的是先秦儒家教育，具有影响力的代表人物是孔丘、孟轲、荀况三代儒学宗师，完善中国教育理念的是汉代儒家教育，具有影响力的代表人物是董仲舒、王充、马融、郑玄。教育职能与目的，总体说来在于培养个人道德品质与文化素质而非专门人才；具体说来，在于通过"六艺"、"六仪"等各种知识技能的通识教育，实现对个人的道德品质与文化素质的培养。

中国教育早见于三代。始于夏朝习射，逐渐被注入习礼内容。习射与习礼乃至始于商朝习乐，都不单属于军事技能、社交礼仪、音乐知识与技能的学习与训练，同时也是个人修养的学习与训练。也即是说，教育的职能与目

---

23 [古希腊]柏拉图，文艺对话集[M]，北京：人民文学出版社，1983，309。

的，既是服从国家人才培养的需要，也是基于个人德性修养的需要。其中，知识技能又以德性修养为根本，或说知识技能学习正是德性修养的方法途径。这正是《礼记·大学》对儒家所谓"修身、齐家、治国、平天下"的诠释："古之欲明明德于天下者先治其国，欲治其国者先齐其家，欲齐其家者先修其身，欲修其身者先正其心，欲正其心者先诚其意；欲诚其意者先致其知，致知在格物。物格而后知至，知至而后意诚，意诚而后心正，心正而后身修，身修而后家齐，家齐而后国治，国治而后天下平。"为此，《周礼·地官司徒》规定："师氏掌以媺诏王，以三德教国子：一曰至德以为道本；二曰敏德以为行本；三曰孝德以知逆恶。教三行：一曰孝行以亲父母；二曰友行以尊贤良；三曰顺行以事师长。居虎门之左，司王朝。掌国中失之事以教子弟。凡国之贵游子弟学焉。"总结周朝教育思想而建构儒家教育思想的孔子，对周朝以个人德性修养为根本的教育职能与目的定位，给予明确肯定。《礼记·中庸》载："子曰：好学近乎知，力行近乎仁，知耻近乎勇。知斯三者，则知所以修身；知所以修身，则知所以治人；知所以治人，则知所以治天下国家矣。"孟子更是将教育职能与的目直接定位于理想人格即"大丈夫"的培养："居天下之广居，立天下之正位，行天下之大道；得志，与民由之；不得志，独行其道。富贵不能淫，贫贱不能移，威武不能屈，此之谓大丈夫。"（《孟子·滕文公下》）《荀子·劝学》说："古之学者为己，今之学者为人。君子之学也，以美其身；小人之学也，以为禽犊。"中国先秦教育目的论兼顾社会与个人的双重视角，道德品质与文化素质修养的明确定位，显而易见。

《周礼·地官司徒》载："养国子以道，乃教之六艺：一曰五礼；二曰六乐；三曰五射；四曰五驭；五曰六书；六曰九数。乃教之六仪：一曰祭祀之容；二曰宾客之容；三曰朝廷之容；四曰：丧纪之容；五曰军旅之容；六曰车马之容。"通过"六艺"、"六仪"教育与"三行"实践，实现"三德"教育，显然属于通识教育。这是就教师"教"的角度进行的设限与表述；而教育的最终完成与成效，更大程度上取决于学习者的"学"；"学"的效果又离不开"习"与"问"。故通部《论语》孔子很少谈如何"教"，而多是谈如何"学"与"问"，进而强调"习"与"问"的重要性，为此，《论语·学而》开篇明义："子曰：'学而时习之，不亦说乎？'"其信息传递或运作方式的双向性乃至自觉性，由此可见。体现中国儒家教育双向性与自觉性的"教学"、"学习"、"学问"概念，也因此得到突出与强调。原来，"学"与"教"同源：甲骨文为双手摆弄算筹形，表示学习计算；金文加子，表示教孩子进行计算，又加支（手持棍形），以强调督导之意；篆文承金文，也分为二体；隶变后楷书写作"學"与"敎"，后二字表义有了分工。

二、中西教育的体制建构

（一）一元中心的西方教育体制

不仅是为了战争，同时也是为了和平开展教育，将音乐带入体育训练的雅典教育，淡化了军事、政治、教育合一的斯巴达教育的军事因素，却继续坚持其政教合一体制，从而使智者四处演讲的游教，依旧体现为群体教育与模式化教育体制。雅典体操学校、文法学校与音乐学校的设立，开创了西方专门教育传统。希腊化时代由柏拉图、亚里斯多德、芝诺（Zeno）、伊壁鸠鲁（Epicurus）等创立私立"学园"与"学校"的盛行，足以比类由孔子开创的中国私塾教育，但是，却很快让位于公元前二百年由各个哲学学校与修辞学学校合并而成，存续好几百年的雅典大学，其他地区则仿照雅典大学建立各自的大学。居住着希腊人、罗马人、埃及人、波斯人、犹太人、腓尼基人、阿拉伯人等不同民族，集中了大量的哲学家、文学家、科学家的亚历山大利亚，是亚历山大帝国最负盛名的城市，也是当时世界上最大的城市与学术中心，更是地中海地区同东方各国的文化交流中心。与之相匹配，亚历山大利亚博物园，也比雅典大学更具规模：内设图书馆、天文馆、动植物园、研究院等，馆藏的七十余万册卷图书，包括希腊文、埃及文、希伯来文、犹太文、波斯文等若干种文字，许多著名的学者，例如"欧氏几何原理"创始人欧几里德（Euclid）、杠杆原理和阿基米德原理创始人阿基米德（Archimedes）等，都来这里进行研究工作。作为学术与思想的摇篮的现代高校的建制，已经初步具备。雅典大学也好，亚历山大利亚博物园也好，其教育非终身制的阶段性，一位教师面对众多学生与一位学生面对多位教师的群体性，一位教师以同一内容与方法教授众多学生的模式化，不言而喻。身为古希腊、古罗马教育思想集大成者的昆体良，基于对群体的模式化教育的认识，提出应针对学生的能力与资质因材施教的分班教学设想；基于对儿童体罚与凌辱的认识，提出对脆弱与缺少自信者给予赞扬的主张。不过，他又同时认为：同一时间许多人听同一个讲解，不仅可能，而且必要；相应的申斥、责备，应当得到认可。因而未能使西方教育的群体性、模式化、强制性，学校与学生的对立关系、教师与学生的对立关系，得到根本改变。阶段性、群体性、模式化、强制性、专门性的学校教育，在西方教育史上具有主导与决定性的意义。

如同西方教育，自春秋战国到清代西洋式教育的兴起，中国教育同样是官学与私学并存。但是，中西方的官学与私学关系，却具有明显差异：西方官学与私学差异不大。因为通常说来，私学尤其是个人主持的私学，有利于专门教学而不利于多种学科教学，不受学龄限制与为国家训练人才的职能与目的限制，却难以自我赋予人才考评权力；由国家出资的官学为保证公平，须设立学制并作出相应学龄要求等。但是，西方官学专门教育的盛行与私学对学制与学龄的坚持，国家赋予私学以与官学同等的人才考评权力，最终使其差别得以消解。中国官学与私学则具有明确差别：官学除了有中央与地方、大学与小学之分别外，还必须设立固定学制，而私学便没有中央与地方之分别，也不必严格大学与小学之类别，学制更是可长可短。官学享有人才考评权力，例如太学出身可授官，而私学则不行。官学教师受聘于学校乃至政府，也即是要对学校乃至政府负责，师生的教学关系或说义务，通常受到时间、地点的限制，因此难以形成终身性，私学教师受聘于学生，也即是要对学生负责，师徒名分一旦确立，便终身有效，即学生可以随时随地向教师请教，而教师则难以拒绝，且不必说建构于"一日为师终身为父"之上的师生伦理关系，从而形成终身教育。因此，许多人都是在接受官学之后，继续接受私学教育，或者以官学教育为入门教育，而以私学为终身教育。中国老师又称"师傅"或"师父"，其实"师傅"更加适合指称官学乃至宫廷老师（老师本身就是一种职位），"师父"则更加适合指称私学老师。两相比较，中国私学较官学更能够反映教育成就与特色：一方面，从孔子、孟子、荀子、墨子，到董仲舒、王充、马融、郑玄，再到朱熹、吕祖谦、陆九渊，直至王守仁、姚鼐、章太炎等中国教育史上的著名人物，无不为私学作出了贡献。另一方面，官学对"师法"与"家法"的借重，无形中使私学的成就成为官学的语境。自汉代起，经学便成为太学的主要教学内容，基于口耳相传的教学方式，师法与家法成为必须遵循的原则。所谓"师法"即经典阐释对师承关系的遵循；所谓"家法"即遵循相应师承关系的经典阐释所形成的相关门派。师法是源，家法是流，共同决定官学的经典解读。

（二）一体多元的中国教育体制

孔子、孟子等人个性化教学的私塾教育，不同于柏拉图、亚里斯多德等人模式化教学的私学教育，二者的差异其实也是中西教育的差异：

首先，个性化教学的私塾教育，教师根据不同学生的求教目的，设立教学目标与学习内容，进而指导学生的自学与温习，属于体现个体性的因材施教的教学；师生关系是互为主导与中心、互动互应、相反相成。模式化教学的私学教育，教师传授给不同学生以相同的知识内容，并要求其追求相同目标，且以教师讲授了什么与多少为限量，属于群体性与模式制作的教学；师生关系是学生以教师为主导与中心、师动生应、二元对立。

其次，个性化教学的私塾，属于终身教育与通识教育。由于一个教师要同时面对求学目标、知识结构、个人素质、学习内容等，都不尽相同的所有在场学生，这本身就要求其知识结构为通识。而一个教师的通识并非事先备下，而是在教的过程中，根据需要而不断学习补足，故有已身为教师的孔子，又师从他人学习各种知识之说，从而要求教师必须终身学习各种知识。如此一来，学生接受的教育，自然就是通识教育。模式化教学的私学教育，属于阶段教育与专门教育，虽然像亚里斯多德之类的教师，具有通识的知识结构。由于一个教师只是根据自身既定的知识结构与知识储备来从事专门教学，学生在一定时间内掌握了教师传授的知识之后，便没必要继续留在教师身边，学生如果需要继续求学，只有另投师门，学制与学龄的要求也就顺理成章。有两位英国学者称："在雅典，教师与弟子的私人亲密关系是古希腊教育的最显著特点之一，这种关系保存了所有古代的美德，这种情况，在世界上其他地方是罕见的。"[24]此说除了表明两位学者对中国教育史的无知，也从反面说明：古希腊雅典教育中亲密的师生关系，并不为欧洲教育，且不必说整个西方教育所具有。再说，教师的知识结构与知识储备，往往决定于教师的爱好与选择，本身具有专门性，取决于教师意愿的教育，自然是显其所能的专门性教育。

再次，个性化教学的私塾教育，具有非强制的自觉性。因为学习内容与目标都是量身定制，其前提就是学生通常能够掌握与实现，即能够做到，因此无须强制；加之学习过程是以学生为主导与中心，教师从旁指导与辅助，

---

24 [英]博伊德，金，西方教育史[M]，北京：人民教育出版社，1985，49。

且学习效果又离不开自觉温习与思考，从而使学习自觉性得到突出与强调。模式化教学的私学教育，客观上则难免陷入非自觉的强制。因为接受能力等并不相同的学生，学习相同知识内容，实现相同目标，势必造成有人得心应手，完成得好，有人难以适应，完成得不好，从而对不能轻松实现学习目标与完成学业者构成强制。

总之，终身性、个体性、个性化、自觉性、通识性的私塾教育，在中国教育史上具有主导作用与决定性的意义。

三、中西教育的内容设定

（一）一元中心的西方教育内容

军事、政治、教育合一的斯巴达教育，首要内容是：七至十八岁的少年阶段，在公育机构的军事体育，十八至二十岁的青年阶段，进入军事训练团后的军事训练。前者的基本项目是包括赛跑、跳跃、角力、铁饼、标枪在内的"五项竞技"，以及骑马、游泳、战斗游戏、击剑、唱战歌等；后者的内容则包括当众接受鞭挞的勇敢与耐力教育。年满二十岁的青年，还要驻扎边疆，接受十年实战训练，三十岁时通过相应仪式，获得正式的公民资格。其次是包括种族历史、风俗习惯，国家政治法律、行为规范等在内的政治教育。再次是实践教育，参加祭祀、竞技、庆典等实践活动，在实践中学习，学以致用。政教合一的雅典教育同斯巴达教育相比，有三种巨大的变化：一是拓宽了教育内容，开展文法、修辞、哲学、史诗、计算、音乐等文化教育，自然科学知识开始受到关注。智者倡导包括文法、修辞、哲学在内的"三艺"；柏拉图则提出包括算术、几何、天文、音乐四种学科在内的"四艺"。古希腊人所谓"诗"的原义是"制造"或"创造"，诗的原理通行于艺术；艺术是个大概念，包括手工艺在内的各种技艺。因此，在柏拉图《文艺对话集》中，诗的创作与糖果的制造都是艺术制造，诗人与木匠同是艺人。二是拓宽了教育层面，开展德育教育与包括形体美在内的美育，从而形成涵盖德育、智育、体育、美育、实践的全面教育思想。三是树立从音乐和谐到艺术和谐，再到身体和心智和谐的"和谐"观念，通过音乐和谐和艺术和谐的训练与感染，实现身体和谐和心智和谐。希腊化时期的大学教育，较此前的雅典教育，又有两种变化：一是学科越分越细，朝着自然科学的方向日渐深入，文法学、数学、天文学、物理学、地理学、医学、文献学等许多学科，都取得骄人成就。众所周知，生活于希腊化时代初期的亚里斯多德，对当时尚未分类的政治、历史、物理学、逻辑学、心理学、美学等诸多学科都有研究，传世著作就有《形而上学》、《物理学》、《伦理学》、《政治学》、《诗学》、《修辞学》、《工具篇》等，已经为学科细分奠定了基础。二是知识教育催生学术研究。上述诸学科的学术成就，并非是学术教育成就，而是学术研究成就。总之，西方教育走的是一条学科越分越细，由微观到科学认识，由基于人类自身认知的军事教育，到基于社会认知的文化教育，再到基于自然认知的自然科学教育；由实践教育，到认知教育，再到理论教育的道路，从而带来教育内容的不断扩大，不断细化，不断深入。

（二）一体多元的中国教育内容

如上所述，西周时代立足人本的"三德"、"三行"、"六艺"、"六仪"等学养教育，以"三德"为本；反之，"三德"教育则又具体落实于"三行"、"六艺"、"六仪"教育。其实，这也正是孔子及其儒家的教学内容。其中，由孔子整理、编撰、解读，包括《诗》、《书》、《礼》、《乐》、《易》、《春秋》在内的"六书"，荀子时始称经，汉代以除《乐》之外的"五经"立学官，唐代合《周礼》、《仪礼》、《春秋公羊传》、《春秋穀梁传》为"九经"，后又增加《孝经》、《论语》、《尔雅》为"十二经"，宋代再增加《孟子》，到明代合称"十三经"，由此构成儒家大学教育的主要内容或主干课程。总体说来，由西周到清代，从小学到大学，主要的学习内容，莫不包括在"六艺"与"十三经"之中。而教学内容范畴的不变，又以具体的变化为载体，从而形成与世俱变，与日俱增，与时俱进。变与不变，互包互孕："六艺"教育，就礼而言，天地两仪与君臣父子的秩序不变，君仁臣忠、父慈子孝、上尊下卑、上动下随的礼仪不变，而周有周礼，汉有汉礼，唐有唐礼，宋有宋礼，礼的内容无时无刻不在变；就乐而言，乐象天地阴阳男女的和谐不变，乐象君臣父子夫妇的和谐不变，而周有周乐，汉有汉乐，唐有唐乐，宋有宋乐，乐的内容无时无刻不在变；就射御而言，学习射箭、驾驭的本领、礼仪与参加相应的竞赛、仪式的内容不变，而周有周的箭盾、车马及其射御要领、礼仪，汉有汉的箭盾、车马及其及其射御要领、礼仪，唐有唐的箭盾、车马及其及其射御要领、礼仪，箭盾车马及其及其射御要领、礼仪无时无刻不在变；就书数而言，识字、习字、数字、运算的教学内容不变，而自西周至清代，汉字的形体、意义、书法，数学的运算方法与用途等，例如汉字书写由单纯的实用到书法审美，数学由单纯的数字计算到几何、代数、方程等，无时无刻不在变。"十三经"解读，依经立义的方法与原则不变，汉儒有汉儒的切入点、兴趣所在、理论参照、解读心得，宋儒有宋儒的切入点、兴趣所在、理论参照、解读心得，清儒有清儒的切入点、兴趣所在、理论参照、解读心得，无时无刻不在变，由此形成相应的"经典诠释学"，文学、语言学、历史学、地理学、政治学、经济学、军事学、民俗学、伦理学、教育学、艺术等内容，尽在其中。总之，中国儒家教育走的是一条学科的分设与整合，知识认知的微观与宏观，文化知识与实践应用，人文知识教育与自然科学知识教育，历史传承与知识创新，两方面互动互应、相反相成、互包互孕的道路，从而形成教育内容循序渐进的螺旋式拓展，进步稳重。

四、中西教育的方法策略

（一）一元中心的西方教育方法

归纳起来，相对中国儒家教育方法，西方教育方法具有相辅相成的三大特性：

首先是一元中心，学生无条件服从教师、教师无条件遵从体制，二元对立，合格与不合格、肯定与否定的强制性教育。这种强制性不单体现于教育内容，更主要的是体现为教育方法。早在奠定西方教育强制性的斯巴达军事化教育中，强制的方法理念可谓既残酷又神圣。说它残酷，主要是指，让体质差的青少年的体育训练，达到与体质强的青少年的体育训练相同的目标，本身已显得不公平，加上为了训练青少年忍饥挨饿、抵御寒暑的能力，而故意将其置于恶劣的生存环境之下，尤其是被鞭挞、相互格斗、与野兽搏斗的训练，即使是受伤也不能喊叫出来，否则，便意味着耻辱而被处死，以此方式来训练青少年的坚韧、凶狠、机敏、顺从。显然，这种强制性教育只有合格与不合格，而合格则被肯定，不合格则被否定，没有例外。这种强制性教育方法与思想，不仅影响到柏拉图与亚里斯多德，而且长期影响到西方贵族化教育，尤其是英国贵族化教育，乃至基督教等宗教教育的体罚与苦行，体育及其竞赛中的达标与不达标、肯定与否定，直到被认为是科学与民主时代的当今西式教育，依然是以六十分为合格，五十九分为不合格，肯定前者而否定后者，肯定乃至奖励集体考核与各种竞赛的前一名或前几名，否定乃至淘汰后一名或后几名，哪怕是所有参加考核者与参赛者有可能都非常优秀或者全都平庸。对此无须赘言，由拉丁语奠基人古罗马奥古斯丁（Saint Aurelius Augustinus）《忏悔录》回忆学校生活，首先想到的就是如何被鞭打、被羞辱，可以举一反三："当把服从老师作为我少年时代所独有的规矩树立在我面前的时候，我经受了何等的痛苦和嘲笑啊，这使我有可能在这个世界上发迹，有可能在语言学科方面出人头地，从而一定会在人物和欺诈的财富之中给我带来荣誉。之后，我被送到学校去求学，我不知道知识（和我一样无价值）有什么用；然而如果学习落后了，我就被鞭打。"[25]

其次是以教师为主导与中心的信息单向传递的单向性教育。具体体现为三种教育方式：

一是军训布道式。无论是斯巴达教育的军训，还是雅典教育的演讲，或是罗马教育的课堂讲授，无不意味着教师及其传授的思想、知识、技能、方法是正确的，教师的话是必须领会与执行的。换句话说，教育活动中只有来自教师的信息，学生只是对教师发出的信息做出相应反应与接受。

二是讨论问答式。表面上看，雅典教育与希腊化教育中，由学生提问教师解答的讨论式、问答式教育，是信息互动、双向传递，其实不然，问题出在师生讨论的问题，原来局限于教师在讨论之初，或者是教学计划中给出的问题或范围上，学生的问题与思考，也因此只是对教师所提出的，也就是教师事先设立的问题，传授的思想、知识、技能、方法的疑惑不解，或者如同苏格拉底，在与人讨论问题时，自觉不自觉地将话题引导到自己事先设立，也就是自己所要表达的话题上来，这丝毫动摇不了教师在教育活动中的主导与中心地位，改变不了信息传递的单向性。

三是助产启发式。为后人津津乐道的苏格拉底"助产术"教育，始终属于一种误读：人们以为是苏格拉底帮助与其对话者，形成了他们自己的思想见解，其实不然，苏格拉底帮人产下的孩子，也就是通过讨论所形成的思想见解，最终还是回到苏格拉底的思想见解上来，证据是柏拉图记载苏格拉底谈话的《文艺对话集》中，结果无一例外地都是与苏格拉底对话者，最终接受或承认苏格拉底是正确的。换句话说，人们通过与苏格拉底谈话生下的孩子，也就是由此形成的思想见解，通常都姓苏格拉底。

再次是由教师代表学校，学校代表教育体制，教师根据教育体制，运用科学原则所从事的科学教育。一方面，为提高学生的学习效率，西方教育尤其是现代西式教育，尝试运用各种科学方法，例如直观教学法、多媒体教学、

---

25 [古罗马]奥古斯丁，忏悔录[M]，北京：商务印书馆，1981，9。

模拟教学（如教育实习、模拟法庭）等，让学生实现高效率的知识记忆，形成系统的知识接受，获得学以致用的实践能力。但是，教师与学校之间、学校与学生之间、学生与教师之间，服从与被服从、改造与被改造的一元中心、二元对立关系，并不因教学方法的科学化而有所改变。另一方面，为提高教育效率，西式教育逐渐形成了一套科学的考评机制，且与时俱进。但是，学校与教师之间、教师与学生之间、学校与学生之间，审判与被审判的一元中心、二元对立关系，并不因考评方法的科学化而有所改变。换句话说，科学教学法也好，科学考评法也好，由学校单方面制定并推行，教师与学生被动接受，或由教师单方面制定并推行，学生被动接受。这里所谓被动接受，主要是指学校的考评制度不考虑教师与学生的个人情况，教师的考评规则不考虑学生的个人情况。

（二）一体多元的中国教育方法

与之相对应，中国儒家教育方法相辅相成的三大特性，集中地体现为由孔子开创的一体多元的有教无类、有学无类，二元相反相成、互动互应的教学相成、学思相成、知行相成。

（1）有教无类。《论语·卫灵公》载："子曰：有教无类。"结合其教学实践解读，意义包括四个层面：一是不问出身的贵贱贫富，资质的贤愚敏钝，性格的急慢躁静，只要有求学并受教的意愿，就收入门下，不对弟子的修养品性、出身阶层等进行分类设限。对此，《论语·述而》载："子曰：自行束修以上，吾未尝无诲焉。"《论语·先进》载："柴也愚，参也鲁，师也辟，由也喭。"与其相对应，当下西化教育体制所谓重点高校与重点高中，其实就是入学录取分数高的高校与高中。二是学问在于德性修养，无关社会职业与人生追求，不对弟子的社会职业与人生追求进行设限，人各有志，故有"孔子弟子三千，贤人七十二"之说；《论语·先进》有"德行：颜渊、闵子骞、冉伯牛、仲弓；言语：宰我、子贡；政事：冉有、季路；文学：子游、子夏"之说；《论语·公冶长》有"由也，千乘之国，可使治其赋也，不知其仁也。""求也，千室之邑，百乘之家，可使为之宰也，不知其仁也。""赤也，束带立于朝，可使与宾客言也，不知其仁也"之说。与其相对应，当下西化教育体制所谓高校学科专业，其实就是学生将要从事的社会职业。三是学在修德闻道，天地人各有其道，不对教学的学科及其内容进行设限。孔子以"六书"、"六艺"教弟子，那只是常规教学，其实三才之道，弟子无不可问，孔子也有问必答，问答之所在，教学之所在，例如《论语·为政》记子游、子夏问孝，子贡问君子，子张学干禄，子张问十世，《论语·八佾》记子夏问诗，《论语·公冶长》记子贡问文，《论语·雍也》记樊迟问知与仁，宰我、子贡问仁者，《论语·先进》记季路问事鬼神与死，子张问善人之道，《论语·颜渊》记颜渊、仲弓、司马牛问仁，子张问明、政、崇德辨惑、士之达，子贡问政与友，樊迟问崇德辨惑与仁，《论语·子路》记子路、仲弓、子夏问政，樊迟请学稼圃，问仁，子贡问士与乡人好恶，子路问士，《论语·子路》记子路问如何成人、管仲之仁、如何事君、何为君子，《论语·卫灵公》记子张问行，子贡问为仁，颜渊问为邦，《论语·尧曰》记子张问如何从政及其"五美"、"四恶"等。与其相对应，当下西化教育体制所谓高校学科专业，其实就是分类教学，只见树木而不见森林。四是针对不同资质、不同追求的学生采用不同教学方法，因材施教。例如《论语·先进》记孔子询问子路、曾皙、冉有、公西华之人生志向；《论语·子路》记孔子对樊迟学稼圃的请求报之以颜色，《论语·子罕》记有仁者胸襟的颜回感叹孔子的循循善诱，《论语·雍也》记孔子与粗鲁的子路赌咒发誓。如上所述，针对问仁、问为政、问为士等相同的问题，孔子根据每个弟子的情况与语境，回答都不尽相同。当然，根据所问者不同情况，孔子对其他请教者的回答，同样不同。与其相对应，当下西化教育体制下，规模化的班级教学，显然不利于教师因材施教。

（2）有学无类。与有教无类相对应的是有学无类：教学立足于师传徒受，天经地义。除此之外，同学之间也应相互学习。为此，《学记》强调："独学而无友，则孤陋而寡闻。"再者，终身学习，向所有可以请教的人与值得请教的人，包括声望、地位等许多方面都不及自己的人请教，才是真正的好学与学习。对此，《论语·子罕》载："子曰：三人行，必有我师焉。择其善者而从之，其不善者而改之。"《论语·卫灵公》载："子贡问曰：'孔文子何以谓之"文"也？'子曰：'敏而好学，不耻下问，是以谓之"文"也。'"韩愈《师说》强调："道之所存，师之所存也。""弟子不必不如师，师不必贤于弟子。"

（3）教学相成、学思相成、知行相成。《学记》载："学然后知不足，教然后知困。知不足，然后能自反也；知困，然后能自强也。故曰：教学相长也。"这是讲教与学的相辅相成、相反相成。《论语·为政》载："子曰：温故而知新，可以为师矣。"又说："学而不思则罔；思而不学则殆。"《荀子·劝学》载："不闻，不若闻之；闻之，不若见之；见之，不若知之；知之，不若行之。学至于行之而止矣。"《论语·学而》载："子夏曰：贤贤易色；事父母，能竭其力，事君，能致其身；与朋友交，言而有信。虽曰未学，吾必谓之学矣。"这是讲学习、学思、学行的相辅相成、相反相成。《论语》作为孔子师徒的言行录，在某种意义上，也正是孔子师徒的教学与实践纪要。换句话说，孔子正是在行中教，寓教于行，行即教；弟子在行中学，寓学于行，行即学。总之，有教无类、有学无类、因材施教、教学相成、学思相成、知行相成的教育观念与方法，也就是师徒互为中心的教育观念与方法，从而使非计划性、非模式化、非强制性、非程序化，无不可学、无不可教、无处不在的教学，走向自觉。

换个角度看，相对强调规划性、系统性，体现为信息单向传递的西方教育，强调有教无类、有学无类、因材施教、教学相长、学思相成、知行互孕，师徒互为中心的中国儒家教育，正是信息双向传递教学。作为教师，势必有自己的价值观、世界观、知识储备，由此形成教授的倾向性，并体现在具体教授行为中，而教师具有自我倾向的信息发出之后，或因追求不同，或因资质不同等，学生未能做出相应反应，或做出各种不同反应，从而促使教师调整其教授内容，以适应学生。反之，前来求学的学生，势必有自己的价值观、世界观、求知期待，由此形成学习的倾向性，并体现在具体的学习行为中，而学生具有自我倾向的信息发出之后，或被教师认同，或被教师否定，或被教师纠正，或从教师的指教中受到启发，从而促使学生或调整其追求，或修正其思想，学识修养由此得到提高。

再换个角度看，相对强调方法运用及其科学化的西方教育，强调有教无类、有学无类、因材施教、学思行合一、师徒互为中心的中国儒家教学，可谓人性化教学。基于为认识、利用、改造、驾驭世界，认识、战胜、主宰他人，认识、强化、彰显自我而学习知识技能的教育目的，西方教育总结了一套套立足于假设、分析、归纳、演绎、推理，且行之有效的科学方法，不仅在近两百年间赢得自然科学研究与人文学科研究的突飞猛进，而且令教育自身也走向科学化。与之相对应，基于为认识自我与非我，认同他人与世界，建构自律机制，实现德性修养的教学目的，中国儒家教学则总结了一套套立足于德性修养，促成人性敦厚与自然和谐的教学方法，不仅令几千年来的中华民族共同体成为推崇教学，尊师重教，善待生命的民族集体，也令几千年来的中华民族共同体成为远离人格分裂与自伤自残的民族集体。

第三章　中西文化思维模式比较

　　汉语"思维（Thinking）"如同认知，同样属于外来词语，意义指立足意象或概念，借助语言进行分析、综合、判断、推理的认识活动。西方学界以线性思维模式与非线性思维模式作为思维模式的两大类型，而以形象思维、抽象思维、灵感思维作为三种具有普遍性的思维模式。英语思维概念或说单词，有现在时（Thinking）与过去时（Thought）之分，乃至思维活动或思维现象与思维过程（Thought）之分，概念或说单词意义所指，读词知义；汉语思维概念或说词语，则没有现在时与过去时、活动或现象与过程之分，讲思维，既是指正在进行的思维，也是指已经完成的思维，既是指思维活动或思维现象，也是指思维过程，由此构成思维概念或说词语的"能指"即全部内涵，具体"所指"即此处何谓，则取决相应语境暨文本语境与言说语境。汉语概念或说词语意义生成的所谓"文本语境"即上下文；所谓"言说语境"即言说者与被言说者的关系，言说的现场情景与时代背景。

　　如绪论所述，中国文化习惯以非我的话语言说自我、互为中心的话语模式及其相应的青睐天人物我自立、合作竞争的认知模式，体现为思维模式，那就是由"意象思维、诗性思维、感悟思维、经验思维"四要素构成的人文性思维和"双向思维、动态思维、圆象思维、全息思维"四要素构成的太极思维；西方文化习惯以自我的话语言说非我、自我中心的言说方式及其相应的青睐天人物我合一、相反相成的认知模式，体现为思维模式，那就是由"抽象思维、分析思维、演绎思维、假证思维"四要素构成的科学思维和"单向思维、静态思维、因果思维、维度思维"四要素构成的逻辑思维。在某种程度与意义上，中西人文思维、太极思维与科学思维、逻辑思维，属于相反相成的关系，由此构成对应互补、互证互释，故不可厚此薄彼，甚至作优劣论；而人文思维、太极思维与科学思维、逻辑思维各自的四要素之间，则属于相互发明、互证互释的关系，由此构成一事四说，作为分析叙事的策略，以名释名的名目多立，本身并无特别意义，而且并非既定概念，故不必对每个名目较真，完全可以得意忘言，择其好用者而用之，反之则可置之不理。比较分析如下：

第一节　意象思维与抽象思维

一、意象思维、诗性思维与抽象思维、分析思维

（一）意象思维与抽象思维

所谓"意象"，就是意与象同体共生的存意之象，或托象之意。意象不独生，意乃托象之意，无象意不存，无处存身；象乃存意之象，无意象不立，难以言说与书写，无从认识与把握。所谓"意象思维"，就是立足意象进行认知、分析、综合、判断、推理、建构、解构的认知活动。凭借天文地理来认知、分析、推断、归纳、把握自然规律与法则，凭借历史事件与社会现象来认知、分析、推断、归纳、把握历史规律与法则，凭借人类社会之道与自然天地之道的比类来认知、推断、归纳、建构人类社会规律与法则。

如前文所述，由文字发展三阶段可知，相对表音文字生成的抽象思维，意音文字生成的意象思维显然为人类早期思维形式。中国人正是运用意象思维创造了意音文字汉字，汉字的应用反过来强化了传统中国人的意象思维，使之成为常用的传统思维模式。中国传统的意象思维大致可分为三类：

首先是符号意象思维。集中体现为下述七大现象，或说下述七大现象乃运用符号意象思维、诗性思维、感悟思维、经验思维的结果：一是传说远古圣人伏羲，感悟天文地理之奥妙，立象尽意，创立八卦，化现实世界之事物具象为八卦抽象符号。传说孔子及其门徒作《易传》，继续立象尽意，再以天地龙虎等为象，解读由伏羲八卦重叠演绎而来的六十四卦，从事循环阐释，化八卦抽象符号为天地龙虎等具象事物。二是传说黄帝之使仓颉等，仿鸟兽蹄迹，象形会意创立文字。三是由三代到明清，历代王朝，推崇天人感应，比物连类，以景星、庆云、嘉禾、芝草等自然现象为符瑞，反之则以霜冻、干旱、洪水、风暴、地震、瘟疫等自然灾害为不祥。四是华夏民俗，节庆祭祀，

立象尽意，比物连类，以相应的自然事物与现象，寄托情感意愿，例如庆贺老人长寿的苍松、寿桃，庆贺生子的熊、麟、璋、瓦，庆贺新婚的枝结连理、花好月圆、珠联璧合、琴瑟和谐等图案符号。五是朝廷军队立象尽意的兵符、筑坛拜将、十二道金牌，朝廷与上层社会象征身份地位的房屋建制、礼器、车轿、服饰等，江湖组织的信符暗号等。六是道教立象尽意，用以驱使鬼神、治病禳灾的符篆。七是立象尽意，言而不言，不言之言，大丧之家新年门第下色不书，身份功过难以定性者死后所立无字碑等。

其次是玄想意象思维。就是以无形存在的玄想意象符号来言说事物本质规律等形而上现象，例如《老子》天地之道、《易传》三才之道、《老子》与《易传》乃至《太一生水》神话共同认定的太极等概念建构，所运用的正是玄想意象思维。宇宙万物从何而来，由谁所生？《老子·四十章》说是："道生一，一生二，二生三，三生万物。"那么，道是何物？《老子·二十五章》说是："有物混成，先天地生，寂兮寥兮，独立不改，周行而不殆，可以为天下母，吾不知其名，强字之曰道。"那么，道是什么形象？《老子·六章》说是："谷神不死，是谓玄牝。玄牝之门，是谓天地根，绵绵若存，用之不勤。"通俗地说，老子所谓道即玄牝，就是看不见摸不着的宇宙万物生殖器。宇宙万物如何存在？或说依靠什么而存在？《易·说卦》说是："昔者圣人之作《易》也，将以顺性命之理。是以立天之道曰阴与阳，立地之道曰柔与刚，立人之道曰仁与义。"显然，依赖阴阳之道以立的天、依赖刚柔之道以立的地、依赖仁义之道以立的人，皆为有形存在，而天之道阴阳、地之道刚柔、人之道仁义，本身则属于无形存在。又例如神与命，《说文解字》："神，天神，引出万物者也。从示、申。"《易·系辞上》："一阴一阳之谓道，""阴阳不测之谓神。"《易·说卦》："神也者，妙万物而为言者也。"《康熙字典·命》："《易·乾卦》各正性命。《疏》命者，人所禀受。《说卦》穷理尽性，以至于命。《注》命者，生之极。《左传·成王十三年》民受天地之中以生，所谓命也，是以有动作礼义威仪之则，以定命也。《疏》命虽受之天地，短长有本，顺理则寿考，逆理则夭折，是以有动作礼义威仪之法则，以定此命，言有法，则命之长短得定，无法，则夭折无恒也。"皆为无形之存在。

再次是审美意象思维。就是通过文艺的意象营造来实现文艺审美，中国文论植根伏羲作八卦，拟容取心，"立象尽意说"，由"赋比兴说"、"意象说"、"意境说"、"化境说"、"境界说"等意象概念，以及"滋味说"、"妙悟说"

等意象相关概念共同构成的意象论谱系，正是基于对文艺创作运用审美意象思维的强调。"赋比兴说"早见于《周礼》，发挥于《毛诗序》，致力于赋象、比象、兴象的意象建构，追求叙物言情，索物托情，触物起情。刘勰《文心雕龙·神思》祖承《易传》之旨，提出"意象说"，以意象建构作为文学创作的意义建构方式与表述方式，说是："是以陶钧文思，贵在虚静；疏瀹五藏，澡雪精神。积学以储宝，酌理以富才，研阅以穷照，驯致以怿辞。然后使玄解之宰，寻声律而定墨；独照之匠，窥意象而运斤。此盖驭文之首术，谋篇之大端。"文艺的意象营造，进而引出刘勰《文心雕龙·隐秀》所谓"义生文外，秘响旁通"而"味之者不厌"，钟嵘《诗品》所谓"指事造形，穷情写物"的五言诗乃"众作之有滋味者"的"滋味说"。在此基础上，司空图《与极浦书》提倡象外象，景外景，《二十四诗品》提倡超以象外，得其环中，《与李生论诗书》提倡韵外之致，味外之旨，令"意象说"与"韵味说"相互发明，互证互释。王昌龄《诗格》深化"意象说"而提出"意境说"，说是："诗有三境。一曰物境。欲为山水诗，则张泉石云峰之境，极丽绝秀者，神之于心，处身于境，视境于心，莹然掌中，然后用思，了然境象，故得形似。二曰情境。娱乐愁怨，皆张于意而处于身，然后驰思，深得其情。三曰意境。亦张之于意而思之于心，则得其真矣。诗有三格：一曰生思。久用精思，未契意象，力疲智竭，放安神思，心偶照境，率然而生。二曰感思。寻味前言，吟讽古制，感而生思。三曰取思。搜求于象，心入于境，神会于物，因心而得。"严羽《沧浪诗话·诗辨》以佛论诗，提出"妙悟说"，强调"诗道亦在妙悟"，最终落脚于意象营造，说是："诗者，吟咏性情也。盛唐诗人惟在兴趣，羚羊挂角，无迹可求。故其妙处莹澈玲珑，不可凑泊，如空中之音，相中之色，水中之月，镜中之象，言有尽而意无穷。"金圣叹《水浒传序一》与王昌龄诗境三分相响应，提出"化境说"："心之所至，手亦至焉者，文章之圣境也；心之所不至，手亦至焉者，文章之神境也；心之所不至，手亦不至焉者，文章之化境也。夫文章至于心手皆不至，则是其纸上无字、无句、无局、无思者也。而独能令千万世下人之读吾文者，其心头眼底乃官官有思，乃摇摇有局，乃铿铿有句，而烨烨有字，则是其提笔临纸之时，才以绕其前，才以绕其后，而非徒然卒然之事也。"何为化境？《杜诗解》卷三载金圣叹评论杜诗《子规》说是："先生妙手空空，如化工之忽然成物，在作者尚不知其何以至此。"王国维如同严羽，以佛说诗，进而借重西洋浪漫主义与现实主义之说，改写前人"意象说"、"意境说"、"化境说"为"境界说"，《人间词话》说是："词以境界为最上。有境界则自成高格，自有名句。……有造境，有写境，此理想与写实二派之所由分。然二者颇难分别。因大诗人所造之境，必合乎自然，所写之境，亦必邻于理想故也。……有有我之境，有无我之境。'泪眼问花花不语，乱红飞过秋千去'，'可堪孤馆闭春寒，杜鹃声里斜阳暮'，有我之境也。'采菊东篱下，悠然见南山'，'寒波澹澹起，白鸟悠悠下'，无我之境也。有我之境，以我观物，故物皆著我之色彩。无我之境，以物观物，故不知何者为我，何者为物。古人为词，写有我之境者为多，然未始不能写无我之境，此在豪杰之士能自树立耳。……无我之境，人惟于静中得之。有我之境，于由动之静时得之。故一优美，一宏壮也。"

　　所谓"抽象"，就是运用概念在人脑中再现对象的质和本质，由此形成分析的质的抽象和综合的本质的抽象。汉语"抽象"为外来词，拉丁文为abstractio，本意为排除、抽出。通常用以指称那些不被人的感官所直接把握的东西，也就是以看不见摸不着的东西为抽象。所谓"抽象思维"，就是立足概念进行认知、分析、综合、判断、推理，间接的、概括的、超然的反映现实事物的认识活动。所谓"超然"，就是抽象思维给人感觉是其超越眼前现实而跑到其背后，甚至是脱离现实。

　　如前文所述，西方意音文字楔形文字最终为表音文字比拨罗字母所替代，前者生成于意象思维而后者生成于抽象思维，表音文字的应用反过来强化了西方人的抽象思维，使之后来居上，成为西方常用的传统思维模式。西方传统的意象思维具体落实于两大方法：

　　首先是排除法。a 是什么？不是 b 也不是 c，也就是不是非 a；人是什么？不是鸟也不是树，也就是不是非人。这正是表音文字的意义建构方法，无论是腓尼基字母、希腊字母、拉丁字母，还是斯拉夫字母、英文字母、法文字母，所有表音文字的字母及其构成的词汇，其实没有任何意义，用以指称相应事物，就在于 a 不是非 a，至于是用英文 cat 与 dog 来指称猫与狗，还是用别的英文单词来指称猫与狗，其实并不重要，重要的是表明猫不是非猫，狗不是非狗便足够了。排除法抽象思维贯彻西方文化的结果，便是使西方人的独立意识、个性意识、创新意识、专业意识得以突出与发展。这正是古希腊文化不同于中国先秦文化的特色之所在：从雅典民主政治中，我们不难体会古希腊人的个人意识与独立意识；从哲学家泰勒斯（Thales）、阿拉克西曼德（Anaximander）、赫拉克利特、留基伯（Leucippus）、德谟克里特、苏格拉底、柏拉图，数学家丢番图（Diophantus）、阿波罗尼奥斯（Apollonius theorem）、欧几里德（Euclid）、毕达哥拉斯（Pythagoras）、阿基米德（Archimedes）等人生平中，我们不难感受到古希腊人的创新意识；从百科全书式学者亚里斯多德涉及逻辑学、美学、修辞学、伦理学、心理学、教育学、经济学、政治学、生物学、神学等众多学科的成果中，我们不难领略古希腊人的学科细分及其专业精神。

其次是抽出法。面对颜色不同，形状不同，味道不同的苹果、香蕉、菠萝、甘蔗，我们说是"水果"，面对形体不同，声音不同，食物不同的老虎、山羊、猕猴、莽蛇，我们说是"动物"，就是抽出相关事物的共性加以关注。抽出法抽象思维贯彻西方文化的结果，便是使西方人的科学意识与文艺抽象意识得以突出与发展，由此形成"分离—提纯—简略"三个环节构成的科学抽象和脱离模仿自然传统的抽象艺术等。所谓"科学抽象"，就是从解答问题出发，通过对各种经验事实的比较分析，排除无关紧要的因素，提取研究对象的重要特性加以认识，从而为解答问题提供某种科学定律或原理。例如古希腊留基伯和德谟克里特提出的"原子说"，便是科学抽象的成果。对此，英国科学家、近代实验科学始祖弗兰西斯·培根（Francis Bacon）《新工具》写道："我们必须不用火而用人心，来把自然完全分解开，分离开，因为人心亦就是火的一种。在发现形式方面讲，真正归纳法底第一步是应该先排除了一些性质，因为有一些性质，往往不存在于所与性质存在的例证内，或存在于所与性质不存在的例证内；有时所与性质虽减，它们却增，所与性质虽增，它们却减。因此，在适当地排斥了，拒绝了那些性质以后，一切轻浮的意见便烟消云散，所余的只有肯定，坚固，真实，分明的形式。"[1]所谓"抽象艺术"，通常被理解为不是描述自然世界，而是透过形状和颜色以主观方式来表达的艺术。二十世纪抽象艺术有两大类型：一类是从自然物象出发的抽象，艺术形象与自然物象保持一定联系；一类是不以自然物象为基础的抽象，艺术形象为纯粹形式构成，借以表达某种情绪意念或美感体验。所谓狭义抽象艺术，即属此类。

---

1 [英]培根，新工具[M]，北京：商务印书馆，1936，185。

（二）诗性思维与分析思维

"诗性"概念源出意大利学者维柯（Giovanni Battista Vico）《新科学》，指向人类整体的原始认知模式和思维模式的"诗性智慧"。维柯所谓"诗性（Poetic）"，意思是创造性想象力，或凭想象性创造。因为原始人能够凭想象创造者就叫诗人，诗人在古希腊文里就是创造者。[2]想象性与创造性由此成为维柯所谓"诗性思维"的两大特性：想象性地推己及物，主客不分，运用想象力投射主观情感于客观事物，变客观事物为主观情感载体，由此创造出心物融合的境界。

如前文所述，这种由想象性与创造性构成的诗性思维，正是以立象尽意、比物连类为意义建构方式的汉字及其书写的思维特征，也是意象思维的特征。因此说，西方人所谓诗性思维，对于中国文化来说，就是意象思维。为此，美国诗人、文论家费诺罗萨立足汉字的形象性、动态性、隐喻性、关联性，试图从汉语的文字层面进入语言层面，然后进入诗学层面，建构汉字诗学。费诺罗萨认为，艺术应当是综合思维而非分析思维，同时认为西方的表音文字属于分析思维，中国的意音文字属于综合思维，由此认定汉字才是诗歌所需要的能够诉诸视觉，能够让艺术家传达匠心于读者，读者能够体验艺术家匠心的形象语言，犹如"视觉诗"。汉字诗学观点有三：一是诗歌应当传达力的转移，可谓之"运动说"；二是诗歌的本质在于隐喻，可谓之"隐喻说"；三是诗歌应富于附加的意蕴，可谓之"弦外之音说"。[3]

汉语作为"综合"对词的"分析"，属于亚里士多德已经运用于数学、逻辑学等相关领域的外来词，就是把一件事物、一种现象、一个概念分成若干个部分，找出这些部分的本质属性和彼此之间的关系。由此形成的"分析思维"，也叫逻辑思维，就是依据逻辑规律，经过仔细研究，逐步分析，最后得出符合逻辑的明确结论的思维模式。分析思维体现为阶段式，一次只前进一步，步骤明确，由此形成一个严密、连续的归纳或演绎过程。可为五个层次或步骤：第一层次，能够对事物进行简单分解，虽不能明确其中逻辑关系；第二层次，能够依据逻辑关系分解复杂事物，并根据逻辑关系进行重组，整体看待问题，分析问题各个方面；第三层次，能够依据相应规则进行事物分类，界定概念，概括总结复杂现象，总结要点，运用复杂概念与方法解决问题；

2　[意]维柯，新科学[M]，北京：人民文学出版社，1986，156。

3　周发祥，西方文论与中国文学[M]，南京：江苏教育出版社，1997，69-72。

第四层次，能够发现复杂因果关系，做逻辑推理判断，能够整合矛盾因素，综合运用各种理论、概念、方法、工具分析复杂问题；第五层次，能够深入现象背后发现其动力、前提条件、发展趋势，从现象中总结规律，能够将复杂问题简化。

如前文所述，这种由分析、组合、推定构成的分析思维，正是以意义假设、归纳演绎为意义建构方式的表音文字及其书写的思维特征，也是抽象思维的特征。因此说，对于西方文化来说，分析思维就是抽象思维。显然，表音文字书写的意义建构过程，其实就是一个字母乃至词汇分析组合加意义推定的过程。所谓决定表音文字书写意义生成的语法，其实就是依据逻辑关系所确立的字母乃至词汇分析组合加意义推定的规则。分析思维在西方的盛行，由西方科学创造的高度发达，乃至数学与化学学科之下，分别形成数学分析与分析化学的事例，可一叶知秋。科学研究在某种程度上就是科学分析。

（三）意象思维、诗性思维与抽象思维、分析思维比较的启示

比较中西文化的意象思维、诗性思维与抽象思维、分析思维，由此引出两个相关问题，需要加以辨析：

首先，中国文化的意象，既非主客不分，亦非主客二分，而是主客同体共生，名分而实不分，互动生成，相互依存。因此，中国文化的意象思维不是西方文化主客二分，或主动或被动，作用反应的形象思维，反之亦然。因此，在言说中国文化时，不能以形象思维概念来代替意象思维概念，不能将中国文化的意象思维现象及其理论说成是形象思维。汉语"形象"词语，通常用以指称与意念无关的事物、肖像、偶像、塑像、形状、样子、象征等。而现代中国由西方移植过来的"形象"词语，意思是指能够引起人类思想感情活动的具体形态或姿态。也就是说，形象乃人类思想情感的作用对象，外在于人类思想情感。文艺理论用以指称以语言为手段而形成的艺术形象或说文学形象。由此而来的"形象思维"，就是通过直观形象或表象解决问题的思维。形象思维立足于感受和体验，形象由此成为主客二分，或主动或被动，作用反应的被感受和被体验的客体。

其次，中国文化的诗性思维，也就是意象思维，随时变化，至今不废，因此说并非原始思维，野蛮思维；中国文化的分析思维，也就是抽象思维，与诗性思维、意象思维同体共生，因此说并非文明思维。由亚里斯多德《形而上学》奠定的西方思维模式研究，始终在共时性上立论，没有原始与现代、

文明与野蛮之说，维柯关于早期人类思维模式诗性智慧研究，则属于立足历时性立论，因此而有原始思维、野蛮思维之说，这本身无可厚非。然而，早期人类诗性智慧属于原始思维、野蛮思维，并不等于说诗性思维本身就属于原始思维、野蛮思维，尤其是在用以言说中国文化思维模式时，更是如此。这是因为：古代人的诗性思维模式可以叫古代思维模式，现代人的诗性思维模式则应当叫现代思维模式，那么，古代沿用至今的诗性思维模式，到底是叫古代思维模式还是叫现代思维模式？恐怕此时已经不适合做历时性表述与定位。为此，借用李白《问月》诗句"今人不见古时月，今月曾经照古人"，后人理解与运用的诗性思维，虽然是对古人诗性思维的传承，但是，既有自己的理解亦有自己的习惯。尤其是对于中国文化来说，汉字及其书写意义建构的立象尽意、比物连类，属于意象思维也就是诗性思维，与抽象思维也就是分析思维的同体共生，相互之间并不构成历时性关系，因此不存在原始与现代、文明与野蛮之分别的问题。也就是说，西方学界基于西方文字历史三阶段，认定替代意音文字楔形字与圣书字的表音文字比拨罗字母与腓尼基字母，后者是前者的进步，与之相关，认定人类思维的进步是意象思维、诗性思维继之以抽象思维、分析思维，后者是前者的进步，如此说法，显然不能用于言说由传承意音文字至今的汉字及其所书写的中国文化的思维模式。

之所以说汉字及其书写意义建构的立象尽意、比物连类，属于意象思维与抽象思维的同体共生，原来，如前文所述，伏羲法天象地作八卦，仓颉分理鸟兽蹄迹造书契，属于立足自然现象的想象性创造，继之以抽象分析。就伏羲作八卦来说，伏羲观察自然，立象尽意，比物连类，别事物为阴阳而画八卦，是由意象思维到抽象思维。而八卦及其阴爻与阳爻本身并无实际意义，其意义建构则是通过由抽象思维到意象思维的立象尽意、比物连类的解读来实现的。原来，"—"与"--"作为完整线段与中断线段，本身并无实际意义，伏羲以此作为阳爻与阴爻，代表作为宇宙本原一体两面的阳与阴，重叠排列，建构"八卦"，经传说的文王与周公解读并作卦辞与爻辞，共同构成《易经》，再由孔子及其门徒解读《易经》作《易传》，便被赋予拟配天地、男女、君臣、昼夜、明暗，用以指称与言说刚柔、动静、清浊、高低、凹凸、开合、奇偶、南北、正反、好坏等所有相对生成、相反相成、互包互孕的事物意义。《易·乾》："《象》曰：天行健，君子以自强不息。'潜龙勿用'，阳在下也。'见龙在田'，德施普也。'终日乾乾'，反复道也。'或跃在渊'，进无咎也。'飞龙在天'，大人造也。'亢龙有悔'，盈不可久也。'用九'，天德不可为首也。"如果说伏羲以八卦言说万事万物，属于抽象万事万物及其禀性、奥妙为八卦符号之抽象性立象尽意，那么，《易·象辞》以龙象言说乾卦"天行健，君子以自强不息"的旨意，便属于化八卦符号之抽象为万事万物及其禀性、奥妙之意象，体现意象性、谱系性的立象尽意、比物连类，由此形成八卦意义建构与解读，由意象思维到抽象思维再到意象思维的阐释圆环。就仓颉造书契来说，仓颉分理鸟兽蹄迹造书契，依类象形为文，形声相益为字，同样是由意象思维到抽象思维。仓颉指事象形，象形会意，将鸟兽蹄迹符号化，形成文字，书写情感与事物，属于意象思维；而形声相益，取譬相成，实行文字符号类别化，由此形成后来偏旁部首，则属于抽象思维。

二、感悟思维、经验思维与演绎思维、假证思维

（一）感悟思维与演绎思维

由上述可知，意象思维属于人文的创造性思维。而实现创造的关键则在于感悟，由此走向感悟思维。所谓"感悟"，顾名思义，就是在生活中感受事物，在阅读中感受知识，在交流中感受对话而形成觉悟，或形成对事物的看法，或改变过去对事物的看法，属于对事物认知的心理觉醒或认知提升。感悟形式有种种：或是渐悟，或是顿悟，或是知识接受与创新等道理感悟，或是处于人生困惑的心境感悟。关联度较高的词汇是灵感、点化、刺激、冥想。所谓"感悟思维"，又称"直觉思维"，就是立足感悟而非分析进行肯定或否定、建构与解构的认识活动。感悟思维具有突然性、自觉性、自信力等三大特性。感悟思维的突然觉悟虽然具有偶然性，但是，这种偶然暴发往往是长期积累的结果，因此说其突然性不是偶然性；感悟思维的突然觉悟或许是感悟书本知识所致，或许由他人开导所致，或许是由生活刺激所致，或许是由坚持冥想所致，但是，书本知识、他人开导、生活刺激、坚持冥想是否能够让人觉悟，最终取决于当事人的自觉及其心理素质；感悟思维的突然觉悟，属于当事人对其觉悟高度自信。

如前文所述，伏羲作八卦与仓颉造书契，乃感悟天文地理与鸟兽蹄迹的结果，因此说也是感悟思维的结果。中国古代圣贤正是运用感悟思维创造了汉字，汉字应用反过来强化了传统中国人的感悟思维，使之成为传统思维模式。中国传统的感悟思维主要体现为两类：

首先是创造性感悟思维。一是知识创新。除了伏羲作八卦、仓颉造书契，宋代理学开山大师周敦颐，月岩悟道，整合《老子》"无极"与《易传》"太极"，撰《太极图说》，提出"无极而太极"的宇宙生成论，便是古代圣贤创造性感悟思维经典案例之一。周敦颐幼年丧父，跟随舅父郑向居湖南衡阳。衡阳都庞岭东麓有岩洞，东西两门，洞内移动位置则可见不同景物变化。入东门西行，头上洞口呈一弯下弦残月；往前行，下弦月如镰刀、小船，由缺而圆；至洞中央，当顶便是望月；继续前行，望月逐渐由圆而缺，最后成为上弦月。相传周敦颐十四岁时筑室月岩读书，由此感悟无极而太极的道理。《太极图说》写道："无极而太极。太极动而生阳，动极而静，静而生阴，静极复动。一动一静，互为其根。分阴分阳，两仪立焉。阳变阴合，而生水火木金土。五气顺布，四时行焉。五行一阴阳也，阴阳一太极也，太极本无极也。"二是文艺创新。文艺创作需要感悟，如何感悟？《庄子》提出"心斋"与"坐忘"："若一志，无听之以耳而听之以心，无听之以心而听之以气！听止于耳，心止于符。气也者，虚而待物者也。唯道集虚。虚者，心斋也。"（《人间世》）"堕肢体，黜聪明，离形去知，同于大通，此谓坐忘。"（《大宗师》）那么，进入心斋与坐忘之感悟状态的文艺创作是何表现？《田子方》写道："宋元君将画图，众史皆至，受揖而立；舐笔和墨，在外者半。有一史后至者，儃儃然不趋，受揖不立，因之舍。公使人视之，则解衣般礴嬴。君曰：'可矣，是真画者也。'"如果说庄子论文艺感悟乃坐而论道，那么，李商隐作《小传》说是：李贺"恒从小奚奴，骑巨驴，背一古锦囊，遇有所得，即书投囊中，及暮归，太夫人使婢受囊出之，所见书多，辄曰：'是儿要当呕出心乃已耳！'"则可谓借重感悟而实现诗歌创新的实践案例。

其次是决断性感悟思维。大禹治水遇九灵尾狐而萌生结婚的念头，刘邦观秦始皇仪仗而萌生出人头地的念头，黛玉葬花而萌生自尽的念头等，皆是案例。赵晔《吴越春秋·越王无馀外传》载："禹三十未娶，行到涂山，恐时之暮，失其度制，乃辞云：'吾娶也，必有应矣。'乃有白狐九尾造于禹。禹曰：'白者，吾之服也。其九尾者，王之证也。涂山之歌曰："绥绥白狐，九尾痝痝。我家嘉夷，来宾为王。成家成室，我造彼昌。天人之际，于兹则行。"明矣哉！'"《史记·高祖本纪》载："高祖常繇咸阳，纵观，观秦皇帝，喟然太息曰：'嗟乎，大丈夫当如此也！'"《红楼梦》孤苦伶仃，寄人篱下的林黛玉葬花，作《葬花吟》："未若锦囊收艳骨，一抔净土掩风流！质本洁来还洁去，强于污淖陷渠沟。尔今死去侬收葬，未卜侬身何日丧？侬今葬花人笑痴，他年葬侬知有谁？试看春残花渐落，便是红颜老死时。一朝春尽红颜老，花落人亡两不知！"萌生早死，以便让情人贾宝玉安葬自己的念头。此外，孟母断机杼教子，也是希望孟子从中感悟做事不能半途而废的道理，以便立志向学。

由上述可知，抽象分析属于科学的研究性思维。而分析研究离不开归纳演绎，由此走向演绎思维。所谓"演绎"，就是推导、铺陈、表现。所谓"演绎思维"，就是以亚里斯多德"三段论"为标本，从一般原理、普遍知识、一般性假设出发，去推导、认识个别、特殊现象，由前提得出必然结论的"演绎法"，又称"演绎推理"，包括假言推理和选言推理。"三段论"由大前提、小前提、结论三部分构成：大前提就是已知一般原理、普遍知识、一般性假设；小前提就是关于要思考的具体、个别、特殊事物的判断，小前提与大前提具有某种关联性；结论就是从一般已知原理、知识、假设出发，推导出具体、个别、特殊事物的判断。例如大前提"金属能导电"、小前提"铜铁是金属"、结论"铜铁能导电"。演绎推理正确与否，首先取决于大前提，如果大前提出错，结论也就难得正确。

演绎思维对于西方文化的重要意义，由如下几位在西方文化史上具有里程碑意义的学者与科学家可见：亚里斯多德作为古希腊文化的集大成者，也是演绎推理研究的开创者。以《几何原本》著称于世的欧几里德，继而将亚里斯多德演绎推理用于构建实际知识体系，由此建构欧几里德几何学演绎体系：从为数不多的公理出发，推导出众多定理，再拿这些定理去解决实际问题。相对几何知识，欧几里德几何学演绎体系的方法论意义更为重大，为人类知识整理与阐述提供了一种模式。犹太裔荷兰籍哲学家斯宾诺莎（Baruch de Spinoza）应用演绎推理模式写作《伦理学》，英国物理学家牛顿（Isaac Newton）应用演绎推理模式写作《自然哲学的数学原理》，英国科学家、电磁理论奠基人麦克斯韦（James Clerk Maxwell）推导电磁波存在的三篇论文《论法拉第的力线》、《论物理的力线》、《电磁场的动力学理论》，第一篇用归纳法，第二篇用类比法，第三篇用演绎法，法国哲学家、物理学家、数学家、神学家笛卡尔（René Descartes）则将演绎推理模式发展成为西方近代科学发展的重要推理模式，对于出生德国的犹太裔科学家爱因斯坦（Albert Einstein）来说，演绎推理既是其看重的方法，也是其常用的方法，说是："适用于科学幼年时代的以归纳为主的方法，正在让位给探索性的演绎法。"[4]

（二）经验思维与假证思维

意象思维的感悟虽然具有突然性，但是，多数感悟或是属于触动自我经验、自我认识的他人经验即书本知识的结果，或是属于长期关注、思考相关现象、问题的结果，由此走向经验思维。所谓"经验"，就是经历或实践及其获得的知识。经验包括自我的经验与非我的经验；非我的经验又包括过去时的历史经验或前人经验与现在时的社会经验或他人经验。所谓"经验思维"，就是立足经验进行认知、分析、综合、判断、推理、建构、解构的认识活动。

如前文所述，汉字及其书写依经立义、以人说我的意义建构与解读方式就是属于经验思维。《朱子语类》说是："汉儒解经，依经演绎；晋人则不然，舍经而自作文。"汉字应用使传统中国人的经验思维得到突出与强化，由此成为常用的传统思维模式。中国传统的经验思维由如下四种现象可见：

首先是重视教育的民族共同体。如前文所述，《周礼·地官司徒》载："养国子以道，乃教之六艺。""师氏掌以媺诏王，以三德教国子。"《礼记·学记》载："古之教者，家有塾，党有庠，术有序，国有学。"科举成为隋唐及其以后的国家政治制度。华夏乃重视教育的民族集体，在某种意义上可谓"教育民族集体"。也正是因此，春秋战国的百家争鸣之后，儒家逐步占据社会文化生活的主导地位，这正是经验知识的胜利。中国人因重视经验知识而重视文化教育乃至尊重掌握经验知识的教师，由此形成尊师重教的传统，将师与天、地、君、亲并列，加以崇拜，让孔子及其门徒受飨食。推而广之，由此敬重所有具有经验知识的人，形成"老马识途"、"姜是老的辣"、"不听老人言，吃亏在眼前"、"不听老人言，必有心慌事"等俗话套语；做事习惯遵从经验，以经验者为模范，形成"操斧伐柯"、"依经立义"、"取镕经义"、"按图索骥"、"东施效颦"、"邯郸学步"、"循规蹈矩"、"因循守旧"、"墨守成规"、"蹈常袭故"、"生搬硬套"、"照本宣科"等俗话套语；言说习惯引经据典，罗列典故，由此形成"引经据典"、"引经据古"、"旁征博引"、"六经注我，我注六经"、"纸上谈兵"、"掉书袋"、"离经叛道"、"忘师卖道"、"数典忘祖"、"欺师灭祖"、"信口开河"等俗话套语；蒙学读本《名贤集》与《增广贤文》等，其实就是作为前人经验的"老人言"。正是基于对中华民族集体作为教育民族的明确认识，

4　[德]爱因斯坦，爱因斯坦文集（第一卷）[M]，北京：商务印书馆，1978，262。

近代欧美来华传教士才毅然选择通过办教育来实现中国的基督教化，才有美国来华传教士明恩溥向罗斯福总统建议的"庚款留学"，才会出现十九世纪末到二十世纪初兴起的中国现代高等教育，百分之八十的高校为西方人创办，其中美国人所办大学又占外国人在华所办大学的十之八九，华人自办大学亦多聘请美国人主事的现象。"无怪乎李提摩太提醒人们：差不多中国全部大学都是由美国人创办与美国人主持。"5

其次是重在教化的政治。华夏政治至周朝已经形成教化政治传统，为此，《礼记·学记》说是："能为师然后能为长，能为长然后能为君。故师者所谓学为君也。"《论语·子张》载："子夏曰：'仕而优则学，学而优则仕。'"教化政治途径有二：一是官府致力于民众教育，办学兴教。为此，《论语·尧曰》载孔子说是："不教而杀谓之虐；不戒视成谓之暴。"《周礼·地官·大司徒》明确规定"施十二教"："一曰以祀礼教敬，则民不苟；二曰以阳礼教让，则民不争；三曰以阴礼教亲，则民不怨；四曰以乐礼教和，则民不乖；五曰以仪辨等，则民不越；六曰以俗教安，则民不偷；七曰以刑教中，则民不暴；八曰以誓教恤，则民不怠；九曰以度教节，则民知足；十曰以世事教能，则民不失职；十有一曰以贤制爵，则民慎德；十有二曰以庸制禄，则民兴功。"其中以礼教与乐教为本，《礼记·乐记》："乐者为同，礼者为异，同则相亲，异则相敬。以礼教中，以乐教和。"二是帝王率先垂范，官为民师，风化社会。《诗大序》说是："《关雎》，后妃之德也，风之始也，所以风天下而正夫妇也。故用之乡人焉，用之邦国焉。风，风也，教也；风以动之，教以化之。"秦代"民以吏为师说"，一名三义：一是民众在实践中向官吏学习；二是官吏自觉成为民众效仿的表率；三是官吏具有教导民众的责任。

再次是敬惜字纸的习俗。清韶公《燕京旧俗志》载："污践字纸，即系污蔑孔圣，罪恶极重，倘敢不惜字纸，几乎与不敬神佛，不孝父母同科罪。"敬惜字纸作为民间习俗，可追溯到宋代。传说宋代封沂国公的状元宰相王曾，之所以连中三元，正是先辈敬惜字纸的功德。明刘宗周《人谱类记》说是："王曾之父生平见字纸遗弃，必拾而以香汤洗之，然后焚化。一夕梦至圣抚其背曰：'汝何敬重吾字之勤也。恨汝老矣，无可成就，当遣曾参来生汝家。'末几生一男即沂公也。三元及第，为宋名相。"明郎瑛《七修类稿》也有相关

---

5 罗荣渠，美国与西方资产阶级新文化输入中国[A]，周一良，中外文化交流史[C]，郑州：河南人民出版社，1987，644。

记载。到清代，劝人敬惜字纸的文字层出不穷，例如：《惜字律》劝告世人敬惜文本，下笔谨慎，不可害人；《文昌帝君惜字律》、《文昌惜字功过律》、《惜字新编》、《惜字征验录》、《惜字训》等皆讲述敬惜字纸的善报。

最后是如前文所述，依经立义的学术，由此形成解经学，无须重复叙述。

抽象思维的"三段论"演绎，因大前提立足一般原理、普遍知识、一般性假设，由此走向假设推论乃至实证。所谓"假证思维"，作为思维模式，顾名思义，就是立足假设的求证认识活动，所谓假设 X＋Y＝Z 是也。也就是说，无论是自然科学还是人文学科，在未经验证之前，所有的命题、原理、理论、定理、定义、公式，皆属于假设，假设走向命题、原理、理论、定理、定义、公式的方法路径，就是实证。反之，所有等待实证的命题、原理、理论、定理、定义、公式，无论来自何等周密的推论，也无论是否已经得到公认，皆莫不应当视作假设。简言之，普遍知识与一般原理被置于等待实证的语境，其名分回归假设。以推论为实证，由此导致以建立在推论基础之上的西方理论学说为真理，作为理想信念加以追求，正是中国现代化诉求陷入变异西化的血泪教训。

如前文所述，表音文字及其书写意义假设、归纳演绎的意义建构与解读方式就是假证思维。不但是抽象思维，与之相应的分析思维、演绎思维，莫不体现为假证思维。假证思维作为西方文化的基本思维模式被突出与强调的结果，催生实证研究。所谓"实证研究"，就是研究者收集信息、资料，依据相应方法、程序，加以观察、实验，为提出理论假设，或检验理论假设，开展研究。实证研究作为认识活动，就是实证研究思维。实证研究具有直接经验的特性，方法类型或分数理实证研究与案例实证研究，或分狭义实证研究与广义实证研究。所谓"狭义实证研究"，就是运用数量分析，确定相关因素的相互作用方式和数量关系的实证研究。所谓"广义实证研究"，就是以实践为研究起点，以经验为科学基础的经验型研究方法，例如调查研究法、实地研究法、统计分析法等。实证研究作为研究方法与思维模式，由培根的经验哲学和牛顿与伽利略的自然科学研究孕育；再由孔多塞（Marie Jean Antoine Nicolas de Caritat）、圣西门（Claude-Henri de Rouvroy）、孔德（Isidore Marie Auguste François Xavier）等法国哲学家将自然科学实证研究方法与思维模式贯彻到人文社会学科研究，从经验入手，运用程序化和定量分析的手段研究社会现象，以此实现精细化和准确化，由此形成席卷欧美，立足现象归纳，拒绝理性推论，强调感觉经验，排斥形而上学的实证主义哲学乃至实证主义思潮，发展到二十世纪，进而演变为逻辑实证主义，又称新实证主义。

（三）感悟思维、经验思维与演绎思维、假证思维比较的启示

比较中西文化的感悟思维、经验思维与演绎思维、假证思维，由此引出三个相关问题，需要加以辨析：

首先，传统中国人的感悟思维不是西方人的灵感思维，传统中国人所谓顿悟与西方人的灵感类型相同而性质不同，不可混用。"顿悟"概念源出佛教禅宗，乃相对逐渐觉悟而言的顿然觉悟。顿悟思维意义指向禅宗六世祖惠能明心见性的修行法门，与渐悟对应互补、互证互释。宋人借以言说文艺，例如宋曾敏行《独醒杂志》卷二载：黄山谷"绍圣中，谪居涪陵，始见《怀素自叙》于石扬休家。因借之以归，摹临累日，几废寝食。自此顿悟草法，下笔飞动。"显而易见，顿悟是行为主体自我的认识飞跃现象，虽然是瞬间完成，但是，却是长期思考、体验、修行的结果，有个认识积累过程。如果说顿悟作为灵感瞬间迸发，属于感性认识，那么，庄子致力于酝酿顿悟的坐忘与心斋，李贺致力于酝酿顿悟的自然观察与体验，则是属于理性认识，从而使顿悟成为感性与理性的相互作用、相反相成。而西方人所谓"灵感"，乃指突发性思维状态所激发的神妙能力。这种突发性思维状态，就是不用平常感官而使精神互相交通，又称"远隔知觉"。英语灵感（inspiration"五四"时音译做"烟士披里纯"）指一种灵气；希腊语灵感（πνεύμα）指神的灵气。显而易见，灵感是行为主体在非我因素作用下所产生的认识飞跃现象，瞬间完成也并非行为主体相应努力的结果，从而使灵感成为脱离理性的感性认识。

其次，传统中国人的经验思维不属于西方人经验主义，不可比附。传统中国人所谓"经验"，既是指自我经验，也包括他者经验；既是指感性认识的知识，也包括理性认识的知识。在某种意义上，书本知识、社会知识、传统知识等就是他者经验。也就是说，传统中国人的经验思维不是将自我与他者、感性认识与理性认识置于二元对立，而是令二者相互作用、相反相成。西方经验主义作为认识论学说，强调人类知识以感觉为基础，强调感性认识的作用和确定性，视经验为人类知识源泉，同时贬低乃至否定理性认识的作用和确定性。在激进的西方经验主义者看来，思想越抽象便越空虚，越不可靠，离真理越远，因此，必须从根本上否定抽象，否定普遍概念，否定普遍命题。总之，西方经验主义最终将感性认识与理性认识、经验实践知识与抽象理论

知识置于二元对立、偏执一端。西方经验主义诞生于古希腊，延续至今。著名代表学者与著作有英国三大经验主义者洛克（John Locke）及其《人类理解论》、《政府论》、《论宽容》、贝克莱（George Berkeley）及其《视觉新论》、《人类知识原理》、休谟（David Hume）及其《人性论》、《人类理解研究》、《道德原则研究》等。

再次，西方人基于假证思维的命题、原理、理论、定理、定义、公式不等于真理，只有被证明永恒不变或具有普适性的命题、原理、理论、定理、定义、公式才是真理。而且，真理又有绝对真理和相对真理之分：绝对真理即不受任何限制的道理；相对真理即局限于相应条件的道理。原来，西方学者在实证哪怕是胸有成竹的命题、原理、定理、定义、公式时，也是事先将其定位于假设，然后予以阐述、论证、实验。即使是经过论证而言之有理，经过实验而行之有效的命题、原理、理论、定理、定义、公式，通常也是以结论而非真理视之，因为这些结论通常只是局限于相应条件的相对真理，而且存在着被他人更新乃至否定的可能，更不用说西方文化发展史，正是在后人刷新前人成果的基础上前进，至少是没有哪位西方学者将其学说标榜为绝对真理。然而，现代中国人在引入西方人文知识与社会学说时，却存在着严重的误读现象，具体表现有二：一是视理论假设为真理；视理论假设为结论。基于救亡图存乃至中国社会现代化的诉求，现代中国仁人志士与学者向西方寻求救国救民的道理与学说，纷纷尝试在现代西方彼此争论、彼消此长的各种社会理论学说中寻找适合中国国情的主义暨学说，将其移植中国，例如斯宾塞（Herbert Spencer）社会文化进化论、民族主义、国家主义、经验主义、实证主义、集体主义等。显然，上述各种主义在当时均属于正在由社会实践，而尚未形成最后结论的理论假设，然而，其现代中国的移植者无疑是视其为具有可行性的理论学说，乃至当作结论性学说加以接受。二是视相对真理为绝对真理；视学派学说为普遍道理。即使说西方社会文化进化论、民族主义、国家主义、经验主义、实证主义、集体主义等理论学说是真理，那么，也因其生成于西方社会与文化语境而属于相对真理，能否用以言说非西方社会与文化？势必经过实践检验方有结论。显然，现代中国仁人志士与学者是在未经实践检验之前，便将其作为放之四海而皆准的绝对真理来接受，因此而有强调忠诚主义而反对修正主义的相应作为。进而言之，西方许多冠之以"主义"的社会理论学说，均是学说中有学派，外面同其他理论学说论争，里面不同学派相互论争。也就是说，这些主义自身的意见都难得统一，又如何能够具有国际普适性？显然，现代中国仁人志士与学者是在将其作为一致性见解来接受的，因为这些西方的主义到了中国，便不再有"学派"之说，不再有争论，不再有分歧，将不同的理论主张置于某个既定概念之下，由此既定单位或词组表达，予以自以为是的理解与应用，以偏概全乃至背离其本旨。

第二节　双向思维与单向思维

一、双向思维、反向思维与单向思维、正向思维

（一）双向思维与单向思维

所谓"双向"与单向相对应，即两个相互对应的方向，包括同向双向和反向双向。有彼此参照，彼此帮衬，对应互动，对应反成之意。所谓"双向思维"与单向思维相对应，就是二元同体共生的双向参照、双向互动、双向对应、双向反成的思维。言说自我诉求时，考虑到自我与其相对应的他者的关系，言说男性角色时，考虑到男性与其相对应的女性角色的关系，言说人类生存时，考虑到人类与其相对应的自然的关系，言说优点时，考虑到与其相对应的缺点，言说进取时，考虑到与其相对应的退让，言说成功时，考虑到与其相对应的失败，言说事物的可能时，考虑到与其相对应的不能，言说天地自然大道、事物常规、常量时，考虑到与其相对应的具体事物规则、特性、变量等，令二者互动互应、相反相成的认识活动。强调事物二元性或两面性及其二元同体共生的双向参照、双向互动、双向对应、双向反成，由此成为双向思维的特性。这也正是绪论所说的标志中国文化话语走向成熟的"太极阴阳五行八卦模式"及其徽标《互纠式阴阳鱼太极图》的特性。值得一提的是：中西文化的双向思维与单向思维之别，早已成为国际共识，为此，法国学者阿里·玛扎海里《丝绸之路·中国—波斯文化交流史》讲了个关于中国人用两只眼睛看事物，而欧洲人用一只眼睛看事物的故事："其他人同样也介绍了下面另外一种说法，它无疑是起源于摩尼教：'除了以他们的两眼睛观察一切的中国人和仅以一只眼睛观察的希腊人之外，其他的所有民族都是瞎子。'（扎希兹：《书简：论黑人较白人的优越性》）……所以（波斯）国王（哈桑，1453-1478 年）回答他说：'先生，当然如此。您当然知道一句波斯谚语：中国人有两只眼，同时法兰克人则只有一只。'""我们这样一来就可以理解安

息—萨珊—阿拉伯—土库曼语中的一句话的重大意义：'希腊人只有一只眼睛，唯有中国人才有两只眼睛。'"[6]

如前文所述，作为汉字及其书写话语模式的立象尽意，原来是古人认识到书不尽言、言不尽意的结果；而言以立象、象以尽意的立象尽意，本身又存在读象悟义的不确定性，因此而强调得意忘象、得象忘言、得意忘言，从而使言以立象、象以尽意、立象尽意的可能与不能，同体共生，相反相成的双向思维，成为中国传统思维模式，由如下五大现象可见：

首先是"太极阴阳五行八卦模式"与《互纠式阴阳鱼太极图》的双向思维。关于"太极阴阳模式"的双向思维，《易·系辞上》说是："一阴一阳之谓道。""是故阖户谓之坤，辟户谓之乾，一阖一辟谓之变，往来不穷谓之通，见乃谓之象，形乃谓之器，制而用之谓之法，利用出入，民咸用之谓之神。"视事物之阴阳、刚柔、开合、屈升、天地、四方、日月、寒暑同体共生，相对生成，相反相成。关于"四季模式"的双向思维，《易·系辞下》说是："日往则月来，月往则日来，日月相推，而明生焉。寒往则暑来，暑往则寒来，寒暑相推，而岁成焉。"关于"五行模式"的双向思维，就是木火土金水，依次相生，交叉相克，乃至通过引入第三者，由此形成顺生而反克的三元立局结构"相克—相生—顺生而反克"。例如在水火之间引入土加以利用，令水克火反转为火克水，在金木之间引入火加以利用，令金克木反转为木克金，由此形成"水克火—火生土—火生土克水"与"金克木—木生火—木生火克金"。关于"八卦模式"的双向思维，由八卦乃至六十四卦阴爻与阳爻的《乾》三连、《坤》六断，震仰盂、《艮》覆碗，《兑》上缺、《巽》下断，《离》中虚、《坎》中满，及其八对自然象征物天地、水火、风雷、山泽，以及六十四卦的《乾》对《坤》、《否》对《泰》、《损》对《益》、《升》对《困》、《既济》对《未济》，《噬嗑》的刚柔相济、恩威并施，《谦》的满招损、谦受益等可见。关于"十二支模式"的双向思维，古人以记时方法十二地支子丑寅卯辰巳午未申酉戌亥，配人十二生肖属相鼠牛虎兔龙蛇马羊猴鸡狗猪，依据阴阳五行八卦原理言说命运，由此形成相生相克，例如木命之人与土命之人相克而与水命之人相生等。关于《互纠式阴阳鱼太极图》的双向思维，清胡渭《易图明辨·先天太极》的解读是："其环中为太极，两边白黑回互，白为阳，黑为阴，阴盛于北，而阳起

---

6 [法]阿里·玛扎海里，丝绸之路，中国—波斯文化交流史[M]，北京：中华书局，1993，329、376。

薄之。故邵子曰：震始交阴而阳生，自震而离而兑，以至于乾，而阳斯盛焉。震东北，白一分黑二分，是为一奇二偶；兑东南，白二分黑一分，是为二奇一偶；乾正南，全白是为三奇纯阳；离正东，取西之白中黑点为二奇含一偶，故云对过。阴在中也，阳盛于南，而阴来迎之。故邵子曰：巽始消阳而阴生，自巽而坎而艮，以至于坤，而阴斯盛焉。巽西南，黑一分白二分是为一偶二奇；艮西北，黑二分白一分是为二偶一奇；坤正北，全黑是为三偶纯阴；坎正西，取东之黑中白点为二偶含一奇，故云对过。阳在中也，坎离为日月，升降于乾坤之间而无定位，纳甲寄中宫之戊已，故东西交易与六卦异也，八方三画之奇偶与白黑之质，次第相应。"要旨有三：一是阴阳相对生成，相互依存；二是阴阳反向生成，彼此消长；三是阴阳互包互孕。

其次是儒道墨诸子学说的双向思维。孔子看弟子，不仅看优点，而且同时看缺点，不仅听他怎么说，而且还要看他怎么做，故有《论语·雍也》载："季康子问：'仲由可使从政也与？'子曰：'由也果，于从政乎何有？'曰：'赐也可使从政也与？'曰：'赐也达，于从政乎何有？'曰：'求也可使从政也与？'曰：'求也艺，于从政乎何有？'"《论语·为政》载孔子曾评论子羔、曾参、子张、子路，说是："柴也愚，参也鲁，师也辟，由也喭。"《论语·公冶长》载："宰予昼寝。子曰：'朽木不可雕也，粪土之墙不可污也。于予与何诛？'子曰：'始吾于人也，听其言而信其行；今吾于人也，听其言而观其行。于予与改是。'"孔子看人看事，不仅看其如何做，而且还要看其为何做；不仅看其现在的临时表现，而且还要看其过往的平常表现，《论语·为政》载孔子说："视其所以，观其所由，察其所安，人焉廋哉？"《史记·魏世家》载魏文侯向李克求教识人之明，李克有着类似说法："居视其所亲，富视其所与，达视其所举，穷视其所不为，贫视其所不取。"就是看人须兼顾其居家的日常表现与临变表现、贫贱时表现与富贵时表现、追求与舍弃、所为与不为等两个方面。慎独因此而成为儒家学说的重要概念，《礼记·大学》说是："所谓诚其意者：毋自欺也，如恶恶臭，如好好色，此之谓自谦，故君子必慎其独也！"《孟子·梁惠王上》载好战的齐宣王向孟子请教，如何作为对国家有利，孟子对之以息甲兵，推恩民众，潜藏其中的道理，就是害人害己，恩人恩己，孟子说是："老吾老，以及人之老；幼吾幼，以及人之幼。天下可运于掌。《诗》云：'刑于寡妻，至于兄弟，以御于家邦。'言举斯心加诸彼而已。故推恩足以保四海，不推恩无以保妻子。古之人所以大过人者无他焉，善推其所为而已矣。今恩足以及禽兽，而功不至于百姓者，独何与？权，然后知轻重；度，然后知长短。物皆然，心为甚。王请度之！抑王兴甲兵，危士臣，构怨于诸侯，然后快于心与？"《老子·五十八章》论及祸福正奇的相互依存与转化，说是："祸兮福之所倚，福兮祸之所伏。孰知其极，其无正。正复为奇，善复为妖。"出自《淮南鸿烈集解》的典故塞翁失马，可为其注脚。《墨子·兼爱》所论"兼相爱交相利之法"，实乃与兼相恨交相害对举，可与孟子的"老吾老以及人之老、幼吾幼以及人之幼"之说互证互释，意思就是：你友爱他人，善待他人，他人友爱他人，善待他人，你也在被友爱、被善待之中，此所谓兼相爱交相利是也；反之，你憎恨他人，祸害他人，他人憎恨他人，祸害他人，你也在被憎恨、被祸害之中，此所谓兼相恨交相害是也。

再次是兵法的双向思维。"太极阴阳五行八卦模式"贯彻于兵法，双向思维自在其中，由此而强调互动认知、胜败攻守、有形无形、进退虚实、奇正、赏罚、生死等二元要素的同体共生，互动互应，相反相成，相生相克。为此，《孙子·谋攻》论及互动认知，说是："知己知彼，百战不殆；不知彼而知己，一胜一负；不知彼不知己，每战必败。"《孙子·军形》论及胜败攻守，说是："昔之善战者，先为不可胜，以待敌之可胜。不可胜在己，可胜在敌。故善战者，能为不可胜，不能使敌之必可胜。故曰：胜可知，而不可为。不可胜者，守也；可胜者，攻也。守则不足，攻则有余。善守者藏于九地之下，善攻者动于九天之上，故能自保而全胜也。"论及有形无形，说是："形兵之极至于无形。无形，则深间不能窥，智者不能谋。人皆知我所以胜之形，而莫知吾所以制胜之形。故其战胜不复，而应形于无穷。水因地而制流，兵因敌而制胜。故兵无常势，水无常形。能因敌变化而取胜者谓之神。故五行无常胜，四时无常位，日月有死生。"《孙子·兵势》论及奇正虚实，说是："三军之众可使必受敌而无败者，奇正是也。兵之所加，如以碬投卵者，虚实是也。凡战者，以正合，以奇胜。故善出奇者，无穷如天地，不竭如江海。终而复始，日月是也。死而更生，四时是也。""战势不过奇正，奇正之变，不可胜穷也。"《尉缭子》论及赏罚，说是："凡诛者，所以明武也。……杀之贵大，赏之贵小。当杀而虽贵重，必杀之，是刑上究也；赏及牛童马圉者，是赏下流也。夫能刑上究、赏下流，此将之武也。"如此等等，说不胜说。

第四是堪舆学、星相学、鬼神观念的双向思维。"太极阴阳五行八卦模式"用于星相学、堪舆学、鬼神观念，双向思维不言而喻。堪舆学即风水术，就是将阴阳五行八卦的生克制化原理，运用到地理堪察，结合当事人与地理的星相生态，由此推断或改变人的吉凶祸福，寿夭穷通。星相学即命理术，就是将阴阳五行八卦的生克制化原理，运用到命运推算，结合当事人的出生时间、家庭关系、生活环境、生命际遇等，推断其命运。鬼神观念的双向思维，具体表现有三：一是神话传说，人类与鬼神的互动互化，互包互孕；二是祖先崇拜的人类与鬼神的互动互化，互包互孕；三是自然崇拜乃至民俗学的人类与鬼神互动互化，互包互孕。

第五是教育与中医的双向思维。"教"字本义即教与学的两位一体，互动生成。由此而有中国教育所谓"学问"即学与问的两位一体，互动生成，"温故知新"的新知与旧识的相反相成，"启发教学"的师生互动，进而强调知行合一，从而有"知易行难"之说。《书·说命中》说是："非知之艰，行之惟艰。"孔传："言知之易，行之难。"中医配药处方又称"药方"，在某种程度上，中医的能耐主要体现在如何用药上，而中医药方就是常量与变量的相反相成。中医药方本身属于常量，由几味药构成，每味药量多大，是个定数，而根据病情变化与药效，在相应疗程变更药味与用量，或加或减，以此适应病情变化，由此使药味与用量成为变量。也就是说，虽然中医是运用相应的药味与药方来治疗相关疾病，但是，会根据不同的病人与病情来加减药味与调整药方。

所谓"单向"与双向相对应，顾名思义即单一方向，有看待事物持单一方向、立场、原则之意。英语单向（unidirectional）意思是不经受方向变化或反转。所谓"单向思维"与双向思维相对应，就是持单一方向、单一立场、单一原则看待事物的思维。就是言说自我诉求而不问与其相对应的他人反应与他者作用，言说男性角色而不问与其相对应的女性角色的关系，言说人类生存而不问与其相对应的自然环境的作用，言说人与事的优点而不问与其相对应的缺点，言说成功而不问与其相对应的失败，言说事物的可能而不问与其相对应的不能等，反之亦然，切断二者联系，令其彼此孤立的认识活动。强调事物一元性或单一性及其一元中心、二元对立，自我主导、非我服从，由此成为单向思维的特性。这也正是绪论所说的标志西方文化话语走向定型的"基督教"及其徽标"十字架"的特性。

如前文所述，作为表音文字及其书写话语模式的意义假设，原来是腓尼基人坚信抽象的文字符号，可以准确传达意义，抽象符号的意义，也可以被准确地解读，文字符号即意义的结果，从而使书可尽言、言可尽意、文字即意义的单向思维，成为西方传统思维模式，由如下四大现象可见：

首先是基督教及其"十字架"的单向思维。基督教强调信仰造物主上帝，也就是人类与万物的主宰圣父、圣灵、圣子三位一体的耶稣基督，强调人类自始祖起就因不守上帝戒律而犯罪，并在罪中悲苦受死，只有信仰耶稣才会得救，否则便会堕入地狱，强调耶稣是为救赎人类而牺牲，而且死后三天复活，以耶稣被钉死的"十字架"作为基督教徽标，并赋以代表上帝对世人之爱与救赎的寓意。对此，信仰耶稣以及耶稣的身份定位，耶稣为救赎人类而死及其死后复活，人类生而有罪，末日审判及其信仰耶稣者得救与不信仰耶稣者下地狱等，作为宗教学说理论建构的假设，皆不容置疑，其单向思维也就不容置疑。顾名思义，基督徒口中的"异教徒"是指其他宗教信徒，实际上却指向所有非基督徒，言外之意，我是人非，我正人邪，其一元中心、二元对立意识不言而喻，因为所有人都是非我宗教的异教徒。

其次是兵法的单向思维。影响现代中国的西方兵法，战争的正义与非正义、友方与敌方、进攻与防守、前进与后退、强势与弱势、虚与实、成与败等，泾渭分明。准确地说，西方将帅不是不用化敌为友的反间计、强示之以弱的诱敌方法等，而是他们少有将帅会针对敌人的情况，专门运用"反间计"、以守为攻、示弱消耗战、示弱游击战等，赢得战争的最后胜利，通过只是在敌强我弱的情况下，才会取守势，打持久战与消耗战，例如前文所述，面对远途奔袭、来势汹汹、利速决而不利久战的汉尼拔，费边采取了极为明智的守而不战。说到底，西方兵法并没有将"反间计"、"空城计"、防守战、消耗战、游击战等令友敌、攻守、进退、强弱、虚实、成败等相反相成，作为主要战争策略或战斗方法。换句话说，不是不运用，而是不推崇。之所以不推崇，是因为二元反成的双向思维缺失。

再次是教育、西医、鬼神观念的单向思维。教育的单向思维集中体现为两点：一是单向信息传递的课堂教学。教师讲解而学生接受，教师不问学生能否接受自己的讲解，是否需要接受讲解的内容，对其可行性及其效果予以必然认定。二是模式化班制教学。依据年龄的班制教学，不考虑同龄学生的接受能力差异等个性因素而运用相同的教学方法与讲授相同教学内容，由此而肯定接受能力强的学生而否定接受能力弱的学生。相对以中药配制为能耐的中医，西医则有两大支柱，西药与手术。如果说西医手术程序化尚不能说明其单向思维的话，那么，成份与份量既定的西药药丸也好，药片也罢，乃至粉包，则是定量产物，乃单向思维的典型体现。也就是说，虽然西医是运用多种药物，必要时分若干相应疗程来治疗相关疾病，但是，不仅每种药物属于定量，而且治疗程序也体现为既定方案。鬼神观念的单向思维，具体体现为神话传说与民俗学，人类、鬼神、精怪，单向转化而不能互化，人类以天神为主导与中心，以自然精怪作为战胜对象；天神优越于人类，人类优越于精怪，由此构成界限分明的天神、人类、精怪三界。

最后是科学的单向思维。毫无疑问，西方的单向思维创造了西方科学的辉煌，之所以说西方科学属于单向思维，证据就是那些危害人类生存环境乃至生命健康的化工材料与制品，那些对人类生命构成极大威胁的核能以及由其制作的核弹乃至生化武器等，其发明与应用莫不属于只考虑利益未能同时考虑危害的单向思维，俗话所谓"脑子一根筋"的产物。也就是说，明知危害巨大，为何还要发明乃至应用？显而易见，这些破坏生态环境的化工产品与对人类集体生命安全构成重大威胁的核能化武，并非人类生活必需品，也并非人类文明进步的表现。反过来说，此前没有这种东西，人类不是照样生活吗？更不用说，用于生活的塑料与核能等也并非无可替代，或说并非无法控制，那么，为何要在没有实现杜绝危害的有效控制之前而使用塑料与核能等？如果说核能开发者事先已经有防止核泄漏对策，那么，1979 年的美国三哩岛核泄漏、1986 年的乌克兰切尔诺贝利核泄漏、2012 年的日本福岛核泄漏等，又如何会发生？更不用说，从人道的角度讲，反人道的用于屠杀的核弹化武，根本就不应该存在。

（二）反向思维与正向思维

所谓"反向"，顾名思义，就是与正向相反的方向，与正向相对应，没有正向便没有反向。由此而来的"反向思维"，就是与正向思维相对应，乃至同体共生的思维。因此说，双向思维同时也是反向思维。老庄及其道家学说，运用反向思维的以破为立，通过否定、解构方式实现理论肯定、建构，因此而有"儒道互补"之说。也就是说，老庄学说是运用反向思维，通过对孔子及其儒家仁政礼教学说的否定、解构，来实现自然无为学说的理论建构。与正向思维及其肯定、建构对应互动的相反相成及其否定、解构，由此成为反向思维的特性。

如前文所述，作为汉字及其书写话语模式的立象尽意，庄子强调的得意忘言，原来是古人反向思维，认识到书不尽言、言不尽意的结果，中国文论"意象说"、"意境说"、"妙悟说"强调意生象下、意在言外，原来是古人反向思维，认识到言以立象、象以尽意，但是，言本身不是象、象本身不是意的结果。反向思维作为双向思维的既定内涵，也由其在中国文化中的五大现象可见：

首先是"太极阴阳五行八卦模式"的反向思维。《易·系辞上》："一阴一阳之谓道。"《易·系辞下》："日往则月来，月往则日来，日月相推，而明生焉。寒往则暑来，暑往则寒来，寒暑相推，而岁成焉。"如果说太极阴阳乃至四季的阴进而阳退的阳生阴、明生暗，暑来而寒往的寒生暑、冷生热，属于正向思维，那么，阴退而阳生的阴生阳、暗生明，暑往而寒来的暑生寒、热生冷便属于反向思维。如果说五行的依次相生，木生火、火生土、土生金、金生水、水生木，属于正向思维，那么，五行的交叉相克，木克土、土克水、水克火、火克金、金克木便属于反向思维，通过引入第三者，由此形成的五行顺生而反克，则是反向思维的精彩表现。如果八卦《噬嗑》的刚柔相济、恩威并施，讲的是事物相反相成，那么，《谦》的满招损、谦受益，讲的便是事物反向发展，而《否》与《泰》共同构成的《否》极《泰》来，以及《乾》爻辞"初九：潜龙，勿用；九二：见龙在田，利见大人；九三：君子终日乾乾，夕惕若，厉无咎；九四：或跃在渊，无咎；九五：飞龙在天，利见大人；上九：亢龙，有悔"，讲的则是物极必反，则是反向思维的精彩表现。十二地支配五行生克，通过生辰八字言说的命运，如果说"生辰八字相合"之说，例如子鼠丑牛相合、寅虎亥猪相合、卯兔戌狗相合等属于正向思维，那么，"生辰八字相害"之说，例如子鼠未羊相害、寅虎巳蛇相害、卯兔辰龙相害等便属于反向思维，而生年五行为命，木火土金水各有五种，例如木有大林木、杨柳木、松柏木、平地木、桑柘木，火分炉中火、山头火、霹雳火、山下火、覆灯火，本来是金克木，当命运八字之中木势强于金，便会出现反克，例如一金之命遭遇多木之命，或是金命者遭遇木命又以木为喜神者，便会形成反克，则是反向思维的精彩表现。

其次是儒道墨诸子学说的反向思维。孔子立足肯定与否定相结合、建构与解构相结合开展理论建构，因此而有传说由其编纂的《诗》和《春秋》的"美"与"刺"。然而，看孔子看来，他所生活的春秋乃礼乐崩坏的时代，正基于这种否定性定位，反向思维的否定与解构之"刺"，因此而成为《诗》和

《春秋》的主旋律，对此，《孟子·滕文公》载孟子说是："世衰道微，邪说暴行有作，臣弑其君者有之，子弑其父者有之。孔子惧，作《春秋》。《春秋》，天子之事也；是故孔子曰：'知我者其惟《春秋》乎！罪我者其惟《春秋》乎！'""孔子成《春秋》而乱臣贼子惧。"如上所述，老庄及其道家学说正是运用反向思维的否定、解构方式立论，因此而有《老子》三章"不尚贤，使民不争。不贵难得之货，使民不为盗。不见可欲，使民心不乱。是以圣人之治，虚其心，实其腹，弱其志，强其骨；常使民无知、无欲，使夫智者不敢为也。为无为，则无不治"，十二章"五色令人目盲，五音令人耳聋，五味令人口爽，驰骋畋猎令人心发狂，难得之货令人行妨"，十八章"大道废有仁义；慧智出有大伪；六亲不和有孝慈；国家昏乱有忠臣"等反仁义，反文明，"绝圣去智"之说，乃至四十章"反者道之动。弱者道之用。天下万物生於有，有生於无"，对反向思维的肯定与强调。由《墨子·非攻》乃至《墨子·公输》载墨子与公输盘在楚王面前所进行的攻城与守城推演可见，墨子的"兼相爱交相利"之说的立足点，在于反向思维的否定与解构。

再次是兵法的反向思维。如前文所述，《孙子·军形》所谓"昔之善战者，先为不可胜，以待敌之可胜。不可胜在己，可胜在敌。故善战者，能为不可胜，不能使敌之必可胜。故曰：胜可知，而不可为"之论，将取得胜利的着眼点放到敌方，无疑是反向思维的结果。因为战争胜利与否，不在于自己是否强大、机智、勇敢，而在于敌人是否比自己强大、机智、勇敢。此外，即使是面对比自己强大、机智、勇敢的敌人，如果敌人主帅有急躁冒进的缺点，敌人阵营有见利忘义者，针对前者可坚守不攻，待其急躁冒进而自乱阵脚后攻之，或是主动采用骄兵之法，诱导其冒进，针对后者可行贿策反，如此等等，将取得战争胜利的着眼点放到敌方的作法，同样属于反向思维。例如《老子·六十九章》说是："祸莫大于轻敌，轻敌几丧吾宝，故抗兵相加，哀者胜矣。"成就哀兵必胜者，乃骄兵必败者。当然，若是以我方为着眼点，哀兵必胜可与《史记·淮阴侯列传》载韩信背水一战的典故并读，后者所谓置之死地而后生的道理，正是反向思维的物极必反。

第四是堪舆学与星相学的反向思维。风水术应用于丧葬，有个原则，那就是阴间与阳间或说死人与活人相反，例如阳间尚右，则阴间尚左，从而形成左主吉，右主凶的先秦，宗庙、墓地、神主辈次的右昭左穆，汉代人道尚右，以右为尊，则宗庙、墓地、神主辈次随之变化。古人阳室座次以东向为尊，其次是南向、北向、西向。阴室座次反之，始祖居中，东向；二世、四世、六世位在始祖左方，朝南，称昭；三世、五世、七世位在始祖右方，朝北，称穆。基于五行生克的星相命理，讲究五行中和，有所缺失例如木命缺少润木之水，固然不好，而相生五行过旺例如木命润木之水过多，同样不好，因为少则无助，多则成害；当命五行过弱需要补助，如果过旺，无论是当命五行过旺还是相生五行过旺，均需要克制，例如火命之火若是过旺，需要有水克制，或有土让其发泄，或是火命生火之木过旺，需要有金克制。同理，运以吉星高照为佳，但是，若是吉星过多而缺少煞星克制，也会乐极生悲，也就是说，煞星虽坏，对于许多人来说却不可或缺，所谓某人缺少煞气，便是指命中缺少煞星，性子过于柔弱，难以担任单位主职，尤其是做军官与从事公检法，相反相成的反向思维，不言自明。

第五是教育的反向思维。在孔子教育思想里，主要体现为对教育学习重要性和文采与文意关系的论述：论及教育学习的重要性，孔子不是从教育学习的好处着眼，而是反向思维，从不接受教育学习的坏处着眼，《论语·季氏》载孔子说："生而知之者上也，学而知之者次也；困而学之，又其次也；困而不学，民斯为下矣。""不学诗，无以言；""不学礼，无以立。"《论语·为政》载孔子又说："学而不思则罔；思而不学则殆。"荀子继承孔子做法，《荀子·法行》载"孔子曰：君子有三思而不可不思也：少而不学，长无能也；老而不教，死无思也；有而不施，穷无与也。是故君子少思长，则学；老思死，则教；有思穷，则施也。"《荀子·大略》载荀子说是："不富无以养民情，不教无以理民性。"《礼记·学记》也说："玉不琢，不成器，人不学，不知道。"论及文采与文意关系，孔子在强调"辞达而已矣"（《论语·卫灵公》），"言以足志，文以足言"的同时，反向思维，强调"不言，谁知其志？言之无文，行而不远"（《左传·襄公二十五年》）。

所谓"正向"，顾名思义，就是与反向相对而言的方向，因反向的存在而存在。由此而来的"正向思维"，就是与反向思维及其否定、解构相对的思维，就是立足肯定、建构的认识活动。人类文明的发展主要是立足肯定与建构的结果，肯定与建构由此成为正向思维的特性。

如前文所述，作为表音文字及其书写话语模式的意义假设，原来是腓尼基人正向思维，肯定人类语言可以表达思想意义，而字母文字则可以表达人类语言意义，为此而开展字母符号系统建构的原则。乃至有西方现代符号学认定包括字母在内的"符号本身就是意义","无符号即无意义"之说，为此，海德格尔声称：人活在自己的语言中，人在说话，话在说人；语言决定存在的显现方式，语言是"存在的家园"。[7]正向思维作为单向思维的既定内涵，也由其在西方文化中的四大现象可见：

首先是基督教的正向思维。表面上，基督教所谓人生来就有罪的"原罪"乃至"本罪"之说，是对人性的否定与解构，其实不然，基督教不过是旨在借用此说，来肯定与建构天主基督对人类的主宰身份，以及基督受死是为救赎人类之罪等理论学说，进而肯定与建构人类信仰基督者将会得救而不信者将会遭到惩罚的"将来进行时"假设。

其次是兵法的正向思维。例如：就战争性质而言，西方兵法旨在讨论正义战争，或说以不考虑战争正义与否为前提，谋求取得胜利的方法途经。也就是以肯定战争，或说视战争为不置可否的既定事实为前提，由此而建构如何赢得战争胜利的理论学说。又例如：就战争胜败而言，西方兵法旨在讨论如何赢得胜利，肯定胜利、勇敢、牺牲、强者，否定失败、逃跑、示弱、弱者，在某种意义上，西方战争就是强者如何赢得胜利，弱者如何实现以弱胜强，乃至反败为胜的游戏，因此，中国兵法的"三十六计走为上计"在西方兵法中也就显得不可理喻。

再次是教育的正向思维。例如：西方教育思想立足对教育创造与传承文明的积极意义的肯定来定位教育本质，而非如同中国教育思想，基于对人类愚蠢的否定来肯定创造与传承文明的教育；西方教育思想立足对称职教师传授知识的积极意义来定位教师的作用，而非如同中国教育思想，同时关注教师的不称职，乃至教师知识与课堂教学的局限性，从而有《三字经》的"养不教，父之过；教不严，师之惰"之说，有《论语·述而》载孔子强调在生活中学习，向所有值得学习的人学习的"三人行，必有我师焉。择其善者而从之，其不善者而改之"之说；西方教育思想立足对教师传受知识学生接受知识的必然性的肯定来开展班制教学，而非如同中国教育思想，同时关注学生接受能力与学习态度差异，从而有民间俗语的"师父领进门，修行靠个人"之说。

最后是科学的正向思维。毫无疑问，西方科学之所以能够辉煌发展，显然离不开科学家们对科学的肯定，由此致力于科学理论与方法建构，开展科学研究。照理，环境污染防治研究、核辐射防治研究、工业疾病研究等，应当

---

7 [德]马丁·海德格尔，存在与时间[M]，北京：三联书店，2006。

贯彻对科学的反思与解构。然而，事实上却是，上述研究如同其他领域的科学研究，以自我肯定为前提，以理论乃至体系建构为旨归，开展科学研究。结果，对科学的反思与解构，成为西方科幻小说的职能。就优生学来说，只是在肯定的前提下，试图通过分子生物学和细胞分子学研究，修正和改造遗传物质，控制个体发育，从而实现后代体力和智力优秀，却未能反思，造成环境污染和核能威胁的科技发明与应用的发明者与应用者，原子弹和化学武器等大规模杀伤性武器的制造者，好大喜功的暴君，以忽悠暴君为能的奸佞，形形色色的骗子，莫不是智力优秀者，暴力犯罪者则多为体力优秀者。

（三）双向思维、反向思维与单向思维、正向思维比较的启示

比较中西文化的双向思维、反向思维与单向思维、正向思维，由此引出四个相关问题，需要加以辨析：

第一，古代中国贯彻双向思维的民本中央集权制政治，不是西方贯彻单向思维的贵族专制政治。双向思维肯定与否认、建构与解构、获得与丧失、前进与后退，同体共生，由此形成事物发展危害性的自我防范机制，社会体制建构的稳定机制，同时也造成前进动力的自我消解，进步稳重。这正是由秦至清民本中央集权制长期存在乃至历史进步缓慢的根源，也是双向思维惰性之所在。古代中国民本中央集权制政治的政治道统"天地←→君←→臣←→民（民意即天意）"，乃贯彻双向思维的双向循环制约的政治机制。要点有二：一是天地君臣民，一体多元，相反相成，互动互应，互包互孕。王权天授与天人感应，天意即民意，王权天授即王权民授，得民心者得天下。对此，《孟子·万章上》与《孟子·离娄上》有着明确阐释。这是民众意志对君王意志的反向制约，乃至通过对君王意志的影响而对百官意志形成制约，由此形成君王统治百官，百官统治民众，民众意志影响君王的循环制约系统。二是天地君臣，一体多元，相反相成，互动互应，互包互孕。君君、臣臣，权力意味着相应的责任，相应的义务意味着相应的权力，君王若不称职，大臣便不拿其当君王对待，大臣若渎职乃至作恶，民众便越级上访，乃至告御状。这就是《孔子家语·三恕》载孔子所谓"昔者明王万乘之国，有争臣七人，则主无过举；千乘之国，有争臣五人，则社稷不危也；百乘之家，有争臣三人，则禄位不替"之说，《孟子·梁惠王下》载孟子所谓"闻诛一夫纣矣，未闻弑君"之说的本义所在。这是君王、大臣的身份职责对权力的制约，也即是大臣对君王、民众对百官的反向制约，由此形成君王统治百官，诤臣反制君王，百

官统治民众，民众反制百官的双向制约机制。体现为现实政治的制度建设，那就是双向制约的言官制度、监察制度、上访制度等。

第二，西方贯彻单向思维的社会变革及其新生事物，不等于正确与进步。单向思维立足肯定，致力于建构，力主前进，追求获得，由此形成事物发展的强劲动力，历史日新月异，同时也造成理论学说与社会体制建构，以及科学研究的条块分割，各自为政，只见树木，不见森林，拆东补西，事后弥补又添新的漏洞。这正是承接古希腊文明的古罗马文明却走入封建制的"黑暗的中世纪"，承接文艺复兴的启蒙时期却走入由欧洲大革命与两次世界战导致"欧洲的没落"，历史倒退的根源，也是单向思维惰性之所在。因此，古罗马帝国替代古希腊奴隶制城邦，中世纪封建割据替代古罗马帝国，即使可以说是历史的发展与变革，但是，由此可见，贯彻单向思维的社会变革及其新生事物，并不等于正确与进步。之所以说上述社会变革属于单向思维，是因为帝国制替代城邦制，正是西方人片面相信国家越强大越好，未能考虑国家强大是否造福人民；如果说中世纪基督教教会活动在特定历史条件下为西欧文化发展做出了重大贡献，那也是基督徒话语，而基督教文化之所以能够替代古希腊与古罗马文化占据中世纪欧洲文化舞台，正是因为中世纪欧洲人片面相信意识形态，也就是神圣的正义与力量，未能考虑基督教神权因制约机制缺失而形成专制。单向思维同样是导致现代科学捉襟见肘的根源，例如西方科技带来工业发展，工业发展带来环境污染，环境污染带来食物污染，食物污染带来生理疾病，于是科技再回过头来治理环境，防治疾病；西药在治疗某种疾病时会导致新的疾病产生的事例，可谓司空见惯。

第三，中国文化双向思维的太极阴阳及其事物相反相成理念，不是西方文化单向思维的辩证法及其对立统一理念，反之亦然。辩证法由对立统一、量变质变、否定之否定三大规律构成。三大规律乃一分为二的关系：一是基本规律或说核心规律对立统一，二是变化规律即内部变化的量变质变和发展规律即外部过程的否定之否定。辩证法强调事物发展的"一分为二"，二元因子对立竞争，主导与服从，中心与边缘，相互转化。太极阴阳的核心理念是事物二元相对生成，相反相成，互包互孕，强调事物二元因子和而不同，对应互补，相互转化，显二含三。现代中西学者混淆二者的典型事例，那就是拿辩证法的否定之否定规律，来看待中国历史贯彻太极阴阳理念的"治乱循环说"，附会杨上善《黄帝内经·太素》与朱熹《朱子语类》等所谓阴阳天地的一分为二，由此造成误读。原来，中国古人的治乱循环说，所谓一治一乱，治生乱，乱思治，历史循环，其中的治乱，其实属于显二含三，包括动乱之世、治乱之世、太平盛世三个阶段，由此形成"乱世—治乱—治世—乱世……"的历史轨迹。否定动乱之世的是治乱之世，而非治世，因为治世通常是指太平盛世，并非治乱之世；动乱之世本身则无法构成对治乱之世的否定。具体地说，休养生息、廉政治贪、肃反等乃治乱之世现象，而非君王自律、励精图治、百官自律、廉洁奉公、人民乐业、社会和谐的太平盛世现象。也正是基于对立统一的理念，现代西方政治的内政，建构了政府管理国家与民众监督政府、执政党管理国家与由在野党充当的反对党监督执政党，二元对立的政治平衡机制，现代西方政治的外交，建构了树立假想敌、高唱威胁论以自我激励、拉帮结派、党同伐异，二元对立的政治竞争机制。而中国古代民本中央集权制，则是通过君臣自觉顺应民意，来实现自我激励，而非赋予民众以选举、监督等政治权力，通过设立言官御史等，来监督制约君臣，而言官御史等，显然并非君臣的对立面，总之是民本中央集权制的民众与君臣、言官御史与君臣，并不构成二元对立关系。其相互转化也非对立双方的转化，而是指君臣失位即为民众，民众得位即成君臣，君臣在未上位之前就是民众。

第四，由此可知，贯彻双向思维的"天地←→君←→臣←→民（民意即天意）"的双向循环制约的中央集权制政治，其民本思想具体表现有二：一是科举制之前，民众可通过军功制与举荐制等成为贵族统治阶级，科举制之后，民众可通过军功制、举荐制、科举制等成为贵族统治阶级，从而使贵族与贫民的冲突退出社会冲突的前台；二是古代中国的历史变革的主流是民众反叛导致改朝换代，而不是类似春秋战国的吴越争霸、唐后五代十国的地区或民族政权较量，从而有"得民心者得天下"之说。由此赋予中国古代中央集权制政治以相对西方古代贵族专制政治而言的民本政治内涵，我们因此而在古代中国"中央集权制政治"之前冠以"民本"二字，以求区别，加以提醒。西方从古希腊到资产阶级革命，贯彻单向思维的"统治者→被统治者"的单向制约的社会政权建构，民主政治也好，专制政治也好，其贵族思想具体表现有二：一是贵族制将平民排除在政权体制之外，此时所谓的民主制，也只是贵族民主而非全民民主；二是建立在种族群体之上的国家政权，则将边缘民族排除在国家政权体制之外，古希腊、古罗马等相应时期，被战胜民族就是作为平民接受作为贵族的胜利民族的统治，更多的时候，西方贵族观念与种族观念互包互孕、互动互应，现代西方的种族主义，正是古代种族中心意识的借尸还魂，欧美文化的现代辉煌，以色列植根种族优越思想的奋发图强，欧美种族欺视以及由此引发的动乱，令西方人以及受其影响的中国人对种族主义态度暧昧。由此赋予西方专制政治以贵族政治内涵，我们因此而在西方古代"专制政治"之前冠以"贵族"二字，以求区别，加以提醒。在相应语境下，西方的贵族意识与种族意识一而二、二而一。

二、动态思维、换位思维与静态思维、本位思维

（一）动态思维与静态思维

所谓"动态"，顾名思义，就是相对停滞静止、本色安闲的静态而言的运动变化状态。由此而来的"动态思维"，就是运动变化思维，认为事物的静止是相对的、局部的、暂时的，运动是绝对的、整体的、永恒的；事物通过运动变化而存在与发展，或说事物的存在与发展方式是运动变化，运动变化由此成为事物本质，《老子·三十七章》说是"万物将自化"，《易·系辞下》说是"万物化生"，《易·咸·彖》又说"天地感而万物化生"；事物的运动变化，既是共时性的状态也是历时性的过程，既有正向运动也有反向运动，正向运动与反向运动相反相成。运动变化，由此成为双向思维与反向思维的特性，也是太极阴阳的本质特性。中国文化的动态思维由如下三个方面可见：

首先是"太极阴阳"的动态思维。如前文所述，《易·系辞下》所谓日月相推而明生，寒暑相推而岁成，就是强调昼夜与四季的生成乃自然界运动变化的结果。胡渭《易图明辨·先天太极》所谓环中太极，两边黑白阴阳互回，就是阴阳反向生成，彼此消长的状态与过程。总而言之，太极及其阴阳，自始至终，每时每刻，都在运动变化之中。换句话说，太极是以运动的方式存在与显现。因此，若是将其视为静止状态，也就是我们常见的五分阳对五分阴的《太极图》，便陷入误读。

其次是兵法的动态思维。基于上述太极阴阳的运动变化理念，《孙子·虚实》说是："故形兵之极至于无形，无形，则深间不能窥，智者不能谋。""人皆知我所以形胜，而莫知吾所以制胜之形。故其战胜不复，而应形于无穷。""故兵无常势，水无常形。能因敌变化而取胜者谓之神。故五行无常胜，四时无常位，日有短长，月有死生。"就是强调军队以阵式存在与作战，而阵式存在与作战的本质，则是不断地运动与变化。具体地说，就是奇正结合、相

反相成，也就是动静结合、相反相成，不变的阵式包藏着万般变化、不变的阵式通过变化发挥威力。这也正是五行阵、八卦阵等阵式的精神所在。对此，《李卫公问对》卷上写道："太宗曰：'陈数有九，中心零者，大将握之，四面八向，皆取准焉。陈间容陈，队间容队。以前为后，以后为前。……四头八尾，触处为首。敌冲其中，两头皆救。数起于五，而终于八。此何谓也？'靖曰：'诸葛亮以石为纵横布为八行，方陈之法即此图也。'"读过《水浒传》者都知道，《孙子·九地》所谓"常山之蛇也。击其首则尾至，击其尾则首至，击其中则首尾俱至"，李靖所谓诸葛亮八卦阵触处为首，击首尾应，击尾首应，击中间，两头应，正是《水浒传》写"一字长蛇阵"的文字。

再次是堪舆学与星相学的动态思维。堪舆学以五行生克命理言说与书写阳宅与阴宅的朝向、地势、位置等，这是定数；而既定的阳宅与阴宅的五行，与之构成生克关系的是阳宅与阴宅当事人，当事人的五行就是变数。也就是说，既定的阳宅与阴宅是吉还是凶，将因人而异，因事而异，因时而异，因地而异。同理，星相学以五行言说与书写人之生辰年月日时，谓之"命"，即天赋本性，这是定数；与之构成生克关系的当事人所处于的相应时间与地点，所面对的人与事，由此构成际遇，谓之"运"，即穷通变化，这是变数。也就是说，人的命运乃命与运的组合，即天赋既定的当事人，处于特定时空所形成的穷通变化过程。《红楼梦》癞头僧说甄士隐之女甄英莲乃"有命无运，累及爹娘之物"，正是此意。也就是说，甄英莲虽天赋才质，但时运极坏，以致红颜薄命，遭遇坎坷。俗话所说生不逢时，遭遇坎坷，就是指出生及其生活的时间或时代不好，出生及其生活的地点即家庭环境乃至社会环境不好，也就是时运不济，以致遭遇坎坷。例如命贵而天资聪颖擅长读书者，遭遇知识越多越反动的十年文化大革命，学业有成者必被打入另类，成为改造乃至批斗对象，学业未成者则求知无门，天生我才而不得其用；若是熬到改革开放，恢复高考，干部知识化，学业有成者若是人还年轻，则会枯木逢春，学业未成者则有机会参加高考，鲤鱼跳龙门。

所谓"静态"，顾名思义，就是相对进取追求、运动变化的动态而言，排除时空变化的守静安闲状态。由此而来的"静态思维"，就是无视时空变化的守静安闲思维，将事物存在解读为共时性的安静不变状态，将事物发展解读为安静不变状态的不断解构与重构，如同魔方拼图，历史由此成为若干静态镜头的组合，如同电影胶片。安静不变，由此成为静态思维的特性，也是西方表音文字与基督教及"十字架"的本质特性。西方文化的静态思维由如下四个方面可见：

首先是语言文字及其言说与书写的静态思维。以英语为例，从事英语翻译与教学者，有如下种种说法：汉语语法重在动词，英语语法重在名词，且多用抽象名词；汉语习惯用人类与生物做主语，英语习惯用非生物做主语；汉英语篇衔接手段中，汉语多用人称，英语多用物称；表面上看，英语时态是动态思维，其实是静态思维，因为所谓过去时、现在时、将来时等时态，本身就属于如上所述的电影胶片中的镜头，属于定格叙述，事实上，过去、现在与将来，作为时间，本身则不可能静止不动。如此等等，从而有"动态汉语与静态英语"之说，"汉语是动态语言而英语是静态语言"之说。这些说法恰当与否，或许有待研究，但是，对西方表音文字及其言说与书写静态思维的体现，则无可争议。

其次是文学的静态思维。从荷马史诗《伊里亚特》、《奥德赛》、古希腊悲剧索福克勒斯《俄狄浦斯王》到歌德《浮士德》、雨果《巴黎圣母院》和《悲惨世界》、托尔斯泰《安娜·卡列宁娜》和《复活》等西方文学作品，人物塑造莫不具有既定性，神力英雄、圣勇斗士、智者、义士、恶魔、女巫、暴君、妖妇、吝啬鬼、守财奴、无情浪子、多情少女等，无论经历如何曲折，他们都是被作为既定人物形象来刻画。如果说人物有成长过程，那么，他们也是作为既定的英雄、勇士、智者、义士、恶魔、女巫、暴君、妖妇形象的成长过程，而非由普通人到英雄、良善到恶魔、淑女到妖女、恶魔到义士的成长或转变过程。例如希腊神话以杀子报复丈夫伊阿宋移情别恋的美狄亚，先前就曾为随情人逃走而不惜杀死亲弟弟的行为等已经表明，此女本就妖邪；《巴黎圣母院》觊觎吉卜赛女郎爱斯梅拉达，外表仁慈的副主教克洛德，并非临时见色起邪念，而是本来就内心邪恶；《悲惨世界》由苦狱犯到行善者的冉·阿让，本就心地善良，而为其感化的警察沙威，本就心存正义；托尔斯泰《复活》由沌真少女沦落为破罐破摔的妓女，被控谋财害命的玛丝洛娃，之所以能够最终在始乱终弃而又浪子回头的前男友聂赫留朵夫的帮助下，走向新生，是因为她本来就是心地善良，其新生的过程也因此被托尔斯泰称之为精神"复活"。

再次是历史的静态思维。西方历史如同西方文学，人物叙述同样定格。虽然如同中国历史的人物叙述，言说历史人物的动态生平，但是，笔墨却集中于苏格拉底、柏拉图、亚里斯多德、亚历山大、汉尼拔、凯撒、拿破仑、哥白尼（Nikolaj Kopernik）、达尔文（Charles Robert Darwin）、爱因斯坦、华盛顿（George Washington）等政治人物、军事人物、宗教人物、学者、科学家的既定身份。也就是说，叙述均围绕历史人物的相应身份展开。类似《史记》、《资治通鉴》等写王莽，尽情展现其由公正廉洁、勤政爱民、万民拥戴的贤能之臣，到凭借其早年威名，在恢复古制的名义下空想误国之君的形象转化，自不必细说，且说写暴君商纣王与隋炀帝，表面上看属于暴君脸谱化，大书特书其残害忠良乃至亲族，滥用民力等，其实，对天资聪颖，才思敏捷，能言善辩的纣王因自恃聪明而拒谏，最终陷入聪明反被聪明误的叙述，对得位前杨广在致力于建功立业的同时，自觉自律，生活简朴，礼贤下士，谦虚谨慎的自我形象塑造，得位后杨广亦有开创科举制，修凿大运河等历史功绩的叙述，无疑属于对二者暴君形象的深化，则成为西方历史叙述的缺失。如今流行于西方文学史与历史叙述所谓后某某时代、后某某主义等，也莫不是其静态思维的体现。

最后是哲学的静态思维。对此，美国学者郝大维（David L. Hall）与安乐哲（Roger T. Ames）通过中西思维模式比较，提炼出分别指向中西文化的两种"问题框架思维"：第一问题框架思维，"或曰类比的、关联性思维"，"承认变化或过程要优于静止和不变性，并不妄断存在着一个构成事物一般秩序的最终原因，而且寻思以关联过程，而不是以主宰一切的动因或原则来说明事物的状态"。第二问题框架思维，"我们又称它是因果性思维，是古典西方社会占支配地位的思维模式。它的预设有：（1）用'混沌'说的虚无、分离或混乱解释万物的起源；（2）把'宇宙'理解为具有某种单一秩序的世界；（3）断言静止比变化和运动更具有优先地位；（4）相信宇宙秩序是某个解释性的作用者，例如心灵、造物主、第一推动者、上帝意志等造成的结果；（5）明里暗里的主张，'世界'的千变万化是被这些解释为动因的东西所左右、所最终决定的"。由此成为中西思维模式的不同根源："头一种问题框架形式在西方隐而不显，却统御着古典中国文化；同样，我们称之为第二种问题框架，或者说因果性思维模式是西方文化的显性因子，在古典中国文化中却并不昭彰"。[8]

---

8 [美]郝大维·安乐哲，期望中国：对中西文化的哲学思考[M]，上海：学林出版社，2005，6-7。

（二）换位思维与本位思维

同时从当事人双方的视角、立场、角色、身份考虑问题的双向思维，若是涉及思考问题的视角、立场、角色、身份的转换，由甲方转到乙方，由此形成"换位思维"，就是通常所说的"换位思考"、"站在别人的位置想"、"替对方着想"、"设身处地"。这正是强调己所不欲而勿施于人的儒家忠恕之道，道家强调推人及物而和光同尘的自然之道，强调君王应站在民众立场看待国家政治的仁政礼治学说，强调由敌方考虑战争成败的孙子兵法的本质所在。中国文化的换位思维由以上所说三个方面可见，分别叙述如下：

首先是儒家推己及人忠恕之道与道家推人及物同于自然的换位思维。《论语·里仁》："子曰：'参乎！吾道一以贯之。'曾子曰：'唯。'子出，门人问曰：'何谓也？'曾子曰：'夫子之道，忠恕而已矣！'"《论语·卫灵公》："子贡问曰：'有一言而可以终身行之者乎？'子曰：'其恕乎！己所不欲勿施于人。'"《中庸》："忠恕违道不远，施诸己而不愿，亦勿施于人。"孔颖达疏："恕，忖也，忖度其义于人。他人有一不善之事施之于己，己所不愿，亦勿施于人，人亦不愿故也。"朱熹《四书集注·中庸》："尽己之心为忠。推己及人为恕。违，去也。"换位思维的忠恕之道，正是儒家追求与实践仁义的方法路径，也是传统中国人建构和谐社会、和谐家庭、和谐邻里关系的方法路径。要求君臣制定和推行政策，应当站在民众的位置考虑其是否得当，教师传道授业解惑，应当站在学生的位置考虑其是否得当，公婆处理家庭关系，应当站在儿媳的位置考虑其是否得当，反之亦然，如此等等。《庄子·秋水》："庄子与惠子游于濠梁之上。庄子曰：'儵鱼出游从容，是鱼之乐也！'惠子曰：'子非鱼，安知鱼之乐？'庄子曰：'子非我，安知我不知鱼之乐？'惠子曰：'我非子，固不知子矣；子固非鱼也，子之不知鱼之乐，全矣。'庄子曰：'请循其本。子曰"汝安知鱼乐"云者，既已知吾知之而问我。我知之濠上也。'"换位思维的同于自然，正是道家和光同尘，返朴归真的方法路径。

其次是政治道统的换位思维。如上所述，中国政治道统的换位思维，要求君臣制定和推行政策，应当站在民众的位置考虑其是否得当，推而广之，要求君臣考虑问题时，在坚持自我的视角、立场、角色、身份的同时，能够自觉转换到他者的视角、立场、角色、身份考虑问题。例如《吴子·图国》载魏武侯与楚庄王，就是两个正反典型："武侯尝谋事，君臣莫能及，罢朝而有喜色。起进曰：'昔楚庄王尝谋事，君臣莫能及，罢朝而有忧色。申公问曰："君有忧色何也？"曰："寡人闻之，世不绝圣，国不乏贤，能得其师者王，能得其友者霸。今寡人不才，而群臣莫能及者，楚国其殆矣。"此楚庄王之所忧，而君说之，臣窃惧矣。'于是武侯有惭色。"魏武侯因君臣睿智不如自己而产生自满自恋，属于从自身看问题；楚庄王因君臣睿智不如己而产生人才忧虑，属于从他者即大臣看问题。原来，魏武侯的自满自恋，早有商纣王为前车之鉴，《史记·殷本纪》说是："帝纣资辨捷疾，闻见甚敏；材力过人，手格猛兽；知足以距谏，言足以饰非；矜人臣以能，高天下以声，以为皆出己之下。"《荀子·王制》所谓"庶人安政，然后君子安位。传曰：'君者，舟也；庶人者，水也；水则载舟，水则覆舟'"之说，又见于魏徵《谏太宗十思疏》："怨不在大，可畏惟人；载舟覆舟，所宜深慎。"同样属于由他者即民众看问题。言外之意：君的身份取决于民的认可。民众可拥戴君王，亦可推翻君王。民众认可，世人可为君；民众不认可，君可为世人。

　　再次是兵法的换位思维。例如以敌方角色设身处地，考虑其在战场上的心理与表现，《孙子·军争》说是："归师勿遏，围师必阙，穷寇勿迫，此用兵之法也。"以将士与谋士角色，设身处地，考虑其如何会为人所用，《六韬·文韬》说是："故以饵取鱼，鱼可杀。以禄取人，人可竭。"《三略·上》说是："《军谶》曰：'香饵之下，必有死鱼。重赏之下，必有勇夫。'故礼者，士之所归；赏者，士之所死。招其所归，视其所死，则所求者至。"《三略·中》说是："《军势》曰：'使智，使勇，使贪，使愚。智者，乐立其功；勇者，好行其志；贪者，邀出其利；愚者，不顾其死。因其至情而用之，此军之微权也。'"因此而有《史记·孙子、吴起列传》所载恩宠杀人的典故："起之为将，与士卒最下者同衣食。……卒有病疽者，起为吮之，卒母闻而哭之。人曰：'子卒也，而将军自吮其疽，何哭为？'母曰：'非然也。往年吴公吮其父，其父战不旋踵，遂死于敌。吴公今又吮其子，妾不知其死所矣，是以哭之。'"

　　与换位思维相对应，所谓"本位思维"，就是在处理涉及自我与他者、人类与自然、人类与鬼神双方乃至多方当事人的问题时，只是从自我及其群体乃至人类的立场、角色、身份出发，以我观人、以我说人、以人观物、以人说物。这正是古希腊神话"命运说"与基督教"原罪说"乃至西方民族主义与国家主义政治的本质所在。西方文化的本位思维由如上所说两个方面可见：

　　首先是古希腊神话命运悲剧与基督教"原罪说"的本位思维。如前文所述，古希腊人以自己及其生活为蓝本，创造了诸神及其神话传说，使之成为以人说神的"人话"或"人化神话"，本身就属于以自我为本的本位思维；古希腊人将其祖先设想为天神与凡人女子生育之子，将自己定位为神的宠儿的自恋，同样属于以自我为本的本位思维。从而为古希腊神话的命运悲剧打上本位思维的烙印，成为所犯罪过的自我辩护，《俄狄浦斯王》等命运悲剧，无外乎是说：我虽然犯罪，但是，那不是我的错，而是命运如此，为此，我曾努力抗争，读者能够表现乃至应当表现的，只有同情与怜悯。基督教的思维模式也是如此：我们有罪，这个世界上谁又没有罪呢？人生来就有罪。也正是因此，我们信奉我主，希望得到主的救赎，感恩我主救赎我们。基督教所谓"原罪说"，其实就是基督徒对所犯罪过进行自我辩护。

其次是西方民族主义与国家主义政治乃至民主政治的本位思维。顾名思义，民族主义政治就是以民族为本位，由民族出发建构国家体制，处理国际关系的政治，为追求民族利益而置人道于不顾，由此导致民族战争乃至种族屠杀。国家主义政治就是以国家为本位，由国家出发建构国家体制，处理国际关系的政治，由此引出美国特朗普政府的"美国优先说"。无可争辩，由全民参政议政，集体掌握国家最高权力，内部相对平等，法律至上的雅典民主政治发展而来的西方民主政治，至今仍是西方人认定的最为合理的政治制度，且通行世界。其从个人及其群体利益出发的本位思维也是显而易见，具体由如下三种现象可见：一是当自我及其群体权益、自我及其群体意志与公共权益、社会正义形成错位时，少数服从多数原则，从而将群体权益与群体意志转化为公共权益与社会正义。换句话说，西方民主社会的公共权益与社会正义，掌控在强势的帮派、政党、族群、社群等群体手里，且强势的帮派、政党、族群、社群又难免以大欺小。二是当群体权益与意志同国家权益与意志形成错位时，独立民主的原则，导致群体各自为政乃至谋求独立，国家分崩离析。三是当群体观念出现问题，群体意志被错误地诱导与利用，乃至群体意志被操控时，集体意志代表正义原则，导致群众意志向群众暴力转化，例如投票处死苏格拉底和西方革命理论影响之下体现为文化大破坏的中国文化大革命。

（三）动态思维、换位思维与静态思维、本位思维比较的启示

比较中西文化的动态思维、换位思维与静态思维、本位思维，由此引出两个相关问题，需要加以辨析：

首先，现代学界对董仲舒"天不变道亦不变"说望文生义，谓之形而上学、唯心主义，属于以西方文化动静二元两分的静态思维，言说与解读贯彻动静同体共生的动态思维的中国文化理论学说，以西害中的误读。《汉书·董仲舒传》引其《举贤良对策三》："道之大原出于天，天不变，道亦不变。"何谓道与天道？《易·说卦》："昔者圣人之作《易》也，将以顺性命之理。是以立天之道曰阴与阳。"《易·恒》："《彖》曰：恒，久也。刚上而柔下。雷风相与，巽而动，刚柔皆应，恒。'恒亨无咎利贞'，久于其道也。天地之道恒久而不已也。'利有攸往'，终则有始也。日月得天而能久照，四时变化而能久成。圣人久于其道而天下化成。观其所恒，而天地万物之情可见矣。"因此，如前文所述，郑玄说是易一名三义：简易、变易、不易。不易之天道，本质就是变易。天道之变易与不易，同体共生、相反相成。具体地说就是：儒家纲常伦理之大道不变，而纲常伦理之大道落实到具体的人与事，就因所涉及对象、时代、环境等因素的不同而形成权变，《孟子·离娄上》说是："嫂溺不援，是豺狼也。男女授受不亲，礼也；嫂溺援之以手者，权也。"

其次，背离公平与正义的本位思维，导致西方民主政治革命走向集团暴力乃至群众暴力，国际民主政治走向党同伐异，危害处于弱势地位的少数人利益乃至生命。也就是说，民主遭遇本位思维，便形成对公平与正义的解构，由此带来如下疑问：疑问一，难道公民个人占有国家集体财产是贪污或侵占，而当权群体瓜分国家集体财产却成为革命果实分红？例如执政党派为其所代表的集团或阶层谋取私利，当选总统为报答竞选时支持自己的商业集团或资产阶级，拿国家资产、资源、政府采购进行利益输送。疑问二，难道公民个人危害他人生命是罪犯乃至恐怖分子，而居统治地位的政治集团以及受其裹胁的社会群体危害公民生命却成为民主行动与法治行为？例如阿富汗战争、伊拉克战争、利比亚战争，声称为世界谋求民主法治、伸张正义的美国及其西方盟国的枪炮，让无数无辜平民成为冤魂。疑问三，难道公民个人杀人是罪犯，公民个人打砸抢是犯罪，社会群体杀人却成为造反，社会群体打砸抢却成为革命？例如西方革命理论影响下体现为群众暴力宣泄的中国十年文化大革命。疑问三，难道公民个人的排外行为作为种族主义表现，是非正义的，也是犯法的行为，而国家的排外行为作为国家主义表现，便是正义的，爱国的，也是合法的行为？例如长期以来美国对"假想敌"的经济制裁与文化对抗等。那么，这是哪家理论？当然是由群众暴力的当事人或既得利益者书写的二十世纪世界革命运动史，是由美国利己主义政治学者亨廷顿之流所写作的国家政治学原理。道理何在？没什么道理，如果说有什么道理，那就是本位思维。

第三节　全息思维与因果思维

一、全息思维、演化思维与因果思维、能动思维

（一）全息思维与因果思维

所谓"全息"，就是全局整体信息，局部反映整体，局部与整体互动。全息技术主要是指成像技术。所谓"全息思维"，就是立足事物全局整体信息，局部反映整体，局部与整体互动的认识活动，整体地、联系地、动态地看问题，亦可谓整体思维、动态思维。整体地、联系地、动态地看问题，由此成为全息思维的特性。现代西方有"科学全息论"，古代中国有"人体全息论"。而中医与道教的"人体全息论"又植根于易学的"宇宙全息论"。中国文化热衷全息思维，由如下三个方面可见：

首先是《书·洪范》"天人感应说"与易学"宇宙全息论"的全息思维。《书·洪范》："曰肃，时雨若；曰乂，时旸若；曰晰，时燠若；曰谋，时寒若；曰圣，时风若。曰咎徵：曰狂，恒雨若；曰僭，恒旸若；曰豫，恒燠若；曰急，恒寒若；曰蒙，恒风若。"以为天人感应，君王行为致使气候变化。孔子作《春秋》，祖述此说，以灾变议政，例如《春秋公羊传·僖公十五年》写道："季姬归于鄫。己卯，晦，震夷伯之庙。晦者何？冥也。震之者何？雷电击夷伯之庙者也。夷伯者，曷为者也？季氏之孚也。季氏之孚则微者，其称夷伯何？大之也。曷为大之？天戒之，故大之也。何以书？记异也。"《中庸》说是："国家将兴，必有祯祥；国家将亡，必有妖孽。见乎蓍龟，动乎四体。"《易·坤·文言》说是："积善之家，必有余庆，积不善之家，必有余殃。""天地闭，贤人隐。"原来，如《易·说卦》所说："昔者圣人之作《易》也，将以顺性命之理。是以立天之道曰阴与阳，立地之道曰柔与刚，立人之道曰仁与义。兼三才而两之，故《易》六画而成卦。分阴分阳，迭用柔刚，故《易》六位而成章。"易学义理言说的正是天地人的整体奥秘及其互动互应。

其次是中医"人体全息论"的全息思维。《黄帝内经·灵枢·本脏》说是："有诸内者，必形诸外"，因此"视其外应，以知其内脏，则知所病矣"。

中医视人体为小宇宙，各个部分互动互应，由此形成通过观察人体全身或局部征象以及排出物等了解健康状况或病情的望诊，乃至观气色，听声息，问症状，摸脉象的望闻问切诊法。针灸、膏药、中药、食疗、推拿、导气等，更是以头痛医脚，脚痛医头，内病外治，外病内治为能。且人体小宇宙又与自然大宇宙感应相通，由此形成中医治疗与防治中，季节气候、居住环境、衣着饮食等元素影响的"五运六气说"，又称"运气学说"。所谓五运即木运、火运、土运、金运、水运，六气即四季中风、寒、暑、湿、燥、火六种气候因子，"运气学说"通过历法推测来年天象、气候、疾病发生规律，由此确定预防与养生方法。进而形成本自《黄帝内经·灵枢·岁露论》"人与天地相参也，与日月相应也"的"精气学说"。[9]视气为天地万物基因，气的运动谓之气机，气的升降出入谓之气化。由道教徒别名炼气士可知，道士修炼也正是以中医的人与天地相参，与日月相应为方法路径。

再次是风水术的全息思维。何谓"风水"？托名晋郭璞的《葬书》说是："葬者，乘生气也，气乘风则散，界水则止，古人聚之使不散，行之使有止，故谓之风水，风水之法，得水为上，藏风次之。"由此可知，风水术即相地术，就是关于阴阳两宅即阳居房屋与阴居坟墓的选址、朝向、建构等，立足天人感应、五行生克、藏风聚气，达到趋吉避凶、逢凶化吉的方法与原则。《葬书》以为风水宝地特性有三：一是死者乘御生气。就是墓地能够为死者遗骸提供五行生气，赢得感通后代的力量。二是葬地藏风得水。因死者之气与墓地之气均遇风飘散，遇水界止，因此好墓地山环水绕，云罩木盛。所谓"藏风"，就是墓地四周有青龙、白虎、朱雀、玄武四象之山护卫；墓穴两翼有印木缠护；发脉之山委蛇而来，于墓穴后形成千尺为势与百尺为形的两道藏风屏障。所谓"得水"，就是墓穴两则有相水界止五行之气，前面有弯曲流水横过。三是天人感应，宝地有品级，风水有吉凶。得王侯之地，山势如万马奔腾，自天而下；得千乘之地，山势如巨浪，层层奔涌而来；得三公之地，势如降龙，云缠水绕。反之，童山、断山、石山、过山、独山为"五不葬"之地，葬则危及亲人，生凶消福。这是讲墓葬阴宅，对于房屋阳宅的风水，乾隆四十六年陆费墀校订本《宅经》写道："宅以形势为身体，以泉水为血脉，以土地为皮肉，以草木为毛发，以舍屋为衣服，以门户为冠带，若得如斯，是事伊雅，乃为上吉。"

---

9 刘从明校，黄帝内经[M]，北京：中医古籍出版社，2018。

　　所谓"因果思维"，就是寻求或建构事物因果关系的认识活动，单向地、正向地、定向地、假定地、必定地推论事物的原因与结果。单向地、正向地、定向地、假定地、必定地看问题，以可能作为必然，由此成为因果思维的特性。演绎思维体现为因果推导，由此走向因果思维。西方文化热衷因果思维，由如下三个方面可见：

　　首先是古希腊神话与基督教假定造物主与万物主宰，达尔文假定生物进化法则的因果思维。宇宙万物如何生成？源于古老的皮拉基族人的神话、奥林珀斯教、俄尔普斯教的古希腊神话，虽然有多种创世神话，皆以为宇宙万物由神创造，也由神主宰。在基督教那里，创造并主宰宇宙万物的是上帝耶和华。也就是说，神或上帝是宇宙万物与人类生成及其存在的因，宇宙万物与人类则是神或上帝显示神力的果，由此建构神或上帝同宇宙万物与人类之间的因果关系。达尔文《物种起源》虽然否定宇宙万物与人类为神或上帝创造，但是以物竞天择，适者生存作为生物进化的不二法则，同样属于因果思维，只不过是物竞天择，适者生存法则代替神或上帝，成为宇宙万物生成与存在的因，生物进化正是物竞天择，适者生存法则的果。

　　其次是亚里斯多德"三段论"假定大前提，犯罪心理学假定行为原因的因果思维。人为何必定要死？亚里斯多德会告诉你：因为所有生物都必定要死；而人是生物，所以必定要死。在这里，人是必死的生物，正是人必死的因；人必死则是人是必死生物的果。犯罪心理学致力于犯人意志、思想、意图及反应研究，什么原因导致犯人犯罪？正是犯罪心理学所要解决的首要问题。也就是说，犯罪心理学致力于犯罪行为与原因的因果关系建构。与之相关的犯罪人类学，其建立在遗传学基础之上的"天生犯人说"，则可谓这种因果思维的极端表现。意大利犯罪学家龙勃罗梭（Cesare Lombroso）《犯罪人论》（1876）说是：天生犯罪人是由隔世遗传而来的野蛮人的返祖现象，是人类学上的变种。龙勃罗梭另有《犯罪：原因和救治》等著作出版，热衷探讨犯罪的因果关系。由此可见，司法实践中办案人员根据假定的犯罪动机，从事案件侦破乃至定罪，同样属于因果思维的极端表现，因为这是将可能当作必然，只不过是继之以求证而已。

　　再次是存在决定观念，观念决定行为的"意识形态说"的因果思维。由法国学者特拉西（Antoine Destutt de Tracy）提出的意识形态概念，作为一种观念的集合，乃事物认识所形成的观点、观念、概念、思想、价值观、人生观、世界观等要素的总和。意识形态作为观念，有政治的、社会的、知识的、伦理的等不同种类，然而无论哪种意识形态，皆非人脑固有，而是来源于社会存在，是现实社会生活的反映。也就是说，存在决定观念，社会存在决定意识形态，前因后果，例如资本主义社会由政治思想、法律思想、哲学思想、文艺思想、教育思想、道德思想、宗教思想等共同构成的资产阶级意识形态，作为思想上层建筑就是由资本主义社会的经济基础所决定。意识形态说进而认为，意识形态与行为表现之间同样构成因果关系，相应的意识形态决定相应的行为表现，例如剥削行为根源于资产阶级的立场观点即意识形态。所谓"焦大不爱林妹妹"之说，就是典型的意识形态批评。

（二）演化思维与能动思维

所谓"演化"即变化、变异、化生、自化，包括进化与退化及其相反相成、互为主从、互动互应、互包互孕，有"非外力作用"之说的自足、自在之意。由此形成的"演化思维"，就是关于事物变化、变异、化生、自化、自足、自在的认识活动，视事物演变为进化与退化及的相反相成、互为主从、互动互应、互包互孕。由于演化乃动态过程，因此说演化思维就是动态思维。事物非外力作用决定的变化、变异、化生、自化、自足、自在，由此成为演化思维的特性。中国文化的演化思维由如下三个方面可见：

首先是神话传说宇宙及其万物与人类"自化生成说"的演化思维。如前文所述，中国神话传说以为宇宙自化，无须外力作用。虽有"女娲抟黄土造人"之说，但是，与"太一化生水"、"盘古化生万物乃至人类"之说相印证，"女娲化生万物乃至人类"之说则是主流。那么，女娲何来？神话只是说其为古之神圣女，与"天地开辟，盘古生其中"之说相印证，可知他们并非外在于宇宙。总之，中国神话传说的创世神话，属于非外力作用的宇宙自化，可谓"化世神话"。太一化生水，水反辅太一而化生天，天反辅太一而化生地，天地反辅太一而化生神明，神明反辅太一而化生阴阳，阴阳反辅太一而化生四时，宇宙化生诸神，诸神化生万物乃至人民，神不外于人与物，人不外于物与神，神人物合一。以伏羲、神农、黄帝、少昊、颛顼等"十神圣"为"华夏始祖"之说，更是宇宙及其万物自化，物化神，神化物，神化人，人化神，神人物互化的演化思维的体现。

其次是道家哲学大道无为而"万物自化说"的演化思维。众所周知，老子主张无为而治。而老子之所以主张无为而治，是因为在他看来，没有圣人作为，人民将自化。反之，圣人作为，反而会造成对人民自化之纯朴的破坏。为此，《老子·五十七章》写道："以正治国，以奇用兵，以无事取天下。吾何以知其然哉？以此，天下多忌讳，而民弥贫；民多利器，国家滋昏；人多伎巧，奇物滋起；法令滋彰，盗贼多有。故圣人云，我无为而民自化；我好静而民自正；我无事而民自富；我无欲而民自朴。"原来，老子的无为而治的政治主张，又是根源于万物自化的自然之道。《老子·三十七章》说是："道常无为，而无不为。侯王若能守之，万物将自化。"得到《太一生水》神话相印证："神明者天地之所生也。天地者太一之所生也。是故太一藏于水，行于四时。周而又始，以己为万物母；一缺一盈，以己为万物经。此天之所不能杀，地之所不能埋，阴阳之所不能成。此谓之道化也。天道贵弱，削成者以益生者；伐于强，责于坚，以辅柔弱。"[10]庄子继承老子的万物自化、无为而治思想，为此而编撰《庄子·在宥》的云将与鸿蒙对话："鸿蒙曰：'乱天之经，逆物之情，玄天弗成；解兽之群，而鸟皆夜鸣；灾及草木，祸及止虫，意，治人之过也！'云将曰：'然则吾奈何？'……鸿蒙曰：'心养！汝徒处无为，而物自化。堕尔形体，吐尔聪明，伦与物忘，大同乎涬溟，解心释神，莫然无魂。万物云云，各复其根，各复其根而不知；浑浑沌沌，终身不离；若彼知之，乃是离之。无问其名，无窥其情，物固自生。'"《庄子》首篇《逍遥游》开篇写道："北冥有鱼，其名曰鲲。鲲之大，不知其几千里也；化而为鸟，其名为鹏。鹏之背，不知其几千里也。"原来，鲲鹏正是物化而来。随后的《齐物论》，则介绍了心怀物化之信念的庄子，梦由心生的化蝶之梦："昔者庄周梦为胡蝶，栩栩然胡蝶也，自喻适志与！不知周也。俄然觉，则蘧蘧然周也。不知周之梦为胡蝶与，胡蝶之梦为周与？周与胡蝶，则必有分矣。此之谓物化。"《天地》集中阐述了庄子那基于物化的自然法则的无为而治政治主张："天地虽大，其化均也；万物虽多，其治一也；人卒虽众，其主君也。君原于德而成于天，故曰，玄古之君天下，无为也，天德而已矣。……故通于天下者，德也；行于万物者，道也；上治人者，事也；能有所艺者，技也。技兼于事，事兼于义，义兼于德，德兼于道，道兼于天。故曰，古之畜天下者，无欲而天下足，无为而万物化，渊静而百姓定。"

再次是儒家教化政治与教化教育的演化思维。所谓"教化政治"，就是立足教育而推行礼法，强调人民自觉。《论语》载孔子说是："不教而杀谓之虐"

---

10 荆门市博物馆，郭店楚墓竹简[M]，北京：文物出版社，1998，230。

（《尧曰》）；"以不教民战，是谓弃之"（《子路》）。《孟子》载孟子说是："不教民而用之，谓之殃民。殃民者，不容于尧舜之世"（《告子下》）；"仁言不如仁声之入人深也，善政不如善教之得民也。善政，民畏之；善教，民爱之"（《尽心上》）。《荀子·大略》载荀子说是："不富无以养民情，不教无以理民性。……立大学，设庠序，修六礼，明七教，所以道之也。"为此，《周礼·天官》规定：大宰之职，掌建邦之六典，以佐王治邦国："二曰教典，以安邦国，以教官府，以扰万民"；小宰之职，以官府之六属举邦治："二曰地官，其属六十，掌邦教"。《周礼·地官》规定：大司徒之职，"而施十有二教焉：一曰以祀礼教敬，则民不苟。二曰以阳礼教让，则民不争……正月之吉，始和布教于邦国都鄙。乃县教象之法于象魏，使万民观教象，挟日而敛之。乃施教法于邦国都鄙，使之各以教其所治民"；"师氏：掌以媺诏王。以三德教国子"；"保氏：掌谏王恶，而养国子以道。乃教之六艺"。所谓"教化教育"，就是立足教师的模范作用实现学子的自律修身，强调学子自觉。所谓"榜样教育"，首先是教师为人师表，汉扬雄《法言·修身》说是："或曰：'治己以仲尼，仲尼奚寡也？'曰：'率马以骥，不亦可乎？'"教师的言传身教，操斧伐柯，作为榜样教育，又与树立他人作为学生学习的榜样相辅相成，后者正是蒙学读物《三字经》的重要内容乃至精神主旨：昔孟母，择邻处，子不学，断机杼；昔仲尼，师项橐，古圣贤，尚勤学；头悬梁，锥刺股，彼不教，自勤苦；如囊萤，如映雪，家虽贫，学不辍；如负薪，如挂角，身虽劳，犹苦卓等。所谓"自律修身"，《礼记·大学》说是："大学之道，在明明德，在亲民，在止于至善。"而"古之欲明明德于天下者，先治其国；欲治其国者，先齐其家；欲齐其家者，先修其身；欲修其身者，先正其心；欲正其心者，先诚其意；欲诚其意者，先致其知，致知在格物。"

所谓"能动"即积极、主动，做主导、占先机、控局势、施影响。由此形成的"能动思维"，就是力求主动、做主导、占先机、控局势、施影响，自我主导、掌控他者，争取化被动为主动、变服从为主导、由边缘到中心、从接受到影响，乃至立场先设、先入为主、求新求变的认识活动，视事物存在为主动与被动、主导与服从、中心与边缘、影响与接受等二元对立竞争。基于事物二元对立竞争的做主导、占先机、控局势、施影响，自我主导、掌控他者，由此成为能动思维的特性。西方文化的能动思维由如下三个方面可见：

首先是古希腊神话传说的"命运说"、"神控说"与基督教的"原罪说"、

"救赎说"，化被动为主动的能动思维。古希腊神话传说的人类犯罪乃命运使然的"命运说"，作为犯罪的自我开脱，致力于化被动为主动，无可争辩。古希腊神话传说由神创造的人类，注定低劣于神而受神控制。然而，"神控说"同时也将自身过错之因归结于神，由此实现化被动为主动。例如《伊利亚特》擅长放冷箭的特洛伊风流王子帕里斯，拐人妻子，盗人财物，由此招致毁城灭国的战争，祸国殃民，却被诠释为命运乃至诸神争强好胜的结果。原来，帕里斯出生之前，其母后梦到孩子变成一束火烧掉了整个王宫，预言家说是，这个梦预示孩子将会给国家带来灾祸。古希腊神话传说诸神挑战天神、人类挑战诸神、人类挑战自然妖怪的故事，同样是不甘被主宰、被控制、被影响的能动思维的体现。基督教的人生来就有罪的"原罪说"，则是为开脱罪孽而立场先设。我有罪、我敬神、我赎罪的"自我救赎说"，则是以末日审判时进入天国的意义假设予以自我肯定，最终实现化被动为主动。古希腊神话传说体现能动思维的人类对诸神与自然妖怪的挑战，在基督教则集中体现为魔鬼对上帝的挑战与基督徒对异教徒的挑战。

其次是教育与科学，教师作为影响者居主导与中心地位，科学进取创新的能动思维。始自古希腊的模式化班制教学，显然立足教师作为影响者的主导与中心地位，主要考虑教师教什么，如何教，而不考虑学生如何接受，能否接受，由此走向教师讲解传授而学生必定能够接受的立场先设。具体地说，就是假定模式化教学可以取得与个体教学相近的教学效果，假定同龄学生接受能力相近，假定一种知识传授讲解方式适合全体学生。反过来说，模式化班制教学要求学生发挥能动性以适应其教学模式。科学致力于认知发现、发明创造，无疑具有能动性。也就是说，认知发现、发明创造，不是饥食渴饮的应对，也不是尿急找厕所的应急，而是主动认知发现以提高生存能力，通过发明创造以掌控事物，从而使生活变得更好。总之是主动做事，主动生活。

再次是军事上力求主动，经济上谋求市场垄断的能动思维。亚历山大、汉尼拔、恺撒、拿破仑并称"欧洲四大杰出军事统帅"，他们无不以能够掌控他者、战胜他者而自己则自我主导、不可战胜为荣耀，这也正是他们作为杰出军事统帅的诉求。至于具体战争，西方将帅也习惯通过兵强马壮、兵多将广、坚船利炮的示强，威慑敌人，以争取主动，掌控局势为战争要领。反之，在非严于律己的情况下，西方将帅则较少主动使用以少胜多、以弱胜强、反客为主的战术。也就是说，即使使用被动战术，也是处于弱势时的应付之策。

至于通过假痴不癫的示弱，麻痹敌人，以守柔处下，以静待动，随机应变，后发先至为战术，则非西方士所热衷。就将帅个人来说，《史记·白起、王翦列传》载：王翦率兵击荆，临行时多请美田宅园而自树贪婪形象，说是"夫秦王怚而不信人。今空秦国甲士而专委于我，我不多请田宅为子孙业以自坚，顾令秦王坐而疑我邪？"无独有偶，《史记·萧相国世家》载：刘邦亲征黥布，"数使使问相国何为"，"客有说相国曰：'君灭族不久矣。夫君位为相国，功第一，可复加哉？然君初入关中，得百姓心，十余年矣，皆附君，常复孳孳得民和。上所为数问君者，畏君倾动关中。今君胡不多买田地，贱贳贷以自污？上心乃安。'于是相国从其计，上乃大说"。类似事例，显然不见于西方历史。作为西方经济市场自由竞争毒瘤的市场垄断，可谓西方文化能动思维的极端表现。在中国，市场垄断为官府行为，历史上谓之"榷"，例如盐、铁、茶等商品的官府专营或许可。而《史记·货殖列传》所载，无论是范蠡、计然的经贸思想，还是范蠡、子贡、白圭等人的经贸行为，皆不涉及垄断，民间更有和气生财，有钱大家赚的套语。

（三）全息思维、演化思维与因果思维、能动思维比较的启示

比较中西文化的全息思维、演化思维与因果思维、能动思维，由此引出两个相关问题，需要加以辨析：

首先，现代中国革命学者所谓赫胥黎（Thomas Henry Huxley）"物竞天择，适者生存"的进化论思想，系对其批判社会达尔文主义的社会文化演化论思想的误读。盛行于十九世纪的社会文化进化论又称社会达尔文主义，将达尔文自然进化论的物竞天择，适者生存的自然选择原则，移植到社会文化解读。对此，严又陵、康南海、梁任公、孙载之、马君武、陈仲甫、周树人、胡适之等深信不疑，物竞天择，适者生存的思想，由此成为变法图强的改良派与民族革命的革命派，救亡图存的共享学说。遗憾的是，现代中国革命学者的种族思想、社会进化及其优胜劣汰观念，却来源于被误读或被变异的对社会文化达尔文主义持批判态度的英国博物学家赫胥黎，及其试图以达尔文生物进化论言说人类社会问题的通俗读本《进化论与伦理学》。赫胥黎赞赏达尔文的生物进化论，却认为人类生命过程及其社会伦理，不同于自然生命过程及其自然法则。自然生物没有道德标准，弱肉强食，优胜劣汰；人类则具有高于动物的先天本性，相亲相爱，互惠互利，社会进化意味着对宇宙过程的逐步抑制，并代之以可称之为伦理的过程。正是这种人性，使人类不同于动物，

社会不同于自然，伦理学不同于进化论。而严又陵虽认同赫胥黎对社会文化进化论将自然生物进化与人类社会进化等同对待的批判，但却不认同赫胥黎上述看法，认为达尔文生物进化论及其物竞天择，适者生存法则，完全适用于人类社会。认为人类竞争其胜负不在人数多寡，而在其种与力的强弱。为此摘译《进化论与伦理学》导言与进化论部分，舍其伦理学部分不译，演绎成《天演论》。严又陵以"演化"译达尔文 evolution 概念，为防止误读，特意注明，既有"进化"之意，亦有"退化"之意。但对其既有"由简单趋向复杂"之意，亦有"复杂归于简单"之意，却未加说明。[11]也就是说，我们用了上百年的"达尔文进化论"之说，其"进化"概念，属于马君武由日文版转译《物种起源》（马译《物种原始》）对达尔文 evolution 概念的误读。总之，既不通生物学又不完全认同社会文化进化论的严又陵，其所译《天演论》，在很大程度上属于对赫胥黎《进化论与伦理学》的借题发挥，为此通过大量按语与注释来阐述自己观点，最终将反社会达尔文主义的《进化论与伦理学》改写成鼓吹社会达尔文主义，成为现代中国民族革命以及中国国民性研究的理论依据，现代革命学者对于达尔文 evolution 概念的解读与应用，亦是取其进化与由简单趋向复杂之意，而舍其退化与由复杂复归简单之意。

其次，现代中国学者以古代"天命说"为"宿命论"系误读。《论语》载：孔子说"五十知天命"（《为政》）；"不知命，无以为君子也"（《尧曰》）；"君子有三畏：畏天命"（《季氏》）；"道之将行也与，命也；道之将废也与，命也。公伯寮其如命何"（《宪问》）；子夏说"死生有命，富贵在天"（《颜渊》）。《孟子》载孟子说"莫之为而为者，天也；莫之致而至者，命也"（《万章上》）；"尽其心者，知其性也。知其性，则知天矣。存其心，养其性，所以事天也。夭寿不贰，修身以俟之，所以立命也"；"求则得之，舍则失之，是求有益于得也，求在我者也。求之有道，得之有命，是求无益于得也，求在外者也"（《尽心上》）。综上所述，由上述可知，孔孟儒家"天命说"所谓"天命"，非既定，非因果，强调当事人难以掌控，具有多元因子，属于全息思维。因此说，"天命说"非"宿命论"。"命"如同道，作为存在规则，属于定律，不可违；命的本身乃非因果的变量，俗话说种瓜得瓜，种豆得豆，但是，并非必然，遭遇天灾人祸，辛勤汗水便无收成，天有不测风云，人有旦夕祸福，因此说，谋事在人而成事在天。所谓"知命"，是指懂得天命的存在，懂得天命之不可知，之

11 [英]赫胥黎，进化论与伦理学[M]，北京：北京大学出版社，2010。

不可违，懂得听天命而尽人事。如前文所述，《易·坤》所谓"积善之家，必有余庆，积不善之家，必有余殃"，表面上是讲善恶因果，其实是讲天人感应。由此而来的"功过格"，在普通民众哪里，或许具有因果报应的迷信色彩，而当初创此建制的程朱理学家们，不过是以簿格逐日登记行为善恶的方式，来实现自省自勉。也就是说，鬼神之事及其"因果说"，在普通民众哪里，或许以迷信的方式存在，但是，在拿鬼神与因果说事的儒家圣贤那里，却是以神道设教。所谓"宿命"，本意是星宿运行各有命令。"宿命论"借指星命祸福之因果，意思是人之命运生来注定。由上述可知，"宿命论"之"命"，属于因果既定，强调当事人祸福自寻，善恶祸福因果对应，属于因果思维。

二、圆象思维、整体思维与维度思维、定向思维

（一）圆象思维与维度思维

所谓"圆象"，即圆环天象。《文选·卢谌诗》："亹亹圆象运，悠悠方仪廓。"李善注："曾子曰：'在天成象，故曰圆象。'"唐孔颖达《〈礼记正义〉序》："上法圆象，下参方载。"日夜四季寒暑交替，顺生反克，相反相成；日夜四季寒暑轮回，终而复始，无始无终，圆环自足。由此形成的"圆象思维"，就是比物连类，道法自然，坚持事物顺生反克，相反相成，圆环自足之自然法则的认识活动，视事物存在及其演变为阴阳、刚柔、动静、明暗、进退、开合、张弛、缓急、立破、成败、攻守、取舍的顺生反克，相反相成，以圆环自足为事物境界。如果说反向思维最终走向双向思维，动态思维最终走向全息思维，那么，双向思维与全息思维则最终走向圆象思维。比物连类，道法自然，坚持事物顺生反克，相反相成，圆环自足之自然法则，由此成为圆象思维的特性。中国文化热衷圆象思维，由如下三个方面可见：

首先是"太极阴阳五行八卦模式"的圆象思维。《易·系辞上》："是故《易》有大极，是生两仪；两仪生四象；四象生八卦。……是故法象莫大乎天地；变通莫大乎四时；县象著明莫大乎日月。"《易·系辞下》："子曰：'天下何思何虑？天下同归而殊途，一致而百虑。天下何思何虑？日往则月来，月往则日来，日月相推而明生焉。寒往则暑来，暑往则寒来，寒暑相推而岁成焉。往者屈也，来者信也，屈信相感而利生焉。尺蠖之屈，以求信也；龙蛇之蛰，以存身也。精义入神，以致用也；利用安身，以崇德也。过此以往，未之或知也；穷神知化，德之盛也。'"原来太极、阴阳、八卦的建构就是法天象地，昼夜四

季，交替轮回，顺生反克，相反相成，圆环自足的圆象思维不言而喻。圆象思维的"太极阴阳五行八卦模式"体现在神话传说中，那就是《山海经·大荒西经》所载："有鱼偏枯，名曰鱼妇。颛顼死即复苏。风道北来，天及大水泉，蛇乃化为鱼，是为鱼妇。颛顼死即复苏。"颛顼乃五方神的北方神、五季神的冬神、五行神的水神，由此建构东、南、西、北、中五方，春、夏、长夏、秋、冬五季，木、火、土、金、水五行，不间断的循环往复、顺生反克。也就是说，颛顼死即复苏，生死同体，死生相继的神话意象，消解了从冬到春的死亡界限。

其次是兵法圆象阵势的圆象思维。《孙子·兵势》以圆象为阵势境界，为后世兵法所遵从，说是："战势不过奇正，奇正之变，不可胜穷也。奇正相生，如循环之无端，孰能穷之哉！""浑浑沌沌，形圆而不可败。""故善战者，求之于势，不责于人故能择人而任势。任势者，其战人也，如转木石。木石之性，安则静，危则动，方则止，圆则行。故善战人之势，如转圆石于千仞之山者，势也。"圆象正是世传黄帝兵法《握机文》、诸葛亮《八阵图》要义之所在。《李卫公问对》载唐太宗对此不解，李靖说是："臣按黄帝始立丘井之法，因以制兵。故井分四道，八家处之，其形井字，开方九焉。五为陈法，四为闲地；此所谓数起于五也。虚其中，大将居之；环其四面，诸部连绕；此所谓终于八也。及乎变化制敌，纷纷纭纭，斗乱而法不乱；混混沌沌，形圆而势不散。"《鬼谷子·捭阖》以捭阖言说军事与外交，最终落脚于顺生反克，相反相成，圆环自足的圆象境界，说是："捭之者，料其情也。阖之者，结其诚也，皆见其权衡轻重，乃为之度数，圣人因而为之虑。其不中权衡度数，圣人因而自为之虑。故捭者，或捭而出之，而捭而内之。阖者，或阖而取之，或阖而去之。捭阖者，天地之道。捭阖者，以变动阴阳，四时开闭，以化万物；纵横反出，反复反忤，必由此矣。""捭阖之道，以阴阳试之。故与阳言者，依崇高。与阴言者，依卑小。以下求小，以高求大。由此言之，无所不出，无所不入，无所不可。可以说人，可以说家，可以说国，可以说天下。为小无内，为大无外；益损、去就、倍反，皆以阴阳御其事。阳动而行，阴止而藏；阳动而出，阴隐而入；阳远终阴，阴极反阳。以阳动者，德相生也。以阴静者，形相成也。以阳求阴，苞以德也；以阴结阳，施以力也。阴阳相求，由捭阖也。此天地阴阳之道，而说人之法也。为万事之先，是谓圆方之门户。"也正是基于阵势圆象，明清小说写两军对垒称"两军对圆"。

　　再次是儒家政治天人感应的"天地君臣民"双向制约机制的圆象思维。《论语·颜渊》载：齐景公问政，孔子对之以"君君、臣臣、父父、子子"。班固《白虎通义·三纲六纪》演绎为"三纲六纪"："三纲者，何谓也？君臣、父子、夫妇也。"《礼记·乐记》有类似说法："然后圣人作，为父子君臣，以为纪纲。"《礼记·昏义》说是："男女有别，而后夫妇有义；夫妇有义，而后父子有亲；父子有亲，而后君臣有正。故曰：昏礼者，礼之本也。"然而，夫妇并非自生，而是生于万物；万物亦非自生，而是生于天地。因此，《易·序卦》说是："有天地然后有万物，有万物然后有男女，有男女然后有夫妇，有夫妇然后有父子，有父子然后有君臣，有君臣然后有上下，有上下然后礼义有所错。"由此形成"天地—君臣—父子—夫妇"儒家四维伦理纲常。基于此，孔孟儒家以神道设教，比物连类，通过在在上者与在下者之间，引入第三者天地鬼神，使天人感应成为圆象思维，双向循环制约的政治机制："天地（民意代表）⟷君⟷臣⟷民"。从而使对立的"王权天授"与"得民心者得天下"，"王权天授"与"汤武革命"，因"天下乃天下人之天下"与"天意即民意"的引入，走向顺生而反克，相反相成，形成显二含三的"正（王权天授）—对（天意即民意）—合（得民心者得天下/失民心者失天下）"三元立局结构，乃至"正—对—合/变……"的嬗变规律与圆象轨迹。

　　最后是民俗崇尚圆象的圆象思维。例如春节亲人团聚称团圆，进而将年饭称作团圆饭；中秋月圆成为诗歌意象，花好月圆用以比喻有情人好事成双；事物完美称圆满；愿望实现称圆了心愿；通情达理与办事周到称圆通；为人处世取象天圆地方而推崇外圆内方；解人窘迫困境称打圆场；替人解释梦境称圆梦；自我完善谎言或帮人完善谎言称圆谎；见风使舵者被称作圆滑；酒席菜肴上齐称圆席；缔结夫妇名义称完婚，称夫妇洞房仪式为圆婚又叫圆房；四柱八字论命，六十甲子的命运循环往复，五行生克循环无端。

　　所谓"维度"，就是人类看待事物与问题的角度。例如时间维度、空间维度、形式维度、内容维度、质的维度、量的维度、观念维度、方法维度等。由此形成的"维度思维"，就是立场先设，主观选择相应角度看待事物与问题的认识活动，关注并强调人们因看待事物与问题角度不同而造成的认识差异，由此注重看待事物与问题的角度，从而习惯从某种既定角度看待事物与问题，就事论事。从几个角度去看待事物与问题，称作几维思维。关注并强调看待事物与问题的角度，习惯立场先设，从某种既定角度看待事物与问题，就事论事，由此成为维度思维的特性。相对而言，维度思维就是看待事物与问题，立足有限角度，局部观照，置身于事物与问题之中；圆象思维就是看待事物与问题，立足角度动态，全景观照，置身于事物与问题之外。西方文化热衷维度思维，由如下三个方面可见：

首先是哲学上的维度思维。西方哲学，追根求源，那就是古希腊罗马哲学。公元前七世纪至前公元前六世纪，古希腊哲学重在宇宙本原研究，称自然哲学。就是因看待事物与问题的角度不同，由此形成米利都学派、爱非斯学派、毕达哥拉斯学派、爱利亚学派等。米利都学派以"水"、"无限定"、"气"为世界本原；爱非斯学派赫拉克利特则将世界本原说成是"火"，世界万物都是符合规律地燃烧和熄灭着的火；毕达哥拉斯学派又将世界本原说成是"数"，世界万物以数为原型，"凡物皆数"，数是构成宇宙的"秩序"；爱利亚学派则以大千世界为虚幻假相，惟一真实的、单一的、有限的、不变的、不可分割的东西是"存在"。如此等等，西方哲学的维度思维传统由此奠定，从而造成二十世纪西方哲学因哲学家看待事物与问题的角度不同而流派纷呈，众声喧哗，却又不具有互补性，例如马克思主义、尼采权力意志理论、胡塞尔现象学、弗雷格和罗素分析哲学、克尔凯郭尔宗教哲学、爱因斯坦相对论、孔德实证主义、索绪尔语言学等。

其次是政治上的维度思维。以民主与法治为双翼的西方民主政治，追根求源，乃古希腊民主政治。雅典民主政治的精神是基于法律至上的自由平等。然而，这只是少数人的自由平等，也就是雅典奴隶主贵族自由平等，或说雅典城邦内部的自由平等，并不包括奴隶与外邦人。这种立足自我中心、二元对立看待事物与问题的角度，正是导致现代西方民主政治以美国的白人与黑人冲突为代表的族群冲突，冷战时期的社会文化进化论与资本主义的意识形态冲突，马克思主义所关注的阶级冲突，女权主义所关注的性别冲突，哈佛大学教授亨廷顿《文明的冲突》与萨义德《东方学》所关注的文化冲突的根源。反过来说，马克思主义、女权主义、亨廷顿文明冲突论、萨义德后殖民主义理论等，莫不由二元对立的维度思维建构。

再次是宗教上的维度思维。远古先民因自然崇拜、祖先崇拜、英雄崇拜而有神话传说，继而因相信外在于世界的超自然神力并加以崇拜与神化，由此建构信仰认知及其相应仪式，从而形成宗教。其实，宗教在本质上属于精神寄托，也正是因此，在哥白尼的"太阳中心说"使作为人类创造者与主宰者的天主丧失家园、达尔文的"自然进化论"使由生物进化的人类脱离天主的主宰、佛洛伊德的"精神分析理论"将人类打回杀父娶母的动物行列从而撕破其受神恩宠的假想的当下，基督教能够依然不灭，因为人类依然需要精神寄托。由此带出的问题：既然宗教的本质目的在于精神寄托，那么，当下的基督徒为何不肯正视这个问题？原来是个看待事物与问题的角度问题，信神如神在，若是心不诚便起不到精神寄托作用。那么，当初的反基督教者为何只管揭露基督教的罪恶而无视其精神寄托作用？同样是个看待事物与问题的角度问题，因此，明知网络游戏如同宗教能够让人形成情感依赖，乃至如同赌毒能够让人上瘾，且已经危害，也将继续危害无数孩子及其家庭，某些禁赌禁毒的政府不仅不加以禁止，反而视为朝阳产业。

（二）整体思维与定向思维

所谓"整体"，就是作为事物相关要求集合的共同体。由此形成的"整体思维"，就是基于事物相关要素与整体利害关联、互动互应、相反相成的认识活动，将事物整体的形象、作用、利益、规则视为相关要素的形象、作用、利益、规则的共同体现，整体乃要素的整体；将事物相关要素放回到整体之中来看待，要素乃整体的要素。由整体看待要素，由要素看待整体，令整体与要素利害关联、互动互应、相反相成，由此成为整体思维的特性。中国文化热衷整体思维，由如下三个方面可见：

首先是比物连类、以彼说此的意义建构与解读方式的整体思维。如前文所述，比物连类、以彼说此的意义建构与解读方式，就是整体思维的结果，或说依赖整体思维而存在。具体说来，就是将事物放回其整体来认识，和而不同，求同存异，或是由事物相关要素认识其整体，举一反三，互证互释。前者例如《关雎》比类雎鸟与君子的爱情，就是基于二者同为自然求偶活动中强势一方的整体前提，比类其文明求偶、尊重对方，而非恃强凌弱、强行占有的爱情礼仪之美；后者例如《老子·十一章》"三十幅共一毂，当其无，有车之用。埏埴以为器，当其无，有器之用。凿户牖以为室，当其无，有室之用。故有之以为利，无之以为用"，《荀子·劝学》"吾尝终日而思矣，不如须臾之所学也。吾尝跂而望矣，不如登高之博见也。登高而招，臂非加长也，而见者远；顺风而呼，声非加疾也，而闻者彰。假舆马者，非利足也，而致千里；假舟楫者，非能水也，而绝江河。君子生非异也，善假于物也"，结语点题，归纳总结前面所说相关事物或相关现象的共同道理。

再次是社会伦理的整体思维。相应体现为四种观念：第一种是社会纲常观念。儒家连类天地、君臣、父子、夫妇，由此建构"天地—君臣—父子—夫妇"四维伦理纲常，然后以此为整体，认识与明确天地、君臣、父子、夫妇的社会伦理角色，乃至四维要素之间的相互关系。第二种是家族门第观念。具体体现为相关朝代贵族享有特权而平民则被贱待的阶级待遇；人才选拔与任用看其出身；荣及三族、祸及三族等。由此出现傍大户、傍大族的现象：穷家小户通过联宗攀附当地同姓富豪大户；穷家小户移民他乡改姓当地大族之姓等。第三种是行业师门观念。不单是教育，各个行业也同样流行根据老师才学与人品推断弟子的才学，反过来由弟子的才学与人品推断老师的才学的观念，因此而有"名师出高徒"之说，官场以同年科考者为"同年"，以同官录取者为"同门"之说。第四种是乡党观念。同乡官员之间容易产生亲近之感，从而相互走动乃至联姻，结成乡党，反过来，朝廷查办官员，乡党也就容易受到株连，成为罪名。

再次是家族伦理的整体思维。就社会而言，流行父以子贵、子以父贵，看父待子、看子待父，因此而有"前二十年，看父待子，后二十年，看子待父"之说。儿子高中或成为高官，荣及父母，父亲犯科，殃及子女。就个人而言，由此形成父子同呼吸，共命运，父亲的人生志愿可由儿子完成，儿子的人生辉煌可由父亲奠基，也是父亲的人生成就，父亲为儿子的前途奔波奋斗也就是为自己的人生志愿与成就奔波奋斗，儿子若不走正道，既是自绝人生前途，也是断绝父亲的人生前途，从而有"光宗耀祖"或"家门不幸"之说。

所谓"定向"，就是确定方向目标或方向目标既定。由此形成的"定向思维"，就是基于既定方向目标的认识活动，强调事物认知的方向性、目的性。方向性与目的性，由此成为定向思维的特性。西方文化热衷定向思维，由如下三个方面可见：

首先是神话传说的定向思维。古希腊与古罗马神话传说是如何产生的？原来就是古希腊与古罗马先民对大千世界如何生成、世界万物如何存在、人类从何而来，根据日常生活经验做出的假想性自问自答。在古希腊与古罗马先民看来，混沌宇宙演变成大千世界一定有某种力量促成，大千世界的不断演变也一定有某种东西主宰，那就是神灵。那么，他们为何不会或不愿反过来想，宇宙演变为大千世界乃至大千世界的不断演变，或许属于自化？原来正是定向思维所致。也正是基于上述定向思维，当来自西域的耶稣声称自己就是那个创造并主宰宇宙及其万物的神灵之子时，欧洲人在想，或许吧？从而顺水推舟地接受了。

其次是哲学的定向思维。古希腊与古罗马哲学是如何产生的？原来同样是古希腊与古罗马先民对世界本原，根据日常生活经验做出的推断。于是，有人说是"水"，有人说是"气"，有人说是"火"，有人说是"数"。那么，他们为何不会想到，对于世界本原，或许当时的人类根本就无从知晓？或许世界的本原就是虚无，属于无中生有？原来正是定向思维所致，使他们不会或不愿如此想。同理，苏格兰哲学家休谟、德国哲学家康德（Immanuel Kant）、英国生物学家托马斯·亨利·赫胥黎（Thomas Henry Huxley）等世界不可知论者，之所以没有想到或不愿多想，或许是因为自己看问题的角度问题而有此结论，或许是因条件限制而使我们这个时代的人无从搞清世界的本质，后来者则可以，同样是定向思维所致。

再次是文艺的定向思维。人类何以要从事文艺活动？德谟克利特和亚里斯多德主张"模仿说"，德国席勒（Johann Christoph Friedrich von Schiller）和英国斯宾塞主张"游戏说"，英国泰勒（Edward Burnett Tylor）和弗雷泽（James George Frazer）主张"巫术说"，英国雪莱（Percy Bysshe Shelley）和俄国托尔斯泰（Лев Николаевич Толстой）主张"表现说"，德国毕歇尔（Karl Bucher）和俄国普列汉诺夫（Георгий Валентинович Плеханов）主张"劳动说"，另有法国丹纳（Hippolyte Adolphe Taine）的"种族、环境、时代三要素说"，达尔文更是由性爱激发鸟的歌唱而主张艺术起源于性爱的"性爱说"。如此等等，摆在坚持己见的后来者面前有两个问题：一是主张新说须推翻旧说，证明前人是错的，证明他人是错的，显然后来者都没有这么做；二是每种说法莫不针对相应地区、相应时代的相应人类群体，而非全世界的、整个历史的、所有的人类群体，因此，后来者应当想到，或许每种观点都有其针对性而并非文艺起源的全部？显然后来者都没有这么想或根本就不愿这么想。原因何在？定向思维。

（三）圆象思维、整体思维与维度思维、定向思维比较的启示

比较中西文化的圆象思维、整体思维与维度思维、定向思维，由此引出两个相关问题，需要加以辨析：

首先，同维度思维、定向思维相对的圆象思维与整体思维，如滚石上山，没有角度，或说不搞立场先设，不持既定角度，立场与角度随机应变，也就

是让看待事物与问题的角度随时随地、随人随物、随场随境而变化。就儒家行为哲学而言，这不是圆滑，也不是没原则，或不讲原则，恰恰是道义原则至上。只不过是针对不同主体，为人处世的道义原则具有不同的外延与内涵。例如孔子讲仁，仁者爱人就是原则，而仁爱的原则又因主体身份不同而要求不同。民众之仁，由孝敬父母做起，友兄爱弟，父慈母爱，和睦邻里足矣，或说能够如此，便难能可贵。而以此要求帝王将相，显然是不够的。帝王将相之仁，应当使仁爱惠及天下，无分同族异族、男女老幼，这是帝王的职责所在。就兵家军事哲学而言，孙子所谓形人而我无形，显然不是没有阵势，或是不讲阵势，而恰恰是强调以阵势示敌。只不过示敌之阵势始终处于随机应变之中，从而让敌人迷惑于自己的有形阵势而无从把握自己的动向，被自己的随机应变牵着鼻子走。这里的随机应变，也是指既定阵势的不断调整与变化，而不是即兴应对。

其次，基于圆象思维、整体思维的古代中国政治，既不属于西式专制，也没有西式民主。古代中国民本中央集权制的整体思维，将至上君权分摊给封疆大吏与三公六卿，赋予其自主裁断职权，军队甚至有"将在外，君命有所不受"之说，而封疆大吏则同时兼掌地方行政权与军事权，从而使御使监督各部和巡查地方执行皇帝旨意的情况成为必要；换句话说，皇帝旨意需要封疆大吏与三公六卿来实现，因此，谁能影响封疆大吏与三公六卿，谁就能掌控王朝政权，从而使权臣架空皇帝的现象屡见不鲜。说到底，古代中国的皇帝要实现专权，也需要通过控制封疆大吏与三公六卿来实现，总之是不同于西式皇帝运用手中权力，通过打压即可实现专制。当然，古代中国没有西式帝王专制政治，不等于说就没有专权皇帝；反之亦然，古代中国有专权皇帝，不等于说古代中国政治就属于专制正体。天地君臣民的单向循环而双向制约机制之下，虽然说天地以人民意志为意志，但是人民的意志却要通过部族尊长与社会贤达借助"天人感应说"来表达，部族尊长也好，社会贤达也好，显然并非由人民票举，从而使西式民主的必要条件成为缺失。因此，李约瑟（Joseph Needham）所谓孟子"民意暨天命说""具有民主思想，认为一国之君，名为受命于天，实为得之于人民，有天命自我民命之意"，[12]便值得商榷。孟子取义尧舜禹三代的"民意暨天命说"，据《孟子·万章上》解释，属于尧荐舜于天、舜荐禹于天，验之以民意。尧舜的举荐乃至考验舜禹于民

---

12 [英]李约瑟，中国古代科学思想史[M]，北京：江西人民出版社，1990，13。

间，正是舜代尧、禹代舜为天子，由王权天授到王权民授的意义转换生成机制。反之，没有尧舜的举荐与考验，舜代尧、禹代舜为天子的民意，便无从实现。总之，舜代尧、禹代舜为天子，虽然是民意的体现，但是做主的并非人民，而是尧舜与四岳。

第四节　太极思维与逻辑思维

一、太极思维与逻辑思维

（一）太极思维与逻辑思维

何谓"太极"？《易·系辞上》说是："《易》有大极，是生两仪；两仪生四象；四象生八卦。"两仪即为阴阳天地。又说："一阴一阳谓之道。"对此，学界解释有许多种，例如：韩康伯《易系辞注》引王弼《大衍义》释"大衍之数五十，其用四十有九"，认为其一不用，就是太极，以太极为虚无本体。说是："不用而用以之道，非数而数以之成，斯易之太极也。"孔颖达《周易正义》以为宇宙未开，阴阳未分的混元之气："太极谓天地未分之前，元气混而为一。"周敦颐《太极图说》也以阴阳未分为太极："无极而太极，太极动而生阳，动极而静，静而生阴，静极复动，一动一静，互为其根，分阴分阳。两仪立焉。"与此同时，邵雍《皇极经世·观物外篇》则以数说太极：以一分而为奇偶解释太极生两仪，认为对于人来说，"心为太极"，对于天地来说，"道为太极"，"太极一也，不动生二，神也"。朱熹则以理说太极：认为太极乃天地万物之理的总和，且具体体现于相应事物，《朱子太极图说解》说是："极是道理之极至，总天地万物之理便是太极。"《朱子语类》说是："人人有一太极，物物有一太极。"由此可见，在《阴阳鱼太极图》出现的宋代逐渐定型的太极理念，已经在学界达成四点共识，可谓"太极四项基本原则"：一是太极一体多元，一元暨多元，在运动与变化中存在。所谓太极生两仪，两仪生四象，四象生八卦，道生一，一生二，二生三，三生万物，万物自化，九九归一，万物皆自化是也。二是阴阳相对生成，互包互孕，和则双成而敌则两毁。所谓阴不离阳，阳不离阴，阴中有阳，阳中有阴，阳逼阴退，阴逝阳生，祸福相依，失败是成功之母，蛙、蛇与蜈蚣相恃则共生，相敌则同亡是也。三是阴阳、天地、男女，和合生物，五行通过引入第三者，实现顺生而反克，蛙、蛇与蜈蚣相恃共生，由此形成事物的"第三元素"乃至三元立局结构。四是阴阳相反相成，穷上反下，循环往复。所谓盛极而衰，乐极生悲，喜极而泣，亢龙有悔，物极必反，天下大势，分久必合，合久必分，五行顺生反克是也。由此形成的"太极思维"，就是指"太极四项基本原则"看待事物与问题的认识活动。看待事物与问题，一体多元，一元暨多元，在变化中存在，二元相对生成，互包互孕，和成敌毁，第三元素，相反相成，穷上反下，循环往复，由此成为太极思维的特性。这也正是意象思维、双向思维、动态思维、圆象思维、全息思维的共有特性。

如前文所述，中国文化的反向思维，其实是如同两个圆形相连而成，呈"过山车双向运动轨迹"，穷上反下，相反相成的双向思维、动态思维、圆象思维，我们称之为"过山车式思维"。也就是说，双向思维、动态思维、圆象思维、全息思维最终走向太极思维。而太极思维以宇宙、人体乃至事物为自足的运动变化系统，从而使太极成为太极运动意象。反过来说，太极思维乃意象思维、双向思维、动态思维、圆象思维、全息思维的集大成。推而广之，如前文所述，意象思维、双向思维、动态思维、圆象思维、全息思维在中国文化的相应表现都是太极思维的体现。太极思维作为具有中国文化民族特性的思维模式，具体体现在如下两个方面：

一方面，太极思维乃中国传统文化主流思想的思维模式，由此形成包容认同、和而不同的民族文化精神。《周易正义·三代易名》："案《周礼·大卜·三易》云：一曰'连山'，二曰'归藏'，三曰'周易'。杜子春云：'连山'伏羲，'归藏'黄帝。郑玄《易赞》及《易论》云：夏曰'连山'，殷曰'归藏'，周曰'周易'。郑玄又释云：'连山'者，象山之出云，连连不绝；'归藏'者，万物莫不归藏于其中；'周易'者，言易道周普，无所不备。"后世另有以"连山"归神农，以"归藏"归黄帝，称神农即连山氏亦即列山氏，黄帝即归藏氏之说。据学人研究：《连山》是墨子及墨家思想的源头；《归藏》是老子及道家思想的源头；《周易》是孔子及儒家思想的源头。三种文本的《易》均有八经卦，并由此演化成六十四卦。然而，由于各家的侧重不同而有不同的排列顺序：《连山》以艮卦为首卦，艮为山，当三画卦重叠为六画卦时，即为《连山》；《归藏》以坤卦为首卦，坤为地，而万物莫不归于其中，《归藏》因此而得名；《周易》以乾卦为首卦，乾为天，万物当以天为尊，因出自周代而称《周易》。至此，无论易学研究有多少争议，历代学者则莫不认同《连山》、《归藏》、《周易》为一易而三名。而"三易说"认同，无疑又是历代学者倾向视华夏文明一体多元的观念的体现，因此而有墨家思想根源于《连山》，道家思想根源于《归藏》，儒家思想根源于《周易》之说。反过来说，无论儒道墨三家归于三《易》之说是否属实，乃至《连山》与《归藏》是否真实存在，都无改于历代学者视华夏文明为一体多元的观念，因为正是一体多元的观念促使历代学者由编造而热衷"三易说"。而《易》作为先秦学说的源头，其思维模式就是太极思维，或说太极思维由易学书写。由此形成包容认同、和而不同的民族文化精神，如前文所述，具体体现为人类包容认同自然与鬼神，强者包容认同弱者，文明包容认同野蛮，中心包容认同边缘的理念。进而体现为华夏以四夷为同胞的民族认同与包容，儒道与外来佛教和平共处乃至相互借重的宗教认同与包容，近代中国学习西洋文明的文化认同与包容等。包容认同、和而不同也正是中华民族共同体及其华夏文化赋予龙与凤的精神，龙凤由此成为华夏文明的象征隐喻，华夏文化也因此可谓之"龙凤文化"，简称"龙文化"。

另一方面，异质文化学说的中国化，须实现对太极思维的认同，由此贯彻包容认同、和而不同的中国文化精神，那就是变自我中心、排斥他者、对立竞争为互为中心、认同他者、和而不同。相关历史事例，那就是如前文所述，汉末至唐宋佛教中国化的成功，明清之际基督教在华传播由"基督教中国化"打开局面而又因"基督教化中国"而产生挫折。佛教在汉末传播中国，之所以能够到唐宋便形成儒道释三足鼎立，相互借重的局面，无疑得益于其一体多元、多元共生、互为中心、和而不同的圆象思维、太极思维。由此形成魏晋六朝佛经翻译借重儒家和道家理念与概念的"格义"方法；明代小说《封神榜》借人物之口，津津乐道的"儒冠道履白莲花，三教元来总一家"，"红花白藕青荷叶，三教原是总一般"之说；乡村山野，孔庙、道观、禅寺共存，乃至前寺后观，普通民众家中，既遵儒家礼教以香案供奉祖宗神位，又供奉道教的财神与门神，有的家庭还同时供奉佛教观音的现象。具体到"中国化佛教"的禅宗，其佛性自有不外求，修道修心，自悟得道的佛门理念，不立文字，以心传心，立象尽意的传道方法，贯彻的正是意象思维、感悟思维。早在唐代便进入中国的基督教，到明代方依靠耶稣会士范礼安（Alessandro Valignano）、罗明坚（Michele Ruggleri）、利玛窦等人的文化认同与利用传教策略，允许基督教信徒行儒家礼仪，祭拜祖先等，打开局面，随后却因罗马教廷支持多明我会反对利玛窦等人的文化认同与利用传教策略，打压耶稣会，引发清廷反制，康熙严厉限制传教士在华活动的礼仪之争，遭受挫折。显而易见，利玛窦等人及其耶稣会的文化认同与利用传教策略，贯彻的是包容认同的中国文化精神及其太极思维，而反对利玛窦等人及其耶稣会的文化认同与利用传教策略的多明我会，坚持的正是对立竞争的西方文化精神及其逻辑思维，在令儒家礼仪与基督教信念二元对立的同时，与内部教派展开相互打压乃至陷害的斗争。就基督教信念而言，由神人两分、一元中心、二元对立的抽象思维、演绎思维建构的"三位一体说"等，显然难以为缺乏西方文化教育背景的中国信徒所理解。三位一体（拉丁文 Trinity）的基督教真神 YHWH，新教通常汉译为"上帝耶和华"，天主教通常汉译为"天主雅威"。《不列颠百科全书》（1970）："三位一体说"乃圣父、圣子、圣灵为同一本体的三个不同位格，三个位格为同一本质，三个位格为同一属性的主张。换句话说，天主乃独一无二：圣父乃上帝耶和华，圣子乃肉身降世耶稣基督，圣灵乃末后时期再临基督。原来，在基督教历史上，"三位一体说"本身就充满争议，而争议又往往拿表音文字语言表达的错位与言不及义说事，例如希伯来文的"神（Eloah）"本为单数，而《圣经》"起初神创造天地"的希伯来文，"神（Elohim）"却是复数。圣经作者既用复数书写三位一体的神，又特意强调神的独一无二，难免让基督教中国信徒摸不着头脑，乃至影响其教义在华传播与接受。

所谓"逻辑"，狭义指思维规律及其研究学科逻辑学；广义泛指思维规律和客观规律。西方学界分逻辑为形式逻辑与辩证逻辑两类；而形式逻辑又包括归纳逻辑与演绎逻辑，辩证逻辑又包括矛盾逻辑与对称逻辑；对称逻辑作为整体思维，又包括抽象思维与具象思维的逻辑。逻辑概念，源自古希腊语 logos（逻各斯），初意乃"词语"或"言语"，引申为"思维"或"推理"，严又陵译《穆勒名学》意译为"名学"而音译为"逻辑"。归根结底，逻辑就是事物静态的因果规律。由此形成的"逻辑思维"，就是立足静态因果推理的认识活动，借助既定的概念、判断、推理认识事物。逻辑思维的所谓"静态"，就是其因果关系建构中的相关要素既定不变。例如套用中国俗话"河里淹死会水人"，若说"海里淹死人"，就属于排除特定情形或受到不定因素干扰的推理，事实上众所周知，死海就因盐分过高而淹人不死。同理，金属导电等命题，同样属于静态推理。凡事皆有因，不上则下，非此即彼，推因知果，追根求源的因果推理，由此成为逻辑思维的特性。这也正是抽象思维、单向思维、静态思维、因果思维、维度思维的共有特性。

如前文所述，西方文化的单向思维、正向思维，其实是单向运动的上下运动、直线前进，呈"跷跷板非上即下运动轨迹"，不上则下，非此即彼，推因知果，追根求源的抽象思维、单向思维、静态思维、因果思维、维度思维，我们称之为"跷跷板式思维"，也就是说，抽象思维、单向思维、静态思维、因果思维、维度思维最终走向逻辑思维。反过来说，逻辑思维的因果推理，作为抽象思维、单向思维、静态思维、因果思维、维度思维的共同规则，从而使前者成为后者的集大成。推而广之，如前文所述，抽象思维、单向思维、静态思维、因果思维、维度思维在西方文化的相应表现都是逻辑思维的体现。逻辑思维作为具有西方文化特性的思维模式，具体体现在如下两个方面：

一方面，逻辑思维乃西方传统文化主流思想的思维模式，由此形成认理不认人的文化精神。具体表现有五：一是社会推崇法理。如果说民主、法治、自由、科学、实证是作为西方文化源头，乃至奠定西方文化传统的古希腊与古罗马文化的五大精神，显然，法治则是民主与自由的保障。二是学界盛行演绎法。如前文所述，亚里斯多德"三段论"就是演绎法，欧几里德将"三段论"演绎法用于建构实际知识体系几何学，由为数不多的公理推导众多的定理，用以解决实际问题，使之成为严密的演绎体系，进而得到斯宾诺莎、牛顿、麦克斯韦、笛卡尔、爱因斯坦等学者与科学家的广泛应用。三是演绎假想刺激文化发展。如前文所述，奠定于"三段论"的演绎法，立足于假设，从而将人文学科引向终极关怀，将自然科学引向假设实证，使西方学术建构于种种假想实证之上。四是文化发展的求新求变。原来，西方文化发展的求新求变，在某种程度上并非学术研究的诉求，而是法理既定观念导致基于不同立场、环境、时代的法理争议永无止境的体现。换句话说，学者与科学家们基于不同立场、环境、时代，而对相同的问题产生不同看法，从而形成西方学术史的"弑父"现象。五是西方文化精神理念的普世性。基于对法理的推崇，西方人由此认定，人类既然生活在同一世界，而同一世界又通行同一法理，因此说，西方文化的精神理念具有普世价值。这不单是基督教的信念，也是现代致力于将"东方文化西方化"的西方人士乃至崇尚西方文化的东方人士的信念。

另一方面，异质文化学说的西方化，须实现对逻辑思维的认同，由此贯彻认理不认人的西方文化精神，那就是变感悟认知、直觉经验、情理至上为理性认知、假设实证、法理至上。相关历史事例，那就是作为现代中国现代化诉求的西方化，因未能贯彻西方文化基于逻辑思维的法理精神，致使移植自西方的民主、法治、自由、科学理念陷入变异，由此出现政治上个人集权与民主法治的冲突，集权法治与公民自由的冲突，科学上假设有余而实证不足的偏执偏枯，乃至中国十年文化大革命因个人崇拜对民主、自由、法治的全面解构而陷入十年社会动乱。具体地说，如果说就任中国民国大总统之后的袁世凯谋求称帝，属于个人集权政治与西方民主法治理念的冲突，那么，1914年讨袁失败，孙载之归因于同盟会党员尤其是黄克强不听话，为此而另行组建中华革命党，要求党员忠于党魁，同样是个人集权观念作祟，胡适终生致力于在中国推行美国式民主政治，最终也是望蒋（介石）兴叹，十年文革的个人崇拜之下，国家民主政治制度形同虚设乃至被玩弄于股掌之间，法治建设成为缺失，文化教育与科学研究全面停滞，自不必细说。科学强调假设实证，据此，现代中国政治与文化的西方化诉求，或说现代中国的全盘西化，其可行性只能是个假设，结果如何，还有待实践验证。然而，向西方寻求救国救民之真理的现代中国仁人志士在推动中国全盘西化时，显然是将假设作为结论，以可能为必然，立场先设。

（二）太极思维与逻辑思维比较的启示

比较中西文化的太极思维与逻辑思维，如上所述，两个相关问题需要加以辨析：

首先，太极思维的阴阳生克、演变、和合，旨在相反相成的相互借重，由此引入或借重或生成"第三元素"，从而避免二元对立的相互消解，由此实现和谐共生、和合生物。也就是说，太极的相反相成不是逻辑思维的对立统一，太极之阴阳两端既是相互竞争、相互排斥的关系，亦是相互合作、相互成就的关系，将阴阳置于你死我活的对立境地，是对太极思维的误读与误用。当然，太极思维存在积极应用与消极应用两种：所谓积极应用，例如晚清，作为饱受西方列强蹂躏的弱者，外交上通常借助太极思维，周旋于列强之间，利用二桃杀三士等手段，令其相互牵制，从而实现自保。具体地说，面对意欲侵占大连、青岛的日本，就利用同样垂涎大连、青岛的俄国、德国，联合以列强调停人自居的美国来牵制日本，反之，则可以利用美国、德国牵制俄国等。如此事例，不可脱离当时语境，简单斥之为卖国行为或屈服行为。又例如菲律宾"杜特尔特（Rodrigo Duterte）式"外交，就是摆脱过去对美国的依附，改在国际冲突中的选边站队，为利用俄美中日矛盾，周旋其间，借力打力，争取多国援助。所谓消极应用，那就是将其用于政治权势周旋，搞政治平衡，令正义势力与邪恶势力相互争斗，相互消解，从而在天下大乱中取得渔人之利，通常是专权帝王与弄权奸臣借此维护其统治地位与既得利益，为此而牺牲社会正义。

其次，逻辑思维的因果判断、推论、认知，旨在通过假设实证，寻求事物法理，而应当避免以可能为必然。也就是说，逻辑思维讲的是法理，也就是正义须得到法理支持，而非情理的支持，立足有限条件的大概率，也就是事物之可能性，而非必然性，结论将随着未知条件的变化而改变，以可能为必然，将逻辑思维立足有限条件得出的结论视作必然结论或不变的结论，是对逻辑思维的误用。因此，逻辑思维同样可分为正用与滥用两种：所谓正用，例如西方科学研究的假设实证，视所有研究成果为暂定结论，作为有待继续研究的对象，从而有"日心说"对"地心说"的解构，爱因斯坦"相对论"对牛顿力学的发展。又例如晚清外交通过同西方列强讲西方法理来争取和维护国家权益。所谓滥用，例如现代的中国文化现代化诉求的西方化运动，视西方文字与文化发展规律为文字与文化发展的普遍规律，由此喊出"汉字不灭，中国必亡"的口号，视西方社会研究理论学说为普世真理，拿在西方本就存在争议的理论学说为必然结论，用以言说中国社会，由此喊出"反传统而学西洋"的口号。

二、人文思维与科学思维

（一）人文思维与科学思维

所谓"人文"，就是相对天文地理而言的以人为本位的文化建构。《易·贲》："观乎天文，以察时变；观乎人文，以化成天下。"孔颖达疏："言圣人观察人文，则诗书礼乐之谓，当法此教而化成天下也。"由此形成的"人文思维"，就是指"以人为本位"的看待事物与问题的认识活动，追求感化，弘扬教化，推崇文化。人类的心理是动态的而非静态的，是全息的而非定向的，人类的心理解读与情感交流依赖感知，人文知识解读依赖感悟，人类的情感教育与知识教育的最佳方式是感化、教化与文化共同构成的文化，动态、全息、感知、感悟、文化，由此成为人文思维的特性。这不仅是意象思维、诗性思维、感悟思维、经验思维的共同特性，也是动态思维、全息思维、太极思维的共同特性。其实，太极思维就是人文思维，或说太极思维属于人文思维。人文思维作为具有中国文化民族特性的思维模式，促成中国文化建构的人文传统，具体体现为文化建构的"人本传统"与政治建构的"民本传统"：

先说文化建构的人本传统。所谓"人本"，就是以人为本。人的对应字词是物、天地、自然、鬼神，由此形成人与物、天地、自然、鬼神的关系结构。要点有二：一是立足人文建构解读天文，以天地人为三才，而三才又以人为本位。如同古希腊神话传说的人作为神的仿制品，其实是古希腊人依据自我形象创造了神，表面上看，以道家学说为代表的中国先秦文化的天地人，属于人法地、地法天，其实是从人出发来建构天地人的关系，由此确立顺其自然的人文法则。《易·系辞下》说是："《易》之为书也，广大悉备。有天道焉，有人道焉，有地道焉。兼三才而两之，故六。"《孝经》说是："天地之性，人为贵。"《老子·二十五章》说是："故道大、天大、地大、人亦大。域中有四大，而人居其一焉。人法地，地法天，天法道，道法自然。"王弼注："天地之性，人为贵。……法，谓法则也。人不违地乃得全安，法地也。地不违天乃得全载，法天也。天不违道乃得全覆，法道也。道不违自然乃得其性，法自然者。在方而法方，在圆而法圆，于自然无所违也。自然者，无称之言，穷极之辞也。用智不及无知，而形魄不及精象，精象不及无形，有仪不及无仪，故转相法也。道顺自然，天故资焉。天法于道，地故则焉。地法于天，人故象焉，所以为主。其一之者，主也。"《说文解字·大》认同上述之说："天大地大人亦大，故大象人形。"《论语·乡党》载："厩焚。子退朝，曰：'伤人乎？'不问马。"正是孔子人本思想的体现。如前文所述，中国祖先崇拜与英雄崇拜以伏羲、神农、黄帝、少昊、颛顼为五方帝神，不讲人伦而认德能，令少昊与颛顼从炎黄子孙中脱颖而出，与先人并列五帝，同样是人本思想的体现。二是推崇文化，重视教育，实行教化。《易·贲》所谓"观乎人文，以化成天下"，孔颖达疏："言圣人观察人文，则诗书礼乐之谓，当法此教而化成天下也。"就是以人文化天下，就是文化。文化又具体落实于教育与教化，因此而有前文所述《周礼·地官司徒》所谓"养国子以道，乃教之六艺"，"师氏掌以媺诏王，以三德教国子"，《礼记·学记》所谓"古之教者，家有塾，党有庠，术有序，国有学"，《周礼·地官·大司徒》所谓"施十二教"，乃至《论语·尧曰》载孔子所谓"不教而杀谓之虐"，《毛诗序》所谓"风，风也，教也；风以动之，教以化之"，《司马法·天子之义》所谓"故虽有明君，士不先教，不可用也"，"既致教其民，然后谨选而使之"，"教极省则民兴良矣，习贯成则民体俗矣，教化之至也"之说等。

再说政治建构的民本传统。所谓"民本"，就是以民为本。民的对应字词是君、官、官府，由此形成人与君、官、官府的关系结构。由此可见，民本不同于人本，但相应语境意义对等，可以互换互用。《书·五子之歌》："皇祖有训，民可近不可下，民惟邦本，本固邦宁。"《孟子·尽心下》："民为贵，社稷次之，君为轻。是故得乎丘民而为天子，得乎天子为诸侯，得乎诸侯为大夫。"《三略·上略》："治国安家，得人也。亡国破家，失人也。""夫为国之道，恃贤与民。信贤如腹心，使民如四肢，则策无遗。""英雄者，国之干，庶民者，国之本。得其干，收其本，则政行而无怨。"《六韬·武韬·发启》："天下者，非一人之天下，乃天下人之天下也。取天下者，若逐野兽，而天下皆有分肉之心。若同舟而济，济则皆同其利，败则皆同其害。""古之圣人聚人而为家，聚家而为国，聚国而为天下。"由此揭示得民心者得天下，失民心者失天下，天下乃天下人之天下的政治命题。那么，君王如何得民心？《六韬·文韬·国务》写道："文王问太公曰：'愿闻为国之大务。欲使主尊人安，为之奈何？'太公曰：'爱民而已。'文王曰：'爱民奈何？'太公曰：'利而勿害，成而勿败，生而勿杀，与而勿夺，乐而勿苦，喜而勿怒。'文王曰：'敢请释其故。'太公曰：'民不失务则利之，农不失时则成之，省刑罚则生之，薄赋敛则与之，俭宫室台榭则乐之，吏清不苛扰则喜之。民失其务则害之，农失其时则败之，无罪而罚则杀之，重赋敛则夺之，多营宫室台榭则以疲民力则苦之，吏浊苛扰则怒之。'"兵家所谓天时、地利、人和之天时，就是讲究阴阳、寒暑、时制，顺应自然，夏不征南，冬不征北等规则，就是以民为本。

所谓"科学"，就是相对人文而言的以天地自然为本位的学术研究，因此在近代以前的西方与自然科学互换使用。科学的字面意思是分科而学，借指知识细化分类研究所形成的知识体系，其方法就是假设实证、归纳演绎。由此形成的"科学思维"，就是指通过假设实证、归纳演绎发现与解决自然问题乃至为此而发明创造的认识活动。发明创造需要假设实证、归纳演绎，而假设实证、归纳演绎则需要静态的维度的抽象分析、演绎推理，静态的维度的假设实证、抽象分析、演绎推理，由此成为科学思维的特性。这不仅是抽象思维、分析思维、演绎思维、假设实证的共同特性，也是静态思维、维度思维、逻辑思维的共同特性。科学思维作为具有西方文化民族特性的思维模式，促成西方文化建构的假设实证传统。换句话说，科学离不开假设，而假设则离不开实证。具体体现为自然科学研究的实验传统与社会科学研究立足自然解读人类，立足科学研究建构人文学说的传统，后者集中体现为欧洲实证主义哲学与美国实用主义哲学。因自然科学研究注重实验，众所周知且随处可见，现就欧洲实证主义哲学与美国实用主义哲学乃至杜威实用主义教育思想的科学思维分析如下：

如果说中国先秦诸子立足人文建构解读天文，体现为人文思维，那么，西方学者则习惯立足对自然的解读建构人文学说，走向科学思维，因此而有西方美学所谓人体美的"黄金分割率说"，古希腊早期哲学也因此成为自然哲学。如前文所述，欧洲实证主义哲学的代表人物是孔德。孔德强调：人类非生而知之而是学而知之，通过学习的经验感知或经验体认获得真实知识，同时在学习中推论还没有经验过的真实知识。反之，那些所谓超越经验或不可经验的知识并非真实知识。孔德《实证哲学》分人类知识进化为宗教、玄学、和实证三个阶段：在神学阶段，人类由于对自然界的力量和相关现象的恐惧，因此就以信仰和膜拜来解释与面对自然界的变化；在玄学阶段，以形而上或普遍本质来解释所有现象；在实证阶段，也就是科学的阶段，通过分类观察、分科研究，寻求事物关系，也只有如此获得的结果才是正确可信的。至此，孔德将人类认知的最高阶段定位为实证，继而将实证定位为科学。

与欧洲实证主义密切相关的美国实用主义哲学，乃二十世纪美国的主流思潮。代表学者包括皮尔士（Charles Sanders Peirce）、赖特（Charles Wright Mills）、霍尔姆斯（O. W. Holmes）、詹姆士（William James）、杜威（John Dewey）等。实用主义的英文 Pragmatism 源出希腊文 πραυμα，意思是行为、行动。实用主义致力于对行为、行动的解释，关注行为、行动能否产生相应实效，强调行为、行动的直接效益，由此形成有用即真理而无用即谬误，知识乃控制现实的工具而现实则可以改变，人根据自身利益解释现实，行动优于教条而经验优于原则，概念的意义来自其结果而真理的意义来自应证等信条。其中，杜威的实用主义教育思想曾给现代中国教育以巨大影响。杜威不同于实用主义哲学创始人皮尔斯和詹姆斯，倾向把哲学看作非纯学术，主张将哲学与实际事务联系起来，由此致力于实用主义教育理论建构。杜威对学生被动接受的传统教学方法"静听"，予以断然否定，说是教师用准备好的现成教材教学，试图让儿童以尽可能少的时间获得尽可能多的东西。主张教师应当提供经验情境，引导学生在参加活动中提出问题，解决问题，激发学生的创造性思维，培养学生独立解决问题的能力。反之，以知识本身作为目的，过分重视教材即知识材料积累，只会对思维发展起破坏作用。总之，科学思维的评价机制是看科学研究的结果，而不是看过程，如同数学解方程可以有多种方法，物理与化学实验有各自的程序，实用主义教育思想注重的不是教师讲什么及其如何讲，而是学生由此获得的知识与能力。

（二）人文思维与科学思维比较的启示

比较中西文化的人文思维与科学思维，如上所述，五个相关问题需要加以辨析：

第一，人文思维的用武之地在于人文建构与解读，科学思维的用武之地在于科学研究与应用，二者完全可以相互借鉴。那就是在贯彻人文思维的中国人文研究中，可以引入西方科学思维，在贯彻科学思维的西方人文研究中，可以引入中国人文思维。具体地说就是：中国社会科学研究引入西方科学思维的假设实证，既注重放飞思想，又注重实践检验，将美好而远大的理想落到实处，拿美好而远大的理想落实于现实的结果说话；避免画饼充饥，为理论建构而理论建构，拿建构于假想之上的美好而远大的理想当真理。如前文所述，而这正是现代中国的血泪教训。更为具体的是，引入西方立足科学思维的民主法治，借鉴其"三权分立"等促成一体多元的民本中央集权制创新，实行官员推举、财政预算、司法独立、权责对等，由此形成的人权、财权、司法权等"三权"，还权力于各级人民代表大会。原来，"三权"由各级各部官员掌控，无疑正是一体多元的民本中央集权制孕育腐败与专权的根源。同时保留人文思维以教化为内涵的文化原则，既致力于民主、自由、平等、法治的社会制度建设，又注重体现公民意志的民主，人性执法，建构防止既得利益集团操控公民意志的法律机制，让有知识、有能力、有道德、有威望的贤德之士成为民众意志代言者即人民代表，将法治落实于文化，使之走向社会和谐，让知法犯法者死得明白，死而无怨，避免为法治而法治，不教而杀，使法律成为陷阱，使维护社会稳定成为暴政的借口。西方科学研究引入中国人文思维的文化原则，既致力于物质文明的发明创造，又以人为本，讲求无害原则，建构消解既得利益集团为富不仁的道德机制，让君子爱财而取之有道成为发明创造的道德自觉，将利用权力与金钱，搞为谋取私利而牺牲社会环境、公民健康，危害公众安全、公众生命的发明创造者，推上"人民公敌"的审判台，建构发明创造的自我防卫机制，避免为发明创造而发明创造，杜绝危害公众安全乃至对人类生存构成毁灭性威胁的发明创造问世。同时保留科学思维的假设实证，注重实验，通过预防机制建构使发明创造实现有益无害。西方社会科学研究引人中国人文思维的道德原则，既坚持致力于公平、公正的法制建设的同时，倡导全体公民道德自觉，而道德的本质力量就在于天道敏生的有益原则。具体地说，法律赋予你的权力，你可以运用，法律赋予你的自由，你可以享有，但是，如果你的权力与自由构成对他人与社会的危害，便希望你体谅他人，能够选择法外人性执法，选择退让，所谓法外施仁，别得理不饶人是也。例如教师依据法律，有病休假，参加学术活动，可以请假，这是权力，可以为学生补课，也可以不补，这是自由，但是，中国的绝大多数教师都会考虑到教师休假与请假对学生利益的影响，通常都会为此做出牺牲，实行补课。

第二，相对立足人文思维的先秦诸子知行合一重在行的中国实践主义哲学而言，西方孔德等人立足科学思维，强调感觉经验，反对形而上学的实证主义哲学，可谓坐而论道的经验主义，因此说，实证主义不等于实践主义。杜威等人立足科学思维，关注事物直接效益，以有用为真理，以无用为谬误的实用主义哲学，可谓坐而论道的功利主义，因此说，实证主义也不等于实践主义。所谓坐而论道，就是致力于理论学说建构。反之，先秦诸子都是各自理论的实践者，而且其理论学说属于关于自然、社会、人生、人性的解读，或是言行录，属于格言式教条而非系统的理论学说建构。虽然中国传统文化与西方实证主义和实用主义都注重经验，以经验为知识，但是，传统中国人所谓经验知识，如前文所述，既是指自我的经验知识，也是指他人乃至前人的经验知识，而且学问之所学与所问，都是指他人乃至前人的经验知识。孔子所谓述而不作，王逸等评论《离骚》所谓依经立义，主要是指作为前人经验知识的书本知识。也就是说，传统中国人的经验主义强调书本知识与行动实践相结合，而孔德实证主义与杜威实用主义则将形而上学、书本知识置于感觉经验、行动实践的对立面。

第三，令人遗憾的是：现在中国教育以考试作为主要教育评价机制，为杜威实用主义教育思想所否定，以教师为中心，必须紧扣教材的"满堂灌式"教学，恰恰是移植西方信息单向传递，职责单向制约的模式化与规模化教育模式的结果。因为如前文所述，中国传统教育视知识为学问，古人的教学方式既包括学与问，《论语·公冶长》载孔子所谓"敏而好学，不耻下问"是也，也包括学与思，《论语·为政》载孔子所谓"学而不思，则罔；思而不学，则殆"是也，乃至教学相长，《礼记·学记》说是"虽有嘉肴，弗食，不知其旨也；虽有至道，弗学，不知其善也。是故学然后知不足，教然后知困。知不足，然后能自反也；知困，然后能自强也。故曰：教学相长也。《兑命》曰：'学学半。'其此之谓乎？"就是致力于反传统而学西洋的现代中国学者所痛心疾首的科举制度下八股文，落脚点也是思想见解表达，诠释作文者对相关命题的见解，例如清末面对列强入侵，若以华夷之变命题，应试者就谈自己对如何抵御外侮乃至如何为抵御外侮而奋发图强的见解，良好的见解，自然来自独立思考；要说其僵化，那就是八股文的命题与言说方式的僵化，而非作文者的思想僵化。反之，上课讲教材，考试考教材的现代中国文科教育，从小学到大学，学生都难得有自己的独立思想，因为考试内容不仅规定了命题，而且规定了诠释命题的内容，例如同是清末面对列强入侵的华夷之变的命题，现代学子只能复述教材给定的内容，而不允许表达自己超越教材的见解。由此得出的结论有两条：一是改革立足考试的教育评价机制，乃至重在知识记忆的考试范式，注重知识创新，势在必行；二是杜威实用主义教育思想，对于中国现代教育至今不失借鉴意义。

第四，中国文化的人文传统在二十世纪赢得国际呼应，可喜可贺。然而，当下中国的人文建设却任重道远。1990 年，联合国开发署（UNDP）发表《人文发展报告》提出人文发展概念，将健康寿命、受教育机会、生活水平、生存环境、自由程度等作为衡量一个国家综合国力的重要指标，中国人注重健康寿命、自然环境、文化教育的传统，由此得到体现。2001 年联合国开发署《人文发展报告》又将世界各国国民的预期寿命、成人识字率、初中高三等教育、综合入学率等合成为人文发展指数，中国文化的文化传统由此得到彰显。然而，我国当下人文教育和人文发展依旧落后，1995 年联合国开发署《人文发展报告》，加拿大、美国、日本居世界人文教育和人文发展三甲，我国则处于百位之后，到 2013 年方进入百位之内，虽然到 2017 年前进到第八十六位，但是，依然是任重道远。身为基督徒的英国历史学者汤因比（Arnold Joseph Toynbee），却在《展望二十一世纪》中预言中国是未来世界和平的希望乃至统一世界的国家，其着眼点显然就在于中国文化的人文思维传统。[13]如果说中国文化的人文思维传统能够拯救未来世界，却不能拯救现代中国，这种现象显然是所有中国人都不愿意看到的！

---

13 [英]阿诺德·约瑟夫·汤因比，[日]池田大作，展望二十一世纪[M]，北京：国际文化出版社，1997。

　　第五，由此可知，在中国传统文化的人文思维中，人本与民本一而二、二而一，学术话语谓之人本，政治话语谓之民本；人文思维的双向思维，要求人本思想在人与物、天地、自然、鬼神的关系建构中，以人为本位，考虑所有问题都要从人出发，但是并非由此走向人与与物、天地、自然、鬼神的对立，而是相反相成。因此而不同于西方文化科学思维及其单向思维中的人本：中华民族作为建构在文化认同之上的文化民族共同体，在推动社会变革，也就是改朝换代的社会冲突中，种族冲突让位于君民冲突，又由于中国传统文化强调人与物、天地、自然、鬼神的相反相成，由此赋予中国传统文化人本思想以民本内核。建立在血缘与体质认同之上的种族，在推动社会变革，也就是政权交替通过地区兼并来实现的社会冲突中，取代替君民冲突成为主要力量，西方文化因此只有人本之说而无民本之说，种族意识及其相关的民族英雄思想，也因此渗透西方文化人本思想。如此一来，双向思维的民本便成为中国历史上决定政治成败的关键，所谓"成也民本，败也民本"是也，由此成为天人合一、包容认同、和而生物等社会理论学说建构的重要内涵；单向思维的人本便成为西方历史上决定政治成败的关键，所谓"挑战自然、战胜他者、认识自我"是也，由此成为物竞天择、党同伐异、斗争竞争等社会理论学说建构的重要内涵。

第四章　中西文化哲理模式比较

　　"哲理（Philosophy）"就是关于自然、社会、人生的智慧与原理，关于自然、社会、人生大道的思辨。相对理论化、系统化的哲学而言，哲理通过常见表现形式套语箴言等，言说与书写人生观和世界观。哲理致力于由"是什么"到"为什么（是这样而非那样）"，由"知其然"到"知其所以然"的终极关怀，由现象到规则，由个别到普遍的归纳思辨，体现为坐而论道。英语Philosophy 概念，其词根词缀 phil（o）=love（爱），由此构成 bibliophilistn（爱书者）、neophilian（喜新成癖）、philologyn（语言学）、philosophyn（哲学）等，词根词缀 soph=wisdom, wise（智慧；聪明），由此构成 philosophyn（哲学）、sophismn（诡辩）、sophistn（博学者；诡辩者），由此赋予其智慧、思辨、爱智慧、爱思辨的既定内涵。汉语哲理概念，"哲"字的意思是聪明、智慧。《说文解字》："哲，知也。"《尔雅》："哲，智也。"《诗·下武》："世有哲王。"《诗·瞻昂》："哲夫成城，哲妇倾城。"《书·伊训》："敷求哲人。"《书·皋陶谟》："知人则哲，能官人。""理"字的本义为玉之纹路，引申为顺纹路治玉。《荀子·儒效》："井井兮有其理也。"《说文解字·叙》："知分理之可相别异也。"《说文解字》："理，治玉也。顺玉之文而剖析之。"进而引申为事物规则、秩序，顺事物规则、秩序做事。《韩非子·解老》："理者，成物之文也。长短大小、方圆坚脆、轻重白黑之谓理。"进而引申为治理、管理、整理（使之有序）、辨别等。《战国策·秦策一》："不可胜理。"《吕氏春秋·劝学》："圣人之所在，则天下理焉。"《木兰诗》："当窗理云鬓。"《荀子·王制》："理道之远近而致贡。""哲理"二字合用，由此赋予其聪明、智慧、辨别、道理研究的既定内涵。西方哲理概同时指向道理及其思辨的上述涵义，倒是与汉语的哲理概念颇为接近，只不过是道理研究的意义却并未在西方学者及其辞书关于 Philosophy 概念的界定中加以体现，只提关于自然、社会、人生的智慧与原理，而未提关于自然、社会、人生大道的思辨。究其根源，这正是中西语言文字差异所致：如前文第一章所述，汉字术语通常没有既定词性，或说通常拥有名词与动词等多种词性，哲理暨理哲，既是指哲学道理，也是指道理研究，西方表音文字术语，在相应语境下，通常被赋予单一词性。

如绪论所述，中国文化习惯以非我的话语言说自我、互为中心的话语模式及其相应的天人物我合一、相反相成的认知模式，倾向人文思维、太极思维的思维模式，体现为哲理模式，那就是一元暨多元、二元互包互孕理念；西方文化习惯以自我的话语言说非我、自我中心的话语模式及其相应的青睐天人物我自立、合作竞争的认知模式，倾向科学思维、逻辑思维的思维模式，体现为哲理模式，那就是一元暨中心、二元对立统一理念。现就其在中西神话、宗教、军事、文艺、教育等五个方面的具体表现，比较分析如下：

第一节　中西神话哲理模式比较

如前文所述，中国古代神话传说属于自然崇拜、神灵崇拜、英雄崇拜、祖先崇拜等"四大崇拜"一体多元，互包互孕，这正是一元暨多元、二元互包互孕哲理模式的体现；与之相对应，西方古代神话传说则属于自然观念、神灵观念、英雄观念、祖先观念等"四大观念"彼此独立，对立统一，这正是一元暨中心、二元对立统一哲理模式的体现。也正是基于一元暨多元、二元互包互孕的哲理模式，中国神话传说的自然、人类、鬼神走向亲和、互动，互化、同化，进而形成华夏先民神化自然与英雄祖先的以神道设教，就是圣人拿鬼神说事，开展对世人的教育；与之相对应，基于一元暨中心、二元对立统一的哲理模式，西方神话传说的自然、人类、神妖走向独立、对立，竞争、对抗，进而形成欧洲先民妖魔化自然与神灵的神话自尊，就是神话传说的言说者通过神话传说，实现自我族类的美化，乃至宗教建构。中国神话传说人类与自然的亲和关系，进而形成彼此混成的神的自然化；西方神话人类与自然的对抗关系，进而形成以人为中心的神的人性化。反过来说，中西神话传说的一元暨多元、二元互包互孕哲理模式与一元暨中心、二元对立统一哲理模式，由其"四大崇拜"的互包互孕与"四大情怀"的对立统一，神化自然、以神道设教与妖化自然、以神话自尊，同化自然的神之自然化与对抗自然的神之人性化等三方面可见。

一、"四大崇拜"互包互孕与"四大观念"对立统一

（一）神人物移形换位的"四大崇拜"互包互孕与神人物另类异质的"四大观念"对立统一

人类早期对于难以理解，更是难以把握，有时甚至无所适从的自然力量，由恐惧而敬畏，由敬畏而崇拜，由崇拜而神化，相信万物有灵，由此形成自然崇拜与神灵崇拜。万物有灵，人在其中，人生时有魂魄，死后魂魄化为鬼神，从而使华夏先民由感恩父母乃至祖父母而永远怀念的情怀，凝集为祖先神灵崇拜。祖先崇拜赖以形成的感恩情怀，又将造福后人的英雄祖先推向前台，由此形成祖先英雄崇拜乃至自然崇拜、神灵崇拜、祖先崇拜、英雄崇拜等"四大崇拜"合一。"四大崇拜"合一正是先秦神话传说的伏羲、神农、黄帝乃至汉代神话传说的"五方帝神"等，何以是华夏英雄祖先充任天帝及其自然神灵，时至今日，传统中国人新年供奉"祖宗昭穆神位"的香案，附祀"土地、司命、灶君神位"，何以将自然天地与祖宗神位并祀的原因之所在。至于更为深层次的原因，那就是基于神人物一元暨多元、二元互包互孕哲理模式的物化观念。

所谓"物化"，意义有三：一是指老子的万物皆自化，我当无为，任其自然，从而实现无为而无不为的无为理念，庄子的万物齐一，我当不为物类所困扰，从而实现和光同尘，神与物游的齐物理念。《老子·三十七章》说是："道常无为而无不为。侯王若能守，万物将自化。化而欲作，吾将镇之以无名之朴。无名之朴，夫亦将无欲。不欲以静，天下将自定。"《庄子·齐物论》说是："昔者庄周梦为蝴蝶，栩栩然蝴蝶也。自喻适志与！不知周也。俄然觉，则蘧蘧然周也。不知周之梦为蝴蝶与？蝴蝶之梦为周与？周与蝴蝶，则必有分矣。此之谓物化。"郭象注："愚者窃窃然自以为知生之可乐，死之可苦，未闻物化之谓也。"二是指神话传说的宇宙自然与人类的化生。如前文所引述，《楚辞·天问》王逸注："传言女娲人头蛇身，一日七十化。"《说文解字》："娲，古之神圣女，化万物者也。"《五运历年纪》载："首生盘古，垂死化身。气成风云，声为雷霆，左眼为日，右眼为月，四肢五体为四极五岳，血液为江河，筋脉为地里，肌肉为田土，发髭为星辰，皮毛为草木，齿骨为金

石，精髓为珠玉，汗流为雨泽，身之诸虫，因风所感，化为黎氓。"又例如《列子·汤问》："夸父不量力，欲追日影，逐之于隅谷之际。渴欲得饮，赴饮河渭。河渭不足，将走北饮大泽。未至，道渴而死。弃其杖，尸膏肉所浸，生邓林。邓林弥广数千里焉。"三是指事物间的相互转化。扬雄《甘泉赋》："事变物化，目骇耳回。"杜甫《天育骠图歌》："年多物化空形影，呜呼健步无由骋。"总之，中国文化的物化观念旨在将自然乃至人类视作一体多元，鬼神、人类、万物乃宇宙自然物质的移形换位，其中，鬼神乃人类与自然的移形换位，也就是在不同时间、地点、环境下所呈现的不同形态。

古希腊神话传说与"四大崇拜"合一的中国神话传说不同，只有神灵崇拜与英雄崇拜而没有自然崇拜与祖先崇拜。如前文所述，如果说华夏先民将原始人类对自然的敬畏化作中国神话传说的自然崇拜，中国神话传说的"认亲情结"成就了华夏先民的祖先崇拜，那么，古希腊人便将原始人类对自然的敬畏化作古希腊神话传说的仇视自然乃至挑战自然，自然崇拜成为缺失，古希腊神话传说的"仇亲情结"则使古希腊人的祖先崇拜成为缺失，仇视自然乃至挑战自然在强化英雄崇拜的同时，也使神灵崇拜沦为天神崇拜。为此，我们只好以古希腊神话传说的自然观念、神灵观念、祖先观念、英雄观念等"四大观念"与中国神话传说"四大崇拜"相对应。在古希腊神话传说中，读者看到的是以动不动就掀起风暴的海洋与或干旱枯萎或洪水泛滥的大地为代表的自然，被古希腊人作为仇视与挑战对象，置于英雄的对立面，古希腊神话传说的"仇亲情结"，使几代天神父子相残，其结果则是英雄小儿子拯救诸神，赢得最终胜利，杀亲乃至弑父，原来也是人类英雄俄狄浦斯等难以逃脱的命运，由此形成古希腊神话传说"四大观念"对立，进而造就古希腊神话传说的英雄观念暨荣誉观念。这也正是荷马史诗《伊利亚特》与欧里庇得斯悲剧《奥利斯的伊菲革涅亚》等所描写的半神英雄阿喀琉斯甘愿赴死，而美丽三女神赫拉、雅典娜、阿芙洛狄忒则为争夺写有"送给最美女神"字样的金苹果，最终导致特洛伊战争，欧洲从古代到近代流行为荣誉而进行决斗的原因之所在。至于更为深层次的原因，那就是基于神人物一元暨中心、二元对立统一哲理模式的个体观念。

古希腊神话传说的英雄为荣誉而战，也因荣誉成名；荣誉乃自我的荣誉，植根个体的自我意识。相对集体而言的个体（拉丁文 individuum）观念，可谓西方文化的传统观念，旨在强调个体独立与主动，由此形成近代主张个人正直、经济独立、行为主动、意志独立、个人自由，视自我独立为美德的个人主义（英文 individualism）理论学说。换句话说，拉丁文 individuum 乃英文 individualism 词源。西方个人主义学说以古希腊哲学家普罗泰戈拉（Protagoras）的"人是万物尺度"命题为经典表述方式，在政治与经济上主张个人价值至上，人与人之间属于平等、自由的关系，人人享有自然权力，强调自我支配、自我控制，反对所有权威、宗教、政府等侵犯个人权利；在伦理上将个人与集体对立，主张国家应当保障个体自由，一切从个人意愿出发，反对统一的社会道德准则。总之，西方文化的个体观念旨在将人类与自然、个人与集体、自我与他者视作二元对立关系，由此强调自我独立，个体自由，反对集体侵犯个体权益。

（二）神人物一元暨多元的以神说人与神人物一元暨中心的以人说神

中国神话传说的"四大崇拜"合一，属于以神说人，自然化神话。这是因为，中国神话传说赋予英雄祖先以自然品德与神灵身份，其目的显然在于对英雄祖先的肯定乃至赞扬，从而使英雄祖先成为人类、自然、神灵的合体，其品德也因此成为人性、神性、自然性的三合一。英雄祖先生而为人杰乃至人王，死而成神灵，主管一方天地或一地山川或一种事物。也就是说，英雄祖先是人，也是神，又是自然神灵，一元暨多元；英雄祖先神灵作为天神也只是主管一方天地，而非宇宙天神，作为一地山川神灵或一种事物神灵，更是与其他神灵多元并存，同属于自然。所谓以神说人的一体多元，就是中国神话传说的"四大崇拜"合一虽然旨在以神说人，但是，作为神灵的英雄祖先，其人、神、自然的身份及其品德，并不以人的身份及其品德为中心或根本。具体地说，神灵形象塑造并非模仿人类形象，而是被注入自然物象因素，因此而有"十神圣"之母，感天地自然现象而受孕生"十神圣"的神话传说，乃至伏羲鳞身，女娲蛇躯，神农牛首，句芒鸟身，西王母"其状如人，豹尾虎齿而善啸，蓬发戴胜"（《山海经·西山经》）等传说；神灵品德塑造并非移植人类品德，而是对人类与自然品德的升华，因此，既有勇于奉献与精于创造的人类圣贤品德，又有呼风唤雨等超自然力量。反之，神灵则没有人类见利忘义、沽名钓誉、争风吃醋、妒忌陷害、声色犬马、奸淫掳掠、党同伐异、个人崇拜等恶习。

古希腊神话传说与以神说人的中国神话传说不同，属于以人说神，人化神话。这是因为，古希腊神话传说赋予英雄祖先以半人半神身份、超人力量、英雄品德，表面上是在肯定乃至赞扬神灵形象、力量、品德，实际上则是古希腊人的自我肯定乃至自我赞扬或自怨自艾。原来，如前文所述，再三强调，古希腊神话传说所谓神依照自身形象创造了人，实际上是古希腊人依照自身形象创造了神，而且赋予神以人性，争风吃醋，妒忌陷害，酗酒偷情，自尊自恋，党同伐异、个人崇拜等，柏拉图因此而要将表现神灵与英雄性格缺陷的诗人逐出"理想国"，从而使天神神话服务于英雄神话，英雄神话又服务于古希腊人的自我美化乃至自怨自艾的古希腊神话传说，体现为古希腊人的自我中心。也就是说，古希腊人的英雄神话，人是根本与中心，一元暨中心；神的塑造旨在歌颂英雄而非神，而代表自然的妖魔的塑造，更是直接为歌颂英雄服务，由此成为英雄们建功立业的征服对象。

二、神化自然、以神道设教与妖化自然、以神话自尊

（一）神人物一元暨多元的神化自然与神人物一元暨中心的妖化自然

中国神话传说的神化自然，集中体现为敬畏自然、顺应自然，而非对抗自然、挑战自然。华夏民族共同体敬畏自然，具体表现有三：一是以为天地山川有神灵，书写经义。《礼记·祭法》："山林川谷丘陵，能出云为风雨，见怪物，皆曰神。"《说文解字》说是："天神引出万物者也。"《说苑·修文》说是："神者，天地之本，而为万物之始。"二是经典规定国家集体祭祀天地山川仪式。《礼记·曲礼下》说是："天子祭天地，祭四方，祭山川，祭五祀，岁遍。诸侯方祀，祭山川，祭五祀，岁遍。大夫祭五祀，岁遍。士祭其先，凡祭，有其废之莫敢举也，有其举之莫敢废也。非其所祭而祭之，名曰淫祀。淫祀无福。天子以牺牛，诸侯以肥牛，大夫以索牛，士以羊豕。支子不祭，祭必告于宗子。"三是民间风俗习惯个体祭拜天地仪式。例如婚礼拜天地、异姓结拜拜天地、天子祭泰山、民众许愿祭居住地山川、学子登科与官员上任祭拜天地祖先、民众相争指天地发誓愿等。华夏民族顺应自然的个中情形，可由《列子》和《山海经》载《愚公移山》和《夸父逐日》两个神话传说管中窥豹。《列子·汤问》："太行、王屋二山，方七百里，高万仞，本在冀州之南，河阳之北。北山愚公者，年且九十，面山而居。惩山北之塞，出入之迂也。聚室而谋曰：'吾与汝毕力平险，指通豫南，达于汉阴，可乎？'杂然相许。其妻献疑曰：'以君之力，曾不能损魁父之丘，如太行、王屋何？且焉置土石？'杂曰：'投诸渤海之尾，隐土之北。'遂率子孙荷担者三夫，叩石垦壤，箕畚运

于渤海之尾。邻人京城氏之孀妻有遗男，始龀，跳往助之。寒暑易节，始一反焉。河曲智叟笑而止之曰：'甚矣，汝之不惠。以残年余力，曾不能毁山之一毛，其如土石何？'北山愚公长息曰：'汝心之固，固不可彻，曾不若孀妻弱子。虽我之死，有子存焉；子又生孙，孙又生子；子又有子，子又有孙；子子孙孙无穷匮也，而山不加增，何苦而不平？'河曲智叟亡以应。操蛇之神闻之，惧其不已也，告之于帝。帝感其诚，命夸娥氏二子负二山，一厝朔东，一厝雍南。自此，冀之南，汉之阴，无陇断焉。"《愚公移山》通过对上帝为愚公说到做到之诚信所感动，由此体现的包容与和谐之大德的肯定，诠释贤德包容痴顽、富贵包容贫贱、强势包容弱势，得让人处且让人，退一步海阔天空，创造自然与社会和谐的道理。若是将愚公精神解读为人类征服自然的精神，显然属于断章取义的误读，即使是将《愚公移山》主旨解读为肯定愚公做事有恒心与有毅力，同样属于误读。且不必说诚字本义为诚信，更是因为，两山在先而愚公建屋于北山在后，愚公自己建屋选址不当而怪两山碍事，决心挖山，属于冒失的争强好胜乃至挑事。因此而引起操蛇之神的惊恐与上帝的怜悯，可与《史记·淮阴侯列传》韩信受胯下之辱的故事并读。为此，《列子·汤问》随后叙述的《夸父逐日》，所否定的正是夸父冒失的争强好胜之心乃至挑事："夸父不量力，欲追日影，逐之于隅谷之际。渴欲得饮，赴饮河渭。河谓不足，将走北饮大泽。未至，道渴而死。弃其杖，尸膏肉所浸，生邓林。邓林弥广数千里焉。"《山海经·大荒北经》有相似记载，只是无夸父死化邓林字样。原来，《列子·汤问》的《商汤夏革问答》、《愚公移山》、《夸父逐日》、《终北国》、《小儿辩日》、《詹和为楚王说钓》、《扁鹊为人换心移性》、《师文学琴》、《薛谭学讴》、《高山流水》、《偃师献技》、《纪昌学射》、《造父学御》、《来丹报仇》等系列神话传说的主旨，就在于阐述自然天地，大小相含而无极，大道无为，和光同尘，万物之巨细、修短、异同乃表象，其性在均，技艺之屈伸进退、轻重缓急、刚柔燥湿乃表象，其性在和，身心相应，心物相应，同于自然，包容认同，和谐生物，物极必反，大用无用等道家哲理。

反之，古希腊神话传说的妖化自然，集中体现为对抗自然、挑战自然，而非敬畏自然、顺应自然。古希腊神话传说的对抗自然，如前文所述，具体表现在两方面：一方面是将地母盖娅、地狱之神塔耳塔洛斯、黑夜女神尼克斯、冥王哈迪斯和冥后佩尔塞、幽灵和恶魔女神赫卡忒、死神塔纳托斯、复仇女神埃里尼斯等及其后代，作为为天神乌兰洛斯、克洛诺斯、宙斯及其众子女构成的天神家族的对立面，也是天神与凡人的英雄子女赫拉克勒斯、埃帕福斯、泽托斯、埃阿科斯、萨尔佩冬、弥诺斯、埃阿科斯、佩琉斯、佩尔修斯、忒修斯等对立面。另一方面是以山川大地之生物精灵为妖魔，例如百头怪物提丰、九头怪蛇许德拉、狮身人面女妖斯芬克斯等，作为受天神支持的英雄征服对象，赫拉克勒斯的丰功伟绩就是包括杀死尼密阿巨狮、九头怪蛇许德拉、克律涅亚山牝鹿，生擒厄里曼托斯野猪，赶走斯廷法罗斯湖怪鸟等。古希腊神话传说的挑战自然，由荷马史诗《奥德修斯》可见：希腊英雄奥德修斯在特洛伊战争中取胜后，无视海神波塞冬咒语，毅然启航回家，既是挑战波塞冬，也是挑战海洋所代表的自然；返航途中的历险故事，其实就是征服海洋所代表的自然灾害的故事。奥德修斯的大海漂泊，历时十年：奥德修斯率船队离开特洛伊，先是在喀孔涅斯人的岛国遭到当地人袭击。随后漂流到另一海岸，有些船员因吃了"忘忧果"而流连往返，不愿回家，奥德修斯便把他们绑在船上继续前进。随后来到游牧巨人海岛，被困在吃人的独眼巨人波塞冬之子波吕斐摩斯的山洞里，六位同伴被吃掉，奥德修斯便用削尖的巨木刺瞎巨人独眼，带领活着的同伴逃出山洞，海神从此便与其为难，给其归程制造麻烦。奥德修斯逃到风神岛，风神送给他一个可以装进所有逆风，以便风顺回家的口袋，船快到家时，不料众水手误以为口袋里装的是金银财宝而乘奥德修斯睡觉时将口袋打开，结果各路风神呼啸而至，又把他们吹回风神岛，而神则拒绝再次帮助他们，任其漂流到巨人岛，被巨人用巨石击沉了船队十一条船，用鱼叉捕捉溺水者充饥。奥德修斯因坐船没有靠岸而幸免于难，带领水手来到魔女喀尔刻的海岛，魔女用巫术把他同伴变成猪，试图留住他，后因神佑而战胜魔女，得到魔女款待，为打探回家之路，又在魔女帮助下游历冥府，从先知忒瑞西阿斯预言得知自己的未来。奥德修斯接受喀尔刻忠告，成功抵御女海妖塞壬美妙歌声的迷惑，来到海怪斯库拉和大旋涡卡律布狄斯那里时，又失去六个同伴。奥德修斯来到日神岛，同伴不顾其警告，宰食神牛，激怒宙斯，用雷霆击沉渡船，大多数人因此丧命。奥德修斯孤身冲到女海神卡吕普索的岛上，被其以爱情的名义软禁七年。

（二）神化自然的以神道设教与妖化自然的以神话自尊

基于一元暨多元、二元互包互孕的哲理模式而神化自然的中国神话传说，被华夏圣贤用以教化，以神道设教。换句话说，以神道设教，贯彻着一元暨多元、二元互包互孕的哲理模式。所谓"神道"又称"天道"。《易·观》写道："观，盥而不荐，有孚颙若，下观而化也。观天之神道，而四时不忒，圣人以神道设教，而天下服矣。"孔颖达疏："神道者，微妙无方，理不可知，目不可见，不知所以然而然，谓之神道。"《礼记·祭义》申述道："因物之精，制为之极，明命鬼神，以为黔首则，百众以畏，万民以服。"由此提出神道设教。那么，如《论语·述而》所说："子不语怪、力、乱、神。"孔子及其门徒所作《易传》为何又提出圣人以神道设教的命题？《孔子家语·致思》写道："子贡问于孔子曰：'死者有知乎？将无知乎？'子曰：'吾欲言死之有知，将恐孝子顺孙妨生以送死；吾欲言死之无知，将恐不孝之子弃其亲而不葬·赐不欲知死者有知与无知，非今之急，后自知之。'"原来是因为许多人不听教化，不讲仁义，不行忠孝，无知无畏。那么，圣人如何以神道设教？《论语·八佾》说是："祭如在，祭神如神在。"《荀子·天论》说是："雩而雨，何也？曰：无何也，犹不雩而雨也。日月食而救之，天旱而雩，卜筮然后决大事，非以为得求也，以文之也。故君子以为文，而百姓以为神。"原来就是借鬼神与自然现象说人事，借鬼神与自然现象恐吓那些缺乏道德自觉、行为不能自律的不听教化、不仁不义者，表彰那些具有道德自觉、行为自律、听从教化、仁义忠孝的道德楷模。那么，圣人以鬼神行教化，能够达到目的吗？《墨子·明鬼》说是："今若使天下之人偕若信鬼神之能赏贤而罚暴也，则夫天下岂乱也？""古者圣王必以鬼神为。其务鬼神厚矣，故书之竹帛……故琢之盘盂、镂之金石以重之。"今人钱钟书《管锥编》说是："《管子·牧民》篇论'守国之度'、'顺民之经'，所谓'明鬼神'、'祗山川'、'敬宗庙'、'恭祖旧'，不外《观》《象》语意。"[1]总而言之，以神道设教就是借鬼神与自然现象说人事，推行教化，运用太极思维的"第三元素"原则，在教化者与被教化者之间引入鬼神与自然现象，通过言说与书写鬼神与自然现象来建构人类行为制约机制，由此形成神人物一元暨多元、二元互包互孕的关系。

　　反之，基于一元暨中心、二元对立统一的哲理模式而妖化自然的古希腊神话传说，被古希腊先民用以自尊，以神话自尊。换句话说，以神话自尊，贯彻着一元暨中心、二元对立统一的哲理模式。如前文所述，古希腊先民所言说与书写的神话传说，尊天神而贬地神，尊英雄而贬妖魔，尊人类而贬自然。

1　钱钟书，管锥编（第一册）[M]，北京：中华书局，1979，18。

原来，尊天神又是为了尊古希腊英雄乃至古希腊人，因为古希腊人主要是天神的凡人子女或是受天神护佑的古希腊人始祖，而古希腊人因敬奉诸天神为守护神从而成为诸天神的宠儿。与之相应，贬妖魔与自然，同样是出于古希腊人的自尊自恋，因为妖魔与自然现象在古希腊神话传说中作为古希腊英雄的征服对象而存在。总而言之，以神话传说自尊就是借神妖与自然现象说人事，言说与书写自尊自恋，运用逻辑思维二元对立原则，通过言说与书写天神与地神、英雄与妖魔、人类与自然的二元对立来建构人类行为的竞争机制，由此形成神人物一元暨中心、二元对立统一的关系。

第二节　中西宗教哲理模式比较

如前文所述，中国宗教善恶神鬼同祭共祀、神性与魔性同体共生，神人物一体多元、移形换位，儒道释相反相成、既相互攻伐又彼此借重，这正是一元暨多元、二元互包互孕哲理模式的体现；与之相对应，西方宗教祭神灭魔、神性与魔性对立竞争，神人物一元中心、身份既定，一神独大、排斥异教，这正是一元暨中心、二元对立统一哲理模式的体现。也正是基于一元暨多元、二元互包互孕的哲理模式，中国宗教的人类英雄祖先死为自然神灵，人死入土为安，回归自然，魂魄化为鬼神，人类灵魂与自然神灵合一，由此赋予中国本土宗教道教以多神宗教、多元宗教、自然宗教、无神宗教的特性；与之相对应，基于一元暨中心、二元对立统一的哲理模式，西方宗教人类、神魔、自然三界独立，人类从生到死都受神灵支配，受魔鬼引诱，自然缄默，由此赋予西方宗教基督教以一神宗教、一元宗教、自然缄默、神灵中心的特性。这种分别，由汉魏六朝印度佛教东传中国，以儒道学说诠释佛理的"格义"、"连类"乃至佛教中国化，与清代基督教在华传播以西方基督教化除中国礼教的"礼仪之争"乃至基督教化中国，可管中窥豹：

一、中国宗教的多元化与西方宗教的一元化

（一）多神宗教、多元宗教的中国宗教与一神宗教、一元宗教的基督教

关于中国以英雄祖先崇拜为焦点的多神宗教，明恩溥写道："初，支那人以钦慕古之圣贤，而渐追尊之，而遂崇拜之。欲追索其阶级，盖非甚难。故支那之诸神，悉可谓之死人。若从祭祖之仪式而推之，则可为支那之死人，悉

得谓之为神。又如庙宇，则不经皇帝之许可，其生前未显名声之人，则不许建立。故此诸神之中，若经多年星霜之英雄，则可占诸神之上位。支那之国民，称之为多神教徒，实无庸疑也。"[2]儒教之所以被视为多神教，关键并非崇拜多神，而是诸神之中，没有谁是老大，"三皇"也好，"五帝"也罢，作为来自不同族群的天神集合，相互间为多神共生的同位并立关系，所谓先后秩序是指其在位的时间顺序。与之相对应，基督教的上帝 YHWH，本义便是惟一，独一无二之真神。由此决定，三位一体的上帝，无论是将其解读为一个神的三个位格，还是三个神，圣父都是根本：道成肉身的圣子耶稣与圣灵皆属于圣父。人类圣贤称先知，先知的追随者称圣徒，而不得称神。先知的预言也只是来自神示，先知与圣徒即使日后得救，升入天堂，也只是如此。原来，作为基督教前身的犹太教，不仅只信 YHWH 一神，而且认定 YHWH 只是犹太人的上帝，认定上帝是全人类的基督教，因此而成为异端。

关于中国祖先崇拜与自然崇拜并行，儒道释相互借重的多元宗教，明恩溥写道："于人有崇拜万有之倾向，亦不必喋喋言之。见有非人所得抵抗之力，有非人所得知之力，则人渐信此力，而或亦拟之以人，而深崇拜之。如通行于世之风神、雷神之庙宇甚多，且北极星，亦为人所崇拜者。""崇拜万有之中，其最行于普通者，为祀树木是也。""道教，至后世而变为一种魔术，而大借佛教以补其不足。佛教之所以入支那，以孔教之犹未满足以与人性所需用之故，而为补其次也。道教也，佛教也，斯互相补互相改，而其变更颇多。""支那人之所谓三教（儒释道），其实际上之关系，宛如沙逊人之组织之材料之关系。试观英国之学者，用罗甸语者颇多，用罗马语者亦不少，而其农夫，则纯乎用沙逊人之土语。故初见之，至大相径庭也，然溯其根本，则无论为学者，为农夫，无不用沙逊语。如罗甸语等，不过为其附属物。支那人之于孔教者，亦如此。佛教也，道教也，取其所长者，而悉使用之也。然而其根本，则亦不过孔教而已。唯其所异者，英人则于一篇文章之中，决不杂用三语，以至生思想上之错乱；而支那则兼用三教，而不能不生仪式上之矛盾。夫使支那人之德义卑其程度，究亦由此矛盾而来。"[3]中国宗教的多元化与多神化相应，就是儒道释之间属于多教共存的同位并立关系，而非中心与边缘的关系。儒道释相互借重，体现为相互化用，不存在明恩溥误读的所谓杂用三语

2　[美]明恩溥，中国人的气质[M]，北京：中华书局，2006，218。
3　[美]明恩溥，中国人的气质[M]，北京：中华书局，2006，218、221。

乃至思想错乱的问题。因为儒教与道教借重佛教义理，佛教借重儒教与道教义理，就是化他者为自我。换句话说，狮子消化了幼虎，依然是狮子，老虎也不会因为吃了幼狮便变成狮子，化用道教、佛教义理的儒士，依然是儒士，化用儒教经义、佛教义理的道士，依然是道士，化用儒教经义、道教义理的僧人，依然是僧人，而不是儒士、道士、僧人的混合体。同理，中国人的普通民众，虽受儒家影响居多，但是并非只受儒家影响，他们杂用儒道释，不存在以儒为主而道释为辅的问题。换句话说，儒道释的思想与行为，在普通民众那里，早已成为一种东西，既非儒，也非道，亦非释，而是一种习俗。也就是说，中国普通民众并非教徒，其杂用儒道释而有的思想与行为，属于非宗教思想与行为，明恩溥视中国普通民众为教徒，所谓中国人杂用三教说，同样属于以自我言说非我、以西说中的误读。与之相对应，基督徒视其他宗教为异教，置于对立面，加以排斥，由此建构基督教与异教之间以自我为中心的对立竞争关系。

（二）自然宗教、无神宗教的中国宗教与自然缄默、神灵中心的基督教

中国宗教之所以成为自然宗教，原因有三：一是如上述明恩溥所说，传统中国人以天地及其万物为神灵并加以崇拜。二是道教徒自称放弃世俗生活的世外人，俗称炼气士，以修养性命，回归自然为旨归，以隐居灵山秀水，模仿龟鹤等自然之物行为方式，吸天地之灵气，采日月之精华为修炼方法。三是儒教祖先崇拜，英雄祖先被作为天地及其万物神灵崇拜，同样属于回归自然。因为万物有神灵，人类死为神灵，而人死肉身即化为泥土，回归自然。换句话说，神灵乃自然本真而非人类之本真，人类之本真为魂魄，人死成神化土即回归自然，人类与神灵皆属于自然，而非外在于自然，自然中心。与之相对应，基督教既不崇拜祖先，更不崇拜自然，只崇拜惟一真神，人类早期的祖先崇拜，尤其是自然崇拜，由此退位乃至缄默。神作为人类与自然的创造者与主宰者，外在于人类与自然，也是人类与自然的中心。

中国宗教之所以成为无神宗教，原因有三：一是如前文所述，儒教圣贤敬天地山川之鬼神而祀祖先神灵，以神道设教。二是唐宋及其以后民间习俗，儒道释共祀。换句话说，儒道释共祀之普通民众，如果什么都是，便什么都不是，既非儒教徒，又非道教徒，亦非释教徒。儒道释共祀，不过是普通民众人生意愿诉求及其满足方式，本身属于习俗而并不具有宗教意义。明恩溥留

心于此，说是中国"下流之人，奉多神教，而信万有；而上流之人，则又反之，纯乎为无神论者。若据精于此事之人之所证，以及现于表面者观之，则其有教育人之一团体，全然执不可思议说，而主张无神论者，无或如孔门之徒。"在将攻击中国无神论炮火对准中国儒家教育的同时，集中攻击宋代经典注解的格物乃至朱熹，说是"宋朝之格物之注解者，于支那古文学上，大有势力。其有名之支那古典之注解者之大家曰朱子者，一时有思想上之势力，及于社会上，苟有疑其意见者，则悉视为异端。而其影响，遂至成为以古典为唯物之教，且因而至为无神主义教。……然而黄河之害诚大矣，而此宋朝注解家之遗害于后世，固尤非黄河之比。彼等于七百年来支那思想之潮流，遗所谓无神论之迹，而荒唐德义之耕地，其害国民之性灵界，又不知其几何。"[4]三是传统中国人既以自然为神灵又以人死为鬼神，人鬼神与自然自身并非外在于人与自然，因而并不具有独立的意义。普通民众是如此，儒士与道教信徒亦是如此，只不过是儒教以为人死之后魂魄化为鬼神，道教以为人活着通过修炼便能成仙飞升。总之，中国宗教的人类、自然与鬼神之间的化生及其存在，由人类与自然自主而不受他者左右。然而，明恩溥等西方传教士之所以为中国宗教扣上无神宗教的帽子，原来不过为了以自我言说非我、以西说中。因为按照西方的宗教观念，神外在于人类与自然，而中国宗教的鬼神即人类与自然自身，在本质上并不构成神，中国宗教也因此成为无神宗教。由此可见，以中国宗教为"无神宗教"之说，主要是西方传教士立足基督教神灵中心思想的说法。因此而有误读后世中国儒家学者视非朱子之学说为异端之说，也就不足为怪。因为儒道释之所以能够相互借重，就是基于和而不同的理念，儒教自身也有门派之分，相互之间同样坚持和而不同，如果明恩溥此说成立，便不会有汉代董仲舒对先秦儒学的发展，更不会有明清大行其道的阳明心学。与之相对应，基督教是神灵创造并主宰自然与人类，神灵先于自然与人类而存在，自然与人类永远都不能成为神灵。基督教《启示录》声称：在世界终结之前，上帝要对世人进行审判，也就是要进行末日审判。凡信仰上帝和行善者，可得上帝救赎，升入天堂，而不得救赎者，则被丢入火湖，永远灭亡。基督教在外，视其他宗教为异端，甚至因此而发动宗教战争，在内，则有天主教、东正教、新教三大教派之分，三大教派之下再分教派，教派之间不仅同而不和，充满纷争，而且有时甚至是你死我活，导致内战。

---

4 [美]明恩溥，中国人的气质[M]，北京：中华书局，2006，220。

二、佛教中国化的"格义"与基督教化中国的"礼仪之争"

（一）佛经翻译借中说西的"格义"、"连类"与基督教传播以西化中的"礼仪之争"

所谓"格义"与"连类"，主要是指印度佛学初传中国，佛经翻译与讲解拿中国儒道理念诠释佛学义理的方法。慧皎《高僧传》说是："时依雅门徒，并世典有功，未善佛理。雅乃与康法朗等，以经中事数，拟配外书，为生解之例，谓之格义。及毗浮、相昙等，亦辩格义，以训门徒。""（慧远）年二十四，便就讲说。常有客听讲，难实相义，往复移时，弥增疑昧。远乃引庄子义为连类，于是惑者晓然。"[5]关于格义，汤用彤解释解释说："'格'在这里，联系上下文来看，有'比配'的或'度量'的意思，'义'的含义是'名称'、'项目'或'概念'；'格义'则是比配观念（或项目）的一种方法或方案，或者是不同观念之间的对等。"[6]关于连类，陈寅恪解释说："讲实相而引庄子义为连类，亦与'格义'相似也。"[7]然而，格义与连类作为诠释学方法，并非为竺法雅、康法朗、慧远等佛徒首创，而早见于魏晋何晏《论语集解》、王弼《周易注》、《周易略例》、《论语释疑》等，拿老庄道家思想诠释孔孟儒家义理，而在何王之前，汉代学者就曾引用古代阴阳家思想诠释儒道经典。随后，格义与连类因难以尽传佛教义理的独到之处，从而受到道安与僧睿等人的质疑，为佛经翻译与讲解所慎用。陈寅恪说是："'格义'与'合本'皆鸠摩罗什（Kumarajiva）未入中国前事也。什公新译诸经即出之后，其文精审畅达，为译事之绝诣。于是为'格义'者知新义非如旧本之含混，不易牵引传会，与外书相配拟。为'合本'者，见新译远胜旧文，以为专据新本，即得真解，更无综合诸本参校疑误之必要。遂捐弃故技，别求新知。所以般若'色空'诸说盛行之后，而道生谢灵运之'佛性''顿悟'等新义出焉。此中国思想上一大变也。"[8]汤用彤说是："大凡世界各民族之思想，各自辟途径。名辞多独有含义，往往为他族人民，所不易了解。而此族文化输入彼邦，最初均抵捂不相入。及交通稍久，了解渐深。于是恍然二族思想，固有相通处。因乃以本国之理义，拟配外来思想。此晋初所以有格义方法之兴起也。迨文化灌输既甚久，

5 慧皎，高僧传[M]，北京：商务印书馆，1986 年版，第 152、212。
6 汤用彤，理学、佛学、玄学[M]，北京：北京大学出版社，1991 年，284。
7 陈寅恪，陈寅恪史学论文选集[M]，上海：上海古籍出版社，1992，90-116。
8 陈寅恪，陈寅恪史学论文选集[M]，上海：上海古籍出版社，1992，90-116。

了悟更深，于是审之外族思想，自有其源流曲折，遂了然其毕竟有异，此自道安、罗什以后格义之方法所由废弃也。况佛法为外来宗教，当其初来，难于起信，固常引本国义理，以申明其并不诞妄。及释教既昌，格义自为不必要之工具矣。"9

格义与连类同样是早在唐朝便已经传入中国的基督教，直到明代方得以打开局面的方法，只不过是在欧洲来华传教士范礼安、罗明坚、巴范济（Francesco Pasio）、利玛窦、白晋、马若瑟（Joseph de Premare）等人那里，进而形成文化认同与利用的传教策略。文化认同与利用的具体做法，包括两方面：一方面是入乡随俗，遵从中华传统与礼仪。罗明坚、利玛窦等取汉人名字，讲汉语，穿儒服，行跪拜之礼的西儒形象塑造，让中国人无意识之中接纳为同类，在彰显物以类聚、人以群分的人类本性的同时，迎合了中国文化立象尽意、比物连类的话语模式。另一方面就是连类《圣经》与"四书五经"，用中华经典讲道。例如利玛窦等将基督教"救世主"、"造物主"、"人类主宰"，本义为"主"的拉丁文 Deus 或英文 God，译作"四书五经"中的汉语"上帝"，虽然其本意是将中国人的上帝概念纳入西方人所谓主的范畴，但是，在非基督教信徒，不知或不认可《圣经》思想的中国人那里，同样属于以人说我：中国人的上帝概念有两个基本意义，一是天体之灵魂或主宰，且被人格化，二是中国人因德而王的始祖，死后而成神，或说被中国人尊为天神，由此形成伏羲、神农、黄帝、少昊、颛顼"五帝神"之说，总之，既非救世主，亦非造物主。为此，利玛窦等还依经立义，在"四书五经"等中华古代经典中寻找证据，进而形成由白晋、马若瑟等人构成的索隐派。至于基督教的 Deus/God 及其品质，本身则来自于言说者的假设或耶稣自述，然后据此而引历史与生活中的相关现象予以证明，灵活处事，迎合了中国文化依经立义、用经行权的话语模式。随后，利玛窦等人包括《圣经》格义与连类在内的文化认同与利用传教策略，因基督教内教派之间的话语权争夺，从而引发"礼仪之争"事件。利玛窦死前指定龙华民（Niccolo Longobardi）接任其中国耶稣会总会长职务，而龙华民则对利玛窦等人讲解基督教的格义与连类持有不同看法，上任后便主张废除"天"、"上帝"、"天主"、"灵魂"等汉语词汇，采用译音，将把 Deus 译为"陡斯"，同时亦有主张只许用"天主"而不许用"天"与"上帝"之称者。为此，耶稣会召开嘉定会议，讨论教徒敬孔祭祖以及 Deus

---

9 汤用彤，汉魏两晋南北朝佛教史[M]，北京：中华书局，1983，167-168。

译名问题，最终认定：敬孔祭祖沿用"利玛窦规矩"；译名采用龙华民派所主张的音译。这本是教派内意见分歧，参照佛经翻译与讲解对格义的超越，不无进步意义。但是，多明我会士的介入，使事情性质发生转变。基督教运用文化认同与利用传教策略开拓在华传播局面的罗明坚、利玛窦等乃耶稣会士，多明我会属于后来者。1643 年，多明我黎玉范（Juan Bautista Morales）神甫向教廷举报耶稣会宽容中国信徒敬孔祭祖，不遵循基督徒每年一次的认罪与圣餐，加入基督教后仍旧从事高利贷，向社会祭神典礼捐献等十七个问题，导致罗马教廷介入。先是罗马教皇英诺森十世于 1645 年申令禁止中国信徒参加敬孔祭祖，经来华耶稣会士卫匡国（Martino Martini）向教皇当面申辩，教皇亚历山大七世于 1656 年决定准许耶稣会士在不妨碍教徒根本信仰前提下，照自己的理解参加祭孔活动等，后是教皇克雷芒十一世于 1704 年颁布终极禁令，禁止中国教徒参加敬孔祭祖等，又于 1715 年颁布"自登基之日（the Bull Exilladie）"禁约通谕，予以重申，结果招致康熙皇帝反制。康熙先是将 1705 年来华的罗马教廷特使多罗（Charles Thomas Maillard de Tournon）押往澳门看管起来，后是 1721 年阅取罗马教廷特使嘉乐（Carlo Ambrosius Mezzabarba）所带罗马教皇"自登基之日"禁约通谕后，认为由禁约通谕可知，西洋人难通中国大理，言说议论，可笑者居多，并不比和尚道士异端小教高明，批示禁止西洋人在中国行教，免得多事。由此引起在华耶稣会士的担忧，为此，嘉乐在宣布教皇禁约通谕时，附加八条变通办法，但未能促使康熙改变主意，随后，教皇克雷芒十二世认定"嘉乐八条"与教义不合，宣布废除，基督教在华传播由此陷入非法的冷冻期。

（二）一元暨多元的佛教中国化与一元暨中心的基督教化中国

如果说佛教与基督教在华传播由格义、连类的以人说我到音译的自我表述，乃异质文化传播的两个阶段或说共同现象，那么，佛教随后继续沿着格义、连类所开辟的文化认同的道路前行，儒道释和而不同、相互借重，最后实现佛教中国化，而基督教随后继续坚持"礼仪之争"所确立的文化对抗的意识形态，谋求基督教对中国礼教的消解与替代，始终挣扎于以基督教化中国的征程，结果是佛教由格义、连类到中国化，忘我而有我，成为中国文化因子，融入中国民众生活，基督教由"礼仪之争"到"基督教化中国"，唯我独尊反而失去自我，始终作为中国文化的另类，未能融入中国民众生活。前者中国化的一元暨多元、二元互包互孕哲理模式与后者的一元暨中心、二元对立统一哲理模式，因此不言自明。反过来说，正是一元暨多元、二元互包互孕与一元暨中心、二元对立统一哲理模式，促使佛教在华传播选择中国化道路与基督教在华传播选择化中国道路。

魏晋至唐宋佛教中国化对儒教与道教所具有的一元暨多元、二元互包互孕哲理模式的贯彻，具体体现为崇拜多佛、包容认同他者、自我主导。佛教的崇拜多佛，由四大菩萨道场可见。中国佛徒在敬奉佛祖如来的同时，敬奉其四个东来使者即表智慧的文殊、表慈悲的观音、表行践的普贤、表愿力的地藏等"四大菩萨"，为此而分别在五台山、普陀山、峨眉山、九华山为其建立道场，享受如来在中国未能享有的待遇。进而以四大菩萨分别配以五行的风、水、火、地（土），象征智慧、慈悲、行践、愿力。佛教的包容认同他者，由其与儒道同台，共同融入中国民众生活的社会现实可见。例如：中国普通民众在遵从儒家礼教奉祀祖先与天地神灵牌位的同时，奉祀道教财神，部分民众则兼而奉祀佛教观音。中国民众的儒道释三教同台体现了佛教包容认同他者的胸怀，原来，在明末，佛教有着与之相应的紫柏尊者、藕益大师、莲池大师、憨山大师等"佛教四大师"所谓"三教相资"、"三教合一"、"三教同源"说。原来，如此说法并非明末"佛教四大师"首倡，而早见于舍道归佛的南朝梁武帝萧衍《舍道事佛文》等。当然，萧衍"三教同源说"是指儒教和道教同源于佛教，进而以老子、周公、孔子为佛祖释迦牟尼弟子。然而，此说并不妨碍萧衍施行三教相资并用，为此而并称释迦牟尼、老子、孔子为"三圣"。"三教同源说"由此成为明代小说《封神演义》的话题。佛教的自我主导，由其通过主张自修、自律、自觉而得道成佛的修道观念可见。具体地说，信徒得道的方法与路径是在大师的点化下自修。大师的点化属于外因，不具有强制性，是否接受点化属于自愿；也不具有必然性，并非是只要经大师点化，信徒便能得道，而是信徒只有彻悟大师的点化，斩断人间烦恼根，才能得道，也就是说，个人悟道是内因。从而有"师父领进门，修行靠个人"之说。而由自修、自律、自觉构成的自我主导，同样是道教修道成仙与儒家礼教修身成仁的方法与路径。

与之相对应，十七至二十世纪基督教化中国，集中体现为反儒教与道教多元化、包容认同他者、自我主导，贯彻一元暨中心、二元对立统一哲理模式的一元化、排斥他者、非我主导。基督教的一元化，由其只敬一神、只奉一经可见。基督教只敬一神，实是只信一神，惟一真神就是上帝，上帝之下是不得与上帝比肩的十二圣徒。基督教《圣经》其实有四十几位作者，且各自所处时代、从事职业、社会身份皆不相同，例如摩西乃政治领袖，约书亚乃军事领袖，大卫和所罗门乃君王，但以理乃宰相，保罗乃犹太律法家，路加乃医生，彼得和约翰乃渔夫，阿摩司乃牧羊人，马太乃税吏等，且《圣经》各卷独立完成，但是，基督徒却以《圣经》为神的话语启示，也就是说，神才是《圣经》的真正作者。基督教的排斥他者，由其始终坚持基督教本位而不肯变通，且试图替代中国儒家礼教的社会现实可见。所谓基督教本位，就是认定耶和华为世界惟一真神，要求入教者不再敬奉其他神灵，不能敬奉祖先神灵牌位等。反过来说，基督教的自我本位，以其他宗教为另类，与之势不两立的观念，也断送了被其他宗教包容认同的希望，断送作为非基督教信徒的中国民众礼拜耶和华的可能，基督教传播中国也因此而成为基督教征服中国。如果说历史上的中国佛教高僧试图通过辩论打败对手，通过劝说引人入教，那么，历史上的基督教罗马教皇，往往是通过战争解决问题，从而有欧洲的"十字军"东征。毫无疑问，中国的鸦片战争除了体现西方列强的贸易诉求，也体现了基督教的诉求，西方列强逼迫清政府签订各种不平等条约，使后者禁止基督教在华活动的禁令成为过去。就连基督教徒的书籍也喜欢用征服字眼，例如由金尼阁整理以拉丁文出版的利玛窦《基督教远征中国史》(汉译《利玛窦中国札记》)等。基督教的非我主导，由其通过上帝救赎与末日审判进入天国而得救，而非通过自修、自律、自觉实现永生的修道主张可见。具体地说，佛教徒通过持戒修道，参破名利，觉悟生死，进入空明，水到渠成，便可脱离轮回，得道成佛，而基督徒持戒修道，敬神行善，并不能直接进入天国，实现永生，而是要经过基督与圣徒主持的末日审判并取得入场券才能进入天国。作为基督教前身的犹太教，不仅只信一神，认定 YHWH 只是犹太人的上帝，而且认定只有犹太人才是神的"特选子民"，其自我中心，在将自己孤立于人类族群之外的同时，也因此而长期遭受欧洲其他教徒的反对乃至迫害。

第三节　中西军事哲理模式比较

如前文所述，中国古代军事和内政与外交相反相成，对抗和认同互包互孕，这正是一元暨多元、二元互包互孕哲理模式的体现；与之相对应，西方古代军事乃政治的延伸，立足对抗，谋求胜利，这正是一元暨中心、二元对立统一哲理模式的体现。也正是基于一元暨多元、二元互包互孕的哲理模式，中国古代军事乃国家政治的内政与邦交并用之工具，对抗却以自我与他者的相互认同作为诉求，和为贵，因此而推崇不战而屈人之兵，外交优先，强调战争手段多元化，功夫在战争之外，注重战略与谋略，从而令善战者无功无名；与此同时，既然战争以同化敌人或说赢得敌人的认同，而非必须打败敌人为诉求，也就是不以攻城掠地、杀人越货作为胜利与荣誉，那么，劣势之下保全自己，以等待战机卷土重来的逃跑，也因此成为上策，同时，势均力敌等待战机，或有望不战而屈人之兵之时，相持共生，显然不失为明智的战争策略。与之相对应，基于一元暨中心、二元对立统一的哲理模式，西方古代军事以政治为中心，通常是军政一体，二者不独立存在，同时，军事又是个人赢得荣誉的平台，具有独立意义，对抗则以自我战胜他者作为诉求，视军事胜利为将士荣誉，为英雄行为，为将士智慧与勇敢的体现，因此而追求战争胜利，强调军事优先，以战斗决定成败，注重战术与器械；与此同时，战争以打败敌人而非同化敌人作为诉求，将士以为城邦国家或雇主谋利益的名义，杀人越货、攻城掠地作为荣誉与胜利，因此使劣势之下保全自己的逃跑成为懦弱表现，能战而不战乃至能胜而不胜的战争相持，被排除在战争策略之外。这种分别，由中国先秦兵法的"兵乃国之大事"、"兵乃逆德凶器"、"兵乃诡道"、"兵法贵权变"的军事观与古希腊和古罗马典籍的"军事属于政治"、"战场成就荣誉"、"军事是门艺术"、"战争讲实力"的军事观，可一叶知秋：

一、兵乃国之大事和兵乃逆德凶器与军事属于政治和战场成就荣誉

（一）兵乃国之大事的一元暨多元与军事属于政治的一元暨中心

中国古代军事乃国家政治和内政与邦交并用之工具，属于一元的国家政治系统的子系统或要素之一，由此形成王朝的六部与州省建制。国家军事具有内外两重性：外涉邦交关系，国际影响，与邦交形成一文一武，邦交恩德服人，军事武力服人，相反相成；内涉国家政权稳定，国泰民安，与农工商学等形成一建构一消解，农工商学致力于物质与文化建设，培育社会正能量，军事平叛与剿匪，消解社会负能量，相反相成。中国古代军事的道德或信念，就是仁政礼治、邦交、教育等社会文化建设共同坚持的道德或信念，就是比德天地之道的人道，属于一元的社会化道德或信念系统的子系统或要素之一，与农工商学等社会物质与文化建设形成一生一杀，相反相成，互包互孕。为此，《孙子·始计》开篇明义："兵者，国之大事，死生之地，存亡之道，不可

不察也。"因为军事作为国家政治体系的重要元素，所以《司马法》以强调军事仁义信念的《仁本》开篇，说是"古者以仁为本，以义治之谓之正"，继之以强调法天地，观先圣，教士民而用之的君王之道的《天子之义》。《尉缭子·兵谈》更是具体指出："夫土广而任则国富，民众而制则国治。富治者，民不发轫，甲不出暴，而威制天下。故曰：兵胜于朝廷。不暴甲而胜者，主胜也；陈而胜者，将胜也。"君王主持，内阁决策，六部与州省执行的古代政治体制建构，赋予作为国家政治系统子系统的六部与州省以独立性。这种处事独立性，在军事上又得以突出与强调，因此有《孙子·九变》所谓"城有所不攻，地有所不争，君命有所不受"，《尉缭子·兵谈》所谓"将者，上不制于天，下不制于地，中不制于人"之说。归根结底，中国古代政治乃一元决策而多元执行，一元暨多元的体制建构，从而使军政分离，通常由大司马或大将军充任军事统帅，率领军队战争，若是临时选将，便随即授予将军之职，即使是通过领军冲杀马上得天下的刘邦与李世民，当上皇帝之后，也不再兼任军事统帅，哪怕是御驾亲征。

与之相对应，西方古代军事乃军政一体，军事以政治权力为诉求，国家军事决策者也是执行者。由此形成军事权力决定政治权力，军队最高统帅拥有君王权力，当权执政官直接行使军权的现象。其典型表现，除了古罗马经选举产生的执政官与独裁者直接充任军事统帅之外，就是亚历山大、恺撒、屋大维、拿破仑等，或是作为君王直接领军作战，或是身为军队统帅拥有君王权力。亚历山大在父亲腓力被刺杀身亡后接替王位，身为马其顿国王，在两年不到的时间内，先是表面同意议和，暗中领军南下，迫降底比斯与雅典，继而北上，出征色雷斯，败伊利里亚，回头镇压再次反叛的底比斯，将其灭国，马其顿在希腊的地位由此得以巩固。随后，亚历山大领军出征波斯，而且是直接率领近卫骑兵冲杀。为消解波斯的制海权而远征东方，亚历山大从陆地上攻占东地中海所有港口和基地，由土耳其攻到叙利亚、巴基斯坦、埃及，再回师波斯，通过阿贝拉会战等，最终征服波斯。随后，亚历山大又继续领军远征印度，通过四次会战将其征服。从印度返回波斯的亚历山大，着手融合希腊与波斯，创建希腊波斯民族共和王国的社会变革，然而依旧是落实于军队改编。英年早逝的亚历山大大帝，通过战争稳固政权，也是通过战争行使政权。恺撒先后出任祭司、军事保民官、行省总督副手、市政官、祭司长、大法官、行省总督，迎来人生崛起的军事职位。就任远西班牙行省总督职位，通过发动对卢西坦人和加拉埃西人的战争得到丰厚财富，同时积累了向元老院提要求，作为执政官候选人的资本。完成执政官任期后就任管理山北高卢和伊利里亚的总督，随之发动高卢战争，积累对抗政敌庞贝和元老院的资本。元老院命令恺撒撒回罗马，而恺撒则希望延长高卢总督任期。面对元老院的拒绝和要其即刻回罗马，否则便被视为国敌的警告，恺撒带着军团回来了，兵不血刃地进入罗马城，吓跑庞贝和元老院共和派议员，要求元老院选举他为独裁官，蹭上权力巅峰。通过战争赢得权力的恺撒，也是通过战争巩固乃至行使权力，先是征讨西班牙与希腊，随后追讨庞贝至埃及，发动亚历山大战役，接着征讨潘特斯王国，再回师西班牙，平定庞贝之子的叛乱，返回罗马后，宣布为终生独裁官。屋大维身为恺撒养子和遗嘱继承人，尽管得到元老院和恺撒旧部的支持，其权力依旧是通过"三头内战"等战争获得。先是联合元老院对抗安东尼，与执政官联合取得穆提那战役胜利，再迫使元老院选举自己为执政官，后是与恺撒旧部雷必达等联合并与安东尼和解，形成"后三头同盟"，打败小庞贝，赢得民众支持，被推为终身保民官。尽管如此，既是合作者也是竞争对手的安东尼，势力却与屋大维旗鼓相当。尽管安东尼与埃及艳后的婚姻激起罗马民愤，屋大维还是通过战争来解决问题，阿克提姆战役大败安东尼，最终迫其自杀。与众不同的是：蹭上权力巅峰的屋大维，不是继续通过战争行使权力，而是如同宋太祖赵匡胤，通过"杯酒释兵权"以消解权力威胁，解散军队而进行选举，走上执政官职位，创立常备军，却令其驻扎边境，以免干预内政，停止对外扩张，将其通过军事获得的权力定格，成为罗马的和平皇帝，实现军事以政治权力为诉求的另类书写。拿破仑如同亚历山大和恺撒，通过战争拥有权力，亦通过战争行使权力，也就是说，在加冕皇帝之后，依然领军南征北战，无须细说，只不过是前两位因生命的终结而失去权力，拿破仑则是因战败而失去权力。

（二）兵乃逆德之凶器的一元暨多元与战场成就荣誉的一元暨中心

中国古人论军事讲道义，比德天地，立足天道言说人道，以军事道义为人道系统要素之一。《易·系辞下》说是："天地之大德曰生。"天道敏生，人道仁义，古人因此而有兵乃逆德之凶器，圣人君子不得已而用之，不战而屈人之兵为上，杀人安人，杀之可也，道家忌三世为将等说法，异口同声。《老子·三十一章》说是："兵者不祥之器，非君子之器，不得已而用之。"《尉缭子·兵令上》说是："兵者，凶器也；争者，逆德也。"《国语·越语下》："夫勇者，逆德也；兵者，凶器也；争者，事之末也。"《史记·越王勾践世家》载范蠡谏勾践："臣闻兵者凶器也，战者逆德也，争者事之末也。"《后汉书·杜诗传》说是："臣闻兵者国之凶器，圣人所慎。"《李卫公问对》载唐太宗感慨："朕思凶器，无甚于兵者。"李白《战城南》说是："乃知兵者是凶器，圣人不得已而用之。"《孙子》之《用间》写道："凡兴师十万，出征千里，百姓之费，公家之奉，日千金，内外骚动，怠于道路，不得操事者七十万家。"《作战》又说："国之贫于师者远输，远输则百姓贫。近师者贵卖，贵卖则百姓财竭，财竭则急于丘役。力屈财殚，中原内虚于家，百姓之费十去其七。公家之费，破车罢马，甲胄、矢弩、戟盾、矛橹、丘牛、大车十去其六。"《司马法·仁本》说是："国虽大，好战必亡；天下虽安，妄战必危。"那么，圣人君子又将如何实现仁义用兵？《荀子·议兵》写道："陈嚣问孙卿子曰：'先生议兵，常以仁义为本；仁者爱人，义者循理，然则又何以兵为？凡所为有兵者，为争夺也。'孙卿子曰：'非汝所知也！彼仁者爱人，爱人故恶人之害之也；义者循理，循理故恶人之乱之也。彼兵者所以禁暴除害也，非争夺也。'"那么，如何立足仁义禁暴除害？《孙子·谋攻》提出"不战而屈人之兵"之说："凡用兵之法，全国为上，破国次之。……是故百战百胜，非善之善者也。不战而屈人之兵，善之善者也。故上兵伐谋，其次伐交，其次伐兵，其下攻城。……故善用兵者，屈人之兵而非战也。拔人之城而非攻也。"《司马法·仁本》提出"杀人安人"之说："古者以仁为本，以义治之谓之正。正不获意则权。权出于战，不出于中人。是故，杀人安人，杀之可也；攻其国爱其民，攻之可也；以战止战，虽战可也。"《六韬·将威》进而提出"杀大赏小"之说："杀一人而三军震者，杀之，赏一人而万人说者，赏之。杀贵大，赏贵小。杀其当路贵重之人，是刑上极也；赏及牛竖、马洗、厩养之徒，是赏下通也。"虽然古人在强调兵乃凶器，圣人君子不得已而用之的前提下，认可为安人而杀人，但是，依然对杀人本身持否定态度，以为杀气过重而不祥。具体地说，世代为将，杀气积聚而危及后代，因此而有"道家忌三世为将"之说。对此，《史记·白起、王翦列传》写道："或曰：'王离，秦之名将也。今将强秦之兵，攻新造之赵，举之必矣。'客曰：'不然。夫为将三世者必败。必败者何也？必其所杀伐多矣，其后受其不祥。今王离已三世将矣。'居无何，项羽救赵，击秦军，果虏王离，王离军遂降诸侯。"所谓"为将三世者必败"之说，显然属于历史总结即依经立义，与秦蒙骜、蒙武、蒙恬，汉李广、李敢、李陵，晋陆逊、陆抗、陆机等事例相印证，为此，《晋书·陆机传》说是："机以三世为将，道家所忌。"《李卫公问对》唐太宗慎重其事地告诫李靖："道家忌三世为将者，不可妄传也，不可不传也。"于是，李靖"尽传其书与李勣"，而非子孙。反过来说，要准确理解中国军事的义兵理念以及由此形成的兵乃逆德之凶器、不战而屈人之兵、杀人安人、道家忌三世为将等命题，只有将其放回体现一元暨多元哲理模式的中国传统文化的人道理念系统解读，否则便会出现误读。

与之相对应，西方古人所谓军事道义，就是立足部族、城邦、国家，以由勇敢、智慧与胜利构成的个人荣誉，战场成就英雄，将士为荣誉而战，独立自足，不为其他因素左右。因此，西方古人不是以杀人为罪恶，以杀气过重为不祥，而是以能够多杀为能耐，以将门虎子为荣耀，自然也就不会考虑如何减少杀戮，谋求不战而屈人之兵；西方古代文学与古代历史描写英雄，不是将杀人如麻的英雄惨死暗示为杀气过重的报应，而是由此唤起读者的荣誉感，由此涌起"这是英雄之死"的念头。荷马《伊利亚特》描写的阿喀琉斯，可谓为荣誉而死的西方英雄原型。原来，女海神忒提斯预知，儿子阿喀琉斯是否参加特洛伊战争，有着两难选择：参战，会成就英雄荣誉，但是，会因此送命；不参战，可以回避死亡，但是，也因此不能成为第一英雄。最后，母子商议的结果，还是毅然选择为荣誉而死。同样是出于对荣誉的追求，忒提丝为阿喀琉斯重获荣耀，曾祈求宙斯让特洛伊方暂时获得胜利，因此而导致了特洛伊人反败为胜，阿开奥斯人伤亡惨重。如果因是神话或文学描写具有夸张的成份而不以为然，且不必说古希腊神话与文学乃古希腊人思想的写照，那么，古希腊史学家修昔底德《伯罗奔尼撒战争史》就曾表现了相同的思想，说是温泉关战役，三百希腊勇士借关隘抵挡波斯人进攻，其中一人出差，一人有病，没能参战，妻子见到回家的丈夫，不是为丈夫逃生而感到庆幸，而是质问丈夫"别人都死，你为什么不去死"。原来，《伯罗奔尼撒战争史》宣扬的古希腊雅典人所追求的城邦正义，正是由安全、利益、荣誉构成。生存乃城邦置身国际竞争的首要问题，因此，只有安全无虞，才有望实现国家利益最大化。反之，没有安全保障，城邦的生存就会成为问题。利益乃城邦国际行动的首要原则，攫取利益乃城邦职责。荣誉乃德性的表现，也就是城邦公民大公无私的品质，由此形成一种秩序，引导公民积极向善，维护城邦的发展。

二、兵乃诡道和兵法贵在权变与军事是门艺术和战争讲究实力

（一）兵乃诡道的二元互包互孕与军事艺术的二元对立统一

《孙子·始计》说是："兵者，诡道也。故能而示之不能，用而示之不用；近而示之远，远而示之近；利而诱之，乱而取之，实而备之，强而避之，怒而挠之，卑而骄之，佚而劳之，亲而离之，攻其无备，出其不意。"曹操注："兵无常形，以诡诈为道。"诡道就是奇正反成，虚实相生，常变结合，随机应变，法无定法，不为规则与程序所限制。在某种程度上，战争规则与程序的制定，不是用来执行的，而是用来打破或超越的。所谓奇正反成，正，就是将军队运动的规则与程序，临阵布局与实力，展示给敌人，奇，就是将展示给敌人的运动规则与程序，临阵布局与实力，暗中加以变化，甚至反向变化，由此实现出其不意，出奇制胜。例如与敌对阵之布阵为正兵，阵后伏兵或绕到敌后以形成两面夹击为奇兵。所谓虚实相生，就是明实暗虚，明虚暗实，虚中有实，实中有虚，虚实随时变化，真假莫辨，由此牵着敌人的鼻子走。例如以弱兵临阵伴北，诱敌追击，以强兵设伏突起，以形成出其不意的两面夹击；或主帅率兵与敌对阵，暗派大将率兵焚烧敌营，然后回击，两面夹击惊慌之敌。所谓常变结合，常，就是兵法常规与程序，变，就是权变，兵法常规与程序应时而变，随地而变，因人而变，应事而变。总而言之，军事作为诡道的奇正反成，虚实相生，常变结合，就是奇与正、虚与实、常与变的二元互包互孕。

与之相对应，克劳塞维茨《战争论》作为西方军事经典，致力于战争原理的全面论述，运用辩证方法，将西方军事思想综合成为具有内在联系的理论体系；强调通过战争现象的相互联系与相互制约考察战争；认为军事行动的目的就是消灭敌人武装力量，军事艺术的普遍原则就是集中优势兵力，通过隐蔽和迅速实现出其不意；突出战争中的精神作用。总而言之，《战争论》视军事为艺术，并试图通过辩证方法和科学方法，将军事理论提升为科学，而军事艺术或军事科学所追求的我胜敌败，以多胜少，出敌意料，斗志决定成败等，就是我方与敌方、胜利与失败、优势力量与劣势力量、意料之中与意料之外、斗志坚强与斗志丧失等二元对立统一。瑞士若米尼（Antoine Henri Jomini）《战争艺术概论》，乃西方军事界与《战争论》和《孙子》相提并论的现代军事教材，见解也与《战争论》相近。《战争艺术概论》总结法国革命战争和拿破仑的战争经验，概括十八到十九世纪之交的战争原理，认为战争远

非是一门精确的科学，而是一出恐怖与激情的戏剧艺术。提出战争必须遵循的为数不多的几条基本原则包括：战略的核心问题是抓住全部战争之锁钥，那就是集中，集中主要兵力攻敌一端，或各个击被。战略原则是不受自然条件、武器装备和军队编制影响，集中使用兵力，就是这种从古罗马统帅西庇阿（Scipio）、恺撒到到拿破仑永恒不变的战略原则。进攻乃积极的战斗类型，防御则是为在适当时机展开进攻做准备，进攻优于防御。交战，主要攻防战或遭遇战，乃战争主要或决定性的行动，这是克敌制胜的惟一方法。初战获胜，应适时转入追击，以求全歼或彻底打垮敌人。总而言之，克劳塞维茨《战争论》与若米尼《战争艺术概论》所谓战争艺术，就是兵力的多与少、交战的攻与守、战争结局的胜与败等二元对立统一。

如上所述，两相比较，更为具体地说，面对攻守与交战问题，能攻不攻，以守为攻，能战不战，以离间与贿赂为战，也是贯彻一元暨多元、二元互包互孕哲理模式的中国古代兵法的选择。因为基于兵乃逆德凶器，圣人君子不得已而用之的军事理念，如果敌方属于远途作战，粮草供应等受到限制，要求其速战速决，我方只要坚守不攻，便会令敌方不战自退乃至不战而降；如果敌方主帅二心，或帅将不和，或统帅昏庸，奸佞用事，我方可通过离间其君主与将帅或统帅与大将，或贿赂其用事奸佞，便会令敌方不战自退乃至不战而降，这样便可避免杀戮与死伤。与之相对应，贯彻一元暨中心、二元对立统一哲理模式的西方古代军事理论通常主张能战则战，能杀则杀，能全歼则全歼。因为基于军事谋求利益，战场成就荣誉的军事理念，如果敌方不战自退，我方利益落空，如果敌方因内乱而不战自败，将帅英勇善战的荣誉将难以实现，从而有英法联军火烧圆明园，并不影响战争成败，为抢劫而破坏，为体现胜利而破坏的行径。

（二）兵法贵权变的二元互包互孕与战争讲实力的二元对立统一

中国兵法所谓奇正反成，虚实相生，常变结合的兵之诡道，重在权变，权变可谓兵法之灵魂。《孙子》因此而有《九变》篇章，《吴子》因此而有《应变》篇章，《尉缭子》而有《攻权》、《守权》与《战权》篇章。《孙子·九变》强调法分常变，常法与变法相反相成：基于合军聚众，敌则战之，倍则分之，五则攻之，十则围之，遇败而追，遇资而取，有战有息之常法，提出高陵勿向，背丘勿逆，佯北勿从，锐卒勿攻，饵兵勿食，归师勿遏，围师必阙，穷寇勿追，绝地无留之变法。《孙子·九变》所谓途有所不由，军有所不击，城有所不攻，地有所不争，君命有所不受，同样是相对军事行动不言而喻的途必由，军必击，城必攻，地必争，君命必受之常法而言的变法。《孙子·九变》所谓将有五危：必死可杀，必生可虏，忿速可侮，廉洁可辱，爱民可烦，就是强调权变，因人设法。反之，固执常法，不当杀而杀，不当俘而俘，不当战而战，必受其害。《吴子·应变》讲的则是战争无常，千变万化，若我将勇兵强，突然遇敌，我军慌乱，或遭遇强敌，敌众我寡，或强敌倚险死守，兵勇粮足，或敌近压迫，退走无路，我军恐惧，或溪谷遇敌、地多险阻，敌众我寡，或山间遇敌，攻之不敢，退之不能，或大泽遇敌，水没车骑，进退不得，或阴雨连连，马陷车止，三军惊恚等，如何应变之道。《尉缭子》所谓攻权、守权，意思就是进攻、防守的权变之法；所谓战权，意思就是战争的权变之法。总之，因兵乃逆德凶器，故以仁义为本，因是诡道，故以权变为能。权变就是常变结合，就是常与变的二元互包互孕。

西方军事理论与实践所谓集中优势力量，优化武器装备，健全将士体魄，就是战争讲实力，实力乃战争胜算之资本。如上所述，集中优势力量乃西方军事理论所认定的战争基本原则之一，无须重复。如前文所述，优化武器装备，由此催生以此为能事的古希腊斯巴达职业军队重型步兵；结合重型和轻型步兵、重型和轻型骑兵打组合拳，正是马其顿国王腓力和亚历山大父子克敌致胜的法宝，亚历山大还通过调整重型步兵长矛的长短以提高战斗力等，同样无须重复。健全将士体魄，从斯巴达人的优生学，到现代西方军队的魔鬼训练，依旧属于不争的史实。强调战争实力致胜，无疑是将军队力量的强弱与战争胜败的关系，解读为必然性因果关系，由此走向二元对立统一。

如上所述，两相比较，中国兵法强调权变，并非不注重军队实力，而是强调在具有实力保障的情况下，如何通过二元互包互孕、相反相成、相互转化的权变，实现以最小的代价取得最大在胜利，乃至实现不战而屈人之兵，在相应实力无法改变的前提下，如何通过权变，实现以少胜多、以弱胜强、变被动为主动、有效应对突发事件、打没有硝烟的战争等。反之，西方军事理论与实践强调实力，并非不讲权变，例如西方军事史上并不缺少以少胜多，以弱胜强，变被动为主动的战例，只是不注重权变而着眼于二元对立、非此即彼、偏执一端的以强胜弱、以多胜少、以主动胜被动、按既定程序行动而已。由此导致中国古代军事从兵法到历史，用兵之道几乎没什么变化，换句话说，《孙子》、《吴子》、《司马法》、《尉缭子》、《六韬》等古代兵法始终适用，器械变革未能受到应有的重视，由此导致鸦片战争作为西方兵器与中国兵法的遭遇战，大清雄师惨败于西方列强的坚船利炮；在某种程度上，西方古代军事史就是器械变革与规则程序变革的历史，权变思想未能受到应有的重视，由此导致西方在西域的战争依旧以攻杀为能，以战争手段应对恐袭，"911恐袭"这部反面教材用血腥与恐怖向美国军事家证明，兵法最高境界就是通过贯彻一元暨多元、二元互包互孕哲理模式的权变，实现"无招胜有招"：战争没有特定主体对象，并非只有穿军服而拿武器者才是军人或敌人，凡是能够杀敌者皆可被视为军人，凡是试图置我于死地者皆可被视为敌人，"911恐袭"之所以被视为恐袭，是因为被袭击的民众并非各个层面的西域反恐战争参与者；战争没有特定地点与攻击对象，并非只有战争前方才可以杀敌，只有敌军阵地与营地才是攻克对象，无处不可以开辟战场，"911恐袭"就是以通常被视为战争后方的纽约作为战场；没有特定武器，并非只有枪炮、坦克、原子弹、军用飞机等才是武器，只要能够杀敌的东西皆可为武器，"911恐袭"就是以民用飞机为武器；没有特定战术，并非只有擒拿格斗术、阵地战术、突击战术、制空权、制海权等才是战术，只要能够杀伤敌人的所有手段皆可为战术，"911恐袭"就是以恐袭心理战为战术。如果说美国军事家已经认识到上述"无招胜有招"，那么，美国人要想取得反恐战争的最终胜利，就应当在西域军事战场之外的全世界开辟文化教育战阵地，通过文化教育改变有可能成为未来恐怖分子者的思想，实现釜底抽薪。

第四节　中西文艺哲理模式比较

如前文所述，中国文艺热衷人类与自然比德，以物说人，表现自然与人类、在上者与在下者、富贵与贫贱、自我与他者的互动互应、相互转化、包容认同、和而不同，歌颂自然、社会、人类的和谐之美，塑造正人异像，这正是一元暨多元、二元互包互孕哲理模式的体现；与之相对应，西方文艺关注人类与自然对立，以人说物，表现自然与人类、在上者与在下者、富贵与贫贱、自我与他者的对立冲突、联合竞争，歌颂自然、社会、人类的崇高之美，塑造正人正像，这正是一元暨中心、二元对立统一哲理模式的体现。也正是基于一元暨多元、二元互包互孕的哲理模式，中国文艺的诗歌、音乐、舞蹈、绘画、雕刻等门类，一体多元，分而不分，相互借重，彼此渗透，相得益彰，进而形成中国文艺通过人物关系与生存环境表现人物，放眼文艺之外，关注文艺言说与书写的文化话语，追求立足文艺通感表现与意境营造的诗中有画，画中有诗，立象尽意，意生象外，不著一字，尽得风流，言此意彼，言近意远，言有尽而意无穷的文艺意境之美；与之相对应，基于一元暨中心、二元对立统一的哲理模式，西方文艺诗歌、音乐、舞蹈、绘画、雕刻等门类，一元中心，各自独立，个性突出，体用自足，进而形成西方文艺就事论事，着眼于文艺自身，着重表现人物，表现文本，追求立足文字声色、情节结构、形象塑造的语言艺术、表演艺术、造型艺术、综合艺术的媒介运用、结构安排、形象塑造的文艺技巧之美。反过来说，中西文艺的一元暨多元、二元互包互孕哲理模式与一元暨中心、二元对立统一哲理模式，由其文艺门类的分而不分、相互借重与各自独立、体用自足，文艺作品通过字词本义、文本语境、文化话语实现意义建构与通过书写媒介、情节结构、形象塑造实现意义建构，形象塑造，通过人物关系、生存环境表现人物与通过形体外貌、语言行动、心理思想表现人物等三方面可见。

一、文艺门类的分而不分、相互借重与各自独立、体用自足

（一）文艺门类分而不分的一体多元与各自独立的一元中心

如前文所述，《书·尧典》写道："帝曰：夔！命汝典乐，教胄子。直而温，宽而栗，刚而无虐，简而无傲。诗言志，歌永言，声依永，律和声，八音克谐，无相夺伦，神人以和。夔曰：於！予击石拊石，百兽率舞。"《礼记·乐记》写道："诗言其志也，歌咏其声也，舞动其容也。三者本于心，然后乐器从之。"《诗大序》写道："诗者，志之所之也。在心为志，发言为诗。情动于中，而行于言。言之不足，故嗟叹之。嗟叹之不足，故永歌之。永歌之不足，不知手之舞之，足之蹈之也。情发于声，声成文谓之音。治世之音安以乐，其政和；乱世之音怨以怒，其政乖；亡国之音哀以思，其民困。故正得失，动天地，感鬼神，莫近于诗。先王以是经夫妇，成孝敬，厚人伦，美教化，移风俗。"《左传·襄公二十九年》写道："吴公子札来聘……请观于周乐。使工为之歌《周南》、《召南》，曰：'美哉！始基之矣，犹未也。然勤而不怨矣！'为之歌《邶》、《鄘》、《卫》，曰：'美哉，渊乎！忧而不困者也。吾闻卫康叔、武公之德如是，是其《卫风》乎？'为之歌《王》曰：'美哉！思而不惧，其周之东乎！'为之歌《郑》，曰：'美哉！其细已甚，民

弗堪也。是其先亡乎！’为之歌《齐》，曰：‘美哉，泱泱乎！大风也哉！表东海者，其大公乎？国未可量也。’为之歌《豳》，曰：‘美哉，荡乎！乐而不淫，其周公之东乎？’为之歌《秦》，曰：‘此之谓夏声。夫能夏则大，大之至也，其周之旧乎！’为之歌《魏》，曰：‘美哉，渢渢乎！大而婉，险而易行，以德辅此，则明主也！’为之歌《唐》，曰：‘思深哉！其有陶唐氏之遗民乎？不然，何忧之远也？非令德之后，谁能若是？’为之歌《陈》，曰：‘国无主，其能久乎！’自《郐》以下无讥焉！”综上所述，一方面是说，中国古代文艺诗乐舞一体多元。另一方面是说，中国古人运用作诗言说情志，诵诗言说情志，读诗观人情志。扩大到诗乐舞，就创作者而言，可通过作诗、编乐、创舞言说情志，就应用者而言，可通过诵诗、奏乐、跳舞表达情志，就欣赏者而言，可通过读人之诗或听人诵诗、奏人之乐或听人奏乐、跳人之舞或观人跳舞解读他人情志，一体多元。如果说文艺由诗乐舞同源共生发展为门类分立，乃世界各民族早期文艺共相，那么，文艺门类分立，分而不分，彼此借重，相互渗透，相得益彰，一体多元，显然属于中国文艺特色。因此而有诗的比物连类、以物说人的“赋比兴”诗歌手法，乐的天人感应、乐感物应的“高山流水”音乐境界，舞的天人感应、乐感兽应的“百兽率舞”舞蹈场面。关于“赋比兴”创作手法，郑玄《周礼注》：“赋之言铺，直铺陈今之政教善恶。比，见今之失，不敢斥言，取比类以言之。兴，见今之美，嫌于媚谀，取善事以喻劝之。”又引郑众之说：“比者，比方于物也；兴者，托事于物也。”朱熹《朱子语类》：“赋，敷陈其事而直言之者也”；“比者，以彼物比此物也”；“兴者，先言他物以引起所咏之词也”。《管锥编》：“胡寅《斐然集》卷一八《致李叔易书》载李仲蒙语：‘索物以托情，谓之“比”；触物以起情，谓之“兴”；叙物以言情，谓之“赋”。颇具胜义。“触物”似无心凑合，信手拈起，复随手放下，与后文附丽而不衔接，非同“索物”之着意经营，理路顺而词脉贯。’”[10]至此，赋比兴之索物也好，触物也罢，叙物也可，同归比物连类，拟容取心，托物述情，托象明义。关于“高山流水”音乐境界，典出《列子·汤问》：“伯牙善鼓琴，钟子期善听。伯牙鼓琴，志在高山，钟子期曰：‘善哉，峨峨兮若泰山！’志在流水，钟子期曰：‘善哉，洋洋兮若江河！’伯牙所念，钟子期必得之。伯牙游于泰山之阴，卒逢暴雨，止于岩下；心悲，乃援琴而鼓之。初为霖雨

---

10 钱钟书，管锥编（第一册）[M]，北京：中华书局，1979，63。

之操，更造崩山之音，曲每奏，钟子期辄穷其趣。伯牙乃舍琴而叹曰：'善哉善哉！子之听夫志，想象犹吾心也。吾于何逃声哉？'"情感物应，托物述情，情感象生，象生意存。关于"百兽率舞"舞蹈场面，《书·尧典》可与《书·益稷》"箫韶九成，凤凰来仪"，《史记·夏本纪》"祖考至，群后相让，鸟兽翔舞，箫韶九成，凤皇来仪，百兽率舞，百官信谐"，人兽同体的华夏始祖或"三皇五帝"神话，鬼神精怪与人类移形换位，人鬼情未了的精怪文学并读。人兽同情，情发乐成，闻乐起舞。天人物我，一体多元的理念，不言自明，无须赘述。

需要补充说明的是：贯彻一元暨多元理念的中国文艺，由此形成各个艺术门类相互借重、彼此渗透、相得益彰的立象尽意，比物连类，以物说人，意生象外，诗中有画，画中有诗，言而不言，不言之言，言近意远，言此意彼，言有尽而意无穷的文艺"立象尽意说"、"赋比兴说"、"意象说"、"意境说"、"境界说"，共同体现为"言—不言—言不言"、"情（物）—物（情）—情物"、"正—对—合"三元立局结构，可谓之中国文论的意象论话语谱系。"立象尽意说"、"赋比兴说"、"意象说"如前文所述。"意境说"出自王昌龄《诗格》："诗有三境。一曰物境。欲为山水诗，则张泉石云峰之境，极丽绝秀者，神之于心，处身于境，视境于心，莹然掌中，然后用思，了然境象，故得形似。二曰情境。娱乐愁怨，皆张于意而处于身，然后驰思，深得其情。三曰意境。亦张之于意而思之于心，则得其真矣。诗有三格：一曰生思。久用精思，未契意象，力疲智竭，放安神思，心偶照境，率然而生。二曰感思。寻味前言，吟讽古制，感而生思。三曰取思。搜求于象，心入于境，神会于物，因心而得。"

"境界说"出自王国维《人间词话》："词以境界为最上。有境界则自成高格，自有名句。……有造境，有写境，此理想与写实二派之所由分。然二者颇难分别。因大诗人所造之境，必合乎自然，所写之境，亦必邻于理想故也。……有有我之境，有无我之境。'泪眼问花花不语，乱红飞过秋千去'，'可堪孤馆闭春寒，杜鹃声里斜阳暮'，有我之境也。'采菊东篱下，悠然见南山'，'寒波澹澹起，白鸟悠悠下'，无我之境也。有我之境，以我观物，故物皆著我之色彩。无我之境，以物观物，故不知何者为我，何者为物。古人为词，写有我之境者为多，然未始不能写无我之境，此在豪杰之士能自树立耳。……无我之境，人惟于静中得之。有我之境，于由动之静时得之。故一优美，一宏壮也。"其"正—对—合"三元立局结构如下表：

立象尽意说	书不尽言、言不尽意（言/难言/意/正）	言以立象、立象尽意（不言/不直言/象/对）	意以象尽、意在言外（言不言/意象/合）
赋比兴说	由物及情，叙物言情（言/言情/情/正）	由情及物，索物托情（不言/不言情言物/物/对）	情物激发，触物起情（言不言/言物见情/情物/合）
意象说	由物及情，情以物兴（言/言情/情/正）	由情及物，物以情观（不言/不言情言物/物/对）	情物相合，符采相胜（言不言/言物见情/情物/合）
意境说	了然境象得形似（言/言境/境/正）	张意处身驰思（不言/不言境言意/意/对）	心入于境而神会于物（言不言/意与境会/意境/合）
境界说	有我境界（言/能入之言我/我/正）	无我境界（不言/能出之不言我/物/对）	意境两浑（言不言/不言我而我在其中/意境/合）

　　作为西方文论的奠基之作，亚里斯多德《诗学》着眼于文艺而不见其余，换句话说，就是以文艺自身作为言说对象，同时视文艺及其各个门类为体用自足之系统。为此而重点关注史诗与悲剧等文艺的起源与结构，建构文艺摹仿理论。全书二十六章，一到五章主要讨论各类艺术的摹仿对象、摹仿媒介、摹仿方式，强调因摹仿好人或坏人等摹仿对象不同，摹仿所用颜色、声音、节奏、语言或音调等摹仿媒介不同，叙述或表演等摹仿方式不同，因此而形成艺术门类差异；六到二十二章讨论悲剧定义及其特点，以及由情节、性格、言词、思想、形象、歌曲等构成的六个成分；二十三到二十四章讨论的是史诗的情节、结构、分类和成分等；二十五章讨论批评家对诗人的指责，提出反驳指责的原则和方法；二十六章讨论悲剧与史诗之异同，比较史诗与悲剧的高低。后世文艺理论所谓语言艺术、表演艺术、造型艺术、综合艺术的归类，正是对亚里斯多德文艺分类的摹仿媒介原则的贯彻。综上所述，一方面是说，古希腊文艺创作，史诗、戏剧、雕刻、绘画、音乐等因摹仿对象、摹仿媒介、摹仿方式的不同而自成门类，体用自足，一元中心。另一方面是说，古希腊文艺批评，关注文艺自身而就事论事，体用自足，一元中心。

　　原来，亚里斯多德着眼于文艺自身的文艺批评乃至理论建构，事实上构成对老师柏拉图着眼于文艺对应用者尤其是接受者心理的不良影响而否定文艺的反动。而柏拉图由作品与受众（读者/观众/演员）的关系入手，认定文艺乃欺骗受众的美丽谎言，传达给受众的并非真知，而且灌溉受众的"哀怜癖"与"感伤癖"等情感而非理智，因此要将荷马乃至文艺赶出"理想国"，同样属于以文艺乃至文本为中心的一元中心。与之密切相关，现代美国文论家艾布拉姆斯《镜与灯：浪漫主义文论及批评传统》，在全面回顾西方文论史的基础上，认定作品、作家、读者、世界乃"文艺四要素"，所有文艺理论莫不明显倾向某个要素，据此给出界定、划分乃至剖析艺术作品的主要范畴，确立评判作品价值的主要标准，由此形成西方文论史上专注作品与世界关系的"模仿说"、专注作品与读者关系的"实用说"、专注作品与作家关系的"表现说"、专注作品自身的"客观说"。所谓专注作品与世界关系、专注作品与读者关系、专注作品与作家关系、专注作品自身，就是相应的文艺批评理论分别专注作品与世界关系、专注作品与读者关系、专注作品与作家关系、专注作品自身为中心，从事文学批评。文艺四要素之中，文艺作品是中心：作家之所以成为作家，是因为他们创作了文艺作品；读者之所以成为读者，是因为他们从事文艺作品阅读；世界乃作家感受并表现的世界。总之，作家、读者、世界因作品而存在。按照艾布拉姆斯的说法，所有作品莫不涉及文艺四要素。反过来说，文艺四要素乃文艺作品所具有。[11]为此，专注作品的现代文本分析理论与方法，毅然切断了作品与作者、读者、世界的所有联系，什么作家的创作意图、读者的阅读期待、文艺创作的时代语境，全部都不加以考虑，只是进行孤立的文本解读，就事论事。西方文论观由亚里斯多德《诗学》奠定的作品一元中心，由此可见。

（二）诗中有画的二元互包互孕与诗画独立的二元对立统一

苏轼《东坡题跋·书摩诘〈蓝田烟雨图〉》："味摩诘之诗，诗中有画；观摩诘之画，画中有诗。"作者不详，由北宋官方主持编撰的宫藏画作著录《宣和画谱》也有类似之说，说是王维诗句如"落花寂寂啼山鸟，杨柳青青渡水人"、"行到水穷处，坐看云起时"、"白云回望合，青霭入看无"等，"皆所画也"。正是出于对诗画特性互包互孕的追求，中国诗词读本与绘画作品，流行以画配诗，以诗配画；诗画同体共生的字画与插图本诗集，另配以图章雕刻，连环图画由此孕育。连环图画简称连环画，又称连环图，源于以连续画幅描绘故事或人物传记的汉代画像石、北魏敦煌壁画。例如马王堆汉墓漆棺有多图连绘的"土伯吃蛇"、"羊骑飞鹤"等故事，敦煌壁画有北魏壁画"九色鹿本生"、"割肉贸鸽图"等佛本生故事。魏晋卷轴画，例如东晋顾恺之《洛神赋图

---

11 [美]M. H.艾布拉姆斯，镜与灯——浪漫主义文论及批评传统[M]，北京：北京大学出版社，2004，1-3。

卷》、《女史箴图卷》等，人物形象连续再现，由此形成故事情节，画图旁再配以简短文字说明，具有连环画特性。隋唐"变文"以文字配图，讲述佛经故事与民间传说。宋明则将图书刻本插图，例如宋嘉祐八年刻本《列女传》与明代万历二十年刻本《孔子圣迹图》等。明清章回小说配以插图，卷头画书中人物称"绣像"，画各回故事人物称"全图"，回前附故事情节插图称"回回图"。总之，为诗配画、为画题诗、据诗作画、据画作诗、为诗配乐、为乐填词，作为中国文艺的常见现象，也是独特现象。由此可见，诗中有画，画中有诗，可谓言说中国文艺门类一体多元、二元互包互孕的代表性套语。

之所以说诗中有画，画中有诗，作为体现中国文艺门类一体多元、二元互包互孕的文论套语，具有代表性，是因为中国文艺门类一体多元的二元乃至多元，并不限于诗与画，而是具有普遍性。例如绘画与雕刻相结合的绘画加印章、字画加印章，音乐与舞蹈、绘画相结合的民间舞龙、舞狮、玩旱船，如果说戏曲为音乐、舞蹈、绘画、诗文的结合，那么，民间皮影戏则是音乐、舞蹈、绘画、诗文外加雕刻的同体共生。所谓诗中有画，画中有诗，显然并非两种乃至多种文艺门类的形式结合，而是诗词创作追求绘画的意象、意境、境界，绘画创作追求诗词的意象、意境、境界，由此形成所谓诗情画意。钱钟书所谓类似宋祁《玉楼春》"红杏枝头春意闹"，日常用语"响亮"、"热闹"、"冷静"、"暖红"、"寒碧"的"通感"（synaesthesia），[12]正是由此而来。同理，音乐与舞蹈相结合，就是借此创造音乐的听觉感染力和舞蹈的视觉感染力，或是音乐借助通感实现舞蹈的视觉感染力，舞蹈借助通感实现音乐的听觉感染力。皮影戏欣赏，借助通感创造与满足锣鼓、胡琴、唢呐的音乐听觉享受，皮影打斗、礼仪等动作表演的舞蹈视觉享受，皮影人物和道具描绘雕刻的造型与色彩视觉享受，皮影人物说唱的文学语言想象享受。因此说，中国戏曲和皮影戏的内涵乃至特性，显然不是综合艺术的概念能够言说乃至顾名思义的。

基于亚里斯多德《诗学》对文艺创作与接受的摹仿对象、摹仿媒介、摹仿方式的强调，诗歌乃语言的艺术，音乐乃声音的艺术，舞蹈乃表演的艺术，绘画乃色彩的艺术，雕刻乃造型的艺术。以此类推，诗歌、散文、小说、戏剧文本同为语言艺术，音乐、舞蹈同为表演艺术，绘画、书法、雕塑同为造型艺术，戏剧、戏曲、曲艺、电影同为综合艺术。总之，摹仿媒介、摹仿对

---

12 钱钟书，通感[A]，钱钟书，旧文四篇[C]，上海：上海古籍出版社，1979。

象、摹仿方式的不同，使各类艺术独立自足，泾渭分明。原来，艺术诗乐舞等文艺门类本来属于相互借重、彼此渗透，正是一元中心、二元对立统一的理念，令西方文论的文艺门类走向一元中心、二元对立统一。对于诗歌配舞蹈、诗词配插图，立足摹仿的语言媒介，强调以歌与词为中心；对于舞蹈配音乐、舞蹈配服装，立足摹仿的表演媒介，强调以舞蹈为中心；对于绘画配题诗、绘画配印章，立足摹仿的媒介与造型方式，强调以绘画为中心；对于雕刻配绘画，立足摹仿的媒介与造型方式，强调以雕刻为中心。总之是以两种乃至多种文艺门类互动的某种门类为主导，由此确立名目；多种文艺门类同体共生而实在难以确立主导门类时，便统称为综合艺术。如果说中国确立文艺门类的传统，属于依实立名，那么，西方确立文艺门类的传统，便是依名赋实。

钱钟书所谓"通感"，在西方乃心理学与语言学通用术语，作"感觉挪移"。据钱钟书所说，就是"视觉、听觉、触觉、嗅觉、味觉往往可以彼此打通或交通，眼、耳、舌、鼻、身各个官能的领域可以不分界限。颜色似乎会有温度，声音似乎会有形象，冷暖似乎会有重量，气味似乎会有体质"。感觉挪移现象在西方，其实早已为亚里斯多德所关注，其《心灵论》就说"声音有'尖锐'（sharp）和'钝重'（heavy）之分，那是比拟着触觉而来（used by analogy from the sense of touch），因听觉和触觉有类似处"。西方文学创作中的感觉挪移，更是数不胜数，例如"荷马那句使一切翻译者搔首搁笔的诗：'象知了坐在森林中一棵树上，倾泻下百合花也似的声音'（Like unto cicalas that in a forest sit upon a tree and pour forth their lily-like voice）。十六、十七世纪欧洲的'奇崛（Baroque）诗派'爱用感觉移借的手法，十九世纪前期浪漫主义诗人也经常运用，而十九世纪末叶象征主义诗人大用特用，滥用乱用，几乎使通感成为象征派诗歌在风格上的标志（der Stilzug, den wirSynaesthese nennen, und der typisch ist fiir den Symbolismus）"。然而，令钱钟书感到"奇怪的是，亚理士多德虽在《心灵论》里提到感觉挪移，而在《修词学》里却只字不谈"，[13]原来，这正是亚里斯多德的一元暨中心、二元对立统一理念所致：如果在诗学中引入人类感觉互动，各门各类文艺相互借重的感觉挪移概念，亚里斯多德依据摹仿对象、摹仿媒介、摹仿方式等进行一元暨中心、二元对立统一的文艺分类并为之立名，便难以自圆其说。或者说承认感觉挪移现象的存在，会

---

13 钱钟书，通感[A]，钱钟书，旧文四篇[C]，上海：上海古籍出版社，1979。

打乱亚里斯多德《诗学》与《修词学》的文艺分类及其阐释。殊不知，如上所述，亚里斯多德反对的就是柏拉图关注戏剧对表演者与接受者心理影响的心理批评，而感觉挪移正是文艺的作家创作心理与读者接受心理。即使亚里斯多德承认文艺创作与接受的感觉挪移现象，所谓感觉挪移也是两种或多种感觉的移形换位，而非中国文艺所谓两种乃至多种感觉同体共生、互包互孕。

二、文艺作品重文本语境、文化话语与重媒介结构、形象塑造

（一）文艺作品创作与接受重文本语境、文化话语与重媒介结构、形象塑造

我们说中国文艺追求立象尽意、意在言外、意在象外，并非说中国文艺就不注重文本体制营构、媒介运用、形象塑造、情结节结本身与文本欣赏，而是相对全力经营文本、欣赏文本的西方文艺而言，由此成为中国文艺的特色。反之，我们说西方文艺创作与欣赏注重摹仿媒介运用、文本情结结构、人物形象塑造，就是因为西方文艺理论与批评通常直视文本及其情结结构、形象塑造而不及其余。

如前文所述，汉语汉字言说与书写语境成义的意义建构与解读方式，决定汉语古文解读的文本语境诉求与文化话语诉求，由此形成中国文艺创作与接受基于一元暨多元、二元互包互孕理念的意在言外、功夫在诗外的理念与传统。具体说来，所谓文本语境诉求，意义有二：一是指文艺文本意义解读，须考虑文本上下文所构成的语境。例如解读出自《木兰诗》的"扑朔迷离"套语，须考虑由木兰与父母、木兰与战友对话构成的上下文；解读绘画《竹锁桥边卖酒家》、《深山藏古寺》与《踏花归去马蹄香》，须考虑由画中人物、景物与宋徽宗赵佶皇家画院考评风格、规则、题目等构成的上下文。二是指文艺文本意义解读，须考虑文本相关要素构成的语境。例如解读"夸父逐日"、"愚公移山"寓言与"高山流水"典故，须考虑由寓言典故所在文本《列子·汤问》、《列子·汤问》作者列子及其生存的那个时代构成的语境；解读《七步诗》，须考虑由《七步诗》作者曹植及其生平际遇、曹植创作《七步诗》时与曹丕兄弟相残的遭遇构成的语境。所谓文化话语诉求，就是文艺文本意义解读，须考虑文本作者、文本人物、文本情节所遵从与表现的文化话语。例如解读出自《木兰诗》的"扑朔迷离"套语，须考虑"雄兔脚扑朔，雌兔眼迷离"所体现的雄动雌静、男动女静、阳刚阴柔，阴阳、刚柔、动静，相反相

成、相互转化、互包互孕的中国哲理模式；解读绘画《竹锁桥边卖酒家》、《深山藏古寺》与《踏花归去马蹄香》，须考虑前者以小桥流水、丛竹掩映的竹梢深处所露出的酒帘，暗示酒家而体现一个"锁"字，中者以老和尚从溪中一瓢一瓢地舀水进桶，暗示寺庙就在附近及其破旧而体现一个"藏"字，后者以蝴蝶追逐马蹄，暗示花香而体现一个"归"字，由此体现的立象尽意、意在象外、言而不言、不言之言的中国话语模式；解读"夸父逐日"、"愚公移山"寓言与"高山流水"典故，须考虑列子作为道家人物，其《列子·汤问》所阐释的自然与社会和谐之道，所体现的天人物我合一、相反相成的认知模式。

中国文艺创作对立足文本语境诉求与文化话语诉求的立象尽意、意在言外、意在象外的追求，由上述《竹锁桥边卖酒家》、《深山藏古寺》与《踏花归去马蹄香》三幅绘画创作的传说可管中窥豹：传说爱好书画的宋徽宗，创立并主持世界最早的皇家画院，不仅建立考评制度，而且亲自授课，出题批卷，确立笔意俱全的创作与考评标准。"竹锁桥边卖酒家"、"深山藏古寺"与"踏花归去马蹄香"，就是宋徽宗皇家画院绘画考评题目。《竹锁桥边卖酒家》的最终胜出者，根本就没画什么酒家，而画的是小桥流水，丛竹掩映，林梢深处酒帘寓目，暗示酒家所在；《深山藏古寺》的最终胜出者，根本就没画什么古老寺庙，而是画崇山峻岭之中，清泉飞泻，泉水边有位老迈和尚，正在用瓢往桶里舀水，通过和尚取水暗示寺庙就在附近，和尚舀水进桶而非直接用桶舀水暗示老迈，老迈和尚舀水自用暗示其生活艰难乃至寺庙破旧；《踏花归去马蹄香》的最终胜出者，不仅没画马踏鲜花，就连花都没画，而是画夏日黄昏时，一官宦骑马归乡，马蹄高举，几只蝴蝶追逐，通过蝴蝶暗示鲜花，蝴蝶追逐马蹄暗示马蹄带有花汁与花香。再说语境成义，最早见于南朝宋刘义庆玄学笔记小说《世说新语》的《七步诗》，原诗为"煮豆持作羹，漉豉以为汁。其在釜下燃，豆在釜中泣。本自同根生，相煎何太急"。后世流传，简变作"煮豆燃豆萁，豆在釜中泣。本是同根生，相煎何太急"。就文本而言，诗句表现的是自然事物的根枝叶果自相残害现象，平淡无奇，难以感人。但是，文本语境的"七步诗"诗题，再加作者曹植的信息，通过中国文艺比物连类、立象尽意、意在言外、意在象外的意义建构方式，则向读者"此处无声胜有声"地倾诉一个感人至深的政治权力欲望扼杀亲情，导致同胞兄弟骨肉相残的故事：曹操死后，曹丕继位，因忌恐曹植高才对自己权位不利而意欲除之而后快，于是，借朝中有人谋反而曹植涉嫌主谋，就曹植高才，有出口成章之美名，设下陷阱，令其七步之内成诗，否则杀无赦。

如前文所述，表音文字言说与书写文本成义的意义建构与解读方式，决定西语诗文解读立足词句分析乃至词句的主导与中心意义，由此形成西方文艺创作与接受基于一元暨中心、二元对立统一理念的文本中心，语言符号及其结构决定意义的理念与传统。具体说来，诗文创作与欣赏立足词句分析乃至词句的主导与中心意义，就文艺整体来说，就是立足摹仿媒介乃至情节结构、形象塑造。为此，作为西方文论之滥觞，荷马在其史诗卷首向缪斯女神吁求灵感，由此形成西方文论至今不废的文艺创作"灵感说"，为继之而来的苏格拉底与柏拉图师徒所津津乐道，灵感的载体就是代神说话的语言文字。亚里斯多德《诗学》就文艺创作的摹仿媒介、文本结构、戏剧情节立论，如前文所述。随之而来的贺拉斯《诗艺》，其贡献就是立足语言媒介运用，确立文艺作品创作与鉴赏，文本内容与形式的适宜原则，具体内容包括三条：一是形象合式，符合整一性；二是性格合式，符合年龄、地位、身份；三是题材合式，符合诗人能够胜任的题材。朗加纳斯《论崇高》虽然认定崇高风格由五种因素构成，但是，庄严而伟大的思想和强烈而激动的情感的表现，要通过藻饰的方法来完成，具体落实于高雅的措词和堂皇卓越的结构。总之，文艺表现崇高，有赖于文艺家运用语言、色彩、音律等书写媒介，乃至通过媒介结构创作艺术文本的能力。至此，一元暨中心、二元对立统一理念的语言符号及其结构决定意义的理念与传统，使书写媒介及其结构成为西方文艺创作与解读的根本。

正是基于书写媒介的文艺根本，二十世纪西方文论形成了立足言意关系的形式主义（Formalism）、结构主义（Structuralism）、符号学（Semiotics）、接受美学（Receptional Aesthetic）等理论学说。以雅各布逊（Roman Jakobson）为代表的俄国形式主义，为人称道，乃至给后来者以巨大影响的理论观点有三：一是认为文学作品乃"意识之外的现实"，为此而主张文学内部研究，将文学研究引向文本研究，从而将传统的社会分析乃至作者研究排除在外。二是认为文学研究对象乃"文学性"，因为这是文学之所以成为文学的根本，而文学性就在于文学语言的联系和结构之中，从而使语言关系与结构成为文学的根本。三是提出"陌生化"原则，因文学宗旨不是审美目的而是审美过程，为此而通过语言结构的拉伸、扭曲与变形，使人们过于熟悉的事物变得陌生，以此加大理解难度，延长审美过程，重获审美感知。不容置疑，形式主义乃俄国时代文艺批评观的反动，然而，却植根由亚里斯多德《诗学》奠定的文艺批评关注文学自身的传统，因此说，既是现代的又是传统的。随之而来，由瑞士语言学家索绪尔突破流行的孤立与静止地看问题的比较语言学束缚，视区别于日常言说的"言语"而用来学习的"语言"为符号系统的结构主义语言学发端的结构主义，继承该传统，试图探索一种文化到底通过什么样的关系结构来实现意义表达，认为这种关系建构就是作为表意系统（systems of signification）的各种实践活动乃至现象。与此同时，索绪尔的语言符号系统研究还孕育了现代符号学。由于索绪尔将语言符号（sign）分成符征（Signifier）和符旨（Signified）两部分，前者乃语音形象，后者乃意义概念，二者的关系不是必然的，而是任意的，意义有赖约定俗成，从而使符号学走向文化符号研究。索绪尔结构语言学虽然强调语言为符号系统，但是，意义依然在符号系统之中，而非中国文论所讲的意在言外、意生象外。随之而来由德国学者姚斯（Hans Robert Jauss）和伊泽尔（Wolfgang Iser）提出的接受美学，基于对读者接受作品，参与意义建构的能动性的强调，从而割断作品与作者乃至与社会的联系，可谓西方文论基于一元暨中心、二元对立统一理念的文本中心的典型表现。

（二）形象塑造重环境、关系与重形貌、智慧，文艺审美追求象征、传神与追求形似、形象

这里所谓形象塑造或说人物形象塑造，并非仅仅是人的形象塑造，也包括物的形象刻画、景象渲染，乃至人物互动而生成的意境酝酿。所谓物的形象，就是指自然景物形象。中国文艺一元暨多元、二元互包互孕理念落实到人物形象塑造，那就是注重表现人物生存环境、主体与他者关系，文艺审美追求象征隐喻、传神写照。反过来说，贯彻一元暨多元、二元互包互孕理念的中国文艺，习惯通过人物生存环境、主体与他者关系来塑造人物形象。文学形象塑造可谓其中的典范，例如《离骚》开篇写道："帝高阳之苗裔兮，朕皇考曰伯庸。摄提贞于孟陬兮，惟庚寅吾以降。皇览揆余初度兮，肇锡余以嘉名。名余曰正则兮，字余曰灵均。纷吾既有此内美兮，又重之以修能。扈江离与辟芷兮，纫秋兰以为佩。"屈原正是在借其父祖关系即家族出身与生活环境的叙述，实现怀才不遇的自我形象塑造。言外之意：我屈原并非凡类，乃先天赋予加后天培养，内外兼修的人才。《孔雀东南飞》正是通过刘兰芝向焦仲卿倾诉，"十三能织素，十四学裁衣，十五弹箜篌，十六诵诗书。十七为君

妇，心中常苦悲。……君家妇难为"，与刘母疑问"十三教汝织，十四能裁衣，十五弹箜篌，十六知礼仪，十七遣汝嫁，谓言无誓违。汝今何罪过，不迎而自归"相印证，阐述刘兰芝母女关系即良好家庭教养与成长环境，由此实现刘兰芝的四德怨妇形象塑造。《金瓶梅》正是通过西门庆失去父教的父子关系，热结十兄弟的朋友关系，流连妓院的生活环境，转生孝哥的今生来世等，相互印证，实现其因生活优裕而缺乏家教的纵欲者形象塑造。《水浒传》正是通过宋江、公孙胜、鲁智深、李逵等天罡地煞作为戴罪天星下凡历劫的前世今生，来实现其替天行道者的形象塑造。《红楼梦》第七十四回王夫人明着骂晴雯，说是"有一个水蛇腰、削肩膀、眉眼又有些像你林妹妹的，正在那里骂小丫头。我的心里很看不上那个轻狂样子"，摆明了就是忌黛玉，为此而提拔袭人而打压贾母看好且有意收为贾宝玉房里人的晴雯；《红楼梦》第七十八回，王夫人就上述作为向贾母解释，贾母明着点评袭人为"没嘴葫芦"，意为城府深，擅长背地弄事，实为王夫人所扶植的薛宝钗写照。《红楼梦》通过写贾宝玉与林黛玉的前世今生即贾宝玉与青梗石、神瑛侍者乃至甄宝玉的关系，林黛玉与绛珠仙子、神瑛侍者乃至警幻仙子的关系，来实现二人的精神恋形象塑造。[14]如此等等，难以尽述。就音乐而言，如前文所述，《国语·周语》："夫政象乐。乐从和，和从平；声以和乐，律以平声；金石以动之……。如是而铸之金，磨之石，系之丝木，越之匏竹，节之鼓而行之，以遂八风。于是平气无滞阴，亦无散阳，阴阳序次，风雨时至，嘉生繁祉，人民和利，物备而乐成，上下不罢，故曰乐正。"《左传·襄公二十九年》："吴公子札来聘……请观于周乐。使工为之歌周南、召南，曰：美哉！始基之矣，犹未也。然勤而不怨矣！"以乐象政，乐为政象。而作为政象之乐，实为人类与自然关系的反应。就绘画而言，因中国绘画多以人物、山水、草木、花鸟为题材，擅长写意与具象性的意象建构、意境渲染技法，从而有"国画"之称。或是借助植物、景物来表现人物，或是将人物置于具体生活场景，或是画行动中的人物，总之，或通过人类与自然的关系建构，来实现绘画意象建构、意境渲染。例如《四君子图》，就是以梅兰竹菊比德君子气节，《松鹤延年》就是以青松白鹤隐喻人类健康长寿等，或是通过事物相互关系建构，来表现非具象性的主题意义，例如《竹锁桥边卖酒家》以小桥流水，丛竹掩映，竹梢深处露酒

---

14 徐扬尚，《红楼梦》的"正—对—合"三元谱系结构话语模式[J]，北方工业大学学报，2010，（1）：34-41。

帘，表现"锁"字，《深山藏古寺》以取水老僧暗示古寺就在附近，表现"藏"字，《踏花归去马蹄香》以追逐马蹄蝴蝶暗示马蹄刚从花丛经过，表现"香"字。就建筑艺术而言，由此形成中国人立足房屋与自然环境的关系协调、房屋各个组成部分的关系协调、房屋与主人的关系协调的风水观念。例如房屋周边环境既要追求采光、通气、取水、出行的便利，又要回避临近河流与山溪的突发洪水，尤其是坟地、刑场之类的煞气；房屋作为家庭财富，虽然多多益善，但是，若家庭人口少而房屋多，便会显得空荡而缺乏人气；房屋虽然以宽敞高大为上，追求采光通气，但是，房屋过于宽敞高大，门窗过于敞亮，反而会造成西晒与不收气，由此形成的暑气与过堂风，不利于主人健康。

中国文艺人物形象塑造追求审美传神，绘画可谓典范。基于绘画以传神为诉求，传神因此而成为绘画别称。《世说新语·巧艺》载："顾长康画人，或数年不点目精。人问其故，顾曰：'四体妍蚩，本无关於妙处，传神写照，正在阿堵中。'"由此形成传神写照的典故与套语。唐朝张彦远《历代名画记·张僧繇》载："张僧繇于金陵安乐寺画四龙于壁，不点睛。每曰：'点之即飞去。'人以为妄诞，固请点之。须臾，雷电破壁，二龙乘云腾去上天，二龙未点眼者皆在。"由此形成画龙点睛的典故与套语。宋张师正《括异志·许偏头》亦载："成都府画师许偏头者，忘其名，善传神，开画肆於观街。一日，有贫人，弊衣憔悴，约四十许，负布囊，诣许求传神。"这里的传神可作绘画或画技两读。传神写照与画龙点睛，同时也是文学的审美诉求。对此，《文心雕龙·物色》以文贵形似为时尚，说是："自近代以来，文贵形似，窥情风景之上，钻貌草木之中。"《文心雕龙·夸饰》进而以文贵神似为难能，说是："神道难摹，精言不能追其极；形器易写，壮辞可得喻其真。"《淮南子》："画西施之面，美而不可说；规孟贲之目，大而不可畏：君形者亡焉。"所谓"君形者"即"形之君"，就是神。传神作为文艺的审美追求，由此成为唐宋及其以后的传统。对此，苏轼《书鄢陵王主簿所画折枝》说是："论画以形似，见与儿童邻。赋诗必此诗，定知非诗人。"明李贽《诗画》说是："卓吾子谓改形不成画，得意非画外。因复和之曰：'画不徒写形，正要形神在；诗不在画外，正写画中态。'"清刘大櫆《论文偶记》说是："行文之道，神为主，气辅之……气随神转，神浑则气灏，神远则气逸，神伟则气高，神变则气奇，神深则气静，故神为气之主。"也正是基于文学的传神之美诉求，由此形成"诗眼"之说。所谓"诗眼"，意义有二：一是指诗人的洞察力与鉴赏力；二是指诗作点睛传神

之笔。后者又两指：一是指诗句中最为传神的某个字，所谓一字工是也；二
是指作为诗篇主旨的句子。苏轼《次韵吴传正〈枯木歌〉》说是："君虽不作丹
青手，诗眼亦自工识拔。"元好问《继愚轩和党承旨雪诗》说是："愚轩具诗
眼，论文贵天然。"袁宏道《与伯修书》说是："近来诗学大进，诗集大饶，诗
肠大宽，诗眼大阔。"

西方文艺一元暨中心、二元对立统一理念落实到人物形象塑造，那就是
注重表现人物形体外貌、思想品德、力量智慧，文艺审美追求形象真实、形
象生动、形象丰满。反过来说，贯彻一元暨中心、二元对立统一理念的西方
文艺，习惯通过人物形体外貌、思想品德、力量智慧来塑造人物形象。作为
其典范的文学形象塑造，例如荷马史诗《伊利亚特》关于阿喀琉斯与海伦的
形象塑造，作为希腊第一勇士也好，作为希腊第一美女也罢，莫不集中表现
其二人的形体外貌与前者的火暴脾气、后者的多情乱性。《伊利亚特》开篇申
称"阿喀琉斯的愤怒是我的主题"，表现特洛伊战争则由阿喀琉斯说开去，而
阿喀琉斯的形象塑造则是由其火暴脾气说开去，由此推动整个特洛伊战争的
故事情节发展。表现人物关系与生存环境，更多的是出于情节叙述而非人物
形象塑造的需要。表现阿喀琉斯与父亲珀琉斯、母亲忒提斯的关系即出身与
生存环境，与希腊联军统帅阿伽门农、谋士奥德修斯的关系即被迫参战乃至
两次愤怒的生死搏斗就是如此。海伦的形象塑造同样如此：海伦的故事就是
红颜祸水的故事，叙述海伦与父亲宙斯、母亲勒达的关系即出身，与被其美
丽诱惑乃至方寸大乱的忒修斯、庇里托俄斯、帕里斯的关系，就是讲述海伦
红颜祸水的生平际遇，以此贯穿整个特洛伊战争的故事情节发展。由此奠定
西方文学人物形象塑造集中表现其形体外貌、思想品德、个性特质的传统。
人物形象塑造集中表现其形体外貌、思想品德、个性特质的传统，体现于雕
塑与绘画，由此创造古希腊与古罗马的人体雕塑、文艺复兴时期意大利的人
体绘画的辉煌，以致《驾车人》、《波塞东》、《米罗岛维纳斯》、《拉奥孔》、《持
矛者》、《束发运动员》、《断臂维纳斯》、《掷铁饼者》、《大卫》、《思想者》等许
多雕塑，达·芬奇（Leonardo di ser Piero da Vinci）的《蒙娜丽莎》与《最后
的晚餐》、米开朗基罗（Michelangelo Buonarroti）的《最后的审判》与《创世
纪》、拉斐尔（Raffaello Sanzio）的《带金莺的圣母》与《草地上的圣母》、波
提切利（Sandro Botticelli; Alessandro Filipepi）的《春》、《维纳斯的诞生》等
许多绘画，至今为世界读者所耳熟能详。也正是人物形象塑造集中表现其形

体外貌、思想品德、个性特质的传统，致使西方早期雕塑倾向表现裸体，作为个体存在，基本与环境无关；这个倾向在绘画中也得到相应体现，绘画人物虽然也存在相应背景，但是，人物背景有别于人物生存环境，背景的作用在于体现色彩与构图，而环境则在于诠释人物品性，不言之言，讲述故事。与之相对应，中国雕塑与绘画的伏羲、女娲、黄帝、孔子等人物，麟、凤、龟、龙、西王母、土地爷等神灵塑像与绘画，虽然人物相同，却因所处环境的不同，如节庆祭祀、陵墓、官衙、学校、民居、车轿、衣饰等，以及与之共同存在的他者关系的不同，如孔氏家庙与其他孔氏祖先并祀的孔子，同国省府县文庙与其他儒家圣贤并祀的孔子，帝王宫殿、用具、服饰之龙，同民间祭祀、节庆仪式之龙等，体现为不同身份，诠释不同意义。

　　西方文艺人物形象塑造追求形象逼真的传统，如前文所述，由赫拉克利特、德谟克利特、苏格拉底、柏拉图、亚里斯多德所倡导的文艺"摹仿说"奠定，进而衍生文艺创作的"镜子说"，无须赘述。现代西方文艺所流行的"现实主义说"，正是该传统的放大。对此，韦勒克（René Wellek）有专著《文学研究中现实主义的概念》追溯其来龙去脉。客观性、真实性、典型性乃现实主义理论主要范畴。与之密切相关，由美国艺人伊莎多拉·邓肯（Isadora Duncan）所开创的现代舞，如果说有什么特点，从摹仿媒介上讲，那就是运用形体动作符号，通过形象塑造，诠释思想、情感、意义。就伊莎多拉·邓肯而言，现代舞的摹仿媒介就是她那如同森林女神的薄纱轻衫，赤脚起舞形象。现代舞虽然倾向表现理想，但是，其审美诉求却是自然真实。对此，邓肯在她的著作《邓肯自传》和《论舞蹈艺术》中多次提到，她最初的舞蹈灵感和冲动，来自奔腾不息的大海、微微颤动的鲜花、翩翩飞舞的蜜蜂、展翅翱翔的鸽子。在邓肯看来，大自然就是舞蹈的着大自然，且远比人类自由舒畅。也就是说，邓肯以大自然为舞蹈启蒙老师。现代舞也因此而成为一种植根西方注重形体与主体表现的文艺传统的全新艺术形式。西方绘画所谓"比例法则"与"透视技巧"，同样是出于形象逼真的需要，前者乃西方人体绘画的入门技能，后者就是通过表现近大远小的透视现象，使人物呈现立体感。

第五节　中西教育哲理模式比较

　　如绪论所述，中国传统教育在教育方法与主旨上，属于立足个体的由困而知学，由学而知困的教与学、学与问、知与行，互动互应、互证互释、相反相成，信息双向传递的个性化教学，在教育目的上，属于立足个体的修身、齐家、治国、平天下，格物致知以修身的传受型学养素质教育，这正是一元暨中心、二元对立统一哲理模式的体现。与之相对应，西方教育在教育方法与主旨上，属于立足国家人才培养需要的教师主导，按计划与制度操作，论教而不问学、说知而不言行，知识信息单向传递的模式化教学，在教育目的上，属于立足国家人才培养需要，为国家培养保卫者与建设者，也就是非我诉求的专业知识教育与训练的传授型知识技能教育，这正是一元暨中心、二元对立统一哲理模式的体现。也正是基于一元暨多元、二元互包互孕的哲理模式，中国传统教育形成教学结合、学问结合、学习结合、学思结合、知行结合的"五结合"，以学为本位的教学机制，求学受教、终身学习的学习机制，立足人才选拔与任用的人才评价机制；西方教育形成教师本位、传授本位、法则本位的"三本位"，以教为本位的教育机制，立足人才培养与训练的教育评价机制，学龄教育与学校教育致使立足主动的学习机制缺失。反过来说，中西教育的一元暨多元、二元互包互孕哲理模式与一元暨中心、二元对立统一哲理模式，由其教学机制的个性化、多元化与教育机制的模式化、一元化，求学受教、终身学习的多元化、个性化与学校教育、学龄教育的一元化、模式化，人才评价机制的个性化、多元化与教育评价机制的模式化、一元化等三个方面可见。

一、教学机制的个性化、多元化与教育机制的模式化、一元化

（一）"五结合"教学机制的一体多元、互包互孕与"三本位"教育机制的一元中心、二元对立

中国古人视教学为个人如何获得知识，实现人格修养的方法路径，知识信息输出与接受、需求与供给，乃互动互应、相反相成、互包互孕的一事两面，这也正是甲骨文"学"字的本义。正是基于教与学互包互孕的理念，中国古人有了同教学结合互证互释、互动互应的学问结合、学习结合、学思结合、知行结合，由此建构个人如何获得知识技能，实现人格修养，一体多元的"五结合"教学机制。也就是说，中国古人不是视求知修身为一种独立行为，视教学为求知修身之要务，而是视求知修身为一个行为系统，教学、学习、学问、学思、知行等，皆为求知修身系统之不可或缺之要素。在此需要强调的

是："五结合"的"结合说"其实是不准确的。因为无学便无教、无教亦无学，无学便无习、有习学方牢，学不解而问、不学便不问，学不思不解、无思学不达，无行无须知、无知难以行，教与学、学与习、学与问、学与思、知与行，并非两个事物，而是事物的一体两端、两面、两性，二者互动互应、互包互孕，也就是说，二者不可分别看待，因此，也就无所谓结合。关于教学结合，《学记》说是："学然后知不足，教然后知困。知不足，然后能自反也；知困，然后能自强也。故曰：教学相长也。"关于学问结合，《论语·卫灵公》载子贡问文，孔子教导："敏而好学，不耻下问，是以谓之文也。"韩愈《师说》说是："道之所存，师之所存也。"关于学习结合，《论语·学而》载孔子教导："学而时习之，不亦说乎？"《论语·为政》载孔子再次强调："温故而知新，可以为师矣。"关于学思结合，《论语·为政》载孔子教导："学而不思则罔；思而不学则殆。"关于知行结合，《荀子·劝学》说是："不闻不若闻之，闻之不若见之，见之不若知之，知之不若行之。学至于行之而止矣。"

一元暨多元、二元互包互孕的"五结合"教学机制，集中体现为"学之本位"，因为五个结合的中间三个结合，专讲如何学，其中奥义由基于二元互包互孕理念的教学合一与知行合一可见。教学合一与知行合一，意义两说：一是有求学者方有教授者，教授因求学而存在，没有教的学，谓之摹仿、仿效、效法，教授者传授知识有待求学者悟解，教而不悟，所谓教学便不能成立，学乃教之形成原因；行动遭遇困境而欲求知，欲借助知识认识并摆脱困境，行乃知之形成原因。二是教授者及其教学的价值意义，通过求学者及其表现实现，教授者的成就，有赖求学者成全，教得再好，若是求学者悟解得不好，如同教得不好，学乃教之价值判断；知识的价值意义在实践中产生，知识高明与否，有待实践验证，若是实践效果不好，知识便难说高明，行乃知之价值判断。总而言之，中国古人不独立看待教与学、知与行，而是视教与学、知与行乃教学、知行的互包互孕、一体两面。没有求学，教授不仅失去存在意义，干脆就失去形成原因，反过来说，也没有脱离教授的求学；没有行动与实践，知识不仅失去存在意义，干脆就失去形成原因，反过来说，也没有脱离知识的行动与实践。关于后者，明王守仁《传习录》说是："只说一个知，已自有行在；只说一个行，已自有知在。古人所以既说一个知，又说一个行者，只为世间有一种人懵懵懂懂的任意去做，全不解思惟省察也，只是个冥行妄作，所以必说个知，方才行得……某今说个知行合一，正是对病的药。"《书·说命中》："非知之艰，行之惟艰。"孔传："言知之易，行之难。"

　　相对而言，西方人视教学为教师如何传授知识技能，培养人才的方法路径，过多考虑知识信息的储备、输出、供给，而较少考虑知识信息的需求、接受、消化，教学过程虽然强调学生自主学习，但是，学生由学而思、思而困、困而问的教学环节却成为缺失，至少是重视不够，从而使教学过程走向教主动而学被动，学服从于教，以教师为本位的二元对立统一。正是基于教学对立统一的理念，西方教育形成与教师本位互证互释、互动互应的传授本位、法则本位。在柏拉图介绍苏格拉底的《文艺对话集》中，读者看到的是作者对苏格拉底如何运用启发式教学"助产术"的津津乐道，而只字不提人们如何主动学习、主动思考、主动请教，因为问题多由苏格拉底提出，或说对话主要是由苏格拉底发问，且有些发问干脆就是结论，例如《伊安篇》苏格拉底："现在且只问你一个问题：你只会朗诵荷马呢，还是对于赫西俄德和阿喀罗库斯，也同样朗诵得好？""荷马和赫西俄德在某些题材是否说的相同呢？""在他们说的不相同的哪些题材上怎样呢？比如说占卜，荷马说过，赫西俄德也说过，是不是？《理想国》苏格拉底："你是否把文学包括在音乐里面？""文学是不是有两种：写真的和虚构的？""神在本质上不是善的吗？""凡是善的都不是有害的，是不是？""凡是善的都是有益的？"[15]如此等等。亚里斯多德笔下讨论得最多的是，如何根据年龄对学童进行分级培养，为此而规定相应的教学内容，同样只字不提学童如何学习。古罗马西塞罗的《论雄辩家》虽然认为在培养雄辩家的诸多方法中，模拟演说的练习是最重要的，但是，其论说的出发点依旧是培养雄辩家的教学，而非人们如何通过练习掌握雄辩术的学习。换句话说，西塞罗是站在教师的立场上讲话。昆体良的《演说术原理》虽然讨论的是如何成为演说家的学习，但是，同样是以教师口吻，讨论如何培养演说家的教学，因此，在说到演说家须通过学习打好基础，具有广博而稳固的基础知识时，不由自主地强调包括学习史学家、科学家、诗人著作的文学教学。法国启蒙思想家卢梭（Jean-Jacques Rousseau）的《爱弥尔》在强调旧教育的失败的同时，提出尊重儿童天性，实行启发诱导的自然教育的新教育模式，瑞士心理学家皮亚杰（Jean Piaget）撰写系列著作，基于儿童思维研究，建构发生认识论，将儿童思维发展划分为感知运动阶段、前运演阶段、具体运演阶段、形式运演阶段等四个阶段，据此开展儿童教育，

---

15 [古希腊]柏拉图，文艺对话集[M]，北京：人民文学出版社，1983，2-3、21、25。

讨论的依旧是如何教而非如何学。总之，西方教育家及其著作关注的是如何开展教学、如何设计课程、如何建立教学体制。

一元暨中心、二元对立统一的"三本位"教学机制共同体现为"教之本位"，其中奥义由二元对立统一理念的教师本位可见。具体表现有二：一是教师主导教学。教什么？如何教？完全取决于教师。从亚里斯多德依据学童年龄设计课程与教育方式，到皮亚杰依据学童认识心理设计课程与教育方式，全是由教出发，且趋向模式化。而立足如何教的模式化教育方式，对相同年龄段学童的接受能力差异、接受心理或说个性特质等，忽略不计，由此立场先设，以学童年龄相同代表学童的智力相近、心理类似，因此导致心理晚熟与智商略低的学童成为问题学童。假如孔子弟子生在西方社会，那么，《论语·先进》所说的"柴也愚，参也鲁，师也辟，由也喭"，以及只小孔子六岁，儿子就是既被孔子视为反应迟钝，又在日后成为孔子学术思想重要传人的曾参，父子同师孔子，而被孔子肯定的不是其学问而是其胸怀风度的曾点等，其中有人必然会成为问题学生。二是教育评价机制由教师决定而学生失语。教育水平如何乃至成功与否，只考虑教师的学历资历、知识修养、理论学说建构，讲授的知识学理性如何、社会应用价值如何，而不考虑其学生从教师那里获得多少知识，是否获得教师课堂所传授的知识，学生获得的知识是否有用，学生接受能力如何。假若基于西方模式化教育体制而在评价机制中引入学生因子，则必将导致教授反应敏锐学生而容易取得成绩，容易成为教学名师，反之，教授反应迟钝学生则难以取得成绩，难以成为优秀教师的现象。孔子若是生活在移植西方教育体制而在教育评价机制中加入学生升学率、就业率、社会影响等因子的当下中国教育体制之下，其弟子三千，贤者七十二的人才培育成功率，也必受争议。

（二）格物致知以修身的一体多元、互包互孕与学科知识教育的一元中心、二元对立

中国传统教育的功能目的在于格物致知以修身养性，并不因科举的兴起而改变，因此而有"求不着官有秀才"之说，而秀才的好处就是不出门而知天下事。《论语·子张》载子夏所谓"学而优则仕"系"仕而优则学"下句，二者互文，是说学养有利于做官，而绝对不是说求学的目的就是做官。格物致知作为一体多元、互包互孕的修身或学养系统，其多元性与反成性具体体现有三：

　　一是知识结构的多元性与反成性。《周礼》所载五礼、六乐、五射、五御、六书、九数等"六艺"课程的多元性自不必细说，其中，实践乃"六艺"课程的特性，而指导后人学习"六艺"的前人关于"六艺"实践的经验总结则属于理论，因此说，"六艺"课程本身属于理论与实践的互包互孕。更为重要的是，孔子及其后学的教学课程设置，本身属于一个面向生活的开放系统，弟子在生活中遇到的所有问题，都可以在孔子那里得到指导，一部《论语》便记载了弟子问知、问智、问友、问行、问言、问仁、问孝、问政、问祭、问稼、问历史、问生死、问鬼神、问善人之道等。同时，孔子及其后学又将指导弟子生活中的问题与经验引入前人理论乃至自己的理论建构。也就是说，在孔子及其后学那里，既定教学内容与即兴教学内容相辅相成、互包互孕。

　　二是教学方法的多元性与反成性。由孔子奠定的根据弟子个性素质因材施教，具体方法有五：（1）如前文所述，孔子教导弟子的常用方式，就是以立象尽意、依经立义、比物连类、以彼说此的中国文化话语模式"四项原则式"，不赘述。（2）在此前提之下，对于那些聪明睿智，具有相应的文化素养，能够举一反三的弟子，孔子则采用"启发诱导式"教导。例如《论语·八佾》载子夏向孔子请教《诗经·硕人》"巧笑倩兮，美目盼兮，素以为绚兮"的解读，孔子比物连类，启发道："绘事后素"，子夏进而举一反三，说是"礼后乎？"（3）反之，对于那些口直心快，既不知谦虚又不知分寸，既缺乏敏感又迂腐不知变通，难以启发的弟子，孔子则采用"斩钉截铁式"教导。例如《论语·雍也》载："子见南子，子路不说。夫子矢之曰：'予所否者，天厌之！天厌之！'"《论语·子罕》载："子疾病，子路使门人为臣。病间，曰：'久矣哉，由之行诈也！无臣而为有臣。吾谁欺，欺天乎！且予与其死于臣之手也，无宁死于二三子之手乎！且予纵不得大葬，予死于道路乎？'"（4）对于那些缺乏天资且有自知之明，心有余而力不足的弟子，孔子则采用"鼓励肯定式"教导。例如《论语·先进》载曾点、子路、冉有、公西华侍坐，孔子让大家谈各自的志向，三位相继汇报，而曾点却在旁边弹琴，待孔子问到时方说："异乎三子者之撰。"孔子于是鼓励道："何伤乎？亦各言其志也。"曾点说是："莫春者，春服既成，冠者五六人，童子六七人，浴乎沂，风乎舞雩，咏而归。""夫子喟然叹曰：'吾与点也！'"原来，曾参之父曾点与颜回之父颜由皆系孔子大龄弟子，曾参与颜回的才学皆为孔子称道，父子同师孔子，由此可见，曾点与颜由皆无才学优势，因此而有上述逊让。（5）反之，对于那些虽然天资聪颖却聪明反被聪明误，才学有余而德性欠缺，能言善辩而行动不足的弟子，孔子则采用"冷嘲热讽式"教导。例如《论语·阳货》载："宰我问：'三年之丧，期已久矣。君子三年不为礼，礼必坏；三年不为乐，乐必崩。旧谷既没，新谷既升，钻燧改火，期可已矣。'子曰：'食夫稻，衣夫锦，于女安乎？'曰：'安！''女安则为之。夫君子之居丧，食旨不甘，闻乐不乐，居处不安，故不为也。今女安，则为之。'宰我出。子曰：'予之不仁也！子生三年，然后免于父母之怀。夫三年之丧，天下之通丧也。予也有三年之爱于其父母乎？'"

三是学养目标的知识结构的多元性与反成性。如前文所述，格物致知以修身养性，属于素质教育，修身以齐家，这是作为普通人的基本目标；由齐家而治国，这是作为有志之士的远大目标；由治国而平天下，这是作为志士贤能的理想目标。而这只是干政，此外，亦可为学者、为礼宾、为商客等。干政之中，亦可致力于辞令外交，或是统兵为帅。总之，教育修身目标具有多元性，并非仅仅是治国、平天下。由上述可知，治国、平天下作为教育修身的大目标，又是与齐家的小目标相反相成。诚如《老子·六十章》所说："治大国若烹小鲜。"能齐家者，方可治国，能治国者，方可平天下；家之不能齐，何谈治国？国之不能治，何谈平天下？

相对而言，西方教育的功能目的在于立足国家人才培养的学科知识教育，并不因如前文所述的现代由经验主义哲学与实证主义哲学发展而来的实用主义教育思想的兴起而改变，因为对经验实践的强调与对思辨知识的否定，对教师中心的解构与对学生心理的关注，并非否定教育作为知识载体乃至求知平台。实用主义教育思想对传统教育思想的断然否定，就是对一元中心、二元对立的学科知识教育的否定。具体表现有二：一是对传统学科知识教育以教师知识修养及其传授为中心而无视学生认知心理并令其被动接受的否定；二是对传统学科知识教育以理论知识为中心而经验实践缺席的否定；三是对传统学科知识教育以理性思辨为中心而激发创造缄默的否定。总之，西方现代实用主义教育思想与传统学科知识教育思想的对立，正是后者将理论与实践、思辨与经验、理性与现象二元对立，进而偏执一端的结果。然而，极为不幸的是：实用主义教育思想在解构传统学科知识教育思想的一元中心、二元对立理念的同时，只不过是由一个极端跳到另一个极端，片面强调经验实践而将理论思辨打入冷宫，自身也同样陷入一元中心、二元对立。

国家人才培养的学科知识教育，就是学科知识教育服从国家人才培养需要而非个体诉求，也就是国家需要一元中心，由此走向国家需要与个体诉求的二元对立。学科知识教育的国家需要中心，就是国家人才培养需要决定适龄少年儿童能否接受学科知识教育，学习什么内容，如何学习，因此而不考虑个体诉求乃至个体素质，从而产生各种"不合格学生"。也就是说，所谓"不合格学生"，其实是立足国家人才培养需要一元中心的结果。具体地说，对相同学龄学子采用相同的教学方式，传授相同学科知识，同龄学子中智商与情商高者的学业成绩必定优秀，而同龄学子中智商与情商低者的学业成绩必定会不尽人意；反之，若是不按学子年龄而是按接受能力实施教学，智商与情商低的学子也就不再是"不合格学生"，更何况心理学也有心理早熟与晚熟，中国俗话所谓懂事早与懂事晚之分，《三字经》因此而对"苏老泉，二十七，始发愤，读书籍"津津乐道。国家人才培养，往往强调个体服从集体、个人服从大局，因此而强调学生个人意志服从国家需要，进而强调以服从为本位的课堂纪律，为此而通过教学培养学生的大局意识与服从精神，从而使那些生性好动、个性叛逆乃至青春叛逆期反应强烈的学生容易沦为"不合格学生"；反之，若是不以听话与否作为评价学生表现的指标，并为学生的叛逆个性乃至青春叛逆提供施放空间，那么，个性叛逆者与青春叛逆期反应强烈者也就不再是"不合格学生"。体格与战胜他者的欲望，乃军事人才的素质与优势，智力与探索知识的欲望，乃知识人才的素质与优势，二者同时被作为军事人才或知识人才培养，前者很容易成为知识人才培养的"不合格学生"，后者则很容易成为军事人才培养的"不合格学生"。

此外，学科知识教育的一元中心、二元对立，还表现为各个学科的自我中心。哲学、逻辑学、心理学等独立为知识门类，各自为政，在促使各门知识的探索与研究走向深入的同时，语言、文学、历史、哲学、数学、天文、地质、物理等学科分而治之，也因此造成知识整合观念的缺失，由此导致知识割裂乃至自我封闭，自以为是，形成实践应用的盲人摸象，说起来头头是道，事实上却似是而非。现代以来致力于学科整合的比较语言学、比较文学、比较史学、比较哲学等比较类学科的兴起，显然正是西方学科知识建构各学科知识自我中心、缺乏协作的结果。具体地说，人类心理活动具体存在于语言文学活动、知识教育活动、历史书写与解读活动、社会实践活动之中而非之外，因此，心理学研究也应当置身于语言学、文学、历史、哲学、社会学等学科研究之中而非之外。否则，便会造成被抽象出来的具有普遍性的心理学原则，与语言学研究、文学研究、历史研究、哲学研究、社会学研究实践的错位。因为在某种程度上，各门学科所关注的现象都是心理个案。

二、主动求学、终身学习的多元化、个性化与学校教育、学龄教育的一元化、模式化

（一）主动求学受教的多元化、个性化与适时接受教育的一元化、模式化

中国古代教育，属于学子主动求学受教，私塾是如此，官学也是如此。因为由官府出资兴建馆舍、置办书籍、聘用教师的官学教育，属于福利，至于贵族学校更属于特权，只为学子提供接受教育机会，但是并不强制，且不必说因学费负担而在实际上将寒门子弟拒之门外。这里所说费用并非指学费，而是指学子自己负担的生活费。这种立足学子本位的主动求学，进而使学子们主动寻求多位教师的教导，以此实现知识结构的多元化，乃至有远游异地从师求学的"游学"之说。《韩非子·五蠹》说是："是故服事者简其业，而游学者日众，是世之所以乱也。"《史记·春申君列传》说是："申君者，楚人也，名歇，姓黄氏。游学博闻，事楚顷襄王。顷襄王以歇为辩，使於秦。"唐皇甫湜《祭柳子厚文》说是："呜呼柳州，秀气孤禀，弱冠游学，声华籍甚。"关于为实现知识多能而师从多师，韩愈《师说》明确写道："生乎吾前，其闻道也固先乎吾，吾从而师之；生乎吾后，其闻道也亦先乎吾，吾从而师之。吾师道也，夫庸知其年之先后生于吾乎？是故无贵无贱，无长无少，道之所存，师之所存也。""圣人无常师。孔子师郯子、苌弘、师襄、老聃。郯子之徒，其贤不及孔子。孔子曰：三人行，则必有我师。是故弟子不必不如师，师不必贤于弟子，闻道有先后，术业有专攻，如是而已。"由上述可知，中国古人主动求学受教，可以长期师从某位先生，接受基础性的系统知识教育，私塾与学校教育皆属此类；也可以短期师从某位先生，接受学理性的深层次知识教导，且先生不必开馆授课，只是随时随地教导；还可以是为某种事情或某方面知识，临时接受某位先生指导，孔子师郯子、苌弘、师襄、老聃是也。许多学人都是童年就近接受学校或私塾教育，学习文化基础知识之后再四处游学，以此实现知识增长、学业深化、学识专业化。

相对而言，西方教育，不管是官学还是私学，主要是师生关系固定、教学内容固定、教学方式固定、学生年龄固定、学习场所固定的学校教育。换

句话说，西方教育不流行中国古代教育所盛行的就某方面知识或某种问题的灵活性求学，难得有中国古代教育所谓一日之师或一言之师。作为西方学校教育开创者的柏拉图学园，教学虽然着力于推动知识研讨，问题评论，劝导学习，而并非讲授、教导、示范，但是，整个教学活动依然属于模式化教学而未能因此而实现学生主动的个性化学习，只不过是讲授教学以师生对话、知识研讨、问题评论的方式进行，走向学术研究；教学内容虽然极为丰富，哲学教学内容广泛涉及共和国建设、优生学、自由恋爱、妇女解放、计划生育、道德规范、财产问题、公有制制度等，但是，其继承毕达哥达斯重视数学的传统，教学以数学与哲学为主的立场先设，为此而将"不懂几何学者不得入内"字样写上学园大门。总之，柏拉图学园体现为一种具有系统性的教学体制，进而为后来者吕克昂学堂、亚历山大学宫、巴格达智慧宫等所效仿，由此奠定西方学校教育体制化即模式化，学生学习内容与目标服从学校体制建设的传统，以及西方高等学校教育的研究型传统。

（二）终身学习的多元化、个性化与学龄教育的一元化、模式化

以通过格物致知实现修身养性为基本诉求的中国古代教育，在要求人们主动求学的同时，要求人们终身学习。主动学习的求学内容多元化与个性化、指导教师多元化与个性化，在终身学习上得到相应体现，乃至使学习方式被淡化，可以在日常生活中学习，使师生关系被淡化，凡是指导过自己的人都是事实上的老师，使学习场景被淡化，可以随时随地学习，不拘限于课堂。翻开《论语》，曾经师从郯子、苌弘、师襄、老聃的孔子，在随时随地回答弟子子游和子夏问孝、子贡和司马牛问君子、子张问历史演变规律、子夏问《诗》、樊迟、宰我、颜渊、仲弓、司马牛等问仁、子路问事鬼神等，同时接受并非师徒关系的孟懿子和孟武伯问孝、鲁哀公问服民、季康子问使民敬忠、林放问礼之本、王孙贾问媚灶、鲁定公问君使臣和臣事君等。再翻开《孟子》，孟子亦曾与梁惠王、齐宣王、鲁穆公、滕文公、鲁平公、庄暴、陈臻、然友、陈相、夷子等问对。据《康熙字典·师》："《玉篇》范也。教人以道者之称也。《书·泰誓》作之师。《礼·文王世子》出则有师。师也者，教之以事而喻诸德者也。又《玉篇》象他人也。《增韵》法也，效也。《书·皋陶谟》百僚师师。《传》师师，相师法。"原来，古文与教学相关的师字，意义双训：一是作名词，乃指教导他人的人；二是作动词，乃效仿他人的行为。综上所述，终身学习对于中国古人，既是理念也是行为，由此成为社会现象。

相对而言，西方教育基于系统性、模式化理念，使学校教育作为知识学习方式，乃至对其他知识学习方式形成遮蔽，也就是并不将通过非学校教育、非课堂教学、非系统性学习的方法路径获得文化知识看作学习。系统性、模式化的学校教育进而体现为学龄教育，也就是随时随地的学习、终身学习的理念成为缺失。为此，在1965年由联合国教科文组织主持召开的成人教育促进国际会议期间，联合国教科文组织成人教育局局长保罗·朗格朗（Parl Lengrand）提出终身教育概念，说是终身教育所意味的，并不是指一个具体的实体，而是泛指某种思想或原则，或者说是指某种一系列的关心与研究方法。国际二十一世纪教育委员会在向联合国教科文组织提交的报告中则提出终身学习概念，其内涵具体指向"学会求知，学会做事，学会共处，学会做人。"由此可见，受西方影响的现代社会所谓终身学习，并非中国古代所谓终身学习。现代社会所谓终身学习，既不属于教育范畴，亦不属于知识学习范畴，只是理念而非行为方式，更非社会现象。所谓终身教育则具体落实于成人教育，依旧属于学校教育，依旧属于由校方即政府或社会主导，立场先设，学员个人的知识诉求服从学校的既定教学方案的模式化教育。

两相比较，中国古代教育理念与教育体制的立足点，在于求学者及其知识学习，而西方教育理念与教育体制的立足点，则在于设教者及其知识教育。求学者的学习诉求属于个性化与多元化的诉求，由此推动知识学习的方法路径的多样化，设教者的教育诉求属于社会化、一元化诉求，由此导致成人学校教育的教学内容、教学方法、教学目标的事先设定。显而易见，中国改革开放以来的电大、职大、自考、某种课程班等成人教育，原来是现代学龄教育或学校教育的延伸，属于社会化、一元化的西方化成人教育。

三、人才评价机制的个性化、多元化与教育评价机制的模式化、一元化

（一）人才选拔评价的一体多元、互包互孕与人才教育评价的一元中心、二元对立

中国传统教育的优劣成败评价，乃非我的"人才选拔"评价机制，而非自我的"人才教育"评价机制。具体地说，教师执教的成败优劣，不是体现为单位或个人依据相关条件与程序所给出的考评，而是体现为教师的社会声誉，以及学生的社会表现；学生学习的成败优劣，也不是体现为学校或教师给出

的考评，而是体现为学生行为表现及其社会声誉，因为先生只是要求弟子完成其布置的课文诵解、文章写作、知识应用任务，而不再对其加以成败优劣的评价。学生学以致用的行为表现及其社会声誉，作为人才选拔评价机制，属于一个多元化系统：一是要考察个人通过教育获得的学识，接受过哪个方面、哪个层次的教育；二是在考察个人学识时则会受其师门与家庭出身的影响，从而有"家学渊源"、"名师高徒"、"将门虎子"之说；三是要考察个人学以致用的行为能力，或是选定之后加以实践考察，纸上谈兵、按图索骥乃其反面教材；四是针对缺乏社会历练的学子，则参照考察其孝义即家庭表现与交友表现。原来，人才选拔的察举制，同样是一个多元化系统：举荐者可以是朝廷重臣，例如四岳向尧举荐舜；举荐者也可以是帝王，例如禹继舜位就是舜的主张；举荐者也可以是州县长官，例如汉朝规定州县长官须向朝廷举荐人才；举荐者也可以是社会贤达。被举荐者则是社会各个方面的人才，例如在西汉，先是刘帮下诏"举三老"等，接着是文帝下诏"举孝弟力田"、"举贤良能直言极谏者"等，随后是武帝下诏"举贤良方正，直言极谏之士"、"举茂才"、"举贤良文学"等，章帝下诏"辟四科"等；在东汉，"举茂才孝廉"、"举明经之士"，继之以"举敦厚质直"、"举刚毅武猛有谋者"等。如此等等，作为人才选拔评价因子，来自教育的知识与面向社会的能力、个人行为表现与社会声誉评价，相辅相成、互动互应、互包互孕。

当然，中国传统教育非我的人才选拔评价机制只是属于春秋之后成为社会主流的民间教育，因为私塾教育的学子只能通过察举与科举走上仕途，而春秋之后的官府教育依旧属于自我的人才教育评价机制，因为官学出身在历朝历代都属于人才身份，甚至可以借此进入仕途。然而，相对西方教育的人才培养评价机制，中国官学的人才教育培养评价机制却沦为缺失，因为官学对学子的考核集中体现为是否完成规定学业，而非对学子进行立足竞争的知识技能考试，学业竞争考试则属于人才选拔制度。西汉初年，官学实行岁试，随后改为二岁一试，考试分口试、策试、设科射策，根据考试成绩授以不同官职。到了隋唐科举制，更是直接由官府而非官学主持，应试学子也是面向社会而不限于官学，属于典型的人才选拔制度而无关人才教育评价。

西方教育的优劣成败评价，乃自我的人才教育评价机制。西方学校教育的人才教育评价机制，也是竞争机制。评价指标，理论上包括（1）教师的学识、声誉，（2）教学内容的学术前沿性，（3）教学方法的科学性，（4）学校建设，（5）学生学习成绩与学习表现等五个方面，实践中集中落实于学生成绩与学习表现考核。评价对象，理论上包括（1）教师、（2）学生、（3）学校等三项，实践中集中落实为学生评价。由此形成教师、学生、学校三个各自为政，也就是一元中心、模式化的评价体系。具体地说，评价教师及其教学成绩，只考查教师知识结构、教什么、如何教，而不考查教师所教学生的素质与所在学校的条件；评价学生及其学习成绩，只考查学生功课成绩，是否合格，而不考查学生受教教师的教学水平、学生所在学校的教学条件；评价学校及其教育，只考查学校的师资资历结构、图书资料、校舍、试验室、学生学习成绩乃至从业情况等，而不考查教师的知识结构及其教学水平、学生来源及其接受能力。总而言之，无论是教师评价还是学生评价乃至学校评价，只是着眼于校园之内而较少涉及校园之外，或是片面指向校园外，例如通过学生从业成绩评价学校，却不问学校生源状况，上述评价指标放之四海而皆准。当然，上述情况更多的指现代中国教育移植西方教育理念的现状。

（二）看人视观察的一体多元、互包互孕与知识理论评价的一元中心、二元对立

致力于格物致知以修身养性的中国古代教育，如何评价乃至考查人才？《论语·公冶长》载孔子说是："始吾于人也，听其言而信其行；今吾于人也，听其言而观其行。于予与改是。"原来，宰予能言善辩，然而言过其实，屡遭孔子批评。孔子由宰予的事例认识到：看人不能只听他如何说，还要看他如何做；看能力，不能只看他的表达能力，还要看他的行为能力。不仅如此，《论语·为政》载孔子又说："视其所以，观其所由，察其所安，人焉廋哉？"也就是说，看人要多角度，既要看其行为动机，为何做、为何说？还要看其行为过程，如何做、如何说？进而看其行为常态，习惯如何做、如何说？如此这般，便不会看不明白。可与孔子此番论述并读的是《礼记·大学》所提出的儒家"慎独说"："所谓诚其意者，毋自欺也。如恶恶臭，如好好色，此之谓自谦。故君子必慎其独也。""小人闲居为不善，无所不至。见君子而后厌然，掩其不善，而著其善。人之视己，如见其肺肝然，则何益矣。此谓诚于中，形于外。故君子必慎独也。""富润屋，德润身。心广，体胖。故君子必诚其意。""慎独说"强调，人们的言行乃意念的外化，君子修身养性以诚意为境界。反之，小人修身不诚意，人前道貌岸然，人后无恶不作，在草莽为小人，在庙堂为奸佞。孔子视观察的多元化人才考查观念与方法告诉我们：能说不等于

能行，知识理论不等于行动实践，优秀学生不等于优秀人才，知识学得好不等于用得好，在校的知识学习成绩不好，可以在社会实践中通过向各方面贤能求教弥补其知识不足，依旧可以成为优秀人才。总之，考查人才应当从方方面面着手，不可偏执一端。

立足通过学校教育培养人才的西方教育，致力于知识技能传授，评价知识理论，只问理论建构而不管实践应用，评价知识理论学习，只看能否言说而不管能否实行。因此而遭到如前文所述的欧洲实证主义哲学家质疑乃至批判。孔德《实证哲学》关于人类知识进化的宗教、玄学、和实证三阶段划分，以基于假设的实证为科学，从而使科学阶段之前的宗教与玄学阶段的西方文化知识建构，沦为脱离实践的假设。随后兴起的美国实用主义哲学与实用主义教育，彻底否定西方教育注重知识教育而无关实践应用的传统，否定脱离行动实践的知识建构及其言说，强调行动实践的直接效益。至此，如果说西方古代知识理论评价与知识理论教育属于知识理论的一元中心，那么，反其道而行之的现代实用主义教育则属于行为实践的一元中心。

参考文献

一、中文文献

1. 曹顺庆：《比较文学与文论话语》，北京师范大学出版社 2011 年。

2. 曹顺庆：《中外比较文论史》（上古时期），山东教育出版社 1998 年。

3. 曹顺庆等：《中国古代文论话语》，巴蜀书社 2001 年。

4. 曹顺庆：《文论失语症与文化病态》，《文艺争鸣》1996 年第 2 期。

5. 曹操等：《孙子十家注》，《诸子集成》第六册，中华书局 1954 年。

6. 蔡毅编译：《中国传统文化在日本》，中华书局 2002 年。

7. 陈柱：《公孙龙子集解》，商务印书馆 1937 年。

8. 岑家梧：《图腾艺术史》，商务印书馆 1936 年。

9. 董仲舒：《春秋繁露》，中华书局 1975 年。

10. 杜预注，孔颖达等正义：《春秋左传正义》，《十三经注疏》下册，中华书局 1980 年。

11. 郭庆藩：《庄子集释》，《诸子集成》第三册，中华书局 1954 年。

12. 郭绍虞主编：《中国历代文论选》，上海古籍出版社 1979 年。

13. 辜鸿铭：《中国人的精神》，译林出版社 2012 年。

14. 顾长声：《传教士与近代中国》，上海人民出版社 1981 年。

15. 华东师范大学古籍整理研究室选编：《历代书法论文选》，上海书画出版社 1979 年。

16. 黄力之:《中国话语》,中央编译出版社 2001 年。

17. 黄兴涛,杨念群主编:《西方的中国形象丛书》,中华书局 2006 年。

18. 焦循:《孟子正义》,《诸子集成》第一册,中华书局 1954 年。

19. 荆门市博物馆编:《郭店楚墓竹简》,文物出版社 1998 年。

20. 孔安国传,孔颖达等正义:《尚书正义》,《十三经注疏》上册,中华书局 1980 年。

21. 高诱注:《淮南子》,《诸子集成》第七册,中华书局 1954 年。

22. 刘宝楠著:《论语正义》,《诸子集成》第一册,中华书局 1954 年。

23. 楼宇烈:《王弼集校释》,中华书局 1980 年。

24. 高诱注:《吕氏春秋》,《诸子集成》第六册,中华书局 1954 年。

25. 梁章钜:《称谓录》,黑龙江人民出版社 1990 年。

26. 梁漱溟:《中国文化要义》,上海人民出版社 2005 年。

27. 梁漱溟:《东西文化及其哲学》,上海人民出版社 2006 年。

28. 李则刚:《始祖的诞生与图腾》,商务印书馆 1936 年。

29. 毛公传,郑玄笺,孔颖达等正义:《毛诗正义》,《十三经注疏》上册,中华书局 1980 年。

30. 庞中英:《全球化、反全球化与中国——理解全球化的复杂性与多样性》,上海人民出版社 2002 年。

31. 钱穆:《中国文化史导论》,商务印书馆 1994 年。

32. 钱钟书:《管锥编》,中华书局 1979 年。

33. 申小龙:《中国语言的结构与人文精神——申小龙文集》,光明日报出版社 1988 年。

34. 施旭:《文化话语研究:探索中国的理论、方法与问题》,北京大学出版社 2010 年。

35. 王柯编:《东亚共同体与共同文化认知》,人民出版社 2007 年。

36. 王充:《论衡》,《诸子集成》第七册,中华书局 1954 年。

37. 王弼:《老子注》,《诸子集成》第三册,中华书局 1954 年。

38. 王弼、韩康伯注，孔颖达等正义：《周易正义》，《十三经注疏》上册，中华书局 1980 年。

39. 王先谦：《荀子集解》，《诸子集成》第二册，中华书局 1954 年。

40. 王先慎：《韩非子集解》，《诸子集成》第五册，中华书局 1954 年。

41. 王逸注，洪兴祖补注：《楚辞补注》，商务印书馆 1983 年。

42. 伍蠡浦主编：《西方文论选》，上海译文出版社 1979 年。

43. 许慎：《说文解字》，中华书局 1963 年。

44. 杨大年：《中国历代画论采英》，江苏教育出版社 2005 年。

45. 扬雄：《扬子法言》，《诸子集成》第七册，中华书局 1954 年。

46. 袁珂：《古神话选译》，人民文学出版社 1979 年。

47. 袁珂：《山海经校注》，上海古籍出版社 1980 年。

48. 袁珂：《中国神话传说》，商务印书馆，1984 年。

49. 郁龙余编：《中西文化异同论》，三联书店 1989 年。

50. 叶舒宪：《中国神话哲学》，中国社会科学出版社 1992 年。

51. 张湛注：《列子注》，《诸子集成》第三册，中华书局 1954 年。

52. 张国刚等：《明清传教士与欧洲汉学》，中国社会科学出版社 2001 年。

53. 郑玄注，孔颖达等正义：《礼记正义》，《十三经注疏》上册，中华书局 1980 年。

54. 郑玄注，贾公彦疏：《周礼注疏》，《十三经注疏》上册，中华书局 1980 年。

55. 朱光潜：《西方美学史》，人民文学出版社 1979 年。

56. 周一良主编：《中外文化交流史》，河南人民出版社 1987 年。

57. 周有光：《比较文字学初探》，语文出版社 1998 年。

二、翻译文献

1. [美]阿彻·琼斯：《西方战争艺术》，中国青年出版社 2001 年。

2. [法]阿里·玛扎海里：《丝绸之路·中国—波斯文化交流史》，中华书局 1993 年。

3. [美]爱因斯坦:《爱因斯坦文集》,商务印书馆 1978 年。

4. [古罗马]奥古斯丁:《忏悔录》,商务印书馆 1981 年。

5. [法]安田朴:《中国文化西传欧洲史》,商务印书馆 2000 年。

6. [古希腊]柏拉图:《文艺对话集》,人民文学出版社 1983 年。

7. [英]博伊德、金:《西方教育史》,人民教育出版社 1985 年。

8. [美]费正清、赖肖尔:《中国:传统与变迁》,世界知识出版社 2002 年。

9. [美]费正清:《美国与中国》,商务印书馆 1987 年。

10. [法]伏尔泰:《风俗论》,商务印书馆 2011 年。

11. [日]福泽谕吉:《文明论概略》,商务印书馆 1959 年。

12. [美]哈罗德·伊罗生:《美国的中国形象》,中华书局 2006 年。

13. [古希腊]荷马:《伊利亚特》,人民文学出版社 1958 年。

14. [古希腊]荷马:《奥德修纪》,上海译文出版社 1979 年。

15. [美]何天爵:《真正的中国佬》,中华书局 2006 年。

16. [美]郝大维、安乐哲:《期望中国:对中西文化的哲学思考》,学林出版社 2005 年。

17. [古希腊]赫西俄德:《工作与时日·神谱》,商务印书馆 1991 年。

18. [英]赫胥黎:《天演论》,译林出版社 2014 年。

19. [英]赫胥黎:《进化论与伦理学》,北京大学出版社 2010 年。

20. [美]亨利·雷马克:《近年来西欧浪漫主义研究的趋势》,孙景尧选编:《新概念、新方法、新探索:当代西方比较文学论文选》,漓江出版社 1987 年。

21. [德]古斯塔夫·施瓦布:《希腊古典神话》,译林出版社 1995 年。

22. [德]克劳塞维茨:《战争论》,商务印书馆 1982 年。

23. [美]罗素:《中西文化比较》,《一个自由人的崇拜》,时代文艺出版社 1988 年。

24. [法]汪德迈:《新汉文化圈》,江西人民出版社 1993 年。

25. [美]刘禾:《跨语际实践:文学,民族文化与被译介的现代性(中国,1900-1937)》,北京三联书店 2008 年。

26. [意]利玛窦、[比]金尼阁：《利玛窦中国札记》，广西师范大学出版社2001年。

27. [美]李约瑟：《中国古代科学思想史》，江西人民出版社1990年。

28. [法]孟德斯鸠：《论法的精神》商务印书馆2012年。

29. [美]明恩溥：《中国人的气质》，中华书局2006年。

30. [加拿大]诺思罗普·弗莱：《文学的原型》，戴维·洛奇编《二十世纪文学批评》，上海译文出版社1993年。

31. [加拿大]诺思罗普·弗莱：《批评的解剖》，戴维·洛奇编《二十世纪文学批评》，上海译文出版社1993年。

32. [美]培根：《新工具》，商务印书馆1936年。

33. [美]萨义德：《东方学》，三联书店2007年。

34. [日]桑原骘藏：《东洋说苑》，《中国人的性格密码》下册，新世界出版社2012年。

35. [美]赛缪尔·亨廷顿：《文明的冲突与世界秩序的重建》，新华出版社2002年。

36. [古希腊]索福克勒斯：《俄狄浦斯王》，人民文学出版社1979年。

37. [美]史景迁：《文化类同与文化利用》，北京大学出版社1997年。

38. [德]斯宾格勒：《西方的没落》，上海三联出版社2006年。

39. [英]汤因比、池田大作：《展望二十一世纪》，国际文化出版社1997年。

40. [英]汤因比：《历史研究》上下卷，上海世纪出版集团2010年。

41. [英]汤因比：《人类与大地母亲》上下卷，上海世纪出版集团2012年。

42. [英]泰瑞·伊果顿：《文学理论导读》，台北书林出版有限公司1993年。

43. [英]特里·伊格尔顿：《当代西方文学理论》，中国社会科学出版社1988年。

44. [意]维柯：《新科学》，人民文学出版社1986年。

45. [美]夏志清：《中国现代小说史》，复旦大学出版社2005年。

46. [古希腊]亚里斯多德、贺拉斯：《诗学·诗艺》，人民文学出版社1962年。

47. [英]约·罗伯茨编：《十九世纪西方人眼中的中国》，中华书局2006年。

48. [美]叶维廉:《东西方文学中'模子'的应用》,温儒敏、李细尧编:《中西文化的共同规律:叶维廉比较文学论文选》,北京大学出版社 1986 年。

49. [美]詹姆斯·保罗·吉:《话语分析导论:理论与方法》,重庆大学出版社 2011 年。

50. [英]詹·乔·弗雷泽:《金枝》,中国民间文艺出版社,1987 年。

51. [美]詹姆斯:《话语分析导论:理论与方法》,重庆大学出版社 2011 年。

三、外文文献

1. Abrams, M. H. ed. *A Glossary of Literary Terms*, Orlando: Holt, Rhinehart and Winston, Inc. ,1988.

2. Fenollsa, Ernest, *October 1909 notebook, Ezra Pound Papers*（The Beniecke Rare Book and Manuscript Library, New Heven: Yale University）18.

3. Irena R. Makaryk, *Encyclopedia of Contemporary Literary Theory*, University of Toronto Press, 1993.

4. Pound, Ezra, *ABC of Reading*, New Haven: Yale University Press, 1934.

5. Richard Wilhelm,*ChinesischeWirtschaftspyschologie,* Leipzig, 1930.

6. Schwartz, *The Imaginative Interpretation of the Far East in Modern French Literature*, 1800-1925, Paris, 1927.

7. The Nature of Language , in *On the Way to Language*, Hertz, Harper and Row: New York, 1982.

附记：并非题外话的三个话题

　　面对中西文化话语比较这样的重大课题，讨论起来，我们永远都会感到书不尽言，言不尽意，言有未尽。为此，特地利用后记可表达观点而无须论证的方便，作为本书讨论话题的回顾、补充、归纳、强调，同读者诸君交流如下三个话题及其想法，祈盼赐教，以便将课题讨论引向深入。因并非题外话，故改后记为附记：

　　首先是西方文化的现代接受，为何中国人提"西方学说中国化"，而日本人不提"西方学说日本化"的话题。这个话题，在我这里原本由比较文学中国化话题演变而来。上世纪九十年代，我写作《中国比较文学源流》，接触到台湾学者关于"比较文学中国化"问题的讨论资料，其中的相关观点以及思考问题的角度，至今不失启发性：例如苏其康先生提出，比较文学等理论学说及其研究本身是"中性的"，因此，日本人不提比较文学日本化，美国人与法国人也不提比较文学美国化与法国化，而只提美国派与法国派；王德威先生提出，比较文学中国化之说，意义在于为中国比较文学树立努力目标、自我本位意识，因此也就不存在中性之说；张汉良先生提出，比较文学中国化属于诠释立场与价值取向，较比较文学中国派之说更为适当。[1]之所以说上述讨论具有启发性，是因为理论学说及其研究，到底属于"中性的"还是事涉诠释立场与价值取向，须坚持自我"本位"，至今仍然被争论。在某种程度上，台湾这场关于比较文学中国化的讨论，对随之而来的中国比较文学兴起以及比较文学中国学派的形成，起到了推动乃至引领作用。

　　然而，令人遗憾的是，台湾的比较文学中国化运动最终无疾而终。不免

1　王德威，苏其康，张汉良，比较文学中国化[J]，文讯月刊（台），1985，（67）63-72。

让我首先想到：要实现比较文学中国化，那么，中国学者拿什么去化，又将如何去化由西方学者提出乃至建构的比较文学学说？或是说如何在接受与应用西方比较文学学说的过程中实现中国品格、中国身份的建构？因为按照张汉良先生的说法，西方学者建构的比较文学学说，势必体现西方学者的诠释立场与价值取向。同理，中国学者提出西方学说中国化，同样面临拿什么化，如何去化，如何实现西方学说接受与应用的中国品格、中国身份建构的问题。由此促成我关于比较文学中国化的学科话语，乃至中西文化话语及其比较，三十多年的思考与研究，相继完成国家社科规划后期资助项目《西方比较文学理论的中国化研究》、教育部社科规划项目《中西文化话语及其四大模式比较研究》、浙江省社科规划项目《中国古代文论的意象话语谱系》等。

那么，同样是学习西方学说乃至追求现代化诉求西方化的日本人，为何不提西方学说日本化？在我看来，这是因为：诚如罗素等西方学者所说，有着模仿他者之传统的现代日本，学习西方立足假设实证的科学、立足三权分立的法治、立足君主立宪的政体等，较为彻底，连缺陷都相同相对成功，因此无须再提日本化。这里所谓彻底西化，就是由模仿西方文化成就到贯彻西方文化话语的全盘西化。当然，日本现代化诉求西方化的成功，也与其不是建立在二元对立思维的反传统文化的基础之上，而是同立足二元反成思维的继承传统文化和合观念分不开，反而因此形成具有传统家国情怀的自身特色。从反面印证，中国现代化诉求的西方化，之所以有西方学说中国化的需要，正是因为当年立足二元对立思维的"学西洋而反传统"，因此造成自我身份的迷失，以及止步对西方文化成就的模仿而未能深入到文化话语学习，因此形成在接受社会学说的民主与法治、科学学说的假设与实证等西方学说的过程中发生变异，要民主而不要法制，要假设而不要实证，以至以组织意志代表大众意志，令个人意志沦为牺牲，又以长官意志代表组织意志，从而陷入官僚主义，将理论假设等同于真知，令实证与实验沦为缺失，进而视理论学说为真理，令发展变通成为缺失等等的结果。总之，通俗地讲，就是缺什么，补什么！缺什么，喊什么！

西方文化的中国接受，从文化成就到文化话语的西方学说中国化话题，也就是古人所谓"体"与"用"的话题。古人"体用之说"所谓事物之"本体"是指事物之"道"。老子所谓"三十幅共一毂，当其无，有车之用"之本体，不是指车之"形体"，而是指车之形体得以实现载物之"功用"的"虚空"。

车之形体载物之功用赖以生成的本体虚空，内在于车之形体而非外在于车之形体，由此形成体与用的一而二、二而一，本体与形体的一而二、二而一。也就是西方哲学本体论所谓本质与现象的一而二、二而一，西方哲学所谓探讨事物本原、本真、本性的本体论，与作为认识事物、获得知识、知识判断的信念的认识论的一而二、二而一。《易·系辞上》所谓一阴一阳之道，百姓日用而不知，故君子之道鲜，讲的就是大众只知阴阳事物之用而难得领会阴阳事物之体，也就是道。因此，西方文化接受便有着从作为事物形体的文化现象到作为事物本体的文化话语，陈序经所谓"彻底西化"之必要！同理，弘扬传统文化，中国文化认同，莫不有从作为事物形体的文化现象到作为事物本体的文化话语，我们所谓"彻底复古"之必要！

由此得到三大启示：第一，在已经成为过去的二十世纪，建立在本质与现象二元对立基础之上，大行其道，或是用于为自我的罪恶开脱，或是用于为同党的罪恶开脱，所谓"透过现象看本质"、"本质上是好的"、"出发点是好的"、"思想品质是好的"等种种意识形态谬论，在中国传统文化二元反成、体用不二的本体论与认识论那里，便难以成立。现象即本质，好心干坏事，本身就是干坏事！善意的谋杀，本身就是谋杀！事物品性的好坏由其功用诠释，所谓思想品质好，自然属于不讲逻辑的空话与废话，乃至骗人的鬼话。与之同理，二十世纪五十年代大跃进所谓"穷棒子精神绘新图"、"人有多大胆，地有多大产"，乃至其当下流毒，所谓"只有想不到而没有做不到"、"心有多大，世界就有多大"等种种意识形态谬论，在中国传统文化二元反成、体用不二的本体论与认识论那里，便原形毕露。贤者不必有德，有德者必定贤能，德能不二，欲建功德，则必须有建立功德的能力；反之，不学无术的无所依赖者，所谓远大理想的豪言壮语，自然属于不讲逻辑的空话与废话，乃至骗人的鬼话。中国人近两百年来的悲剧，归根结底，就是被现象与本质二元对立，来自意义假设、归纳演绎，带着宗教个人崇拜，由西方乌托邦学说变异而来的理想学说所忽悠的悲剧！第二，在恢复被二十世纪的反传统所破坏的文化生态的新世纪，拨乱反正，倡导民族文化复兴，弘扬传统文化，重读传统文化经典，自然十分必要。然而，潮流之下，泥沙俱下，造成言用而不及体，中国文化话语缺失的三大泛滥：首先是"四书五经"等古代经典的读书心得的泛滥；其次是女德班、古代祭祀仪式、中医养生课堂的泛滥；再次是仿古建筑的泛滥。因中国传统文化话语的缺失，以至其"四书五经"解读，不是知其然而不知其所以然，便是断章取义，乃至望文生义，对此，看看某《论语心得》对陆象山"六经注我"与"我注六经"的解释等，就清楚了；因中国传统文化话语的缺失，以至所谓的女德班、古代祭祀仪式、中医养生课堂沦为行尸走肉的表演；因中国传统文化话语的缺失，以至各地仿古建筑沦为貌合神离的建筑垃圾。第三，同样是因中国传统文化话语的缺失，就连中学《语文》课文，本书提到的《诗·关雎》"琴瑟友之"与"钟鼓乐之"的解读、《离骚》"浪漫主义"风格的解读、《木兰诗》"扑朔迷离"的解读、《报任安书》"太史公马迁牛马走"的解读，还有没提到的《列子·愚公移山》的主题解读、《孔雀东南飞》刘兰芝爱情悲剧主要原因解读等，也莫不陷入似是而非；至于"四书五经"乃至《离骚》的主要叙事方式立象尽意、依经立义、比物连类，无论是中学《语文》还是大学《古代文学》乃至《古代汉语》课程，皆只字不提。为此，我们将另立课题"汉语汉字言说方式的文化阐释"和"西方化现代中国叙事的失语反思"加以专门探讨。

中国传统文化本体论与认识论"体用不二"的话题，具体落实到贤能与道德，那就是"德治"及其"修身自律"的话题，由此引出与之相对应的"法治"及其"外在他律"的话题。中国古代经典文献所谓以德治国的"德治"之"德"，主要是指事物品性与功用。《管子·心术上》说是："德者道之舍，物得以生。"《老子·五十一章》说是："道生之，德畜之，物形之，势成之。是以万物莫不尊道而贵德。"所谓"道德"，顾名思义，主要是指大道之品性与功用，也就是《易·说卦》所谓"以立天之道曰阴与阳，立地之道曰柔与刚，立人之道曰仁与义"的天地人三才之道的品性，《易·系辞下》所谓"天地之大德曰生"天地之道的功用，由此形成"品德"与"功德"之说。所谓"德政"暨"德治"，就是指《书·盘庚上》"丕乃敢大言，汝有积德"，《论语·为政》"为政以德，譬如北辰，居其所而众星共之"，相对"刑罚"暨"刑治"而言的仁政及其善行。与之相关的是《礼记·月令》"（孟春之月）命相布德和令，行庆施惠，下及兆民"的"德教"。作为中华民族"社会集体想象物"的古代神话，所谓"三皇五帝"因德而王天下，指的就是他们行德政，造福人民、恩惠天下的善行可书。总而言之，阴阳、刚柔、仁义乃三才大德之品德，也就是本体，和生万物乃三才大德之功德，也就是功用，天地人三才之道因阴阳、刚柔、仁义之体，而有和生万物之用；仁义善行乃"三皇五帝"德政或德治之品德，也就是本体，恩惠人民乃"三皇五帝"德政或德治之功德，也就是功用，"三皇五帝"德政暨德治因仁义善行之体，而有恩惠人民之用。与之相关，无论是君王还是民众，美德要靠善行实现，而善行则以良知贤能为资本，因此而有"贤德"之说。反之，没有以良知贤能为内涵的贤德，便无所谓善行；没有善行，便无所谓美德。美德以贤德为体，而以善行为用；体现美德的相应行为，因贤德而成为善行。

由上述可知，当下长期流行，脱离善行及其赖以生成的良知贤能的所谓某人"思想品德好"，原来却是个伪命题；进而以思想品德诠释"道德品质"，由此形成的脱离善行及其赖以生成的良知贤能的所谓某人"道德品质好"，更加是个伪命题；脱离体现上天好生之德，轻税薄赋、藏富于民，发展医疗、维护生态，设武不用、珍爱生命，严格法规制度以保障人才选拔与作用、社会治理与奖惩的公平公正，利于民众生存乃至生育的政体善行，及其及其赖以生成的在上者良知贤能，所谓"以德治国"，依旧属于伪命题。这是因为：法治与德治并非二元对立的关系，而是相反相成的关系。因为法治不仅不妨碍利于民众生命、生育、生存的善行，而且是上述善行的保障；德治本身不仅不排斥法治，而且将法治作为手段。古人所谓"德治"，作为礼法政治，简称"礼治"，本身也是法治。如果说中国传统文化所推崇的礼治暨德治与西方文化所推崇的法治有什么不同，那就是前者属于强调内在自律的教化、修身、自觉与强调外在他律的约束、惩戒、改造相结合，其理论学说因此而有"礼教"之说。礼治暨德治，既是指贤德的在上者以身作则、善行可书，对在下者施以教化、约束，也包括在上者通过《礼记·大学》所论述的格物致知，以获得善行可书、以身作则所需要的良知贤能的修身、自律；而法治则只是关注对包括在下者与在上者在内的所有人的约束与惩戒。对于德治与法治的区别，《论语·为政》载孔子说是："道之以政，齐之以刑，民免而无耻。道之以德，齐之以礼，有耻且格。"因此说，在法治成为世界潮流的时代标榜德治的言外之意，只能是对注重内在自觉的教化、风化、修身、自律的强调。一是在上者以身作则、造福社会，以此教化民众、风化天下，二是在上者格物致知、修身自律，以此修养贤德、德配其位，由此成为中国传统文化德治理念的两项指标。标榜以德治国，就必须对这两项指标有着明确的认识，并使之落到实处，否则，便属于误读与乱用。要现代中国复兴乃至弘扬德治传统，可谓任重道远。

如果说中国传统文化二元反成、体用不二的德治，实现以仁义为本而以社会模范为用的关键，在于内在的在上者修身自律机制，那么，西方文化二元对立、彼此制约的法治，实现依法行事、公平公正的关键，在于外在的非主体的他律机制。要点有二：一是法律的外在、他律性，所谓"三权分立"、"司法独立"、"在上者不能既当运动员又当裁判员"是也。由此实现社会制度建设及其公平公正的法律，由社会各阶层共同制定、共同遵守，更为重要的是不从属于任何社会群体，独立运作。同理，法律要求社会评价体系、社会监督体系，独立于被评价与被监督者，法律不认可各种社会组织的自我评价结论，自我监督结果。二是法律公平、公正性，所谓"王子犯法与庶民同罪"、"法律面前人人平等"是也。法律不只是在上者意志利益的体现，在上者与在下者须同时接受法律约束。社会群体与群体之间、群体与个体之间、在上者与在下者之间，法律上的人格身份平等、责任权利对等，不能是个人服从集体、在下者服从在上者。对此，由小见大，反观现代中国社会的许多集体单位，既是规则的制定者，又是执行者，也是规则及其执行的评判者，单位成员失语，具体到企业与事业单位，本为职工组织的工会，却成为单位组织机构，靠单位经费运作，自然难以代表职工意志，为职工争取权益，与之类似，本为学生组织的高校学生会，却受校方领导，成为校方的学生管理组织，自然难以成为学生代言人。如此等等令在下者失语的现象，显然需要反思。总之，现代中国的法治建设要彻底落实上述西方法学理念，走出自我标榜的误读与乱用，同样是任重道远。

综上所述，由此而来的西方法治学说中国化，那就是在严格坚持法律的外在、他律性，公平、公正性的同时，要求在上者修身自律、以身作则、德配其位、善行可书。通过自律与他律相结合、教化与惩戒相结合，崇尚历史先贤与批判历史奸恶相结合、表彰贤能善行与开展廉耻教育相结合，由此建构监狱和劳教所少，而国际知名高校和科研院所多，街头盲流少，而教科书的圣贤志士多，城乡灯红酒绿场所人员少，而圣贤纪念馆、博物馆、科技馆、非物质文化遗产馆人员多，严格法律，而设武不用的中国特色法治社会形态。

最后顺便加以说明的是：南宁数字科技学院张俊华和徐一寰参与本课题研究。

徐扬尚

2021 年 7 月 28 日